Francis Durbridge

Paul Temple
und
die Schlagzeilenmänner

(Paul Temple and the Front Page Men)

Kriminalroman

aus dem Englischen übersetzt von
Dr. Georg Pagitz

mit einem Vor- und Nachwort des Übersetzers

– Williams & Whiting –

Von Francis Durbridge sind bereits bei Williams & Whiting erschienen (Bandnummer in Klammer):

Coverdesign: Timo Schröder

ISBN 9781917798037

Williams & Whiting (Publishers)
15 Chestnut Grove, Hurstpierpoint,
West Sussex, BN6 9SS, England

Inhalt

Vorwort
von Dr. Georg Pagitz

Es ist so etwas wie die Geburt des modernen Radiodetektivs, als am 8. April 1938 die BBC die erste Folge einer neuen Kriminalserie ausstrahlt. *Send for Paul Temple* ist der Titel und der Autor heißt Francis Durbridge (1912–1998). Ein gerade einmal fünfundzwanzigjähriger Mann, der dem BBC-Produzenten Martyn C. Webster in einer Studentenrevue aufgefallen war. Nicht weil er so gut schauspielerte – darin fand er ihn sogar furchtbar –, sondern weil ihm die Texte, die auch von Durbridge stammten, so gut gefielen.

Der Radiomacher Webster wollte schon lange einen neuen Hörspielermittler. Da schlägt ihm Durbridge seinen Paul Temple vor. Acht Wochen lang sucht die neue Radiofigur daraufhin den Täter in einem mysteriösen Fall rund um Juwelendiebstähle und Morde. Als es am spannendsten ist, ist die Episode jedes Mal zu Ende. Jeder Cliffhanger sitzt und das begeisterte Publikum fordert sofort mehr von diesem charmanten Detektiv, den Durbridge ursprünglich auch Mark Conway nennen wollte. Über siebentausend Briefe verlangen eine Fortsetzung, die der Autor umgehend schreiben muss.

Kein halbes Jahr vergeht und die BBC strahlt ab dem 2. November 1938 die Fortsetzungsserie *Paul Temple and the Front Page Men* aus. Nachdem Durbridge in *Send for Paul Temple* seine Figuren eingeführt hatte, konnte er nun so richtig loslegen. Paul und Steve sind mittlerweile verheiratet und leben nicht mehr auf dem Landsitz, sondern im Appartement 49 der Londoner Eastwood Mansions. Im Gegensatz zur ersten Geschichte gab es nun auch wesentlich weniger Elemente, die eindeutig an Edgar Wallace, sein großes Vorbild, erinnerten.

Hugh Morton und Bernadette Hodgson sprachen Paul Temple und Steve in diesem zweiten Abenteuer, das zwischen dem 2. November 1938 und dem 21. November 1938 ausgestrahlt wurde, Regie führte Martyn C. Webster. Die Serie wurde immens beworben und die Sprecherinnen und Sprecher der jeweiligen Figuren blieben vorab geheim. Kein Schauspielername durfte in den Radiozeitschriften abgedruckt werden, mit Ausnahme der Titelrolle. Selbst die Darstellerinnen und Darsteller wussten nicht, wer von ihnen hinter den Verbrechen steckte, denn es wurde Woche für Woche immer nur das Skript für die jeweilige Episode ausgehändigt. Gespielt und gesendet wurde nämlich live. Aus diesem Grund überlebte die Original-BBC-Serie auch nicht. Nur eine (und zwar die letzte) Episode wurde vor längerer Zeit zufällig gefunden und ist im Archiv des britischen Senders erhalten.

Francis Durbridge hatte seine Story bei Ausstrahlungsbeginn schon komplett durchgeplant, hatte aber – wie aus dem Familienkreis zu hören ist – die letzte Episode noch nicht geschrieben, als die erste auf Sendung ging. Dies geschah wahrscheinlich noch aus »jugendlicher« Gelassenheit. Später hätte sich der absolute Perfektionist so etwas wohl nicht mehr erlaubt.

Paul Temples Popularität schwappte schnell über die Landesgrenzen und so entstand zwischen Mai und Juli 1939 die niederländische Version des zweiten Hörspiels. Bis Temple auch nach Deutschland fand, dauerte es noch einige Jahre. Die ersten fünf Fälle wurden im deutschen Sprachraum nie vertont, erst der sechste Fall *A Case for Paul Temple* von 1946 wurde 1951 als *Ein Fall für Paul Temple* mit René Deltgen in der Hauptrolle aufgezeichnet (und später von Pidax/HNYWOOD unter dem Titel *Paul Temple und der Fall Valentine* (vgl. Band 8 dieser Reihe) neu produziert). Der erste deutsche Temple-Fall war jedoch *Paul Temple und die Affäre Gregory* von 1949/50.

Francis Durbridge war ein geschickter Vermarkter seiner Werke. So ist es nicht verwunderlich, dass er die ersten fünf Paul-Temple-Hörspielabenteuer auch zu Romanen umwandelte. Diese wiederum erschienen nicht nur als Buch, sondern auch als erfolgreiche Fortsetzungsromane in englischsprachigen Zeitschriften weltweit. Die Notwendigkeit der Verschriftlichung ergab sich auch aus dem Umstand, dass es damals keinerlei private Aufzeichnungsmöglichkeiten der Hörspiele gab. Wer etwas verpasst hatte, konnte es nicht nachhören. Mit den Romanen kam Durbridge also den Fans entgegen: Auf diese Weise konnte man Temples Abenteuer ganz einfach nachlesen.

Da Francis Durbridges Talent im Dialog und in einem packenden Plot mit überraschenden Cliffhanger-Enden lag, er aber kein großer beschreibender Erzähler war, griff er bei der Umwandlung des Radioskripts in einen Kriminalroman auf die Hilfe eines Freundes zurück. Dieser Mann war Charles Hatton. Er unterstützte ihn auch, weil Durbridge ständig neues Temple-Material abverlangt wurde und er sich so neuen Stoffen widmen konnte. Die Erstausgabe des Buchs *Paul Temple and the Front Page Men* publizierte der Long-Verlag im Mai 1939 (mit dem expliziten Hinweis »novelized by the Author in conjunction« with Charles Hatton«). Die deutsche Übersetzung erschien 1957 erstmals als *Paul Temple und die Schlagzeilenmänner* im Dörner-Verlag und 1960 in einer Neuauflage unter dem Titel *Paul Temple und der Klavierstimmer* bei Pabel und später wiederum als *Paul Temple und die Schlagzeilenmänner* 1969 bei Goldmann, in derselben Übersetzung.

Vorliegende Ausgabe ist eine vollkommene Neuübersetzung des Originalmanuskripts, die – im Gegensatz zu allen früheren Ausgaben der alten Übertragung – ungekürzt ist.

Die alte deutsche Version von Peter Th. Clemens ist sprachlich zwar sehr schön, allerdings an vielen Stellen teils drastisch gekürzt, enthält immer wieder Auslassungen und ist in der Übersetzung so frei, dass man den Eindruck hat, der Übersetzer habe Absatz für Absatz aus dem Gedächtnis einfach zusammengefasst.

Paul Temple and the Front Page Men wurde auch auf Niederländisch (*Paul Vlaanderen en de mannen van de voorpagina*) und auf Französisch (*Paul Temple et les hommes de la première page*) übersetzt.

Paul Temple und die Schlagzeilenmänner ist sowohl das

zweite Hörspiel- als auch das zweite Romanabenteuer des Titelhelden. Um die Beziehungen einiger Figuren innerhalb des Romans zu verstehen, ist es sinnvoll, auf einige wichtige Punkte aus der ersten Geschichte, die als Roman bei 2021 bei Pidax unter dem Titel *Paul Temple und der Fall Max Lorraine* erschienen ist, hinzuweisen.

In Temples erstem Fall begegnen sich der Schriftsteller und Steve auf dramatische Weise. Es ist die Ermordung von Superintendent Harvey, dem Bruder von Steve, der die Fleet-Street-Reporterin mit dem Schriftsteller erstmals in Verbindung bringt. Sie bittet Paul, den Fall zu übernehmen und den mysteriösen Diamantenfürsten zu finden, der für eine Vielzahl von Verbrechen verantwortlich ist. Wir erfahren, dass ihr eigentlicher Name Louise Harvey ist, und dass sie sich – um in einem männerdominierten Beruf Fuß fassen zu können – das Pseudonym Steve Trent zugelegt hat.

Sir Graham Forbes, *Chief commissioner of Scotland Yard*, wie sein Titel im Originaltext lautet, ist im ersten Temple-Abenteuer zunächst wenig erfreut über die Mitwirkung eines Laien und dessen Ermittlungen. Erst gegen Ende des Romans wendet sich das Blatt.

Im zweiten Kapitel des Romans *Paul Temple und der Fall Max Lorraine*, das den Titel *Paul Temple* trägt, wird der Protagonist (übrigens 1898 geboren!) so beschrieben (Seite 30):

Paul Temple hatte sechs Jahre dafür benötigt, aus der finsteren Dunkelheit eines unbekannten Autors ins Rampenlicht eines bekannten Schriftstellers aufzusteigen. Als er aus Oxford in die Hauptstadt gekommen war, bewarb er sich um eine Stelle bei der Zeitung und wurde schließlich Reporter bei einer der großen Londoner Tagesblätter. Nachdem er zwölf Monate alles von der Klatschspalte bis hin zu Sportberichten geschrieben hatte, begann er sich für Kriminalistik zu interessieren und spezialisierte sich schließlich auf Kriminalgeschichten.

Während er noch in der Fleet Street war, versuchte er sich an einem Schauspiel. Sein Theaterstück *Tanz, kleine Dame* wurde 1929 im Ambassadors-Theater ur-aufgeführt. Es lief sieben Vorstellungen lang. Aus Är-ger über das unerwartete Scheitern seines Stücks be-gann Paul Temple seinen ersten Krimi zu schreiben.

Tod im Theater! erschien bald im darauffolgenden Jahr. Es wurde zu einem phänomenalen Erfolg und Paul Temple verließ umgehend die Fleet Street.

Nicht genug damit, erlangte Temple sehr rasch den Ruf eines guten Kriminalisten. Von Zeit zu Zeit wurde er von bekannten Zeitungen darum gebeten, in deren Namen in einigen sensationellen Fällen zu ermitteln. Obwohl es im Allgemeinen nicht bekannt ist, war es so, dass Paul Temple in Wirklichkeit für die Verhaftung solch berüchtigter Krimineller wie Toni Silepi, Guy Grinzman und Tessa Jute verantwortlich gewesen war.

Was die aktuellen Verbrechen betraf, so lehnte Paul Temple eine Einbindung darin ab. Für die Reporter, die anriefen, um mit ihm zu sprechen, war er stets außer-halb der Stadt.

Wenn man sich *Paul Temple und der Fall Max Lorraine* und *Paul Temple und der Schlagzeilenmänner* ansieht, so fällt auf, dass die Struktur in den ersten beiden Paul-Temple-Geschichten jener der späteren Fälle widerspricht. Die Hand-lung beginnt nicht in Paul und Steves Wohnung mit dem Be-such von Sir Graham, sondern in Scotland Yard mit einer Besprechung unter Kriminalbeamten. Außerdem gibt es so-wohl Charaktere wie auch ganze Szenen, die sich in beiden Romanen sehr ähneln: Vor allem sind dies die Mitglieder der jeweiligen Verbrecherbanden, die Figur einer Frau als Binde-glied zwischen der Bande und dem großen Hintermann und die Szenen, in denen weitere Raubzüge geplant werden.

Diesen Umstand nutzt auch das 1943 geschriebene Thea-terstück *Send for Paul Temple* geschickt aus, das die beiden Geschichten zu einem neuen Stoff kombiniert, wobei etwa 50% aus Stoff 1 und 50% aus Stoff 2 verwendet wurden.

Francis Durbridge verbindet die Abenteuer auf äußerst ge-schickte und raffinierte Weise, indem er die Figuren aus den

Schlagzeilenmännern komplett übernimmt, sich aber vieler Handlungselemente aus dem Fall um Max Lorraine bedient.

Im Mittelpunkt steht auch hier die kriminelle Organisation der Schlagzeilenmänner, die sich des Titels eines aktuell erfolgreichen Kriminalromans als Bandenname bedient. Sie ist für Kindesentführung einerseits (vgl. *Paul Temple und die Schlagzeilenmänner*), aber auch für zahlreiche Juwelendiebstähle (vgl. *Paul Temple und der Fall Max Lorraine*) andererseits verantwortlich. Schlagzeilenmann Nummer eins − und damit der große Unbekannte − ist ein gewisser Max Lorraine, der auch Steves Bruder Chefinspektor Harvey ermordet hat.

Das Theaterstück, dessen Text erstmals auf Deutsch als Band 3 dieser Durbridge-Edition unter dem Titel *Paul Temple muss her!* erschienen ist, wurde im Alexandra Theatre Birmingham zwischen dem 25. Oktober 1943 und dem 6. November 1943 aufgeführt.

Finanziell gesehen, verdiente der damals noch junge Autor mit *Paul Temple and the Front Page Men* für die damalige Zeit nicht schlecht. Pro Folge erhielt er wöchentlich 33 Pfund (für acht Episoden also insgesamt 264 Pfund), in heutiges Geld umgerechnet etwa 3.200 Euro.

Francis Durbridge notiert in seinem Einnahmenbuch die erste Rate für die Hörspielserie sowie die Gage für den Roman.

Im Anhang finden Sie einen Artikel, den Francis Durbridge

anlässlich des zweiten Paul-Temple-Hörspielabenteuers für die *Radio Times* verfasste. Im Aufsatz *Die Schlagzeilenmänner multimedial* finden Sie schließlich Informationen samt Besetzungs- und Stablisten der Hörspielproduktionen, Angaben zum Theaterstück und einige Szenen daraus, um sie mit der verschriftlichen Form vergleichen zu können.

Als einziges Paul-Temple-Hörspielmanuskript ist *Paul Temple and the Front Page Men* bis heute verschollen. Die überlebende achte Hörspielepisode verdeutlicht jedoch, dass der Roman in den Dialogen dem Originalmanuskript wortwörtlich folgt. Genaueres dazu im Anhang, wo eine entscheidende Szene transkribiert und übersetzt ist.

Spannende Lektüre bei einem überaus packenden und wendungsreichen Fall für Paul Temple – nun erstmals in vollständiger und ungekürzter Form!

In der Privatbibliothek von Francis Durbridge fand sich ein Buchexemplar von *Paul Temple and the Front Page Men*, das der Autor offensichtlich dem Darsteller der Figur Tony Rivoli in dem Hörspiel schenken wollte.

All the characters and incidents in 'Paul Temple and The Front Page Men' are purely fictitious.

First published 1939

Das Originalcover der Erstausgabe von *Paul Temple and the Front Page Men,* erschienen im Mai 1939 im John-Long-Verlag, London. Originalexemplar aus der Bibliothek von Francis Durbridge mit dem Hinweis, dass die Geschichte frei erfunden ist.

PAUL TEMPLE AND THE FRONT PAGE MEN, a serial play in eight episodes by FRANCIS DURBRIDGE, was presented by the B.B.C. during November and December, 1938, with the following cast :

Paul Temple	HUGH MORTON
Steve	BERNADETTE HODGSON
Andrew Brightman . .	E. STUART VINDEN
Sir Graham Forbes . . .	LESTER MUDDITT
Chief Inspector Reed . . .	NEIL TUSON
Inspector Hunter . . .	CEDRIC JOHNSON
Gerald Mitchell . . .	LESLIE BOWMAR
Ann Mitchell	MARY POLLOCK
"Snow" Williams . . .	PERCY DEWEY
Payne	WILLIAM HUGHES
Lane Fresnay	CECILY GAY
"Lucky" Gibson . . .	HAROLD PRINTER
Mr. J. P. Goldie . . .	HAL BRYANT
Mrs. Taylor	COURTNEY HOPE
Jimmy Mills	DENIS FOWLELL
Mrs. Charles Hargreaves . .	GODFREY BASELEY
"Chubby" Wilson . . .	GRAHAM PART
Joe Ware	VINCENT CURRAN
Carol Forbes	VALERIE LARG
Harry Rivoli	CLIVE SELBOURNE
Dr. Henderson . . .	WILLIAM WARREN
Mr. Paradise	JOHN MORLEY
A clerk	FRED FORGHAM

The play produced by
MARTYN C. WEBSTER

The Serial Play novelized by the Author in conjunction with
CHARLES HATTON

Die Originalausgabe enthält die Originalbesetzungsliste des Hörspiels und den Hinweis, dass Charles Hatton gemeinsam mit Francis Durbridge für die Romanfassung verantwortlich ist.

PAUL TEMPLE

– and –

THE FRONT PAGE MEN

By
Francis
Durbridge

Australian Women's Weekly
NOVEL August 15, 1939

Die australische Zeitschrift *Australian Women's Weekly* brachte den Krimi als Fortsetzungsroman in leicht gekürzter Form ab Sommer 1939 in wöchentlichen Episoden.
Zuvor war das Hörspiel wie in allen anderen
Commonwealth-Ländern bereits im Radio gelaufen.

Francis Durbridge
Paul Temple
und die Schlagzeilenmänner

Die handelnden Personen

Die Hauptfiguren

PAUL TEMPLE	Kriminalschriftsteller
STEVE TEMPLE	seine Frau
SIR GRAHAM FORBES	Chefkommissar bei Scotland Yard
CHARLES MACKENZIE REED	Chefinspektor bei Scotland Yard
INSPEKTOR HUNTER	Kriminalbeamter bei Scotland Yard
J. P. GOLDIE	Klavierstimmer
GERALD MITCHELL	Verleger
ANN MITCHELL	seine Frau
CHARLES HARGREAVES	Pfarrer
ANDREW BRIGHTMAN	Börsenmakler
MARGARET BRIGHTMAN	Andrew Brightmans Tochter
MORGAN	Andrew Brightmans Butler
SIR NORMAN BLAKELY	Automobilmagnat
CAROL FORBES	Tochter von Sir Graham
PRYCE	Diener der Temples

Die Mitglieder der Schlagzeilenmänner-Bande

CHUBBY WILSON	Drogenhändler
LINA FRESNAY	Ganovin
LUCKY GIBSON	Ganove
JIMMY MILLS	»Geschäftsmann«, früher Ganove
SWAN WILLIAMS	Ganove
JED WARE	Ganove
und	
? ? ?	Schlagzeilenmann Nummer eins

Die Nebenfiguren

TONY RIVOLI	Betreiber des Medusa-Clubs
PERCY BRIGGS	Bankfilialleiter
SERGEANT LEOPOLD	Sir Grahams persönlicher Sekretär
LUCY TAYLOR	Wirtin im *Glass Bowl*
GEORGE BROOKS	Beamter der Flusspolizei
HARRY DONOVAN	Beamter der Flusspolizei
INSPEKTOR NELSON	Beamter bei Scotland Yard
CONSTABLE WHITE	Wachtmeister in Nottingham
RONALD SPARS	Juwelier in Nottingham
BERT STYLER	Betreiber eines Caféstands
SUE MARLOW	Schauspielerin
JOHN LEONARD PARADISE	Juwelentransporteur
VON ZELTON	Hehler
DR. HENDERSON	Arzt im Queen's-Hospital

Die Handlung spielt 1939
in London, Eveshaw und Nottingham.

Paul Temple, wie er damals in der *Radio Times* anlässlich des Starts der
Hörspielserie *Paul Temple and the Front Page Men* dargestellt wurde.

Kapitel eins
Chefinspektor
Charles Cavendish Mackenzie Reed

Chefinspektor Charles Cavendish Mackenzie Reed hätte sicherlich das Herz jenes berühmten Hollywood-Produzenten erfreut, der in einem Moment purer Inspiration darauf bestand, dass alle Scotland-Yard-Ermittler einen echten schottischen Akzent haben sollten.

Obwohl Mac sich bemühte, seinen Dialekt zu verbergen, gelang es ihm nie ganz. Im Gegensatz zu vielen seiner Landsleute wollte er am liebsten vergessen, dass er einst Constable Reed aus einer winzigen schottischen Grenzstadt war, der sich durch schiere Hartnäckigkeit immer weiter nach Süden durchgeschlagen und mit jedem Schritt eine Sprosse die Karriereleiter höher erklommen hatte.

Es war seine unerbittliche Beharrlichkeit, die ihn in der Öffentlichkeit bekannt gemacht hatte. Damals hatte er *The Blade Kid* zur Strecke gebracht, einen berüchtigten Verbrecher, der mit dem Rasiermesser umging und für eine lange Serie von Verbrechen in der Gegend von Derby verantwortlich gewesen war. Reed arbeitete nach seinem Lieblingsprinzip, dass jeder Verbrecher irgendwann einen Fehler beging und dass man nur darauf warten musste. In diesem Fall hatte er die naheliegende Methode angewandt, jeden Tag eine Runde durch alle Geschäfte zu drehen, die Rasierklingen anboten.

Seine Kollegen hielten das damals für einen großen Unsinn, aber Charles Cavendish Mackenzie Reed biss stur die Zähne zusammen und machte weiter.

Und dann plötzlich, an einem friedlichen Morgen Ende Mai, kaufte *The Blade Kid* einen neuen Satz Rasierklingen, und dieser mürrische, sandhaarige Schotte wurde dadurch nach London befördert. Er war nicht ganz glücklich bei Scotland Yard, denn dort gab es für seinen Geschmack viel zu viele Leute, die eine Privatschule oder eine Universität absolviert hatten. Ihr sicheres Auftreten und ihre offenen Vokale in der Aussprache machten ihm seinen schottischen Akzent bewusster denn je. Dennoch wäre er nie auf die Idee gekommen, dies als Minderwertigkeitskomplex zu empfinden.

Nichtsdestotrotz hatte der Chefkommissar die Gewohnheit, sich auf Mac zu verlassen, vor allem in Fällen, die eine unermüdliche Geduld und unablässige Aufmerksamkeit für Details erforderten.

In diesem speziellen Moment war Mac jedoch nicht sehr erfreut über die Art und Weise, wie der Chef ihn behandelte. Sir Graham Forbes hatte ihn unvorsichtigerweise darüber informiert, dass einer von diesen ehemaligen Privatschülern ihn bei seinem Fall unterstützen sollte. Mac fasste dies als eine Infragestellung seiner Fähigkeiten auf, aber er wagte nicht, dies zu sagen.

Inspektor Hunter stand nun vor ihm in seinem kleinen Privatbüro, in dem peinlichste Ordnung herrschte. Hunter war ein sympathischer junger Mann Mitte zwanzig, der sich in der Londoner Unterwelt bestens auskannte. Er vermittelte stets den Eindruck, dass er das Leben nicht sehr ernst nahm, und trug nur dann eine Uniform, wenn es sich nicht vermeiden ließ.

»Der Chef hat also gesagt, dass Sie uns im Fall Blakeley unterstützen sollen«, begann Mac in zweifelhaftem Ton. Er hatte gehört, dass Hunter brillant, aber unberechenbar war.

»Das mache ich doch gerne, Mac. Ich wollte schon immer mal Ihre Methoden kennenlernen«, versicherte Hunter ihm eifrig. Glücklicherweise hatte Mac wenig Sinn für Humor und bemerkte nicht das leiseste Zwinkern, das über Hunters glatte Züge huschte.

»Es ist ein höchst eigenartiger Fall«, fuhr Mac fort, ohne auf die Schmeicheleien zu achten, »und Sie müssen dabei viel Geduld aufbringen. Marshall, Rigby und Nelson sind jedem einzelnen Hinweis nachgegangen, aber bis jetzt leider ohne Erfolg …«

»Könnten Sie mir vielleicht nochmal die Einzelheiten des Falls in Erinnerung rufen?«, warf Hunter ein. Reeds Gesicht verhärtete sich ein klein wenig. Er nahm es dem jungen Hunter übel, dass er ihn mit dieser Vertrautheit ansprach. Kaum waren diese Jungs aus der Privatschule im Yard, übernahmen sie schon das Kommando, dachte er. Wie dem auch war, Mac zog einen kleinen Stapel Papiere aus einem Ordner auf seinem Schreibtisch und winkte Hunter zu einem Stuhl.

»Anfang Januar veröffentlichten Mitchell & Bell einen Roman mit dem Titel *Die Schlagzeilenmänner.*«

»Ein wahnsinnig guter Roman«, unterbrach Hunter. »Sie haben ihn doch gelesen?«

»Ich habe keine Zeit, Kriminalromane zu lesen. Nelson und Rigby haben ihn gelesen und einen Bericht darüber geschrieben.«

»Oh ...« Hunter verstummte. »Ich verstehe.«

»Da Sie sie offensichtlich der literarisch interessierte Typ sind, wissen Sie vielleicht schon, dass sich das Buch sehr gut verkauft hat, sowohl hier als auch in Amerika«, fuhr Reed mit einem Hauch von Sarkasmus in der Stimme fort.

»Achtzigtausend verkaufte Exemplare bis dato. Es stand heute Morgen in der Zeitung«, informierte Hunter ihn fröhlich.

»Das ist im Moment nebensächlich«, sagte Mac, der diese ständigen Unterbrechungen nicht mochte. »Das, was uns interessiert, ist der Überfall auf die Margate-Zentralbank und die Ermordung des Hauptkassierers, eines jungen Mannes namens Sydney Debenham.«

»Ja, eine üble Sache«, stimmte Hunter zu. »Ist in letzter Zeit aber recht still darum geworden. Haben Sie sich mit dem Fall beschäftigt?«

»Ich beschäftige mich immer noch damit«, erwiderte Mac unmissverständlich. »Aber ich habe nicht vor, jedes Detail in den BBC-Nachrichten bekanntzugeben!«

»Tut mir leid«, murmelte Hunter.

»Neben der Leiche von Debenham«, fuhr Mac fort, »haben wir diese Karte gefunden.«

Er gab ihm ein Stückchen weißen Kartons, das etwas

kleiner als eine gewöhnliche Spielkarte war. Hunter betrachtete die Karte mit einem verwirrten Stirnrunzeln.

»Die Schlagzeilenmänner. Das ist also die Karte? Ich habe natürlich davon gelesen. Haben Sie die Handschrift untersucht?«

Reed nickte gleichgültig. Wofür hielt ihn dieser Anfänger? Aber der junge Mann schien ihn zu ignorieren und an andere Dinge zu denken.

»Dieser Fall hat den Verkauf des Romans natürlich anständig angekurbelt«, schlussfolgerte Hunter nach einer Weile.

»Interessieren Sie sich für den Roman oder für den Fall?«, fragte Mac säuerlich.

»Das eine hat doch mit dem anderen zu tun, oder?«

»Lassen Sie mich doch mal ausreden«, fuhr Mac ungeduldig fort. »Also: Etwa vierzehn Tage nach der Margate-Affäre gab es in der Bond Street einen Raubüberfall bei Lareines, dem bekannten Juwelier. Im Schaufenster fanden wir eine weitere Karte.«

Er reichte sie weiter und Hunter legte die beiden Karten nebeneinander. »Genau dieselbe«, lautete sein Urteil.

»Hm«, grunzte Mac, der die Karte unter dem Mikroskop untersucht und sie den Experten für Handschriften und Fingerabdrücke vorgelegt hatte, die zu demselben Ergebnis gekommen waren.

»Was ist mit der Person, die den Roman geschrieben hat?«, fragte Hunter und reichte die Karten zurück. »Wurde er nicht von einer Frau geschrieben?«

»Er wurde unter dem Namen Andrea Fortune veröffentlicht.«

»Nie von ihr gehört. Ist es ihr erster Roman?«

»Anscheinend.«

»Wer ist dann diese Andrea Fortune?«

»Das«, antwortete Mac, »ist eines der vielen Dinge, von denen der liebe Chefkommissar erwartet, dass Sie sie herausfinden!«

»Haben Sie beim Verlag kein Glück gehabt?«

Reed schüttelte den Kopf. »Sie sagen, das Manuskript

stamme von einer Agentur in der Fleet Street. Wir haben mit der Agentur gesprochen, aber sie erzählen mehr oder weniger das Gleiche wie der Verlag. Der Roman wurde ihnen mit der Anweisung zugeschickt, alle Tantiemen an das General Hospital in der Gerard Street zu überweisen.«

»Hätte es einen Sinn, wenn ich mich nochmal beim Verlag umhöre?«

»Ich will Sie nicht entmutigen«, antwortete Mac, »aber ich habe mit dem jungen Gerald Mitchell – das ist der Chef – erst heute Morgen gesprochen. Er hat geschworen, dass er Andrea Fortune nie zu Gesicht bekommen hat. Ich glaube, er sagt die Wahrheit. Die Sache scheint ihn außerdem ganz schön zu beunruhigen.«

Hunter nahm eine Zigarette aus seinem Etui, fing Macs fragenden Blick auf, überlegte es sich anders und steckte sie dann wieder ein. Er ließ das Etui zuschnappen. »Sie scheinen in dieser Angelegenheit wirklich alles unternommen zu haben«, kommentierte er.

»Tja, dafür bin ich ja da«, sagte Mac in gleichmäßigem Ton und nahm eine neue Karte von seinem Schreibtisch. »Jetzt«, verkündete er feierlich, »kommen wir zu der Blakeley-Affäre.«

Hunter lächelte. »Die Zeitungen waren ja voll davon«, sagte er.

Mac runzelte die Stirn. »Ich kann einfach nicht verstehen, wie das durchsickern konnte«, murmelte er gereizt. »Der Chef hat deshalb sogar fünfmal das Innenministerium angerufen.«

»Nun, die Schlagzeilenmänner haben es dieses Mal auf alle Fälle in die Schlagzeilen geschafft. Unternimmt der Chef etwas dagegen?«

»Hat er denn nicht Sie auf den Fall angesetzt?«, fragte Reed, der den Sarkasmus in seiner Stimme nicht verbergen konnte. »Abgesehen davon scheint er den Eindruck zu haben, dass diese Sache etwas mit der Entführung von Granville zu tun haben könnte.«

»Aber das war doch lange, bevor wir von den Schlagzeilenmännern erstmals gehört haben …«

»Wir hatten damals vielleicht noch nichts von ihnen gehört, aber sie könnten trotzdem dahinterstecken«, sagte Mac, der viel davon hielt, alle Eventualitäten abzuwägen.

»Eine traurige Sache, diese Angelegenheit mit Lester Granville. Nach dem Tod seiner Frau war das Kind das Einzige, was ihm noch geblieben war.«

»Granville ist an dieser Sache völlig zerbrochen«, sagte Mac. »Er hat sich von der Bühne verabschiedet und sich sonst auch sehr zurückgezogen. Der Chef war auch sehr aufgebracht. Aber das ist kein Grund, voreilige Schlüsse zu ziehen, dass diese Angelegenheit etwas mit der Blakeley-Affäre zu tun hat.«

»Das ist die Frage«, murmelte Hunter und legte nachdenklich die Stirn in Falten.

»Also, hören Sie mal …«, begann Mac mürrisch.

Hunter lachte. »Also gut, Mac, dann erzählen Sie mir den Rest dieser Blakeley-Geschichte.«

»Ich nehme an, Sie haben alles gelesen, was es dazu zu lesen gibt. Letzten Freitag verschwand Sir Norman Blakeleys einziger Sohn unter ziemlich mysteriösen Umständen und …«

»Eine Frage«, warf Hunter ein, »wer genau ist Sir Norman Blakeley?«

Bevor Reed antworten konnte, klopfte es heftig an der Tür, und ein stämmiger Sergeant trat ein. »Entschuldigen Sie die Störung, Sir, aber draußen macht ein Mann jede Menge Wirbel und sagt, er wolle den Chef sprechen. Er weigert sich außerdem, das Anmeldeformular auszufüllen.«

Chefinspektor Reed zog seine sandfarbenen Augenbrauen missbilligend hoch. In diesen Tagen gingen zu viele Leute bei Scotland Yard ein und aus, und es war an der Zeit, dem ein Ende zu setzen. Doch bevor er Anweisungen erteilen konnte, stand der widerspenstige Besucher hinter dem Sergeant.

Es handelte sich um einen Mann um die fünfzig, der offensichtlich sehr nervös war. Er war gekleidet, wie Männer in der Stadt gekleidet waren. Er trug einen Gehrock, eine gestreifte Hose und cremefarbene Handschuhe. Seine Krawatte saß etwas schief, sein Haar war etwas zerzaust und ein Knopfloch seiner Weste war offen.

»Wann kann ich endlich mit dem Chefkommissar sprechen?«, begann er in schrillem, gereiztem Ton.

Chefinspektor Reed, der eigentlich aufgestanden war, um einen strengen Tadel zu erteilen, wie nur er es konnte, nahm rasch eine stramme Haltung an.

»Sofort, Sir Norman«, antwortete er höflich.

Kapitel zwei
Mr. Andrew Brightman

Als er das schlichte Büro betrat, das als das Nervenzentrum von Scotland Yard bezeichnet wurde, fiel Sir Normans anmaßendes Verhalten von ihm ab und er begann vor offensichtlicher Verzweiflung zu zittern.

Sir Graham Forbes blickte von seinem Schreibtisch auf und schätzte die Lage sofort richtig ein. Er nahm den Arm seines Besuchers und führte ihn zu einem bequemen Stuhl, ging dann zu einem Schrank hinüber und schenkte ein Glas Whisky ein.

»Trinken Sie das zuerst«, befahl er und tat so, als ob er weiterarbeiten würde, während Sir Norman die nervenlockernde Flüssigkeit hinunterschluckte.

»Nun«, sagte Sir Graham, während er sorgfältig seine Unterschrift unter einen Brief setzte, »gibt es Neuigkeiten?«

»Ja«, antwortete Blakeley mit einer Stimme, die fast zu einem Flüstern geworden war. »Ich habe heute Vormittag Nachricht erhalten.«

»Erzählen Sie mir genau, was passiert ist.« Die Art und Weise, in der er mit seinem Brieföffner herumfuchtelte, verriet, dass Sir Graham etwas von der Nervosität seines Besuchers angenommen hatte.

Blakeley setzte sein Glas ab. Seine Hand zitterte immer noch merklich, aber er schien sich zusammenzureißen.

»Um etwa viertel nach zehn klingelte das Telefon. Eine junge Frauenstimme sagte: »Wir wollen neuntausend Pfund, wir wollen es in Zwanzigern, die Scheine dürfen nicht durchnummeriert sein. Packen Sie das Geld in einen braunen Lederkoffer und stellen Sie ihn in der Telefonzelle an der Ecke Eastwood Avenue, Mayfair, ab.««

»Ist das alles?«, fragte Forbes, der sich schnell Notizen auf einem Notizblock gemacht hatte.

»Nicht ganz. Dann sagte sie: »Machen Sie sich keine Sorgen. Dem Kind geht es gut.« Dann legte sie auf.« Der Besucher beugte sich sehr aufgeregt vor. »Sir Graham, glauben Sie, dass es ihm gut geht? Denn wenn ihm etwas zugestoßen ist, dann werde ich …«

Der Chefkommissar lehnte sich in seinem Stuhl zurück. »Seien Sie versichert, Sir Norman, dass wir alles in unserer Macht Stehende tun, aber bedenken Sie bitte, dass es sich hier um eine weitaus ernstere Angelegenheit handelt als um einen bloßen Entführungsfall. Es steht viel mehr auf dem Spiel, als nur Ihren Jungen wiederzubekommen.«

»Er ist mein einziger Sohn, Sir Graham, der einzige Sohn, den ich wahrscheinlich jemals haben werde«, sagte Blakeley leise.

»Glauben Sie mir, ich habe Verständnis dafür«, antwortete Forbes. »Ich versuche nur, Ihnen klarzumachen, dass es auch unser Ziel ist, die verantwortliche Organisation dahinter zu zerschlagen.«

»Sie glauben also wirklich, dass es sich um eine große Organisation handelt?«

Sir Graham zuckte unverbindlich mit den Schultern: »Ich vermute es …, aber ich bin mir nicht sicher.« Er ging zum Schrank hinüber. »Noch einen Whisky?«

»Nein, danke.«

Sir Graham schenkte sich einen ein.

»Ihre Männer waren gestern bei mir im Haus«, fuhr Sir Norman fort. »Haben sie etwas gefunden?«

Der Chefkommissar blätterte in einem Stapel Papiere. »Inspektor Nelson neigt zu der Ansicht, dass der Junge um vier Uhr morgens aus seinem Bett gerissen wurde. Trotzdem ist es schwer vorstellbar, wie sie ihn aus dem Haus bekommen haben.«

»Das ist es in der Tat. Ich habe das Zimmer nebenan und ich habe einen sehr leichten Schlaf.«

»Wer hat zuerst bemerkt, dass der Junge nicht mehr da

war?«

»Ich war das. Ich betrat gegen halb acht sein Zimmer. Normalerweise ist der kleine Kerl um diese Zeit schon wach und ziemlich ausgelassen und munter.«

»Und was war an jenem Morgen?«

»Das Zimmer war komplett durcheinander – überall lag Bettzeug herum.«

»Und kurz danach haben Sie die Nachricht erhalten, dass Sie die Polizei nicht einschalten sollen?«

Sir Norman nickte. Mittlerweile hatte er etwas von seiner alten Zuversicht zurückgewonnen, was wahrscheinlich auf den Einfluss von Sir Grahams altem schottischen Whisky zurückzuführen war. Aber er war immer noch sehr aufgeregt, und sein Gesicht zuckte vor Aufregung, als er Sir Grahams Fragen beantwortete.

Der Chefkommissar war eine Weile in Gedanken versunken, setzte einmal dazu an, einen Telefonanruf zu machen, überlegte es sich dann aber anders und beschloss, mit der Befragung fortzufahren. Er nahm eine maschinengeschriebene Liste in die Hand und sah zu Sir Norman auf.

»Sie haben Inspektor Nelson eine detaillierte Aufstellung darüber gegeben, wer sie in der entsprechenden Woche zu Hause besucht hat. Diese Liste sieht für mich überraschend kurz aus. Sind Sie ganz sicher, dass Sie niemanden vergessen haben?«

»Absolut sicher«, sagte Blakeley mit einer Spur jener Aggressivität, wie sie nur Städter hatten.

»Am Dienstag zum Beispiel«, fuhr Sir Graham fort, »war neben den üblichen Geschäftsleuten ein Mr. Andrew Brightman bei Ihnen – und auch ein Mr. J. P. Goldie.«

Einen Moment lang war Blakeley verblüfft. »Goldie? Ich kann mich nicht erinnern, einen Mr. Goldie erwähnt zu haben.«

»Soviel ich weiß, kam er, um das Klavier zu stimmen.«

»Ach ja, natürlich! Der Klavierstimmer. Ich wusste nie, wie er hieß.«

Sir Graham spielte wieder mit seinem Brieföffner herum. »Ist Mr. Andrew Brightman ein Freund von Ihnen?«, fragte er schließlich.

»Freund kann man nicht gerade sagen. Ich kenne ihn seit etwa zwei Jahren. Wir haben uns bei einem Bankett hier in London kennengelernt und ich habe ihn hinterher zurück nach Hampstead mitgenommen. Danach haben wir uns angefreundet. Wir interessieren uns beide für altes Porzellan, aber wir sehen uns nicht sehr oft.«

»Warum kam er dann ausgerechnet an jenem Abend vorbei?«

»Er hatte ein Stück Porzellan mitgebracht, das ein Verwandter von ihm für mich repariert hatte. In einem Anfall von Verzweiflung schilderte ich ihm plötzlich die ganze Geschichte. Wie Sie sich vorstellen können, war ich sehr mitgenommen, und um mich zu trösten, begann er, mir von seiner Tochter zu erzählen.«

»Von seiner Tochter? Was ist mit ihr?«

Sir Norman Blakeley zögerte.

»Sie wurde auch entführt – von den Schlagzeilenmännern.«

Der Brieföffner fiel klappernd zu Boden. Einen Moment lang schien der Chefkommissar zu verblüfft zu sein, um zu sprechen. Dann erholte er sich abrupt. »Sind Sie sich dessen sicher? Was ist mit dem Mädchen passiert?«

»Er hat es zurückbekommen.«

»Zum Teufel nochmal! Und wie? Er hat uns nicht darüber informiert!«

»Nein. Die Sache hat ihn achttausend Pfund gekostet, Sir Graham.«

Der Chefkommissar war sichtlich fassungslos.

»Achttausend! Wo kann ich Andrew Brightman am schnellsten erreichen?«, fragte er.

»Er sitzt unten in einem Taxi«, sagte Sir Norman. »Ich dachte mir schon, dass sie ihn wahrscheinlich gerne befragen würden, also habe ich ihn dazu überredet, mitzukommen.«

»Da bin ich Ihnen aber sehr dankbar«, ließ ihn Sir Graham wissen und drückte einen Knopf an der Seite seines Schreibtischs. Wie von Geisterhand öffnete sich die Tür, und Sergeant Leopold stand da und wartete auf Anweisungen.

»Unten sitzt ein Herr in einem Taxi, ein Mr. Brightman. Bitten Sie ihn, heraufzukommen, Sergeant.«

Als die Tür wieder geschlossen war, wandte sich Sir Graham wieder an Blakeley. »Ich nehme an, Sie haben heute die Zeitungen gelesen?«

Sir Norman fuhr erschrocken zusammen. »Wollen Sie damit etwa sagen, dass es in den Zeitungen stand?«

»Leider ja.«

Sir Normans Gesicht wurde rot vor Wut.

»Man hatte mich doch ausdrücklich davor gewarnt, die Polizei einzuschalten«, schrie er fast, »und Sie haben mir versprochen, es aus den Zeitungen herauszuhalten!«

Sir Graham klopfte ihm auf die Schulter: »Machen Sie sich keine Sorgen, Sir Norman. Sie müssen die Zeitungen schon gesehen haben, bevor sie sie heute Vormittag angerufen haben ... Nehmen Sie also morgen früh ein Taxi und fahren Sie direkt zu Ihrer Bank. Ordnen Sie die neuntausend Pfund genau so an, wie die Frau am Telefon es Ihnen aufgetragen hat. Morgen Nachmittag nehmen Sie dann das Geld und bringen es in die Telefonzelle an der Ecke der Eastwood Avenue. Sobald Sie das Geld dort abgestellt haben, verlassen Sie die Telefonzelle und kehren nach Hause zurück. Ist das klar?«

»Sie wollen also, dass ich auf die Forderungen dieser Schweine eingehe?«, stammelte Sir Norman.

»Ich möchte, dass Sie tun, was ich Ihnen sage, und dass Sie den Rest uns überlassen«, antwortete der Chefkommissar. »Jetzt würde ich dann gerne Mr. Brightman allein sprechen, wenn es Ihnen nichts ausmacht. Bitte warten Sie dann draußen.«

»Ja, gut, ich werde warten«, stimmte Sir Norman zu und griff nach seinem Hut und seinem Schirm.

Sir Graham führte seinen Gast hinaus und ging dann zum Telefon, um sich eine Karte des Mayfair-Viertels bringen zu lassen. Er hatte gerade den Hörer aufgelegt, als Mr. Andrew Brightman hereinkam.

Der Chefkommissar musterte ihn scharfsinnig. »Bitte setzen Sie sich, Mr. Brightman«, murmelte er höflich, und sein Besucher trat näher. Er war ein ziemlich stämmiger Mann in den mittleren Fünfzigern. Ein Mann, der offensichtlich der Mittelpunkt und die Seele jeder Party war. Er strotzte vor Selbstbewusstsein und war nie um eine Antwort verlegen, ganz gleich, wie die Situation auch aussehen mochte.

Seine freundliche und zuvorkommende Art wirkte auf die meisten Menschen entwaffnend und trug zweifellos in nicht geringem Maße zu seinem begüterten Aussehen bei. Er schien von seiner Umgebung nicht im Geringsten eingeschüchtert zu sein und begegnete Sir Graham mit einem freundlichen Lächeln, als ob sie ein geschäftliches Vorhaben besprechen wollten.

»Ich habe mich gerade mit Sir Norman Blakeley unterhalten«, begann Sir Graham. »Er hat mir erzählt, dass Ihre Tochter unter ziemlich mysteriösen Umständen verschwunden ist und dass Sie eine ziemliche Summe für ihre Rückkehr bezahlt haben.«

»Das ist richtig«, behauptete Brightman. Ein oder zwei Sekunden lang schien Sir Graham verwirrt zu sein.

»Wann ist das passiert?«

»Im März dieses Jahres. Am Achten, um genau zu sein. Ein Datum, das ich nicht so schnell vergessen werde«, versicherte ihm Brightman.

»Warum haben Sie uns in dieser Angelegenheit nicht konsultiert, Mr. Brightman?«, fragte der Chefkommissar plötzlich mit einem Hauch von Wut im Ton. Aber sein Besucher ließ sich nicht im Geringsten beunruhigen.

»Um ganz ehrlich zu sein, Sir Graham, weil ich kein Risiko eingehen wollte.«

Forbes' wütender Ton wurde stärker. »Ich habe den Eindruck, dass Sie dadurch ein sehr großes Risiko eingegangen sind.«

»Das«, murmelte Andrew Brightman höflich, »ist wie so vieles, Sir Graham, Ansichtssache.«

Der Chefkommissar war schon wieder sprachlos, schließlich fragte er: »Ist Ihre Tochter zurzeit in London?«

»Sie ist auf einer Schule in Frankreich. In einem kleinen Ort in der Nähe von Saint-Raphaël. Sie ist schon seit sechs Monaten dort. Ich hielt es für ratsam, sie nach dieser ganzen

Affäre fortzuschicken.«

Sir Graham nickte verständnisvoll. »Nun, Mr. Brightman, als Sie dieses Geld übergaben, haben Sie sich da die Nummern der Scheine notiert?«

Brightman schüttelte den Kopf. »Man wies mich an, die gesamte Summe in Zwanzigern zu bezahlen. Ich weiß noch, dass mich das ziemlich überrascht hat. Aber ich habe damals dafür einen Scheck bei Floyds in der Manchester Street eingelöst, meiner Privatbank. Ich nehme an, dass sie Ihnen die Nummern nennen können. Soweit ich weiß, ist es üblich, diesbezügliche Aufzeichnungen zu führen.«

Sir Graham ging darauf nicht ein. »Wie haben Sie Ihre Anweisungen zur Übergabe des Geldes erhalten?«, fragte er.

»Per Telefon. Es war am Montag, nachdem Margaret verschwunden war. Mir war nicht danach, ins Büro zu fahren, weil ich annahm, dass sich jemand rühren würde. Ich ging gerade nervös in der Bibliothek auf und ab, als das Telefon klingelte.«

Sir Graham schien ungläubig. »Wollen Sie mir damit etwa sagen, dass Sie zwei Tage gewartet haben, ohne etwas zu unternehmen?«

Mr. Andrew Brightman war sich seiner Sache jedoch immer noch sehr sicher. »Ich hatte einen Grund zu warten«, antwortete er leise.

»Dann würde ich diesen Grund sehr gerne hören.«

»Als Margaret verschwand«, fuhr Brightman fort, »war mein erster Gedanke natürlich, mich mit der Polizei in Verbindung zu setzen. Ich war auch gerade dabei, dies zu tun, als mein Butler mir eine kleine Karte brachte. Daran war nichts Ungewöhnliches, außer dass sie keine Adresse hatte und offensichtlich persönlich zugestellt worden war. Morgan, mein Butler, meinte, dass jemand die Karte in den Briefkasten geworfen haben musste, während wir alle durch das Haus hetzten, um Margaret zu suchen. Er hatte damit wohl recht, denn er hatte die erste Post schon aus dem Briefkasten geholt und auf meinen Schreibtisch gelegt.«

»Hm, sehr interessant. Sagen Sie, wer war die erste Person, die das Verschwinden Ihrer Tochter bemerkte?«

»Das Dienstmädchen. Sie brachte Margaret jeden Morgen gegen acht Uhr ein Glas Milch. An diesem Tag stellte sie mit Erstaunen fest, dass Margaret nicht in ihrem Zimmer war und dass das Bett unbenutzt war. Das arme Mädchen war natürlich ziemlich durcheinander und rief Morgan.«

»Und Sie wollten gerade die Polizei anrufen, als Morgan Ihnen diese Karte brachte?«

Brightman nickte. »Ja. Wir hatten das Haus vom Keller bis zum Dachboden durchsucht, und ich wurde immer beunruhigter. Übrigens, ich dachte, die Karte würde Sie vielleicht interessieren.« Er überreichte ihm eine Karte, die Sir Graham sorgfältig mit einer kleinen, aber stark vergrößernden Lupe untersuchte. Darauf stand eine einfache Botschaft.

VERSTÄNDIGEN SIE DIE POLIZEI NICHT. WARTEN SIE 48 STUNDEN. DEM KIND GEHT ES GUT.

DIE SCHLAGZEILENMÄNNER

»Danke«, sagte Sir Graham schließlich. Wenn Sie erlauben, möchte ich das vorläufig behalten.

»Natürlich, Sir«, stimmte Brightman zu, der sich jetzt wohler zu fühlen schien als je zuvor und in der leicht pompösen Art des Vorsitzenden eines Unternehmens sprach, der die Zahlung einer außerordentlichen Dividende bekannt geben wollte. »Sie können sich vorstellen«, fuhr er fort, »in welchem Zustand ich mich befand, als ich diese Nachricht erhielt. Ich wusste nicht, was ich tun sollte. Ich entschied mich dann, abzuwarten.« Brightman hielt inne. »Ich brauche Ihnen nicht zu erzählen, wie dieses Wochenende war, Sir Graham. Jede Minute kam mir wie eine Ewigkeit vor. Das würde ich freiwillig nicht noch einmal durchmachen – nicht einmal für eine Million!«

Plötzlich schien die Erinnerung an diese Erfahrung zum ersten Mal seine Weltgewandtheit bröckeln zu lassen. Er schluckte schwer, bewegte sich unbehaglich in seinem Stuhl hin und her und fuhr mit einem Finger über den Rand seines

Kragens, bevor er fortfuhr. »Sowohl Morgan als auch das Hausmädchen wollten, dass ich die Polizei rufe. Morgan drohte sogar, mich zu übergehen und von sich aus Scotland Yard zu kontaktieren. Der arme Teufel hängt so an der kleinen Margaret und war völlig mit den Nerven blank. Dann, gegen halb zehn, kam eine weitere Nachricht.«

Er gab Sir Graham die zweite Karte. Darauf stand:

HALTEN SIE SICH MORGEN VORMITTAG IN DER NÄHE DES TELEFONS AUF. DEM KIND GEHT ES GUT.

DIE SCHLAGZEILENMÄNNER

Forbes prüfte die Karte sorgfältig, aber sie schien keinen Anhaltspunkt zu bieten. »Wie lange sind Morgan und das Dienstmädchen schon bei Ihnen angestellt?«

»Oh, schon eine ganze Weile. Sie waren schon lange bevor meine Frau und ich uns getrennt haben bei uns. Morgan war schon einige Jahre davor bei meinem Vater. Und falls Sie sie verdächtigen, Sir Graham: Beide vergöttern Margaret.«

»Um wie viel Uhr kam dieser Anruf?«

»Gegen 10.15 Uhr. Ich habe den Anruf persönlich entgegengenommen. Am anderen Ende der Leitung war eine Frau. Sie klang jung und recht sympathisch: »Wir wollen achttausend Pfund«, sagte sie, »wir wollen es in Zwanzigern. Die Scheine dürfen nicht fortlaufend nummeriert sein. Packen Sie das Geld in einen braunen Lederkoffer und deponieren Sie ihn in der Garderobe des Hotels *Regal Palace*. Der Koffer muss bis morgen Mittag um 12.30 Uhr dort sein.«««

Sir Graham nahm seinen Bleistift zur Hand und machte sich einige Notizen. Dann nickte er seinem Besucher zu, um fortzufahren.

»Am nächsten Morgen tauchte ich mit Koffer und Geld im Hotel *Regal Palace* auf. An der Garderobe gab man mir einen Abgabeschein für den Koffer, was mich ziemlich beunruhigte. Ich konnte mir nicht vorstellen, wie jemand den Koffer ohne den Schein herausbekommen sollte. Bis zu diesem Zeitpunkt hatte ich jedenfalls keine Anweisung erhalten, den Schein irgendwo hinzuschicken. Ich habe mir die ganze Zeit den Kopf darüber zerbrochen, auch noch, als ich wieder nach Hause kam.« Er hielt inne, nahm ein Taschentuch heraus und wischte sich nervös über die Lippen. »Ich öffnete die Haustür, und das Erste, was ich hörte, war Margarets Stimme. Kurz nachdem ich das Haus mit dem Geld verlassen hatte, war sie zurückgekommen.«

Eine mögliche Verblüffung ließ sich Sir Graham nicht anmerken. Stattdessen erkundigte er sich, ob das Kind bei guter Gesundheit war.

»Ihr ging es gut, aber sie konnte sich an nichts erinnern, was passiert war«, antwortete Brightman. »Ich habe stundenlang mit ihr geredet und versucht, ihrem Gedächtnis auf die Sprünge zu helfen, aber es war zwecklos. Dieses Wochenende war einfach aus ihrem Bewusstsein gelöscht worden.«

»Haben Sie keinen Versuch unternommen, sich das Geld zurückzuholen?«

»Ich habe darüber nachgedacht, das gebe ich zu. Ich war sogar so weit, mich auf den Weg zum Hotel zu machen, aber im letzten Moment kehrte ich um. Mir wurde klar, dass Margaret wieder etwas Schreckliches zustoßen könnte, selbst wenn ich das Geld bekäme.«

Sir Graham las seine Notizen noch einmal mit einem besorgten Stirnrunzeln durch, bevor er Brightman fragte, ob am Tag des Verschwindens seiner Tochter irgendwelche Besucher im Haus gewesen seien. Brightman überlegte eine Weile, wollte schon Nein sagen, erinnerte sich dann aber daran, dass der einzige Besucher ein Klavierstimmer gewesen war.

Sir Graham sah schnell auf: »Ein Klavierstimmer?«

»Ja.«

»Kennen Sie seinen Namen?«

»Leider nein«, gestand Brightman. »Morgan hat ihn sicher mal erwähnt, aber …«

»Hieß er Goldie, J. P. Goldie?«, fragte der Chefkommissar, der einen Hauch von Eifer in seiner Stimme nicht unterdrücken konnte.

»Ja, doch. Ich glaube, so hieß er«, antwortete Brightman überrascht. »Aber er ist ein ganz harmloser alter Kerl, er kann nichts mit dieser schrecklichen Sache zu tun haben.«

Sir Graham lächelte. »Das ist, wie so viele andere Dinge, Mr. Brightman, Ansichtssache.«

Eine etwas unangenehme Pause wurde plötzlich von Sergeant Leopold unterbrochen, der mit einer großen Karte hereinkam, die er auf den Schreibtisch des Chefkommissars legte.

»Sie haben mir jetzt wohl alles bis ins Detail erzählt«, sagte der Chefkommissar, »wenn Sie mich jetzt entschuldigen würden ...«

»Aber natürlich, Sir Graham. Und wenn ich Ihnen weiter behilflich sein kann, zögern Sie nicht, mich anzurufen.«

»Danke sehr. Sergeant Leopold wird Sie hinunterbegleiten.«

Sobald Brightman gegangen war, bestellte Sir Graham Inspektor Nelson telefonisch in sein Büro.

Er trug dem dunkelhaarigen, aufgeweckten jungen Mann auf, bei der Floyds-Bank in der Manchester Street anzurufen und herauszufinden, ob deren Kunde, Andrew Brightman, am achten März einen Scheck über achttausend Pfund eingelöst hatte.

»Und sagen Sie Reed und Hunter, dass ich mit ihnen sprechen will«, fügte er noch hinzu.

»Na, Mac, haben Sie Brightman überprüft?«, fragte Forbes, als die stämmige Gestalt des Inspektors in der Tür erschien, dicht gefolgt von Hunter.

»Das habe ich. Er ist Börsenmakler und lebt in Hampstead. Er ließ sich 1928 von seiner Frau scheiden und hat das Sorgerecht für das Kind.«

»Hm, das scheint zu stimmen«, nickte Sir Graham.

»Brightman und der Klavierstimmer waren die einzigen Personen, die Sir Norman Blakeley an dem Tag besuchten, an dem der Junge verschwand.«

»Was ist mit dem Klavierstimmer?«

»Ich habe ihn überprüft, Sir. Er war früher bei *Clapshaw*

& *Thompson* in der Regent Street tätig. Hat sich vor etwa sechs Jahren selbstständig gemacht. Wohnt in Northstream Cottages, Streatham.«

»Klingt alles schön und gut. Jetzt aber habe ich Neuigkeiten für Sie, Mac. Sir Norman hat eine Nachricht erhalten. Sie wollen neuntausend Pfund bis morgen Nachmittag um vier Uhr.«

Mac, der sonst stets einen unergründlichen Gesichtsausdruck hatte, ließ erkennen, dass ihn diese Information verblüffte. Hunter machte aus seinem Erstaunen kein Geheimnis. Es herrschte einen Moment lang Schweigen.

»Neuntausend?«, wiederholte Reed. »Hat man ihm irgendwelche Anweisungen gegeben?«

»Ja, das Geld muss in Zwanzigern in der Telefonzelle an der Ecke Eastwood Avenue, Mayfair, hinterlegt werden.«

»Eastwood Avenue! Die haben wirklich Nerven!«, rief Hunter.

Sir Graham zog die Karte zu sich heran, und alle beugten sich darüber. Ohne große Schwierigkeiten konnten sie die Telefonzelle darauf finden. Der Chefkommissar begann, einen Plan auszuarbeiten.

»Mac, ich möchte sechs Ihrer Männer hier an der Ecke der Lenton Park Road haben«, sagte er, »so haben Sie freie Sicht in beide Richtungen.«

»Sie werden da sein, Sir.«

»Und Hunter, Sie werden an der anderen Ecke stehen, gegenüber der Telefonzelle. Ich möchte, dass alle bis spätestens drei Uhr dort sind.«

Die beiden Beamten bestätigten, dass sie ihre Anweisungen verstanden hatten und vergewisserten sich ihrer Positionen auf dem Plan. Dann kam dem Chef eine andere Idee.

»Dieser Wohnblock hier hat einen perfekten Blick auf die Telefonzelle, wenn die Karte stimmt.«

»So ist es, Sir«, stimmte Hunter zu, der das Viertel gut kannte.

»Versuchen Sie, mich in der Wohnung im ersten Stock unterzubringen. Rufen Sie den Hausmeister an, Hunter, und finden Sie heraus, wem sie gehört. Die Adresse lautet Eastwood Mansions.«

Hunter ging hinaus, um zu telefonieren. Dabei musste er an Nelson vorbei, der wieder in der Tür stand. Er war zurückgekommen, um Sir Graham mitzuteilen, dass die Floyds-Bank den Scheck von Brightman gefunden hatte. Er stimmte in allen Einzelheiten mit der Beschreibung des Chefkommissars überein.

»Nun, Mac, es sieht so aus, als ob die Dinge in Bewegung geraten«, sinnierte Sir Graham.

»In diesem Fall bewegen Sie sich doch schon die ganze Zeit, Sir«, lautete die verhaltene Antwort.

»Übrigens, hier haben Sie zwei weitere Karten für Ihre Sammlung. Sie wurden an Brightman geschickt.«

Bevor Mac weitere Fragen stellen konnte, kam Hunter zurück.

»Diese Wohnung, Sir ...«, begann er.

Forbes sah auf.

»Wem gehört sie?«

»Die Adresse lautet 49 Eastwood Mansions, Sir.

Auf Hunters Gesichtszügen zeichnete sich ein recht eigenartiges Lächeln ab. »Die Wohnung gehört Mr. und Mrs. Paul Temple, Sir«, sagte er.

Kapitel drei
Sir Norman Blakeley

Am Morgen nach dem Besuch von Sir Norman Blakeley bei Scotland Yard hielt ein Taxi vor dem Haupteingang der Northern-Bank am Haymarket und Sir Norman stieg mit einem kleinen Lederkoffer aus. Er war nervös und ängstlich, doch auf den zufälligen Beobachter wirkte sein Auftreten fast wie eine resignierte Gleichgültigkeit. Seine Augen waren müde und die Haut in seinem Gesicht war schlaff und gräulich-gelb. Hätte ihn so ein Arzt gesehen, er hätte sofort nach einer Injektionsnadel gegriffen.

»Warten Sie hier auf mich, es wird nicht lange dauern«, bat Sir Norman, als er etwas mühsam ausstieg. Der Fahrer tippte sich an die Mütze als Zeichen, dass er verstanden hatte. Es war ein schöner Morgen, jene Art von Morgen, an dem die Leute lieber zu Fuß gehen als sich ein Taxi zu nehmen. Er hatte Glück gehabt, diesen Fahrgast so früh am Tag aufgesammelt zu haben. Mit etwas Glück würde dieser distinguiert aussehende Fahrgast verlangen, in einen der äußeren Vororte wie Richmond gebracht zu werden. Es konnte eine schöne Fahrt durch den Hyde Park werden. »Trotzdem wäre es mir lieber, er führe nach Croydon«, murmelte der Fahrer vor sich hin. Es war erstaunlich, wie wenig Leute heutzutage nach Croydon fahren wollten. Nachts musste er immer ohne Fahrgast zurückfahren.

Er dachte gerade darüber nach, als ein anderer, gut gekleideter Mann auf der Bildfläche erschien, die Taxitür ohne Vorwarnung aufriss und zügig erklärte: »Bringen Sie mich nach Euston – so schnell Sie können! Mein Zug fährt in zwanzig Munuten.«

»Tut mir leid, Chef. Der Wagen ist besetzt. Der Taxameter läuft noch. Da ist ein Taxistand gleich die Straße runter.«

Der Fremde holte umgehend eine Pfundnote aus seiner Tasche und hielt sie dem Fahrer unaufgefordert unter die Nase. »Ich muss den elf-Uhr-fünfzehn-Zug von Euston nehmen«, schnauzte er. »Und wenn Sie mich hinbringen, gehört ihnen ein Pfund.«

Mit einem verwirrten Stirnrunzeln schaute der Fahrer fragend zum Eingang der Bank. Von seinem bisherigen Fahrgast war nichts zu sehen. Dann schaute er auf sein Taxameter, das dreieinhalb Pence anzeigte. Er rechnete schnell nach, wie hoch der Fahrpreis nach Euston war, und entschied, dass er mindestens zehn Shilling Gewinn machen würde.

»Steigen Sie ein, Sir«, lud er den Mann ein, schlug die Tür hinter seinem neuen Fahrgast zu, klappte die Fahne herunter, als er sich auf seinen Sitz begab, und startete zügig den Motor.

Die Filiale der Northern-Bank am Haymarket war eine der ältesten der Londoner Niederlassungen des Geldinstituts. Ihre Einrichtung erinnerte an einen traditionellen Herrschaftssaal: Alle Angestellten trugen ein dunkles Jackett und eine gestreifte Hose. Der eine oder andere erinnerte sich sogar noch an die Zeit, als alle einen Zylinder tragen mussten. Obwohl diese Verpflichtung nicht mehr bestand, herrschte immer noch eine würdevolle Atmosphäre.

Sir Norman mochte diese Bank nie besonders. Er hatte sein Konto dort, weil schon sein Vater dies getan hatte und es ziemlich mühsam gewesen wäre, dies zu ändern. Als er jetzt dort stand, ärgerte er sich über die leicht hochmütige Art, mit der der Angestellte den Scheck untersuchte, den er überreicht hatte. Der junge Mann, der neu im Schalterdienst war, war noch nie um die Auszahlung eines so hohen Betrages gebeten worden. Er drehte den Scheck mehrmals um und zögerte dann offensichtlich. Plötzlich gewann Sir Norman die Oberhand über die Situation.

»Wenn Sie so freundlich wären, diesen Scheck auszubezahlen, dann würde ich Sie sofort darum bitten. Ich möchte neuntausend Pfund in Zwanzig-Pfund-Noten, die nicht fortlaufend nummeriert sein dürfen.«

Der junge Kassierer errötete und stammelte dann eine Entschuldigung. »Ich wollte Sie nicht aufhalten, Sir ... Ich war mir nur nicht sicher, ob ...« Ziemlich wirr ging er eilig auf die andere Seite des Schalters. Sir Norman konnte sehen, wie er sich mit einer kleinen Gruppe von drei anderen Angestellten in gedämpftem Flüsterton unterhielt. Einer von ihnen spähte über den Schalter, offensichtlich um sich von der Identität des Kunden zu überzeugen.

Währenddessen trommelte Sir Norman ungeduldig mit den Fingern auf die teure Schalterplatte aus Walnussholz. Es kam ihm wie zehn Minuten vor, obwohl es in Wirklichkeit nur neunzig Sekunden waren, bis der junge Kassierer die Tür zum Büro des Filialleiters am anderen Ende des Raumes öffnete.

»Würden Sie mir bitte hier entlang folgen?«, fragte er höflich, und Sir Norman hatte keine andere Wahl als genau das zu tun. Er hatte nicht die geringste Lust, sich mit Mr. Percy Briggs zu unterhalten. Der unterwürfige kleine Mann war vor zwei Jahren zum vorübergehenden Filialleiter ernannt worden und hatte es mit einer geschickten Vorgangsweise geschafft, die Stelle dauerhaft zu erhalten. Wie er das bewerkstelligt hatte, beschrieben seine Mitarbeiter nur mit Worten, die man besser nicht druckt. Keiner von ihnen mochte Briggs, aber die älteren Damen unter der Bankkundschaft hielten ihn für den charmantesten Mann, dem sie je begegnet waren, und zogen ernsthaft in Erwägung, ihn deshalb in ihrem Testament zu berücksichtigen. Das war genau das, worauf Mr. Briggs abzielte.

Mit seiner Kriechertaktik hatte er Sir Norman jedoch nie täuschen können. Im Gegenteil, er fühlte sich immer leicht angewidert, wenn Briggs ihm zur Begrüßung seine schlaffe Hand hinstreckte.

»Guten Morgen, Sir Norman. Was für ein schöner Morgen«, lächelte Briggs und zeigte dabei zwei Goldzähne.

»Ich glaube, es wird bald regnen«, antwortete Sir Norman so unangenehm wie möglich, »und ich will so schnell wie möglich neuntausend Pfund haben.«

»Gewiss, Sir Norman. Es sind nur noch ein paar Formalitäten zu erledigen. Wenn Sie bitte Platz nehmen möchten.« Er deutete auf den bequemen Stuhl, der für Kunden reserviert war. Briggs unterhielt gerne die, wie er es nannte, »Oberschicht«. Beim Mittagessen würde er Sir Normans Namen mindestens dreimal – so beiläufig wie möglich – erwähnen, und es bestand kein Zweifel daran, dass seine Tischnachbarn entsprechend beeindruckt sein würden, zumal Sir Norman gerade so viel in den Nachrichten war. Der Filialleiter zeigte diesbezüglich seine höfliche Anteilnahme. Er hatte den Fall Blakeley in den Zeitungen sehr genau verfolgt und wollte wissen, was hinter den Kulissen vor sich ging. Er war der Auffassung, dass dies zu seinem Beruf gehörte. (»Habt keine Angst, Fragen zu stellen«, hatte er seinen neuen Mitarbeitern immer eingebläut.)

»Ich war sehr erschüttert, als ich von Ihrem Sohn las, Sir Norman«, begann er sanft.

»Ja, eine scheußliche Angelegenheit«, knurrte Blakeley. Es war das letzte Thema, das er mit Briggs besprechen wollte.

»Ich habe in der *Evening Post* gelesen, dass Scotland Yard der Meinung ist, dass die Schlagzeilenmänner in Wirklichkeit eine Organisation sind, die …«

»Die Zeitungen drucken so viel verdammten Unsinn«, antwortete Sir Norman schroff.

»Ja, aber trotzdem, Sir Norman, denken Sie nicht, dass …«

»Ich denke, ich möchte das Geld so schnell wie möglich haben, wenn es Sie nicht zu sehr stört«, erwiderte Sir Norman sarkastisch.

Er wollte es also auf die unfreundliche Tour angehen, dachte Briggs. Na gut, man musste ihm zeigen, dass er dieses Spiel auch beherrschte.

»Sie wissen natürlich, Sir Norman«, er räusperte sich etwas schwerfällig, »dass Sie mit diesem Scheck ihr Konto etwa um viertausend Pfund überziehen? Es ist natürlich kein Problem, aber ich dachte, Sie hätten in letzter Zeit vielleicht den Überblick über Ihre Geschäfte verloren, angesichts dieses …« Er räusperte sich erneut.

»Das kommt schon wieder in Ordnung. Ich werde in den

nächsten ein oder zwei Wochen eine große Dividende auszahlen«, informierte ihn Sir Norman.

»Sehr wohl, Sir Norman. Ich hoffe, Sie haben mich nicht missverstanden, dass ich diese Angelegenheit erwähnt habe.«

»Nicht im Geringsten. Ich nehme an, Sie werden den üblichen Tarif berechnen«, antwortete Blakeley und hoffte, dass Briggs der Hauch von Sarkasmus in seinem Tonfall nicht entgangen war.

»Es kann eine Weile dauern, bis wir die gewünschten Scheine hierhaben«, fuhr Briggs fort und schob einen Stapel rot versiegelter Dokumente von einer Seite seines Schreibtischs zur anderen. Das tat er so suggestiv, dass er den Eindruck erweckte, Sir Norman wolle einen Blick darauf werfen. Dies war einer von Briggs' kleinen Lieblingstricks. »Wissen Sie, die Noten, die wir hier haben, sind alle fortlaufend nummeriert ist. Wir müssen die Scheine daher von anderen Filialen bringen lassen.« Er zuckte mit den Schultern, als wolle er seinem Besucher damit die Komplexität des Bankensystems verdeutlichen.

Sir Norman kochte innerlich vor Wut.

Briggs setzte indessen sein Geschwätz fort. Er sprach über das Flüchtlingsproblem, den Wehrdienst, die Arbeitslosigkeit und Sir Montagu Norman.

Nach einer gefühlten Ewigkeit kam der junge Kassierer mit einem sperrigen Paket zurück. Briggs schickte ihn mit einem knappen Nicken wieder hinaus.

»Möchten Sie die Banknoten durchzählen, Sir Norman?«, fragte er.

Sir Norman blätterte halbherzig durch die Scheine und steckte sie dann in seinen Koffer. Er konnte sich kaum vorstellen, dass der Empfänger sich darüber aufregen würde, wenn zwanzig Pfund fehlten. Er verabschiedete sich so schnell wie möglich von Briggs, aber der Filialleiter bestand darauf, ihm bis zum Haupteingang der Bank zu folgen.

Seltsamerweise hatte sich Sir Normans Wettervorhersage bewahrheitet. Es regnete in Strömen. Er war gleichzeitig irritiert und wütend, als er feststellte, dass das Taxi nirgends zu sehen war. Er erinnerte sich deutlich daran, dass er dem Mann gesagt hatte, er solle auf ihn warten: »So eine Unverschämtheit, der Kerl!«

Sir Norman blickte die fast menschenleere Straße hinunter und schlug instinktiv den Kragen seines Mantels hoch.

Von einem Taxi war nichts zu sehen. Doch gerade als er sich von der Bank wegbewegen wollte, schwenkte eine mächtige amerikanische Limousine aus einer Seitenstraße und kam auf Höhe des Bordsteins zum Stehen. Sir Norman war hocherfreut, dass er den Mann, der im Fond des Wagens saß, sofort erkannte.

»Steigen Sie ein, Sir Norman«, rief Andrew Brightman lächelnd, als er die Tür des Wagens aufschwang. Sir Norman sank mit einem Seufzer der Erleichterung in den schwer gefederten Sitz. Er war müde und ziemlich beunruhigt über die bevorstehenden Ereignisse. Er stellte den Koffer neben sich auf den Boden und versuchte, sich zu entspannen.

»Eigentlich hätte das Taxi auf mich warten sollen, aber dieser Dummkopf von Fahrer ist verschwunden«, erklärte er. Brightman lächelte wieder und holte sein Zigarettenetui hervor.

»Zum Glück kam ich gerade vorbei«, bemerkte er. »Wo kann ich Sie absetzen?«

»Nun, eigentlich wollte ich nach Hause«, informierte ihn Sir Norman, »wenn das für Sie nicht zu weit ist.«

Brightman schüttelte den Kopf. »Zufälligerweise wollte auch ich nach Hause, um einige Dokumente zu holen. Es ist also nur ein Umweg von ein paar Minuten.« Er holte ein goldenes Benzinfeuerzeug hervor und zündete Sir Norman die Zigarette an.

Sir Norman paffte zufrieden und fühlte sich wohler, als er es den ganzen Tag getan hatte. »Übrigens, Brightman, wie ist es Ihnen gestern auf dem Yard ergangen?«, fragte er schließlich und stieß eine Rauchwolke aus.

Brightman setzte einen Gesichtsausdruck auf, der alles hätte bedeuten können.

»Man war sehr höflich, aber ziemlich unbestimmt. Von einer Regierungsbehörde hat man wohl nichts anderes zu erwarten«, lachte er. »Aber Sir Graham schien sehr an dem interessiert zu sein, was ich ihm erzählte. Ein guter Mann, dieser Forbes, auch wenn er dazu neigt, ein wenig zu selbstherrlich zu sein. In einem Fall wie diesem, Sir Norman, kann es sich Scotland Yard nicht leisten, auch nur den kleinsten Hinweis zu ignorieren.«

Sir Norman nickte. »Es war sehr anständig von Ihnen, dorthin zu gehen und ihnen alles zu erzählen, was Sie wissen«, murmelte er schläfrig und schnippte die Asche von seiner Zigarette. »Wirklich sehr anständig ...« Ein sehr komfortabler Wagen, dachte er, auch wenn es etwas zu heiß darin war. Wie die meisten dieser neuesten amerikanischen Modelle war er so konstruiert, dass er den Strapazen der klimatischen Bedingungen standhielt. Sir Norman lehnte sich vor und versuchte, das Fenster zu öffnen. Zu seiner Überraschung stellte er fest, dass ihm bei der ersten Bewegung schwindlig wurde. Er erinnerte sich daran, dass er an diesem Morgen nichts gegessen hatte ... Ja, das wahr wohl die Ursache ...

Er hob die Hand an die Stirn und die Zigarette fiel ihm durch die Finger auf die teuren Polster. Brightman hob sie auf und hielt sie Sir Norman hin. Zum ersten Mal bemerkte Blakeley, dass der Rauch eine merkwürdige bläulich-grüne Farbe hatte. Auch in seinem Mund hatte er einen seltsamen Geschmack. Brightman schaute ihn aufmerksam an.

»Sie müssen Ihre Zigarette zu Ende rauchen, Sir Norman«, sagte Brightman. Sein Lächeln hatte etwas Seltsames an sich. Obwohl sich in seinem Kopf alles zu drehen begann und seine Sicht mehr als nur ein wenig verschwommen war, stellte Sir Norman fest, dass man Andrew Brightman nicht trauen konnte. Aus irgendeinem unbekannten Grund erinnerte er ihn an Briggs, den Filialleiter ... und diesen hatte er nie gemocht ... hatte ... nie ... gemocht ... Briggs hatte er ... nie gemocht ...

Andrew Brightman öffnete das Fenster des Wagens etwa zwei Zentimeter und warf die Zigarette auf die Straße. Genau in diesem Moment fiel Sir Norman vom Sitz auf den braunen Lederkoffer.

Kapitel vier
Mr. und Mrs. Paul Temple

»Warum ausgerechnet Mayfair?«, hatten mehrere Bekannte von Paul Temple gefragt, als sie hörten, dass er eine Wohnung in diesem exklusiven und etwas Michael-Arlen-typischen Viertel genommen hatte.[1]

»Warum denn nicht?«, erwiderte der Schriftsteller gelassen. »Irgendwo müssen wir schließlich wohnen und man kann das Eheleben genauso gut in der bestmöglichen Umgebung beginnen. Außerdem liebe ich es, Steve in einem Reitkleid zu sehen, und so nahe an der Row zu wohnen, muntert sie auf.«[2]

Paul Temple widerlegte die Skeptiker, die behaupten, ein Junggeselle sei zu sehr in seinen Gewohnheiten verhaftet, um im Eheleben erfolgreich zu sein. Jetzt, wo er verheiratet war, trieb er mehr Sport, hatte etwas abgenommen und sah dafür umso besser aus. Seine Frau hatte ihn sogar überredet, mit dem Rauchen aufzuhören, und damit einige andere Zyniker verunsichert, die der Meinung waren, dass sich ein Mann nach der Heirat nie mehr änderte.

Bisher hatte Paul Temple nur einen einzigen Punkt gegen das Eheleben einzuwenden: Er war nach seinem Junggesellendasein so sehr in die Neuartigkeit der Routine des Zusammenlebens eingetaucht, dass er kaum Zeit und wenig Lust fand, sich auf seinen neuesten Roman zu konzentrieren.

---

[1] Der Schrifsteller Michael Arlen (1895–1956) wurde vor allem durch seinen Roman *The Green Hat* (1924) bekannt, der das mondäne Leben der Londoner High Society der 1920er Jahre porträtiert. Seine Werke spielten oft in gehobenen Kreisen und in eleganten Vierteln wie Mayfair das für seinen Reichtum, exklusive Clubs und eine gewisse Dekadenz stand.

[2] Mit »Row« ist hier wahrscheinlich *Rotten Row* gemeint, ein berühmter Reitweg im Hyde Park. Allerdings könnte auch *Savile Row* intendiert gewesen sein, die in Mayfair liegt. Hier gab es jedoch hauptsächlich Herrenschneider.

Als Gerald Mitchell, sein Verleger, eines Tages seine Frau Ann mitbrachte, um die neue Wohnung zu besichtigen, war Temple mehr als bewusst, dass dieser Besuch einen doppelten Zweck verfolgte: Gerald Mitchell wollte auch wissen, ob das neue Buch wie geplant fertiggestellt werden würde.

Mitchell war ein außergewöhnlich großer, dunkelhaariger Mann, ein ausgesprochenes Universitätsprodukt, und er neigte dazu, sich übermäßig über Dinge aufzuregen, die er nicht kontrollieren konnte und die sich ohne sein Zutun entwickelten.

Seine Frau Ann war in gewisser Weise ein passender Gegenpol. Egozentrisch und kultiviert, winkte sie alle seine Ängste und kleinlichen Sorgen beiseite, bis er schließlich begann, sie in ihrem richtigen Verhältnis zu sehen. Ann Mitchell, fast aschblond und ausgesprochen gutaussehend, gab offensichtlich so viel für ihr Äußeres aus, wie es für die Erhaltung einer mittelgroßen Familie der Arbeiterklasse ausgereicht hätte.

Es dauerte nicht lange, bis das Gespräch auf das Thema *Die Schlagzeilenmänner* kam. Mitchell war offensichtlich mehr als nur ein wenig beunruhigt über das Geheimnis, das sein erfolgreichstes Verlagsprojekt umgab. Temple tat sein Möglichstes, um ihn zu beruhigen, aber Mitchell spürte die Belastung durch die polizeilichen Ermittlungen und die ständigen Kreuzverhöre.

Temple bedauerte, dass Steve nicht anwesend war, um das Gespräch auf ihre wunderbare Art in fröhlichere Bahnen zu lenken. Sie war beim Einkaufen und Temples Gedanken schweiften ab und zu von der Unterhaltung ab, um sich vorzustellen, wie sie gerade durch das Luxuskaufhaus *Selfridges* schlenderte, den kleinen Mund entschlossen zusammengepresst, während sie von Zeit zu Zeit ihre Einkaufsliste konsultierte.

»Du glaubst also wirklich nicht, dass ich mir um diese Sache Sorgen machen muss?«, fragte Mitchell.

»Natürlich nicht, Gerald. Wenn du *Die Schlagzeilenmänner* nicht veröffentlicht hättest, hätte es jemand anders getan.«

»Das ist genau das, was ich ihm schon die ganze Zeit sage«, fügte Ann hinzu. »Nicht wahr, Liebling?«

»Ja, ich weiß. Aber diese Kriminalbeamten machen mich nervös. Schließlich klingt meine Geschichte doch etwas dünn, oder nicht? Wenn eine Frau einen Bestseller wie *Die Schlagzeilenmänner* schreibt, macht sie normalerweise keine Anstalten, ihre Identität geheim zu halten. Jedenfalls nicht vor ihrem Verleger.«

»Mein lieber, lieber Ehemann, sei nicht albern«, spottete Ann Mitchell und drehte ihren Kopf ein wenig, um sich im Ganzkörperspiegel, der an einem Ende des Wohnzimmers stand, besser betrachten zu können. »Es ist doch glasklar. Die Frau, die das Buch geschrieben hat, ist zu Tode erschrocken, weil irgendeine Bande ihre Ideen in die Tat umsetzt. Wenn ich an ihrer Stelle wäre, würde ich mich auch im Hintergrund halten. Und ich habe die Öffentlichkeit noch nie gescheut! Meine Güte, denk doch mal: Wenn sie sich zu erkennen gäbe, wäre die Polizei sofort hinter ihr her. Sie würden sofort zu dem Schluss kommen, dass sie der Kopf hinter diesen Raubüberfällen ist.«

Diese Idee schien Temple zu faszinieren.

»Ich glaube nicht, dass die Polizei so dumm ist«, lächelte er. »Ich habe eher das Gefühl, dass Miss Andrea Fortune einen besseren Grund hat, ihre Identität geheim zu halten. Du aber, Gerald, brauchst dir mit Sicherheit keine Sorgen zu machen.«

»Natürlich nicht. Komm, Liebling, wir müssen wirklich gehen«, beschloss Ann, ging zum Spiegel und rückte sich ihren Hut zurecht, der ständig Gefahr zu laufen schien, zu verrutschen.

Temple brachte seine Besucher zur Tür und hatte sie gerade geschlossen, als das Telefon klingelte. Es war Sir Graham Forbes. Zur Überraschung des Schriftstellers zeigte sich Sir Graham sehr an der neuen Wohnung interessiert und fragte, ob er vorbeikommen könne. Temple war geneigt, diese plötzliche Begeisterung ein wenig zu hinterfragen, aber seine Einladung klang trotzdem überzeugend.

Als er den Hörer wieder auflegte, hörte er, wie jemand leicht gegen die Außentür trat. Er öffnete sie, und da stand Steve, fast verdeckt von einem riesigen Stapel Pakete, die an ihrem ganzen Körper zu hängen schienen.

»Ich konnte weder klingeln noch klopfen«, informierte sie ihn und ihre dunkelblauen Augen funkelten vergnügt. »Schnell, Paul, hilf mir damit, bevor ich sie fallen lasse.«

»Was in aller Welt soll das alles sein?«, fragte er, nahm mehrere Pakete und trug sie ins Wohnzimmer.

»Lediglich ein kleiner Einkauf, Darling«, antwortete sie gelassen. »Nur ein paar Kleinigkeiten.«

»Du warst den ganzen Nachmittag über weg«, sagte er.

»War ich das? Dann hattest du ja eine gute Gelegenheit, um an dem Buch weiterzuarbeiten … Oh, sei vorsichtig mit dieser Schachtel.«

»Was ist drin?«, fragte Temple. »Eine Höllenmaschine?«

»Es ist ein neues Gerät zum Schälen von Orangen. So etwas hast du noch nie gesehen. Es ist absolut fantastisch! Du legst die Orange oben hinein, drehst den Griff und …«

»Aber, Steve, wir mögen doch beide keine Orangen!«

»Ich weiß, Darling, aber es war so furchtbar billig.«

»Bei Timothy, du bist wirklich das Letzte«, lachte ihr Mann, der ihre schlanke Figur in ihrem adretten, dunkelbraunen Kostüm begutachtete und unbewusst Vergleiche zum Nachteil von Ann Mitchell anstellte.

»Und abgesehen vom Orangenschälen«, fuhr Steve fort, »sagt Carol Forbes, dass es …«

»Warst du heute Nachmittag mit Carol zusammen?«, unterbrach er sie schnell.

»Ja, warum?«

»Ihr Vater war gerade am Telefon. Er hat sich selbst zum Tee eingeladen. Er sollte jeden Moment hier sein.«

Steve sah überrascht aus.

»Sir Graham? Was will er denn?«

»Vermutlich eine Tasse Tee«, grinste Temple.

»Ich hoffe doch, du warst höflich zu ihm«, murmelte sie etwas besorgt. »Du bist in einer so unfreundlichen Stimmung, seitdem du mit dem neuen Roman angefangen hast.«

»Unsinn! Ich war die Höflichkeit in Person. Seine engsten Mitarbeiter hätten auch nicht ...« Seine Stimme verstummte, als er einen Blick durch das Fenster warf.

»Mensch! Apropos Sir Grahams Mitarbeiter ...«

»Was ist?«, fragte Steve und folgte seinem Blick.

»Siehst du die beiden Männer an der Straßenecke?«

»Ja«, sagte Steve und blickte über die Schulter auf die stämmigen Männer, die auf dem Bürgersteig standen. »Sie waren schon da, als ich kam. Ich habe sie doch schon mal irgendwo gesehen, nicht wahr?«

»Sie sind vom Yard«, antwortete Temple. Er ging noch einen Schritt zum Fenster vor und sah sich nach allen Richtungen um.

»Großer Gott, da ist Hunter – und da ist Reed auf der anderen Seite! Was zum Teufel haben sie denn vor? Sie scheinen diese Telefonzelle zu beobachten«, schlussfolgerte Steve, nachdem sie die Männer vom Yard eine Weile lang beobachtet hatte.

Temple nickte eher widerwillig. Die Crème de la Crème Scotland Yards beobachtete eine Telefonzelle. Dies schien keinen Sinn zu ergeben.

»Ist das nicht Richards da im Wagen?«, fragte Steve.

»Ja, ich glaube.«

»Ich frage mich, ob sich Sir Graham nicht deshalb selbst zum Tee eingeladen hat? Damit er seine Herde im Auge behalten kann«, überlegte sie.

»Das ist es!« Temple war fast gleichzeitig zu demselben Schluss gekommen und wurde plötzlich sehr fröhlich.

»Steve, mein Mädchen«, lachte er, »endlich passiert bei uns zu Hause etwas.«

Seine Frau fand es schwierig, sich Pauls Freude anzuschließen. Die Reihe von Abenteuern, in die sie nach dem Tod ihres Bruders verwickelt wurde, hatte Steves Abenteuerlust durchaus gestillt.

Seit dem Abenteuer, das in der Festnahme von Max Lorraine alias »Der Diamantenfürst« gipfelte, hatte Paul Temple ein Buch abgeschlossen und ein weiteres begonnen. Nun hatte er offenbar einen Sättigungsgrad erreicht, der ein gewisses

Maß an Verdrängung verlangte, bevor seine Inspiration wieder aufleben konnte.

Pryce, der ältliche Diener der Temples, kündigte plötzlich Sir Graham Forbes an, woraufhin der Chefkommissar zügig eintrat.

»Ich hoffe, ich störe nicht, Temple«, begann er, als Paul Temple ihm entgegentrat, um ihn zu begrüßen.

»Natürlich nicht«, versicherte ihm sein Gastgeber. »Sie kennen doch meine Frau, oder?«

»Aber selbstverständlich«, sagte Sir Graham. »Wie geht es Ihnen, Mrs. Temple? Das Eheleben scheint Ihnen gutzutun. Sie sehen viel besser aus, als damals, als wir uns das letzte Mal in diesem alten Gasthaus bei Evesham gesehen haben. Erinnern Sie sich noch?«

»Wie könnte ich den *Ersten Pinguin* je vergessen? Brrr«, schauderte Steve.

Paul Temple lachte und ein erinnerungsvolles Lächeln erhellte die schroffen Züge des Chefkommissars.

Steve betrachtete beide neugierig. Da standen sie nun und machten sich über diese schreckliche Erfahrung lustig. Hatten sie diese schon vergessen? Oder war ihre Fantasie mit ihnen durchgegangen?

»Ich habe Ihren letzten Roman gelesen, Temple«, sagte Sir Graham. »Der Ermittler war ein ziemlich großer Dummkopf.«

»Das musste er ja sein, Sir Graham«, antwortete Temple ernst. »Er war immerhin der Chefkommissar!«

Steve stimmte in das Gelächter der beiden mit ein, dann klingelte sie nach Pryce und bestellte Tee. Sir Graham stand von seinem Stuhl auf und schlenderte beiläufig zum Fenster hinüber.

»Eine sehr schöne Wohnung haben Sie, Temple«, kommentierte er. »Und so praktisch gelegen.«

»In der Tat sehr praktisch«, stimmte der Schriftsteller freundlich zu. »Und so eine herrliche Aussicht. An einem klaren Tag können wir praktisch ganz Scotland Yard sehen.«

Sir Graham war einen Moment lang verblüfft. »Sie haben meine Leute also bemerkt?«, grunzte er.

Temple nickte leicht. »Sind Sie deshalb hierhergekommen, Sir Graham?«

»Ja. Ich wollte alles im Auge behalten können und habe diese Wohnung als den dafür geeignetsten Ort ausgewählt. Ich war etwas schockiert, als ich entdeckte, dass es sich dabei um Ihre handelt.«

»Wir haben sie noch nicht sehr oft benutzt«, erklärt Steve. »Die meiste Zeit haben wir in Bramley Lodge verbracht.«

»Verstehe, sie ist also nur so eine Art Zweitwohnsitz, was?«, sagte der Chefkommissar. »Nun, ich habe schon an schlimmeren Orten gelebt.«

»Warum überwachen sie die Telefonzelle?«, fragte Temple, der seine Neugier nicht länger zügeln konnte.

Erneut war Sir Graham ziemlich verblüfft. »Ist das denn so offensichtlich?«, fragte er.

»Nein, das glaube ich nicht. Jedenfalls nicht für den normalen Beobachter. Aber ich habe Reed erkannt.«

Sir Graham sah auf seine Uhr. Es war gerade zwanzig Minuten vor vier. Zeit genug, um seinem Gastgeber eine kurze Schilderung des Falls zu geben. Vielleicht konnte er ja sogar einen Vorschlag diesbezüglich machen. An Ideen mangelte es Temple mit Sicherheit nie, dachte der Chefkommissar.

»Haben Sie von Sir Norman Blakeley gehört?«, begann er.

»Sie meinen den Automobilmagnaten? Aber ja, natürlich.«

»Der Mann, dessen Kind entführt wurde. Es steht in allen Zeitungen«, warf Steve ein.

»Ja, es steht schon in den Zeitungen«, sagte Sir Graham unheilvoll. »Aber ich werde Ihnen etwas erzählen, was die Reporter noch nicht wissen.«

Er fuhr fort, und erzählte alle Einzelheiten über die Anweisungen, die Sir Norman erhalten hatte.

»Und er wird die Geldscheine hier deponieren?«, fragte Temple leise, als Sir Graham fertig war.

»Ja«, antwortete Forbes und nickte langsam mit dem Kopf, »er wird sie hier deponieren.«

»Hat Blakeley an dem Tag, an dem das Kind verschwand, Besucher empfangen?«

»Zwei. Einen Freund von ihm namens Andrew Brightman und einen alten Kerl namens Goldie – einen Klavierstimmer.«

Der Chefkommissar gab Temple dann einen Überblick über den Fall Brightman und den seltsamen Zufall, dass Goldie am Tag der Entführung auch bei ihm war.

Temple schien sich besonders für den Klavierstimmer zu interessieren und wollte Sir Graham gerade mit einer Reihe von Fragen löchern, als Pryce eintrat. Ausnahmsweise schien der unerschütterliche Diener es eilig zu haben.

»Chefinspektor Reed möchte Sir Graham sprechen«, verkündete er. Reed selbst stand dicht hinter dem Diener. Er war etwas außer Atem und mehr als nur ein wenig aufgeregt.

»Es tut mir leid, dass ich einfach so hereinplatze, Sir Graham, aber ...«, er hielt inne und warf einen zweifelnden Blick auf Temple, bevor er seine Nachricht überbrachte, »es geht um Blakeley.«

Sir Graham sprang sofort auf. »Was ist mit Blakeley?«

»Er ist ... tot.«

»Tot!«, keuchte Forbes ungläubig.

»Wo ist er?«, fragte Paul Temple knapp.

»Er ist unten in der Telefonzelle. Wir haben Sie zwei Stunden lang beobachtet, dabei lag der arme Teufel die ganze Zeit auf dem Boden.«

»Und in zwei Stunden wollte niemand die Telefonzelle benutzen?«, fragte Steve erstaunt.

»Ja, Sie können mir nicht erzählen, dass zwei Stunden lang niemand in einer solchen Gegend telefonieren will«, hakte der Chefkommissar nach.

Reed schüttelte bestürzt den Kopf.

»An der Zelle hing ein großes Schild mit der Aufschrift »Außer Betrieb«. Es war schon da, als wir ankamen. Wenn es nicht dagewesen wäre, hätten wir die Leiche sicherlich gleich gefunden.«

»Warum haben Sie dann jetzt die Zelle betreten?«

»Das Telefon fing an zu klingeln, Sir. Hunter ging hinein, um abzuheben.«

»War jemand dran?«

»Nein, Sir.«

»War der Koffer noch da?«

»Nein. Aber da lag diese Karte auf dem Brett, Sir … neben dem Telefon.«

Forbes nahm die Karte und las:

> IM GEGENSATZ ZU MR. ANDREW BRIGHTMAN HAT
> ER DEN MUND NICHT GEHALTEN.
>
> DIE SCHLAGZEILENMÄNNER

Er reichte die Karte an Temple weiter, der sie untersuchte und sie dann an Reed zurückgab. »Da werden Sie eine ganz schöne Sammlung zusammenbekommen, Mr. Reed«, lächelte er, aber Mac ließ sich nicht dazu herab, darauf zu antworten.

»Kommen Sie, Mac, ich will die Leiche sehen«, befahl Sir Graham plötzlich. »Ich melde mich dann bei Ihnen, Temple!«

»Stets zu Ihren Diensten, Sir Graham«, murmelte Temple höflich, als sie zum Aufzug gingen.

Als er zurückkam, fand er Steve in Gedanken versunken vor. Sie blickte schnell auf, als er eintrat. In ihren dunkelblauen Augen lag ein ziemlich angespannter Ausdruck.

»Paul«, sagte sie ernsthaft, »du wirst dich doch nicht in diese Sache hineinziehen lassen, oder?«

Die Idee schien ihn zu amüsieren.

»Ich? Großer Gott, nein! Wie kommst du darauf, dass ich Zeit habe, mit den Jungs von Scotland Yard herumzuspielen? Meine liebe Steve, ich bin ein hart arbeitender Schriftsteller mit einer teuren Frau, die ich versorgen muss, und einem Roman, der so gut wie versprochen ist zur …«

Er blieb plötzlich stehen und schien gebannt zu lauschen. Auch Steve war plötzlich aufmerksam.

»Was ist los, Paul?«, fragte sie.

»Hör doch!«

Wie aus weiter Ferne ertönte das Spiel eines Klaviers,

eher langsam und mit einem beruhigenden, zarten Anschlag. Wenn man es so hörte, hatte es fast einen seltsamen Charme.

»Da ist … Da ist jemand nebenan«, flüsterte Steve etwas unbeholfen.

»Ja«, murmelte Temple. »Klingle nach Pryce.«

Sie ging durchs Zimmer. Kurz bevor sie wieder an ihrem Platz war, öffnete sich die Tür und der Klang des Klaviers wurde klarer und deutlicher.

»Ist da jemand nebenan, Pryce?«, fragte Steve.

»Ja, Madam. Es ist der Klavierstimmer. Er kam, während Sie sich mit Sir Graham unterhielten. Ich wollte Sie nicht stören.«

Pryce schien sich nicht bewusst zu sein, dass seine Ankündigung dramatische Möglichkeiten einschloss.

»Der Klavierstimmer …?«, fragte Paul Temple leise.

»Ja, Sir. Ein Mr. Goldie … Mr. J. P. Goldie.«

Kapitel fünf
Mr. J. P. Goldie

Temple sah Steve an und zögerte, dann sagte er: »In Ordnung, Pryce, danke.«

»Soll ich jetzt den Tee bringen, Madam?«

»Sobald er fertig ist«, antwortete Steve. Pryce verließ den Raum und schloss die Tür geräuschlos hinter sich.

»Warte hier – ich gehe und schaue, ob ich etwas herausfinden kann.«

Steve war offensichtlich mulmig zumute, machte aber keine Anstalten, ihn zurückzuhalten. Temple ging zum Salon. Vor der Tür hielt er einen Moment lang inne und hörte dem Spiel zu. Leise drehte er die Türklinke und trat dann ein. Obwohl er mit dem Rücken zur Tür stand und Temple sich einbildete, keinen Laut von sich gegeben zu haben, drehte sich der Klavierstimmer schnell um.

»Guten Tag, Sir. Ich hoffe, ich habe Sie nicht gestört.«

Er sprach mit einer sanften, ruhigen Stimme, die verriet, dass er sehr kultiviert war. Temple betrachtete den Klavierstimmer neugierig. Er war offenbar etwas unterdurchschnittlich groß, denn er sah winzig aus, wie er da so am Klavier saß. Seine Kleidung war eher schäbig und sein Haar etwas zu lang. Er trug eine Fliege. Seine gräulichen Augen wurden durch eine leicht getönte randlose Brille etwas verdeckt.

»Sie haben uns überhaupt nicht gestört«, antwortete Temple auf seine Frage. »Sie spielen sehr gut.«

»Danke, Sir, ich konnte der Versuchung nicht widerstehen – es ist ein so schönes Instrument.«

»Sind Sie das erste Mal hier?«

»Oh nein, Sir«, murmelte Goldie, nahm ein großes und etwas schmutziges Taschentuch aus seiner Tasche und wischte sich sorgfältig die Hände ab. »Ich war im März und November letzten Jahres hier, ich besuche die meisten Wohnungen in diesem Gebäude, und ich muss sagen, ich freue mich immer darauf. Es gibt hier immer so schöne Instrumente … Zum Beispiel hat da jemand einen Bechstein-Flügel in Nummer 22 …«

»Ich glaube nicht, dass wir uns schon einmal begegnet sind«, warf Temple ein.

»Nein, Sir«, sagte der kleine Mann, dessen Gedächtnis recht gut zu sein schien. »Bei den letzten beiden Gelegenheiten waren Sie nicht da, wenn ich mich recht erinnere, und der Hausmeister hatte den Schlüssel.«

»Oh, ich verstehe«, lächelte Temple etwas wenig überzeugend. Mr. Goldies Art war so entwaffnend, dass er sich wie ein Eindringling vorkam. »Nun, ich möchte Sie nicht länger stören«, stammelte er schließlich.

»Aber das tun Sie überhaupt nicht, Sir. Meine Arbeit ist beendet. An diesem Instrument ist nie viel zu tun. Es ist immer gut gestimmt. Ich habe mich nur amüsiert.«

»Ihr Name ist doch Goldie, nicht wahr?«

»Das stimmt, Sir«, antwortete der kleine Mann, drehte sich ein wenig in Temples Richtung und blinzelte ihm milde zu.

»Waren Sie nicht einige Jahre lang bei *Clapshaw & Thompson* tätig?«

»Ja, Sir, fast fünfzehn Jahre.«

»Bei Timothy, das ist eine lange Zeit!«, kommentierte Temple.

»Ja, Sir, aber sie verging schnell. Ich mochte die Arbeit.«

»Apropos, sehen Sie Mr. Paramore noch manchmal?«, fuhr Temple fort, wobei er einen gesprächigen Tonfall anschlug und sein Bestes tat, um jeden Verdacht eines Verhörs in seinem Verhalten zu vermeiden. Aber irgendetwas in Mr. Goldies Gesichtsausdruck änderte sich sofort und er war offensichtlich auf der Hut.

»Mr. Paramore?«, wiederholte er etwas kühl.

»Ja, Sie erinnern sich doch sicher an Mr. Paramore. Er war früher der Geschäftsführer dort.«

Es gab eine Pause. Temple konnte die Anspannung fast

spüren.

»Nein, Sir«, sagte Mr. Goldie schließlich. Dabei lag fast ein Hauch von Vorwurf in seiner Stimme. »Leider erinnere ich mich nicht an einen Mr. Paramore.«

»Oh«, erwiderte Temple mit fester Stimme. »Vielleicht habe ich mich dann in der Firma geirrt. Tja, wenn Sie etwas brauchen, rufen Sie einfach. Mein Diener wird sich darum kümmern.«

»Danke, Sir«, antwortete Mr. Goldie mit kühler Höflichkeit. »Einen schönen Tag noch, Sir.«

Er wandte sich wieder dem Klavier zu und begann eine melancholische Melodie von Chopin zu spielen, die fast einen Hauch von Trauer zu haben schien. Paul Temple kehrte nachdenklich ins Wohnzimmer zurück, wo Pryce gerade Tee eingoss.

»Wie ist er denn so?«, lautete Steves Begrüßung.

»Ähm ... Er scheint ein ziemlich netter kleiner Kerl zu sein«, antwortete Temple ihr. »Anscheinend war er schon mal hier, als wir in Bramley Lodge waren.«

»Mr. Goldie ist mehr oder weniger der offizielle Klavierstimmer für alle Wohnungen, Sir«, erklärte Pryce.

»Verstehe«, lächelte Temple. »Danke, Pryce.«

»Nichts zu danken, Sir. Wünschen Sie sonst noch etwas, Madam?«

»Nein, danke, Pryce.«

»Muffins!«, rief Temple. »Heute Nachmittag hast du also auch noch etwas Vernünftiges eingekauft. Gott sei Dank hat Sir Graham keinen davon abbekommen.«

Steve reichte ihm eine große Tasse Tee.

»Du scheinst dich für diese Sache sehr zu interessieren«, erklärte sie.

Temple rührte nachdenklich in seinem Heißgetränk. »Ja, es hat keinen Sinn, so zu tun, als ob ich nicht interessiert wäre«, gab er zu.

»Verstehe, Darling.« Sie klang dabei allerdings nicht sehr begeistert.

»Es gibt da ein paar Punkte, die mich ziemlich bewegen«, fuhr Temple fort. »Zum Beispiel betreffen sie diesen Mann ...

60

diesen Goldie … und Andrew Brightman … und Andrea Fortune …«

»Andrea Fortune?«

»Ja, die Frau, die *Die Schlagzeilenmänner* geschrieben hat. Ich bin mir nicht ganz sicher, ob sie nicht doch irgendwie mit der ganzen Sache zu tun hat.«

Steve begann, Interesse zu zeigen. Ihr Reporterinneninstinkt war leicht geweckt.

»Ist dir denn schon einmal in den Sinn gekommen, dass Andrea Fortune nur ein Pseudonym sein könnte?«, schlug sie vor. »Andrea Fortune könnte doch auch ein Mann sein.«

»Ja, daran hatte ich schon gedacht«, sagte Temple und nahm einen großen Bissen von seinem Muffin.

»Pryce macht diese Muffins zu etwas Besonderem«, murmelte er beiläufig.

»Ja, für einen Mann seines Alters ist er sehr vielseitig. Er scheint zu allem fähig zu sein, vom Toasten von Muffins bis zum Hinauswerfen neugieriger Reporter. Vielleicht hat er *Die Schlagzeilenmänner* geschrieben«, lachte Steve, die von dieser Idee ziemlich begeistert war.

»Ich frage mich, ob er die Heldin dieses verfluchten Romans aus ihrer derzeitigen misslichen Lage befreien könnte«, sagte Temple nachdenklich.

Sie setzten dieses heitere Geplänkel fort, bis der Tee alle war. Dann sagte Temple eher beiläufig: »Wir haben heute Abend doch nichts Besonderes vor, oder?«

Steve runzelte einen Moment lang die Stirn. »Nein«, antwortete sie, »nichts Wichtiges.«

»Gut. Wenn es dir dann nichts ausmacht, dass ich dich allein lasse, Liebling …«

»Ganz und gar nicht. Ich habe heute Nachmittag Morgan vom *Daily Gossip* getroffen und er hat mich um einen Artikel gebeten.«

»Worüber?«

»Er hatte nicht die geringste Ahnung. Das ist bei Redakteuren immer so.«

»In Ordnung. Dann werde ich die Gelegenheit nutzen, um einen alten Freund von mir aufzusuchen. Einen Mr. Chubby

Wilson.«

»Chubby Wilson«, murmelte Steve.

»Er ist ein unehrenhafter Kerl, dem ich keinen Penny anvertrauen würde, aber ich mag ihn wirklich sehr – und außerdem ...«

Steve lächelte. »Ich verstehe, Darling. Er plaudert ...«

Kapitel sechs
Reverend Charles Hargreaves

Jeder anständige Einwohner von Rotherhithe hätte es sich zweimal überlegt, bevor er das *Glass Bowl* betrat, um dort etwas zu trinken – es sei denn, er war besonders abgehärtet gegenüber dem tristen Erscheinungsbild von Kneipen am Flussufer. Das Lokal lag an der Ecke einer wenig einladenden Straße, die vom Fluss heraufführte. Das knarrende Schild, das ein Glas mit traurig aussehenden Goldfischen darstellte, war so verblasst, dass nur noch die Fische schwach zu erkennen waren.

Normalerweise lehnte ein halbes Dutzend Nichtstuer lustlos an den bröckelnden Mauern und wartete darauf, dass ein Bekannter vorbeikam und sie auf einen Drink einlud.

Ein großer Teil der Kunden des *Glass Bowl* waren Seeleute – Matrosen von Trampdampfern jeder Nationalität – von denen viele genauso ernst und gefährlich aussahen wie ihre Vorbilder in den blutrünstigeren Piratenfilmen.

An diesem Abend jedoch war es in der Bar etwas ruhiger als sonst, und Mrs. Taylor, die Wirtin, nutzte die Gelegenheit, um einem ihrer Kunden einen langen Bericht über eine kürzliche Auseinandersetzung zu geben.

Sie war eine große, extravagante Frau von etwa fünfundvierzig Jahren, die offensichtlich ein wenig zu sehr dazu neigte, ihre eigenen Getränke zu verkosten. Obwohl es noch verhältnismäßig früh am Abend war, hatte Mrs. Taylors Zunge bereits genügend Schmiermittel erhalten, um damit fröhlich loszuplaudern.

»Mensch! Dann sagte ich ihr:«, beendete sie ihre Geschichte, »»Wenn man dich so reden hört, könnte man meinen, dein alter Herr is'n verfluchter Admiral und kein feiger Erster Offizier auf 'nem heruntergekommenen Trampdampfer.«"«

Das schien Jimmy Mills zu amüsieren, einen verschlagenen jungen Mann um die dreißig, der für diese Spelunke etwas zu gut gekleidet war. Er hatte grausame Züge um den Mund, der – außer wenn er ihn zu einem lauten Lachen öffnete – meist nur eine dünne, feste Linie war. Jimmy trug einen teuren, weichen Filzhut, der ein wenig zu weit zur Seite gezogen war.

»Na, da wett' ich aber, dass sie sehr perplex war, Mrs. Taylor«, bemerkte er und betonte das Fremdwort so, als wäre er stolz auf seinen Wortschatz.

»Es hat ihr den Wind aus'n Segeln genommen, das kann ich dir sagen«, nickte Mrs. Taylor. »Kann ich dir noch was bringen, Süßer?«, schlug sie freundlich vor als sie bemerkte, dass Mills' Glas leer war.

»Ja«, überlegte Mills, »ich hätte gern noch ein Ingwerbier, aber diesmal kannste 'nen Tropfen …«

Plötzlich fiel ihm die Kinnlade herunter, als er Paul Temple sah, der draußen auf der Straße stand.

»Wer is'n das?«, fragte Mrs. Taylor nervös. Seit der Razzia im letzten Jahr war sie immer ein wenig nervös. »Wer das ist …«, wiederholte sie eindringlich.

»Ein Kerl namens Temple«, antwortete Mills. »Das letzte Mal, als ich ihn sah, war …«

»Puh! Du hast mich jetzt aber 'nen Augenblick lang ganz schön erschreckt. Ich dachte schon, es wäre dieses dreckige Schwein Brook oder einer seiner Leute von der Flusspolizei.«

»Pst, er kommt rein«, unterbrach sie Mills. »Also, ich heiße Smith – merk dir das!«, befahl er knapp.

Temple kam herein und lehnte sich an die Theke, leicht angewidert von dem Geruch von schalem Bier, stinkendem Tabakrauch und der allgemeinen Unsauberkeit des Lokals.

»'N Abend, Sir. Was darf ich Ihnen bringen?«, fragte Mrs. Taylor in ihrer höflichsten Art und Weise.

Temple warf einen spekulativen Blick auf die Flaschen im hinteren Teil der Theke.

»Tja, ich glaube, ich nehme ein Ginger Ale«, beschloss er.

»Ja, Sir, in Ordnung, Sir«, antwortete die unterwürfige Mrs. Taylor und beschäftigte sich mit dem Öffnen der Flasche. Währenddessen ging Temple zu ihrem Gast hinüber.

»Was denn, was denn! Sieh mal an, wer da ist! Wenn das nicht Jimmy Mills ist!«, sagte er.

»Smith war der Name«, erwiderte Mills kurz.

»Smith?« Temple schien erstaunt. »Doch nicht einer der Smiths aus Devonshire?«

»Versuchen Sie nicht, witzig zu sein«, schnauzte Mills böse, und Paul Temple lachte.

»Immer noch derselbe alte Jimmy. Sag mal, was ist eigentlich mit deiner kanadischen Goldmine passiert? Sag bloß nicht, dass es darin gar kein Gold gab. Meine Güte, was haben denn da die Aktionäre auf der Hauptversammlung gesagt? Oder gab es vielleicht gar keine Hauptversammlung, Jimmy?«

Offenbar traf er mit diesem Schuss genau ins Schwarze.

»Hören Sie, Temple«, schnaubte Mills, »'s gibt kein'n Grund, diese alten Geschichten hier auszugraben. Wie soll Unsereins auf'm rechten Weg bleiben, wenn ständig irgendwelche Leute ihre Nase in Sachen stecken, die sie nichts angehen. Jetzt is' es aber genug!«

»Jimmy, ich bin enttäuscht von dir«, sagte Temple und schien verletzt zu sein. »Du verschluckst schon wieder die halben Silben. Das ist ein schlechtes Zeichen, Jimmy, das ist ein schlechtes Zeichen!«

»Ach, Sie sind mir vielleicht einer, Mr. Temple!«, lachte Jimmy, aber sein Lachen war etwas zurückhaltend und eher hohl, und er fühlte sich keineswegs behaglich in dieser Situation. Er hatte beschlossen, seine Strategie darin zu sehen, sich Temple gegenüber besonders schmeichelhaft zu verhalten, ohne dabei etwas preiszugeben.

»Freu' mich, Sie wiederzusehen, Mr. Temple«, fuhr er fort, »Sie sehen auch ziemlich fit aus. Hab' gehört, Sie sind jetzt verheiratet. Stimmt das?«

»Das stimmt, Jimmy«, nickte Temple.

»Scheint ihnen gut zu tun. Ich nehm' an, Sie sind deshalb aus'm Geschäft ausgestiegen.«

»Aus dem Geschäft?«, fragte Temple.

»Ja … Sie wissen schon …«

Paul Temple lächelte rätselhaft. »Kann sein …«

»Ich dacht' auch schon dran, zu heiraten«, fuhr der andere fort. »Aber in meiner Branche läuft es im Moment nicht so gut und …«

»In welcher Branche bist du jetzt genau tätig, Jimmy? Du bist so vielseitig, dass ich nie genau weiß …«

»Ich bin jetzt Geschäftsmann, Mr. Temple.«

»Welche Art von Geschäft?«

»Ach wissen Sie, ich kauf' und verkauf' Sachen«, sagte Jimmy vage. »Alles ganz legal«, beeilte er sich hinzuzufügen. »Hab'n gemütliches kleines Büro im West End.«

»Tatsächlich?«, lächelte Temple.

Mrs. Taylor stellte dem Schriftsteller ein ausgeschlagenes Glas mit Ginger Ale vor die Nase. Als Temple Mills' leeres Glas bemerkte, lud er ihn zu einem weiteren Drink ein.

»Hab' nichts dagegen, Mr. Temple. Ein Ginger Ale, bitte, Mrs. Taylor.«

Als sie wegging, wandte er sich an Temple. »Neuerdings trink' ich keinen Alkohol. Bleib' schön trocken, verstehen Sie, Mr. Temple.«

»Ich kann mir vorstellen, dass es in der Nähe deines Büros im West Ende doch gemütlichere Kneipen als die hier geben muss«, sagte Temple nachdenklich.

»Ach, ich weiß nich'. Hab' immer so Sehnsucht nach den alten Stammkneipen«, antwortete Mills achselzuckend.

Mrs. Taylor brachte das Getränk und hätte offensichtlich nichts dagegen gehabt, sich an der Unterhaltung zu beteiligen, aber keiner der Männer ermutigte sie dazu, weshalb sie schließlich in den Schankraum zurückkehrte.

Temple hob sein Glas und schnupperte misstrauisch daran. Es roch stark nach Bier. Er nahm einen schnellen Schluck, um Mills zuzuprosten, und stellte das Glas ab.

»'s ist immer schwer für 'nen Kerl wie mich, die Leute, die mich von früher kennen, davon zu überzeugen, dass ich ehrlich und anständig bin«, beharrte Mills, aber Paul Temple schenkte ihm kaum Beachtung. Ein Neuankömmling hatte den Raum betreten.

66

Der Fremde war in nüchternes Schwarz gekleidet, hatte ein hageres Gesicht und ein asketisches Aussehen. Er trug einen Priesterkragen, aber keinen Hut. Sein dunkles Haar war glatt frisiert, aber ohne irgendeine Pomade. Temple glaubte, ein schelmisches Funkeln in seinen Augen zu entdecken. Er war zwischen dreißig und fünfundvierzig Jahre alt. Eine Sekunde lang stand er in der Tür, dann grüßte Jimmy Mills ihn herzlich.

»Mr. Hargreaves! Kommen Sie hierher und bürgen Sie für mich bei diesem Herrn.«

»Das mach ich doch gern«, stimmte der Neuankömmling zu und kam zu ihnen.

»Das is' Reverend Hargreaves – Mr. Temple«, stellte Mills sie einander vor. Der Pfarrer schüttelte Temple herzlich die Hand. »Er kümmert sich um die Seemannsmission gleich um die Ecke«, erklärte Mills weiter. »Er kannte mich schon, als ich noch auf der schiefen Bahn war.«

Hargreaves gelang es nun endlich, auch ein Wort zu sagen.

»Doch nicht zufällig *der* Paul Temple?«, fragte er und in seiner Stimme lag ein Hauch von Erstaunen.

»Doch, genau der, Reverend«, bestätigte Jimmy Mills.

»Dann ist mir das Vergnügen doppelt so groß«, schwärmte Hargreaves. »Ich habe so viele Ihrer Bücher gelesen, Mr. Temple, dass ich das Gefühl habe, dass ich Sie schon seit Jahren kenne.«

»Das ist sehr nett von Ihnen«, antwortete Temple, der nicht recht wusste, was er von diesem ungewöhnlichen Geistlichen halten sollte.

Er war ein wenig zu überschwänglich und Temple gefiel es nicht, wie er ständig aus den Augenwinkeln zu den anderen Anwesenden im Raum schaute.

»Du hast mir nie gesagt, dass du ein Freund von Mr. Temple bist, Jimmy«, tadelte Hargreaves Mills.

»Nun, ich weiß nich', ob man uns gerade als Freunde bezeichnen kann, Reverend.«

Hargreaves schien zu verstehen und war sichtlich amüsiert. »Es gibt keinen Grund, warum ihr jetzt keine Freunde sein solltet, Jimmy.« Er wandte sich an Temple. »Er ist auf dem richtigen Weg, Mr. Temple, und macht seine Sache sehr gut.«

»Da bin ich aber froh«, sagte Temple. »Jimmy hat alle seine Sachen immer sehr gut gemacht«, fügte er kryptisch hinzu.

Mrs. Taylor mischte sich wieder ein. »Kann ich Ihnen 'was bringen, Reverend?«

»Nein«, lächelte Hargreaves, als würde er darüber nachdenken. »Nein, vielen Dank, meine Liebe. Aber ich frage mich, ob Sie so freundlich sein könnten, diese Plakate für mich an einer geeigneten Stelle anzubringen. Ich organisiere am Sonntagnachmittag ein besonderes Konzert und hoffe, dass die Besucherzahl rekordverdächtig sein wird.«

»Werd' auch mein Bestes dazu beitragen, Reverend«, warf Mills ein. »Ich bring' 'n paar meiner Kumpels mit.«

»Danke, Jimmy, das ist sehr nett von dir«, sagte Hargreaves und legte Mills freundlich die Hand auf die Schulter.

»Ich werd' sehen, was ich tun kann, Mr. Hargreaves«, sagte Mrs. Taylor und nahm die Plakate entgegen. »Ich kann allerdings nichts versprechen.«

»Vielen Dank, meine Liebe. Ich weiß, ich kann mich auf Sie verlassen.«

»Tja, ich muss los«, sagte Jimmy Mills schließlich und leerte sein Glas. »Gute Nacht, Mr. Temple.«

»Gute Nacht, Jimmy.«

»Gute Nacht, mein Sohn«, sagte Hargreaves und schüttelte Jimmys Hand. »Cheerio, Lucy«, rief Mills mit einem bedeutungsvollen Zwinkern und einem Nicken, als er am Schankraum vorbeiging.

Paul Temple versuchte, den Pfarrer zu einem Drink zu überreden, aber dieser schüttelte entschlossen den Kopf.

»Ich habe großes Vertrauen in Jimmy Mills, Mr. Temple«, sagte Hargreaves ernsthaft. »Er hat sich in den letzten zwei Jahren sehr verändert.«

»Ich hoffe, Sie haben recht, Sir. Er war früher einer der schlausten Hochstapler im ganzen Land.«

»Ja, ja, ich weiß, Mr. Temple. Wie furchtbar, wie furchtbar!«, bedauerte Hargreaves, eine Spur zu fromm.

»Ich möchte Sie nicht desillusionieren, Sir, aber ich denke, ich sollte Sie warnen, dass Mills die Gabe hat, jeden von allem zu überzeugen, was er sich in den Kopf gesetzt hat. Es geht mich natürlich nichts an, aber …«

»Das ist schon in Ordnung, Mr. Temple. Ich verstehe das sehr gut, und ich weiß es zu schätzen, dass Sie versuchen, mich zu warnen. Aber ich möchte Jimmy eine Chance geben.«

»Verbringen Sie viel Zeit hier, Sir – ich meine in diesem Teil der Stadt?«, fragte Temple und wechselte damit abrupt das Thema.

»Ich bin mehr oder weniger für die Seemannsmission verantwortlich. Es ist ein hartes Stück Arbeit, aber ich tue immer mein Bestes, um diese unglücklichen Jungs davon zu überzeugen, unsere Herberge als eine Art zweites Zuhause zu betrachten.« Mit einem Seufzer fügte er hinzu: »Das ist keineswegs eine einfache Aufgabe, Mr. Temple.«

»Das kann ich mir vorstellen«, sagte Temple mitfühlend.

»Aber man darf nicht meckern. Es wird nie langweilig, den ganzen Tag ist was los.«

»Das kann ich gut verstehen«, lächelte der Schriftsteller. Er schaute sich in der verrauchten Stube um, die sich nun mit Männern von allen sieben Weltmeeren füllte. Temple bemerkte ihre misstrauischen Blicke und senkte seine Stimme.

»Mr. Hargreaves, kennen Sie einen Mann namens Wilson, Chubby Wilson?«

»Aber ja, ich kenne ihn recht gut«, gab Hargreaves nach leichtem Zögern zu. »Ein reizendes Kerlchen, aber – nun, ich sage es nur ungern – durch und durch unzuverlässig.«

Er schien das Thema nicht weiter verfolgen zu wollen und fuhr hastig fort: »Lassen Sie uns doch über Sie sprechen, Mr. Temple. Ich bin wirklich ganz begeistert, Sie hier zu treffen. Ich habe mich oft gefragt, wie Sie diese charmanten kleinen exzentrischen Elemente in Ihre Milieuschilderungen bekommen – aber jetzt verstehe ich das natürlich. Sie kommen an Orte wie diesen und studieren Ihre Typen aus erster Hand.«

Er hielt inne. »Wissen Sie, es mag komisch klingen, aber ich habe mir schon oft gedacht, dass ich auch zu schreiben beginnen sollte, wenn ich nur die Zeit und die Möglichkeit dazu hätte.«

Paul Temple begann sich zu langweilen. Er war nicht ins *Glass Bowl* gekommen, um sich anzuhören, welche Ambitionen ein literarischer Amateur hatte.

»Oh, ich weiß, es klingt furchtbar eingebildet«, fuhr Hargreaves fort, »und ich nehme an, dass es in gewisser Weise ein bisschen hochnäsig wirkt, aber wenn man die menschliche Natur sozusagen im Rohzustand studiert, dann ...«

»Apropos Leben im Rohzustand: Haben Sie *Die Schlagzeilenmänner* gelesen?«, fragte Temple leise.

Ob Hargreaves diese Ablenkung von seinen literarischen Ambitionen missfiel oder ob er von der Frage überrascht war, wusste Temple nicht genau. Aber er hielt einen Moment inne, bevor er antwortete.

»*Die Schlagzeilenmänner*? Nein, nein, ich habe das Buch nicht gelesen, aber es soll sehr gut sein.«

»Ja«, sagte Temple, »sehr realistisch.«

»Eigentlich habe ich gar keine Lust, es zu lesen«, gestand Hargreaves genervt. Ich meine, bei all diesen schrecklichen Raubüberfällen und dem schockierenden Fall rund um Sir Norman Blakeley. Obwohl man die liebe Dame, die das Buch geschrieben hat, wohl kaum dafür verantwortlich machen kann. Immerhin spendet sie die Tantiemen den Zeitungen zufolge einem wohltätigen Zweck.«

Temple hob geistesabwesend sein Glas auf, stellte es wieder ab und zündete sich eine Zigarette an.

»Na, das nenne ich aber Zufall«, sagte Hargreaves plötzlich mit überraschter Stimme. »Da war gerade der Gentleman, nach dem Sie gefragt haben.«

»Chubby Wilson? Wo?«, fragte Temple.

»In der hinteren Ecke, Mr. Temple. Ich habe ihn gerade noch dort verschwinden gesehen.«

»Würden Sie mich dann entschuldigen?«, sagte Temple etwas abrupt.

»Aber ja, ja, natürlich. Ich hoffe, dass wir uns bei einer

anderen Gelegenheit wiedersehen.«

»Ja, das hoffe ich auch«, stimmte Temple eilig zu, schüttelte ihm schnell die Hand und ging auf die Ecke zu, auf die Hargreaves gezeigt hatte.

Als er sich näherte, konnte er die Stimme von Chubby Wilson hören, die sich aus dem allgemeinen Gesprächsgetümmel abhob. Offenbar versuchte Chubby, einem der Nichtstuer von draußen, den er auf einen Drink mitgenommen hatte, seine politischen Ansichten aufzudrängen.

Chubby war nicht gerade das, was man bei seinem Namen vermuten würde. Man konnte ihn nicht als dick bezeichnen. Vielmehr war er eher pummelig und klein. Seine Gesichtsfarbe konnte man als schmutziges Gelbbraun bezeichnen. Ein schäbiger Schal verdeckte einen nicht allzu sauberen Hals. Gelegentlich hielt er in seinem Diskurs inne, um tief Luft zu holen.

»Hallo, Chubby, schwingst du immer noch Sonntagsreden?«, begrüßte Temple ihn. Chubby Wilson schien überrascht, erholte sich aber schnell davon.

»Was denn? Hallo, Mr. Temple!« Dann wandte er sich an seinen Zuhörer. »Putz die Platte, Larry«, befahl er. Der Nichtstuer warf Temple einen fragenden Blick zu und schlich dann davon.

»Setzen Sie sich doch, Mr. Temple«, lud Chubby ein. »Erinnert mich an die guten alten Zeiten, wenn ich Sie sehe.«

Temple kam der Aufforderung nicht nach. Stattdessen beugte er sich vor und sprach in autoritärem Ton: »Chubby, ich bin ein sehr beschäftigter Mann und ich möchte mit dir sprechen. Wo können wir hingehen?«

»Hm, lassen Sie mich nachdenken«, sagte Wilson. Dann kam ihm eine Lösung in den Sinn. »Folgen Sie mir, Chef.«

Er ging auf den Flur hinaus vor und führte ihn in ein winziges, ärmlich eingerichtetes und einigermaßen schäbiges Wohnzimmer. Dann schloss Chubby die Tür sorgfältig hinter sich.

»Wie finden Sie das hier?«, fragte er.

»Es ist nicht das Ritz, Chubby, aber es erfüllt den

71

Zweck«, entschied Temple, wählte einen besonders wenig einladenden Stuhl aus gebogenem Holz und setzte sich. »Nun, wie läuft es bei dir?«

»Es läuft, Mr. Temple. Ich war noch nie einer, der gerne gemeckert hat.«

»Immer noch im Drogengeschäft?«

»Mr. Temple!« Chubby ahmte die schockierte Unschuld sehr gut nach und Temple lachte.

»In Ordnung, Chubby. Überspringen wir den Teil, dass du jetzt anständig bist. Jimmy Mills hat mir diese Platte gerade vorgespielt.«

»Jimmy Mills ... Ach der!«, fauchte Chubby ausdrucksvoll.

»Sag mir also:«, fuhr Temple unverblümt fort, »Was weißt du über die Schlagzeilenmänner?«

Plötzlich zeigte sich Wilson wirklich verängstigt. Er versuchte auch gar nicht, dies zu verbergen.

»Nichts, gar nichts«, keuchte er, »mein Gott, wenn Basher den Mund aufgemacht hat, dann brech' ich ihm ...«

»Oho«, gluckste Temple. »Immer noch so ein guter Freund des armen alten Basher, was? Wann ist er eigentlich entlassen worden?«

»Vor etwa einem Monat, Mr. Temple. Dieser Basher ... Er ist ein kranker Mann. Er hat das Herz am falschen Fleck.«

»Das kannst du laut sagen!«, sagte Temple mit einem kurzen Lachen. »Es war sicherlich am falschen Fleck, als er den armen alten Rentner aus Chelsea zusammenschlug.«

Chubby war immer noch sehr unruhig und besorgt. Seine feige und ängstliche Seite kam wieder zum Vorschein.

»Haben Sie Basher in letzter Zeit gesehen, Mr. Temple?«, platzte er schließlich heraus.

»Nein, Chubby, das habe ich nicht. Er hat also nicht geplaudert. Jedenfalls hat er mir gegenüber den Mund nicht aufgemacht.«

Chubbys Stimmung wurde sofort besser.

»Ende der Woche fahre ich nach Amerika, Mr. Temple«, verkündete er. »Wunderbares Land, dieses Amerika.«

Temple beugte sich etwas aggressiv vor. »Chubby, du

hast meine Frage nicht beantwortet.«

»Welche Frage?« Der kleine Mann versuchte vergeblich, das Thema zu umgehen.

»Was weißt du über die Schlagzeilenmänner?«, wiederholte Temple bedächtig.

»Das habe ich Ihnen doch schon gesagt: nichts. Warum zum Teufel sollte ich irgendetwas über sie wissen?«, rief Chubby hysterisch. Er breitete seine Hände flehend aus. »Ich habe in meinem Leben schon viel erlebt, Mr. Temple, aber wenn Sie mir etwas zugutehalten müssen, dann ...«

»Nichts kann ich dir zugutehalten«, schnappte Temple, »also komm zur Sache. Du bist ein dreckiger kleiner Gauner, der gleich viel Rückgrat hat wie eine filetierte Scholle – aber ich mag dich trotzdem.«

Nach diesem Ausbruch nahm Temple seine Brieftasche aus der Innentasche.

»Ich will Informationen, Chubby, und ich bin bereit, dafür zu bezahlen.«

»Wie viel?«, fragte Chubby und leckte sich die Lippen.

Temple steckte die Brieftasche wieder ein.

»So ist es gut«, stimmte er zu. »Jetzt kommen wir weiter.«

»Allerdings«, flüsterte Chubby vorsichtig, »behaupte ich nicht, dass ich etwas zu erzählen habe.«

»Chubby, du weißt, dass du mir vertrauen kannst«, sagte Temple überzeugend.

»Ja, natürlich, Mr. Temple, aber ...«

»Wer sind die Schlagzeilenmänner?«, fragte Temple in seinem ruhigen, entschlossenen Ton.

Wilson zögerte. »Ich weiß es nicht, Mr. Temple. Niemand weiß es«, erklärte er.

»Aber du hast doch mit ihnen zu tun gehabt«, fuhr Temple fort und setzte damit den Finger auf die Wunde.

Chubby schien mit sich zu ringen, bevor er antwortete. Er ging hinüber zur Tür, öffnete sie, sah sich um und schloss sie wieder. Dann kehrte er zu Temple zurück.

»Mr. Temple, haben Sie schon mal was von »Amashyer« gehört?«, sagte er leise.

»Amashyer«, wiederholte Temple etwas verwirrt. »Nein, das sagt mir nichts. Was ist das?«

»Es ist eine Droge – eine sehr außergewöhnliche und sehr seltene Droge«, erklärte Chubby geheimnisvoll.

»Welche Auswirkungen hat sie?«

»Sie lässt die Menschen vergessen. Sie vergessen alles, was ihnen in den letzten achtundvierzig Stunden widerfahren ist.«

Ganz offensichtlich interessierte dies Temple sehr. Seine Gedanken kreisten sofort um die Rückkehr von Brightmans Kind, das sich nicht daran erinnern konnte, was mit ihm geschehen war. »Erzähl weiter, Chubby«, befahl er.

»In Holland nennt man sie »die Zeitdroge«. Niemand scheint zu wissen, woher das Zeug überhaupt kommt. Alles, was ich je herausgefunden habe, ist, dass sie schwer zu bekommen und teuer wie Gold ist.«

»Das ist alles neu für mich«, gestand Temple. »Erzähl mir, wie du an das Zeug gekommen bist.«

»Ich war eines Abends in der Seemannsmission – das muss jetzt etwa zwei oder drei Monate her sein – und spielte eine Partie Karten mit einem Freund, als der Pfarrer auftauchte und mir einen Zettel gab, auf dem stand: »Sei heute Abend um neun am Redhouse-Kai«.«

»Moment mal, Chubby. Welchen Pfarrer meinst du?«

»Na, den, der sich Reverend Hargreaves nennt – den Kerl, der den Laden dort schmeißt.«

Temple pfiff ausdrucksvoll und nickte Chubby zu, damit dieser mit der Erzählung fortfuhr.

»Nun, ein gutes Geschäft hab' ich noch nie ausschlagen können, Mr. Temple, also – um es kurz zu machen: Ich tauchte am Kai auf. Dort wartete ein Kerl auf mich – ein kleiner Kerl mit einer hohen Fistelstimme. Er sagte, das er so viel von diesem Amashayer brauche, wie ich auftreiben könne. Ich sagte ihm, dass es riskant sei, mit Drogen zu handeln, aber er griff nur in seine Tasche und holte ein Bündel Scheine heraus. Ich habe sie gezählt, als ich zurückkam – es waren lauter Hunderter und die Gesamtsumme betrug viertausend Pfund!«

»Donnerwetter!«

»Ich habe also keine Zeit verloren, das kann ich Ihnen sagen«, fuhr Chubby mit einem Augenzwinkern fort. »Ich habe mich mit einem Kerl namens Cokey Williams in Verbindung gesetzt und er hat mir so viel Amashyer-Zeug besorgt wie er auftreiben konnte.« Chubby hielt inne. Nach einer Weile nickte Temple ihm zu, dass er fortfahren sollte.

»Der Kerl mit der Fistelstimme verabredete sich mit mir in einem Lagerhaus flussaufwärts. Am Kai wartete ein Boot auf mich. Wir fuhren los. Der kleine Mann schien sehr erfreut zu sein, als ich ihm das Zeug gab. Nachdem ich es übergeben hatte, bedankte er sich höflich und ließ mich zum Redhouse-Kai zurückbringen.«

»Haben Sie in dem Lagerhaus jemanden erkannt?«

»Niemanden, allerdings …« Chubby schien zu zögern.

»Was?«, fragte Temple.

»Ich kann es nicht beschwören, aber kurz bevor ich in das Boot stieg, glaubte ich, Hargreaves zu sehen – Reverend Hargreaves, meine ich. Aber ich muss mich geirrt haben, denn ich bin auf direktem Weg zurück in die Mission. Dort war der Reverend die erste Person, die mir über den Weg lief.«

»Hm«, überlegte Temple. »Natürlich haben wir keine Beweise dafür, dass das alles etwas mit den Schlagzeilenmännern zu tun hat.«

»Doch, das haben wir!«, beharrte Chubby.

»Was macht dich so sicher?«

»Als ich das Lagerhaus verließ, schaute mich der kleine Kerl komisch an. Dann sagte er: »Wenn du den Mund aufmachen willst, Chubby, denke an Sydney Debenham.«

»Sydney Debenham?«

»Ja, es war in der Woche nach dem Mord – Sie erinnern sich doch, er war der Hauptkassierer der Margate-Bank.«

»Ja, ich erinnere mich«, sagte Temple leise. Offenbar überließen die Schlagzeilenmänner nichts dem Zufall.

»Wo ist dieses Warenhaus, Chubby?«, fragte Temple plötzlich.

»Fragen Sie mich nicht, Chef. Ich habe keinen blassen Schimmer, wo es liegt. Soweit ich es rekonstruieren kann, schien es etwa eine Meile flussaufwärts vom Redhouse-Kai zu liegen.«

Temple wägte diese Information sorgfältig ab. »Danke, Chubby. Komm doch bei mir vorbei und statte mir einen Besuch ab, bevor du abreist. Du weißt ja, wo ich wohne.« Er überreichte ihm ein kleines Bündel mit Geldscheinen.

»Ja, danke, Chef. Und denken Sie daran – Sie halten den Mund.«

»Natürlich. Wie komme ich hier raus ohne durch die Bar zu gehen?«

»Das ist einfach«, erklärte Chubby. »Folgen Sie mir einfach, Mr. Temple.«

Er öffnete die Tür. Einen Moment lang blieben sie dort stehen. Temple bemerkte plötzlich, dass in einem der Zimmer im Obergeschoss jemand Klavier spielte. Er erkannte die Melodie sogar trotz des Lärms und dem brüllenden Gelächter aus der Bar und aus dem Schankraum.

»Was ist das?«, fragte er schnell.

Chubby sah erschrocken aus: »Was meinen Sie, Chef?«, flüsterte er heiser.

»Diese Musik!«

Chubby lachte beschwichtigend. »Ach, das ist nur ein Klavier in einem der Zimmer im Obergeschoss. Da oben treffen sich oft die Mitglieder des Raucherclubs oder irgendwelcher Logen.«

»Verstehe«, sagte Temple schroff und folgte Chubby den Gang entlang hinaus in den tristen Hinterhof, wo sein Begleiter auf einen Durchgang hinwies, der zurück zum Themseufer führte.

Als er gerade gehen wollte, drehte sich der Schriftsteller um und blickte schnell zu einem erleuchteten Fenster hinauf. Schwach konnte er im Hintergrund noch den Klang des Klaviers hören.

Es war die Melodie, die Mr. J. P. Goldie im Salon der Wohnung von Paul Temple gespielt hatte.

Kapitel sieben
Eine Nachricht für Paul Temple

Paul Temple nahm den Bus nach Charing Cross, stieg die Treppe zum Oberdeck hinauf, zündete sich nachdenklich eine Zigarette an und begann, über das eben Erlebte nachzudenken.

Es war ein Glücksfall gewesen, Chubby zu finden. Temple hatte richtigerweise angenommen, dass die Chancen gut standen, dass Chubby in irgendeiner Beziehung zu den Schlagzeilenmännern stand. Es hatte bisher ohnehin kaum eine Bande in der Londoner Gangsterwelt gegeben, die nicht irgendwann einmal Chubbys Dienste in Anspruch genommen hatte.

Allerdings hatte sich sein Ruf als jemand, der gerne plappert, in den letzten Monaten für Chubbys Geschmack ein wenig zu sehr herumgesprochen. Sein Einkommen war entsprechend gesunken und er war sogar dazu übergegangen, von Zeit zu Zeit kleine Diebstähle zu begehen.

Wenn er wirklich vorhatte, nach Amerika zu übersiedeln, dann standen sowohl der Polizei als auch den Gaunern aufregende Zeiten bevor, dachte Temple amüsiert. Chubbys Neigung, ein doppeltes Spiel zu treiben, würde unweigerlich irgendjemanden in Schwierigkeiten bringen – Schwierigkeiten, aus denen Chubby selbst sich mit aalglatter Gewandtheit herauszuwinden verstand.

Deshalb mussten die Schlagzeilenmänner sehr selbstsicher gewesen sein, als sie sich auf Chubby Wilson einließen.

Temple, machte sich Vorwürfe, weil er sich nicht vergewissert hatte, ob es wirklich Goldie war, der sich in dem oberen Zimmer aufhielt. Es war auf jeden Fall merkwürdig. Wie oft hörte man schon Liszt in einer heruntergekommenen Flussschänke spielen? Es hätte jedoch auch die Möglichkeit bestanden, mit Reverend Hargreaves zusammenzustoßen, wenn er die Treppe hinaufgegangen wäre. Eine solche Begegnung wollte er allerdings vermeiden.

Temple war offen gesagt etwas ratlos, was Hargreaves betraf. Chubby Wilson zufolge war der Geistliche in die Sache mit den Schlagzeilenmännern verwickelt. Wie sonst könnte man seine Übergabe der Nachricht deuten? Diente die Seemannsmission nur als Deckmantel für diese ruchlosen Machenschaften? Temple beschloss, diesbezüglich alles offen zu lassen und die Aktivitäten von Reverend Charles Hargreaves sehr genau zu beobachten.

Er stieg am Charing Cross aus dem Bus und bog nach links ab, um durch die Straßen von Soho zu gehen, die durch Leute, die um diese Zeit noch zu Abend essen wollten, und andere, die sich gerade auf dem Weg in eines der Theater machten, sehr belebt waren. Schließlich erreichte er Mayfair, wo er als Folge seiner körperlichen Bewegung leicht erhitzt ankam. Pryce hörte ihn hereinkommen, als er gerade die Post, die mit der Abendzustellung gekommen war, aus dem Briefkasten holte.

»Hallo, Pryce«, begrüßte Temple ihn fröhlich. »Ist Mrs. Temple oben?«

»Nein, Sir, sie ist nicht da. Sie ist vor etwa zwanzig Minuten fortgegangen, um Miss Forbes zu treffen.«

»Um Miss Forbes zu treffen?«, fragte Temple etwas überrascht.

»Ja, Sir. Madam hat einen Anruf von Miss Forbes erhalten, kurz nachdem Sie gegangen sind.«

»Oh, vielleicht ging es um etwas, das sie heute Nachmittag gekauft haben«, spekulierte Temple.

»Mr. und Mrs. Mitchell sind vor etwa fünf Minuten gekommen, Sir.«

»Sind sie schon wieder da?«, murmelte Temple und hob leicht die Augenbrauen. »Ach – ähm – in Ordnung, Pryce, das wäre dann alles.« Der Diener ging in seine Küche zurück und Temple machte sich auf den Weg ins Wohnzimmer.

»Endlich bist du da, du alter Halunke«, begrüßte Gerald ihn aufgeregt.

»Hallo, Gerald! Hallo, Ann! Was soll denn die ganze Aufregung?«

»Du hast mir etwas vorenthalten, du alter Schlingel«, sagte Gerald vorwurfsvoll.

»Sag bloß nicht, dass du herausgefunden hast, dass ich Andrea Fortune bin«, antwortete Temple feierlich.

Alle lachten.

»Davon kann keine Rede sein«, erklärte Ann, die in einem teuren schwarzen Abendkleid, das ihre schöne Figur zur Geltung brachte, bestens aussah. »Gerald hat gerade gehört, dass Steve einen Roman schreibt, und er will ihre Unterschrift auf einem Vertrag haben, noch vor allen anderen Verlegern.«

»Du verlierst aber auch keine Sekunde Zeit«, lachte Temple. »Ich wünschte, Steve käme so schnell voran. Sie arbeitet doch schon seit mindestens sechs Monaten daran und hat noch nicht einmal den Prolog beendet.«

»Sie hat den Prolog noch gar nicht fertig?«

»Ich habe dir doch gesagt, dass es nicht so eilig damit ist«, lachte Ann, die sich über das Staunen ihres Mannes amüsierte.

»Wie hast du denn überhaupt davon erfahren?«, fragte Temple.

»Der Herausgeber des *Daily Courier* hat mir vor zwei Tagen davon erzählt und ich habe es heute Abend beim Abendessen zufällig erwähnt«, sagte Ann. »Gerald wurde fast ohnmächtig vor Aufregung.«

»Wenn Steve nur halb so gut als Schriftstellerin ist wie als Reporterin, dann brauche ich mir um den Erfolg der Sache keine Sorgen zu machen«, erklärte Gerald mit Nachdruck.

»Wie wäre es dann mit fünfzig Pfund Vorschuss auf das Honorar?«, lachte Temple. »Vergiss nicht, dass Steve einen Ehemann zu versorgen hat …«

»Jetzt weiß ich, warum du geheiratet hast, Paul«, erwiderte Ann.

»Aber im Ernst, Gerald, das Thema von Steves Roman ist im Hause Temple absolut tabu. Wir hatten unseren ersten und einzigen Krach wegen dieses verflixten Romans – oder sollte ich besser sagen: wegen des Prologs?«

»Du musst dich also mit einer Option auf die Rechte begnügen«, sagte Ann zu ihrem Mann.

In diesem Moment kam Pryce mit einem silbernen Tablett herein, auf dem eine Karte lag, die etwas kleiner als eine Spielkarte war.

»Dies hier war im Briefkasten, Sir. Ich dachte, es könnte vielleicht wichtig sein.«

»Sie war aber noch nicht dort, als ich zurückkam«, murmelte Temple und drehte sich um und nahm sie.

»Nein, Sir.«

Die Mitchells sahen zu, wie er sorgfältig die Karte studierte, und sahen, wie er starr vor Schreck wurde, als ihm die Bedeutung bewusstwurde.

»Paul, es sind doch hoffentlich keine schlechten Nachrichten, oder?«, fragte Mitchell leise.

Temple schien ihn nicht zu hören. Sein Gehirn arbeitete derart auf Hochtouren, dass er alles rundherum nicht wahrnahm. Dann fragte er mit einem deutlichen Unterton in der Stimme: »Hast du dein Auto hier?«

»Ja, aber was zum Teufel …«

»Ich muss so schnell wie möglich zu Scotland Yard«, hörte sich Temple wie aus weiter Ferne sagen.

»Paul, was ist denn los?«, rief Mitchell alarmiert aus.

»Es … Es sind die Schlagzeilenmänner«, sagte Paul Temple mit einer eigentümlich angespannten Stimme.

Ann sprang erschrocken auf.

»Die Schlagzeilenmänner!«, rief sie.

»Ja«, nickte Temple bedächtig. »Sie haben Steve.«

Kapitel acht
Die Schlagzeilenmänner

Mr. Andrew Brightman hatte allen Grund, gereizt zu sein. Man hatte ihn zwangsweise zu Scotland Yard vorgeladen, wo Sir Graham Forbes ihn so vernahm, dass man es als eine verfeinerte Version eines Verhörs dritten Grades hätte bezeichnen können.

Und Mr. Brightman konnte nicht verbergen, dass ihn diese Art der Einvernahme mitnahm, auch wenn er äußerlich weiterhin nichts von seinem makellosen Auftreten verloren hatte. Sir Graham mochte ihn von Minute zu Minute immer weniger und tat sein Möglichstes, um einen Fehler in seiner Geschichte zu finden, aber Brightman war ihm bis jetzt gewachsen gewesen.

»Mein lieber Sir Graham, warum in aller Welt haben Sie mich hierhergebracht, um mir Fragen zu stellen, die ich bereits ein halbes Dutzend Mal beantwortet habe. Das ist mir völlig unbegreiflich«, protestierte er in seinem aalglatten, sicheren Tonfall.

Forbes ignorierte diesen Ausbruch.

»Mr. Brightman, ich bin bestrebt, dieser Sache auf den Grund zu gehen«, beharrte er leise. »Und da ist noch ein Punkt, der mich interessiert. Sie sagen doch, Sie haben den Koffer in der Garderobe des Hotels *Regal Palace* deponiert?«

»Ja, ja!«, schnauzte Brightman, dessen Geduld fast erschöpft war.

»Und der Garderobier gab Ihnen einen Abholschein für den Koffer?«

»Ja.«

»Sind Sie sich da ganz sicher?«

»Natürlich bin ich mir da sicher«, sagte Brightman müde, als ob er es mit einem neugierigen Kind zu tun hätte.

»Danke«, sagte Sir Graham und drückte einen Knopf auf seinem Schreibtisch, woraufhin Chefinspektor Reed erschien.

»Mac – Mr. Brightman möchte gehen«, sagte Sir Graham kurz. Sein Besucher schien überrascht, dass die Tortur vorbei war, und war ein wenig unsicher, was er sagen sollte.

»Hier entlang, Sir«, forderte Mac ihn auf.

»Oh, vielen Dank«, sagte Brightman und atmete auf. »Auf Wiedersehen, Sir Graham.«

»Gute Nacht«, grunzte Forbes. Je mehr er von Andrew Brightman sah, desto weniger gefiel ihm sein unterwürfiges Grinsen.

Forbes griff zum Telefon, um eine Anweisung zu geben, dass man Brightman beschatten sollte. Dann besann er sich jedoch eines Besseren. Er dachte noch immer über die ganze Sache nach, als Reed wieder hereinkam und verkündete: »Mr. Temple, Sir!«

»Hallo, Temple, was führt Sie denn um diese Zeit hierher?«, fragte Sir Graham, der über diese Störung nicht gerade erfreut schien. Dann bemerkte er, dass Temple nicht sein übliches lockeres Auftreten hatte und dass seine Augen einen angespannten Ausdruck vermittelten.

»Sir Graham, es tut mir leid, dass ich so hereinplatze …«

»Aber was ist denn los?«

»Es ist … Es ist wegen Steve«, sagte Temple erstickend.

»Steve? Was meinen Sie?«

»Sie haben sie … Die Schlagzeilenmänner haben sie!«

Sir Graham sprang auf und schob seinen Stuhl mit einem Knall zurück. »Unmöglich! Das kann nicht wahr sein!«, sagte er ungläubig. »Hier … Setzen Sie sich! Ich hole Ihnen einen Drink.«

Er ging zum Schrank und schüttete eine große Menge schottischen Whisky in ein Glas. Temple schluckte ihn hinunter, bevor er wieder sprach.

»Heute Abend war ich in einem Pub am Fluss, dem *Glass Bowl*.«

»Das kenne ich sehr gut«, warf Reed ein, aber Sir Graham brachte ihn mit einem Blick zum Schweigen.

»Während ich dort war, hat Steve offenbar einen Anruf

erhalten. Sie glaubte anscheinend, er komme von Ihrer Tochter.«

»Vielleicht kam er auch von ihr. Sie wissen doch, dass sie befreundet sind.«

Temple schüttelte den Kopf. »Nein, Carol kann es nicht gewesen sein. Vor einer halben Stunde erhielt ich diese Karte.«

»Guter Gott!«, hauchte Sir Graham, als er die vertraute Warnung erkannte.

»Wäre es nicht besser, wenn Sie Miss Carol anrufen würden?«, schlug Reed vor.

»Ja, ja, natürlich«, sagte Forbes und griff nach dem Telefonhörer.

Es folgte eine kurze Pause, in der Reed die Karte mit finsterer Miene musterte und Temple nervös im Büro auf und ab ging.

»Sind Sie das, Davis?«, sagte Sir Graham plötzlich. »Ja, Sir Graham hier … Ist Miss Carol da? Ach so … Ich verstehe …«

Er legte den Hörer auf.

»Sie hat das Haus vor etwa einer Stunde verlassen«, informierte er sie.

»Dann ist doch alles in Ordnung«, wagte Reed zu sagen.

»Sie ist ausgegangen, um Mrs. Temple zu treffen. Vielleicht ist diese Karte nur …«

»Nichts ist in Ordnung! Mir gefällt das alles nicht!«, schnauzte Sir Graham, der inzwischen sehr besorgt aussah. Temple stoppte sein unruhiges Auf- und Abgehen.

»Ich war im *Glass Bowl*, um einen Mann namens Chubby Wilson zu treffen«, sagte er langsam, offensichtlich in Gedanken versunken.

»Den kann man meistens dort treffen«, stimmte Mac zu.

»Genau so ist es. Und er hat den Mund aufgemacht. Er erzählte mir von einem leeren Lagerhaus eine Meile vom Redhouse-Kai entfernt.«

»Was ist damit?«, fragte Forbes.

»Es wird von den Schlagzeilenmännern benutzt«, informierte Temple ihn.

Selbst der sonst so harte Reed ließ sich davon aus der Fassung bringen.

»Glauben Sie, dass sie Ihre Frau und vielleicht auch Miss Carol entführt haben?«, begann er, als Sir Graham ihn abrupt unterbrach.

»Mac, verständigen Sie die Themse-Polizei«, donnerte er. »Ich will eine Barkasse am Nordpier. Sagen sie auch Brooks und Donovan Bescheid.«

Wieder nahm er den Hörer in die Hand.

»Hunter? Wir treffen uns in zwanzig Minuten am Nordpier.« Er hielt inne, um Reed einige kurze Anweisungen zu geben, dann nahm er seinen Hut und folgte Temple, der bereits auf halbem Weg nach unten war.

Draußen wartete Gerald Mitchell auf sie. »Ann hat das Auto nach Hause gestellt«, erklärte er. »Ich dachte, dass ich vielleicht irgendwie behilflich sein kann …«

»Sir Graham, das ist Gerald Mitchell, ein Freund von mir. Hätten Sie etwas dagegen, wenn er mitkäme?«, fragte Temple.

Sir Graham musterte Mitchell mit einem schnellen Blick. »In Ordnung«, stimmte er unwirsch zu, »wenn er sich darüber im Klaren ist, dass das hier kein Picknick wird.«

Sie stiegen alle in ein schnelles Polizeiauto ein und rasten durch eine Reihe von Nebenstraßen, die der Fahrer nutzte, um den dichten Verkehr zu umgehen.

Temples Gesicht war weiß und eingefallen im Schein der Straßenlaternen, die in monotoner Folge auf sie herunterleuchteten. Niemand sprach viel, und Mitchell war sichtlich nervös, aber dennoch entschlossen.

Hunter saß bereits in der Barkasse, zusammen mit den beiden Sergeants Brooks und Donovan, zwei hageren, wettergegerbten Flusspolizisten, deren Augen ständig auf ein fernes Objekt gerichtet zu sein schienen. Sir Grahams Leute setzten sich in die Barkasse, und Donovan startete den Motor.

Es handelte sich bei dem Wasserfahrzeug nicht um das übliche Polizeiboot, das zu Patrouillenzwecken eingesetzt wurde, sondern um ein schnittiges, schnelles Boot für Notfälle, das mit einem leistungsstarken Miniatur-Suchscheinwerfer ausgestattet war.

Sie fuhren auf den Fluss hinaus, dabei bemerkte Temple zum ersten Mal, dass eine beträchtliche Menge Nebel über dem Wasser lag. Sir Graham murmelte Sergeant Donovan am Steuer einige Anweisungen zu und schon bald fuhren sie in einem angemessenen Tempo in Richtung Redhouse-Kai.

Der Nebel war teilweise so dicht, dass sie zeitweise das Tempo drosseln mussten und nur im Schritttempo fahren konnten. Dann löste er sich plötzlich wieder auf und die Lichter entlang des Embankments wurden wieder sichtbar. Donovan drosselte etwas das Tempo und sie glitten über das dunkle, finstere Wasser dahin.

Abgesehen von der fernen Sirene eines abfahrenden Trampdampfers und dem dumpfen Rauschen des Stadtverkehrs war der Fluss sehr ruhig. Es fühlte sich an, als ob sie sich in einer anderen Welt befänden, dachte Mitchell und knöpfte seinen Mantel zu, denn auf dem Wasser war es sehr kalt. Ein Schlepper kam in Sicht, der eine Reihe von vier Lastkähnen zog. Er tuckerte in die Ferne davon. Die geheimnisvolle Stille, die nur durch das Rattern ihres eigenen Motors unterbrochen wurde, brach wieder über sie herein.

Brooks und Donovan tauschten gelegentlich eine knappe Bemerkung über ihren Kurs aus, aber keiner der anderen sprach, bis Temple murmelte: »Der Nebel ist aber ziemlich stark, Sergeant.«

»Das ist nichts im Vergleich zu dem, wie er sonst manchmal ist, Sir«, sagte Brooks. »Wir waren schon so tief drin, dass man das Wasser unter uns nicht mehr sehen konnte.« Der Nebel war so stark, dass außer dem Polizeiboot keine Menschenseele auf dem Fluss war.

Sie waren fast zwei Meilen vorangekommen, als Hunter fragte: »Was ist das da drüben?« Er deutete auf ein großes Gebäude, das an einer Flussbiegung stand.

»Fisher & Watkins, Sir. Die Kohlenhändler«, informierte Brooks ihn.

»Dann kann es das nicht sein.«

»Nein, Sir. Das Gebäude ist ziemlich bekannt. Es gibt keinen Schlepper auf dem Fluss, der nicht zu irgendeiner Zeit dort anlegt.«

»Sie scheinen den Fluss ziemlich gut zu kennen, Sergeant«, kommentierte Mitchell.

»Nun, ich bin ihn schon ein paar Mal rauf und runter gefahren, Sir« antwortete Brooks lakonisch. »Ich könnte ein ganzes Buch darüber schreiben, was ich hier gesehen und erlebt habe …«

»Wenn Sie das jemals tun, müssen Sie mir das Vorzugsrecht geben, es zu veröffentlichen.«

»Sind wir hier in der Nähe dieses Ortes, den man Völkerkai nennt?«, fragte Forbes und erinnerte sich an diesen Namen im Zusammenhang mit einem berüchtigten anderen Fall.

»Der liegt in der anderen Richtung, Sir. Sie meinen den Ort, an dem wir diesen Gangster Wapping Kid in der Nacht fanden, als man ihn erschossen hat. Ich werde diese Nacht nie vergessen, so lange ich …«

»Was war das?«, unterbrach Mitchell und packte Temple am Arm.

»Was ist los?«

»Ich dachte, ich hätte etwas gehört«, sagte Mitchell nervös. »Es klang fast wie ein Revolverschuss.«

»Ein Revolverschuss?«, fragte Sir Graham scharf.

Brooks schien skeptisch zu sein. »Dieser alte Fluss ist voller seltsamer Geräusche, Sir – bis man sich an sie gewöhnt hat. Man kann sich hier sehr viel einbilden.«

»Ich glaube nicht, dass dieses Licht dort eine Einbildung ist, Sergeant«, warf Paul Temple ein.

»Licht, Sir? Wo?«

»Auf der linken Seite, George. Schau doch!«, rief Sergeant Donovan, bevor Temple antworten konnte.

»Hm, das ist ein Licht, das stimmt«, gab Brooks zu. »Und zwar ein ziemlich starkes. Das muss doch …«

»Hört mal!«, zischte Donovan.

Aus der Ferne ertönte – durch den Nebel etwas gedämpft – das vertraute Tuckern einer Motorbarkasse. Es klang so wie ein schneller Herzschlag. Ihr Scheinwerfer suchte den Fluss ab, hatte aber die Polizeibarkasse bisher noch nicht entdeckt.

»Das muss das Boot sein, das ich vorhin gehört habe«, bemerkte Mitchell.

»Das sind nicht zufällig einige Ihrer Männer, Sergeant?«, fragte Temple.

Brooks schüttelte den Kopf. »Das klingt nicht wie unsere Motoren, Sir«, erklärte er und war sich absolut sicher dabei.

»Vielleicht ist es Ginger Ricketts. Er fährt oft um diese Zeit zu seiner Hütte«, schlug Donovan vor.

»Ich würde das Geräusch, das seine alte Kiste macht, unter Tausenden erkennen. Und das hier klingt anders«, sagte Brooks.

»Der Scheinwerfer, den sie da haben, ist aber ziemlich stark«, sagte Temple und spähte über das Wasser.

»Sie kommen näher«, verkündete Donovan vom Steuer aus.

»Geben Sie Signal«, befahl Sir Graham.

Brooks stand auf, hob die Hände und rief: »Ahoi da drüben! Ahoi!«

Es kam keine Antwort, aber die herannahende Barkasse schien ihren Kurs leicht zu ändern.

»Mach das Licht an, Harry«, befahl Brooks.

Es gab einen Ruck, und ein dünner, kräftiger Lichtstrahl bahnte sich seinen Weg über den Fluss. Als er das Licht des anderen Boots erreichte, wurde der andere Scheinwerfer sofort ausgeschaltet.

»Sie sind auf die andere Seite hinübergefahren«, erklärte Temple, der alles genau im Blick hatte. »Sie versuchen, uns auszuweichen. Schwenken Sie das Licht nach rechts, Sergeant. Ein bisschen mehr ... und jetzt wieder ein bisschen nach links ...«

Plötzlich hallte das Knallen eines Schusses deutlich über das Wasser. Alle duckten sich instinktiv, als zersplitterndes Glas zu hören war. Die Lampe auf dem Polizeiboot war erloschen und ließ sie in einer Dunkelheit zurück, die intensiver schien als zuvor.

»Was zum Teufel soll das?«, keuchte Donovan völlig

verwirrt. Für ihn war ein Angriff auf eine Polizeibarkasse gleichbedeutend mit einem Hochverrat.

»Hol die Reservelampe, Harry. Aber sei vorsichtig!«, schnappte Brooks.

Donovan fing an, mit der freien Hand in einem Schließfach herumzusuchen. Schließlich kam ihm Brooks zu Hilfe.

»Wo zum Teufel hat Thompson die Lampe hingetan?«, hörte Temple einen von ihnen murmeln, dann war plötzlich ein weiterer Schuss zu hören und ein Geschoss zischte links von ihnen vorbei. Es folgte ein schnelles Maschinengewehrfeuer.

»Alle in Deckung! Runter mit allen! Um Gottes willen, in Deckung, Sir Graham!«, schrie Brooks und sie kauerten sich so weit unten wie möglich im Rumpf der Barkasse zusammen. Das stakkatoartige Geräusch ertönte erneut. Jetzt war klar, dass es ganz offensichtlich von einem Maschinengewehr herrührte.

»Runter, Donovan!«, schrie Forbes. Aber der Mann war aufgestanden und saß hinter dem Steuerrad.

»Wir müssen die Barkasse wenden und sie verfolgen«, antwortete er und wollte gerade etwas hinzufügen, als eine weitere Maschinengewehrsalve ertönte, diesmal viel näher und länger.

Temple sah, wie sich Donovan an die Schulter fasste und langsam zusammensank. Brooks eilte sofort zu ihm hinüber.

»Bist du in Ordnung, Harry?«, fragte er.

»Ja, ja«, keuchte Donovan schwach und brach mit einem seltsam erstickten Seufzer bewusstlos zusammen. Zuvor hatte er noch den Motor abgestellt. Das Boot trieb nun ziellos mit der Flut.

»Bringen Sie ihn da in die Ecke, wenn Sie können«, schlug Mitchell vor.

Plötzlich blendete sie das Licht der anderen Barkasse, und Brooks duckte sich schnell. Nach außen hin gab es auf dem Polizeiboot kein Lebenszeichen. Fast eine Minute lang schwenkte das unerbittliche Licht über das Boot, dann verschwand es wieder. Offenbar hatten die Fremden nicht die Absicht, der Sache weiter nachzugehen.

Temple ging zu Donovan und untersuchte eilig dessen Verletzung. »Es geht ihm ziemlich schlecht«, verkündete er.

Während er sprach, hörten sie das gleichmäßige Tuckern des Motors des anderen Bootes. Es verstärkte sich allmählich zu einem Dröhnen, als es in der Nacht verschwand.

»Die Schweine sind weg!«, sagte Mitchell.

»Donovan geht es immer schlechter. Wir müssen umkehren«, erklärte Brooks.

»Ja, aber warten wir lieber noch ein paar Minuten, bis sie weg sind«, riet Sir Graham.

»Paul – du glaubst doch nicht, dass Carol und deine Frau auf diesem Boot waren?«, platzte Mitchell heraus.

Temple schüttelte hilflos den Kopf.

Brooks hatte Mühe, den Motor neu zu starten.

»Lassen Sie nur, Sergeant, ich übernehme das Steuer«, bot Mitchell an. »Sie kümmern sich um Donovan.«

»Glauben Sie, dass Sie das schaffen, Sir?«

»Ganz sicher. Ich habe ein eigenes Boot oben in Maidenhead.« Er setzte sich hinter das Steuerrad und betätigte vorsichtig den Anlasser.

»Vielleicht wäre es besser, wenn wir gleich am Ufer anlegen und das nächste Krankenhaus anrufen«, schlug Brooks vor, als Forbes plötzlich aufschrie.

»Temple! Da ist etwas im Wasser!«

Temple lehnte sich über die Bordwand und spähte in die von Sir Graham angegebene Richtung. »Es ist ein Mann!«

»Mein Gott, er hat recht!«, bestätigte Brooks.

»Rüber nach links, Gerald! Stell den Motor ab! So ist es gut«, wies Temple an.

Die Wellen plätscherten kraftlos gegen die Barkasse, als der Motor mit einem Ruck zum Stillstand kam. Brooks holte einen langen Bootshaken hervor und zog damit den Körper heran, der auf dem dunklen Wasser sanft auf und ab schaukelte.

»Haben Sie ihn, Temple?«

»Ja«, keuchte Temple, während er den Körper umklammerte und leicht anhob. Er war so durchnässt, dass es eine große Herausforderung darstellte, ihn an Bord zu bringen.

Forbes und Hunter kamen ihm zu Hilfe und schließlich gelang es ihnen, diese seltsame, träge Masse über die Bordwand zu hieven. Eine Zeit lang bestand dadurch sogar die Gefahr, dass das Boot kenterte.

Sie legten den bedauernswerten Toten auf den Rumpf der Barkasse. Es war ein ziemlich stark gebauter Mann. Sein Gesicht war mit zahlreichen Bandagen umwickelt.

»Der hat's hinter sich«, verkündete Mitchell, der sich hinkniete, um einen besseren Blick zu haben.

»Ja, leider«, stimmte Temple zu und beugte sich über die Leiche.

»Wir sollten ihm den Verband vom Gesicht nehmen«, schlug Brooks vor.

»Das bringt ihm jetzt auch nichts mehr«, grunzte Sir Graham.

Temple hatte vorsichtig eine durchweichte Karte aus dem Ärmel des Mannes gezogen und reichte sie kommentarlos an Sir Graham weiter. Der Chefkommissar zündete sein Feuerzeug an, um die Karte betrachten zu können, auch wenn er schon vorher wusste, was ihn erwartete. Hunter beugte sich vor.

»Die Schlagzeilenmänner«, murmelte er.

»Sollten wir nicht doch besser den Verband von seinem Gesicht abnehmen, Sir, dann können wir sehen, wer ...«

»Das mache ich«, sagte Forbes. Er holte ein Taschenmesser hervor und schnitt einen Teil der durchnässten Bandagen auf.

»Die haben das ganz schön verstrickt. Der arme Teufel muss erstickt sein«, erklärte er und kämpfte mit einigen Knoten.

»Lassen Sie mich das Feuerzeug halten, Sir«, bot Hunter an. Da er nun beide Hände frei hatte, arbeitete Sir Graham schneller. »So, das hätten wir«, verkündete er schließlich.

»Mein Gott!«, hauchte Paul Temple, als der Verband abfiel.

Er blickte in das Gesicht von Chubby Wilson.

Kapitel neun
Neues von Steve

»Chubby Wilson?«, wiederholte Forbes und ließ den triefenden Stapel Bandagen fallen.

»Ja, der Mann, der mir von dem Lagerhaus erzählt hat«, nickte Temple.

»Deshalb haben sie ihn also umgebracht«, sagte Brooks.

»Ich fürchte ja, Sergeant.«

»Armer Teufel«, knurrte Forbes und legte ein Taschentuch über das Gesicht der Leiche.

Temple dachte über die Tragödie nach, während die Barkasse unaufhaltsam zurücktuckerte. Soweit er wusste, hatte nur Reverend Charles Hargreaves Kenntnis davon, dass er und Chubby miteinander gesprochen hatten. Natürlich könnte auch jemand anderes die beiden im *Glass Bowl* beobachtet haben. Aber Hargreaves war sicherlich ein Hauptverdächtiger.

»Donovan sieht schlecht aus«, murmelte Forbes mit banger Stimme, und auch Brooks schien sich Sorgen um seinen Kollegen zu machen.

Endlich waren inmitten des wallenden Nebels die Lichter des Piers schwach zu sehen, und Mitchell, der inzwischen die kleinen Eigenheiten der Barkasse beherrschte, steuerte sie in deren Richtung.

»Da wartet jemand auf uns«, sagte Forbes.

»Ja, sieht aus wie Reed«, bestätigte Temple. »Das könnte bedeuten, dass er irgendeine Neuigkeit hat.«

»Es ist tatsächlich Reed«, lachte Hunter. »Ich erkenne seinen schmutzigen alten Regenmantel. Geben Sie mir die Bugleine, Sergeant.«

Er kümmerte sich um das Seil und wandte sich dann Brooks zu, um ihm mit Donovan zu helfen, der vorübergehend das Bewusstsein wiedererlangt hatte. Aber er hatte solche Schmerzen, dass er wieder in Ohnmacht fiel, als sie versuchten, ihn hochzuheben.

»He, sind Sie das, Mac?«, rief Sir Graham.

»Ja, ich habe eine Nachricht für Sie«, antwortete Reed und lief die Stufen zur Anlegestelle hinunter.

»Fangen Sie das Seil, Mac«, rief Hunter. Der Schotte gehorchte geschickt.

»Na, wie habe ich das gemacht?«, seufzte Mitchell, als er den Motor abstellte und sich erleichtert zurücklehnte.

»Vielen Dank, Mr. Mitchell. Wir sind Ihnen sehr dankbar für Ihre Hilfe«, bestätigte Sir Graham.

»Ja, es war ein großes Glück, dass du mitwarst, Gerald«, sagte Temple und bemerkte, dass Mitchells Hand leicht zitterte, als er sich über die Stirn wischte.

»Heiliger Strohsack!«, rief Reed erstaunt aus, als er sich der ziemlich bedrückten Gruppe näherte. »Wo, zum Teufel, wart ihr? Und was ist mit ihm da los?«

»Er hat eine Kugel in der Schulter. Er ist ziemlich schwer verletzt, und ich befürchte, dass er es vielleicht nicht schaffen wird«, schnappte Sir Graham, der angesichts dieser Frage ein wenig ungeduldig wurde. »Rufen Sie lieber das Revier an, Brooks, und lassen Sie sich sofort einen Krankenwagen schicken.« Brooks sprang an Land.

»Aber sag meiner Frau noch nichts davon, George«, keuchte Donovan schwach als er kurz wieder zu Bewusstsein kam.

»Geht in Ordnung, alter Freund. Mach dir keine Sorgen«, beruhigte Brooks ihn, während er zum nächsten Telefon lief.

Reed starrte aufmerksam auf die Leiche, die auf dem Boden lag.

»Was ist denn mit dem anderen Kerl los?«, fragte er.

»Er ist tot«, antwortete Temple lakonisch.

»Tot! Puh!«, pfiff Reed. »War wohl keine Vergnügungsfahrt, auf die ihr euch da begeben habt.«

Temple schüttelte grimmig den Kopf.

»Sein Gesicht kommt mir bekannt vor, aber ich kann ihn nicht einordnen«, setzte Reed nach.

»Dann können Sie ihn in letzter Zeit nicht oft gesehen haben. Das ist Chubby Wilson.«

»Chubby Wilson! Der kleine Drogenhändler! Du liebe Güte! Er war ja auch mit den noblen Kreisen auf du und du. Na ja, er erspart uns jetzt jedenfalls eine Menge Arbeit, die wir ...«

Reed unterbrach den Satz abrupt.

»Gütiger Himmel, Sir Graham, ich hatte die Nachricht ganz vergessen!«, rief er aus.

»Nachricht?«, wiederholte Temple schnell, »was für eine Nachricht ist das?«

»Sie betrifft Mrs. Temple und Miss Forbes, Sir. Sie warten in Ihrer Wohnung auf Sie.«

»In meiner Wohnung?«, fragte Temple erstaunt.

»Ja, das ist richtig, Sir.«

»Sind Sie sich da sicher?«, keuchte Sir Graham ungläubig.

»Nun, so lautete jedenfalls die Nachricht, die ich von Nelson erhielt, Sir. Er sagte, dass Mrs. Temple im Yard angerufen habe – etwa eine halbe Stunde, nachdem Sie zum Fluss gefahren sind.«

Temple und Forbes sahen sich ausdruckslos an.

»Wenn das so ist, dann sollten wir besser zu Ihnen fahren, Temple, und nachsehen, was es damit auf sich hat«, entschied Sir Graham schließlich.

»Ich versuche, ein Taxi zu bekommen«, schlug Mitchell vor. »Dann kann ich Sie auf meinem Heimweg absetzen.« Er ging zur Straße hinüber.

»Soll ich bei Donovan bleiben, Sir, bis der Sergeant kommt?«, bot Hunter an.

»Ja, tun Sie das bitte, Hunter. Und Sie kommen mit uns mit, Mac.«

»In Ordnung, Sir«, stimmte Mac bereitwillig zu. »Ich hoffe, Sie haben einen kleinen Tropfen Scotch zu Hause, Mr. Temple. Ich bin fast steif gefroren, während ich hier auf Sie gewartet habe.«

Forbes warf noch einen Blick auf Donovan und schüttelte zweifelnd den Kopf. Der Verwundete befand sich jetzt im

Anfangsstadium eines Deliriums und redete wild durcheinander.

»Decken Sie ihn mit dem Mantel zu, Hunter«, riet Sir Graham. Nicht, dass er auch noch eine Lungenentzündung bekommt ...«

Mit besorgter Miene ging er zu den anderen zurück, die gerade in das Taxi einsteigen wollten.

Obwohl er sonst ein harter Kerl war, klagte Chefinspektor Reed auf dem ganzen Weg nach Mayfair über die Kälte. Dies hielt die anderen immerhin davon ab, miteinander zu sprechen. Vor der Wohnung von Temple verabschiedeten sie sich von Mitchell, der versprach, Paul Temple gleich am nächsten Morgen anzurufen.

Kapitel zehn
Bericht über eine Verabredung

Mit einer leicht zittrigen Hand holte Temple seinen Schlüssel aus der Tasche und betrat mit seinen Begleitern die Wohnung. Dann ging er in Richtung des Wohnzimmers, von dem er bemerkt hatte, das sich jemand darin befand, und murmelte vor sich hin.

Kaum hatte er die Tür geöffnet, sprang Steve auf und kam ihm entgegengelaufen. Ihre Augen leuchteten und waren ein wenig feucht.

»Darling!«, rief sie in sanftem Ton und drückte ihn für einen Moment fest an sich. Er erwiderte diese Umarmung innig.

Dann bemerkten sie gleichzeitig, dass Carol in einem Sessel saß und dass Sir Graham und Reed etwas unbeholfen in der Tür standen.

»Kommen Sie doch herein, Sir Graham, und Sie auch, Reed«, sagte Temple hastig. Er ging dann hinüber zur Karaffe mit Whisky und alle begannen sofort miteinander zu sprechen.

»Ihr habt uns ganz schön was eingebrockt, Carol«, sagte Sir Graham, als sein Gastgeber die Getränke brachte. »Temple und ich waren praktisch mit unserer Weisheit am Ende.«

»Erzähl du es, Steve«, sagte Carol, eine dunkle, schlanke junge Frau Anfang zwanzig, die etwas zu sehr dazu neigte, ein gleichgültiges Verhalten an den Tag zu legen, was vielleicht durch die ständige Beschäftigung ihres Vaters mit Verbrechen bedingt war. Carol schien die Ereignisse des Abends nicht sonderlich ernst zu nehmen und in ihren dunklen Augen blitzte ab und zu ein amüsiertes Funkeln auf. Verbrechen und Verbrecher gehörten so sehr zu den täglichen Tischgesprächen zu Hause, dass sie sich nicht mehr davor fürchtete.

»Nun, das ist alles ziemlich seltsam«, begann Steve, die

offensichtlich ziemlich durcheinander war. »Ich muss zugeben, dass ich die Zusammenhänge auch nicht ganz begreife.«

Temple füllte Reeds Glas, das sich schnell geleert hatte, wieder auf.

»Meine Güte, das ist aber ein großer Tropfen Scotch«, flüsterte der Chefinspektor. »Kann ich bitte einen kleinen Spritzer Soda dazu haben?«

»Erzähl mir von diesem mysteriösen Telefonanruf, Steve«, drängte Temple.

»Er kam, kurz nachdem du gegangen warst. Am anderen Ende war eine Frau und ich hatte nicht den geringsten Zweifel daran, dass es sich dabei um Carol handelte. Die Stimme war genau dieselbe und außerdem sagte sie auch: »Hallo, hier spricht Carol«.«

»Nur zu natürlich, dass Sie nicht misstrauisch wurden«, stimmte Sir Graham zu. »Bitte fahren Sie fort, Mrs. Temple.«

»Nun, sie bat mich, sie kurz vor neun Uhr an der Ecke Half Moon Street zu treffen. Das kam mir etwas seltsam vor, denn normalerweise holt mich Carol zu Hause ab, aber ich dachte, dass sie sich vielleicht mit jemandem in diesem Viertel verabredet hatte und keine Zeit hatte, hierherzukommen. Also habe ich mir mein Kostüm angezogen und bin gegen zwanzig vor neun losgefahren.« Sie hielt inne. »Jetzt kommt der seltsame Teil. Noch bevor ich ans Ende der Park Lane kam, fuhr ein Taxi vorbei. Und was glauben Sie, wer darin saß und nichtsahnend aus dem Fenster sah? – Carol!«

»Ich war auf dem Weg zu den Fosters«, erklärte die junge Frau gemächlich.

»Es hat mich natürlich sehr überrascht, Carol so zu sehen«, fuhr Steve fort. »Abgesehen davon, dass das Taxi in die entgegengesetzte Richtung zur Half Moon Street fuhr, fiel mir auf, dass Carol ein Abendkleid trug. Es sah ganz sicher nicht so aus, als wäre sie auf dem Weg zu unserer Verabredung. Also winkte ich hektisch mit den Armen, woraufhin Carol das Taxi anhalten ließ.«

»Nur gut, dass ich dich gesehen habe«, kommentierte Carol und zündete sich eine Zigarette an, die sie in eine Zigarettenspitze gesteckt hatte. »Ich dachte mir, die arme Steve ist ein wenig verrückt geworden!«

»Was war weiter?«, fragte Temple.

»Da gibt es wirklich nichts weiter zu erzählen«, sagte Steve. »Carol schwört, dass sie den ganzen Abend nicht einmal in der Nähe des Telefons war und mich ganz sicher nicht angerufen hat.«

»Und dennoch warst du dir sicher, dass es Carol war, die am Telefon mit dir gesprochen hat?«

»Zu diesem Zeitpunkt war ich mir sicher«, erklärte Steve mit Nachdruck.

»Wann hast du dich mit den Fosters verabredet, Carol?«, fragte Sir Graham.

»Ach, schon vor einer Ewigkeit. Ich habe dir ja schon mal gesagt, dass sie eine Dinnerparty zu ihrem fünften Hochzeitstag geben. Sie waren beide so erstaunt, dass die Ehe so lange gehalten hatte, dass sie meinten, sie müssten das feiern«, erklärte Carol zynisch.

»Ach so – das sind die Leute, von denen du mir heute Nachmittag beim Einkaufen erzählt hast«, erinnerte sich Steve, worauf Carol nickte.

»Entschuldigen Sie«, unterbrach Chefinspektor Reed, der bis jetzt geschwiegen und nur gelegentlich mit den Lippen geschmatzt hatte, weil ihm Temples Whisky so schmeckte.

»Wie viel Uhr war es ungefähr, als Sie den Anruf erhielten, Mrs. Temple?«

»Ach, ich würde sagen … so kurz nach acht«, antwortete Steve.

»Wir könnten den Anruf zurückverfolgen, Sir Graham«, schlug Reed vor.

»Das ist eine gute Idee, Mac«, räumte sein Vorgesetzter ein. »Darf ich mal telefonieren, Temple?«

»Selbstverständlich, Sir Graham.«

Der Chefkommissar ging auf den Flur hinaus, wo sie ihn energisch wählen hören konnten.

»Paul, wer, glaubst du, sollte so etwas tun?«, murmelte Steve und legte die Stirn in Falten.

Ihr Mann holte seine Brieftasche hervor und reichte ihr eine Karte.

»Das hier ist heute Abend gekommen«, erklärte er ihr.

»Die Schlagzeilenmänner!«, rief Steve entsetzt.

»Du brauchst nicht beunruhigt zu sein, Liebling«, tröstete Temple sie. »Was immer sie auch vorhatten, es ist ihnen nicht gelungen – und in Zukunft werden wir auf der Hut sein. Trotzdem wäre ich nur zu gern um neun Uhr an der Ecke der Half Moon Street gewesen, um zu sehen …«

In diesem Moment hatte Sir Graham seine telefonischen Nachforschungen abgeschlossen. »Offenbar kam der Anruf aus dem Medusa-Club in Piccadilly«, verkündete er. »Sie haben dort vier oder fünf Telefonzellen.«

»Der Medusa-Club?«, wiederholte Temple mit einem zweifelnden Tonfall.

»Ja, das ist Tony Rivolis neues Lokal«, ergänzte Reed. »Es ist so protzig und nobel, dass wir uns nicht einmal trauen, dort eine Razzia durchzuführen.«

Das schien Carol zu amüsieren, die den besagten Club schon öfters besucht hatte.

»Ich glaube, ich habe schon davon gehört«, sagte ihr Vater.

»Wer ist dieser Tony Rivoli?«, fragte Temple, der seit seiner Heirat nicht mehr viel vom Londoner Nachtleben mitbekommen hatte.

»Sie haben sicher schon von ihm gehört, Temple. Er war der Kerl, der vor etwa vier Jahren in den großen Holhorn-Fälschungsfall verwickelt war. Damals konnten wir ihm nichts nachweisen.«

»Ach ja, jetzt erinnere ich mich«, sagte Temple nachdenklich.

»Tony hat es ganz schön weit gebracht«, erklärte Forbes. »Ihm gehört das Restaurant *Rivoli* in der Bruton Street, das *Highspot* an der Umgehungsstraße in Waring und jetzt auch noch dieses neue Lokal in Piccadilly.«

»Ja, er hat den richtigen Riecher«, stimmte Mac zu.

»Hält er sich an die Spielregeln?«

»Soweit ich weiß«, räumte Mac ein, »spielt er ziemlich viel, aber ich glaube, sonst ist er harmlos.«

Sir Graham schob diesen Punkt vorerst beiseite und kehrte

zu ihrem ersten Thema zurück.

»Ich frage mich, warum die Schlagzeilenmänner Ihre Frau haben wollten, Temple«, sinnierte er.

»Wegen des Lösegelds, natürlich«, informierte Carol ihn in dem toleranten Ton einer nachsichtigen Tochter. »Sie wollten Steve festhalten, bis …«

Aber Sir Graham wollte nichts von dieser Theorie wissen.

»Nein, ich glaube nicht, dass das der Grund war. Ich bin mir sogar sicher, dass es das nicht war«, behauptete er selbstbewusst.

»Die Bande hat den Verdacht, dass Temple an diesem Fall arbeitet, und will, dass er seine Nachforschungen einstellt«, meinte Chefinspektor Reed.

»Ja«, sagte Forbes nach einer Pause, »ich glaube, damit haben Sie recht, Mac.«

»Ich kann mir auch keinen anderen Grund vorstellen«, gab Temple zu.

Steve schien etwas sagen zu wollen, überlegte es sich dann aber anders.

»Tja«, schloss Sir Graham und leerte sein Glas, »ich glaube nicht, dass wir im Moment noch etwas tun können. Bist du so weit, Carol?«

Sie nickte. »Ich habe die Fosters angerufen und ihnen gesagt, dass ich etwas später komme.«

»Kommen Sie, Mac?«, fragte Sir Graham.

»Ja«, murmelte Reed zögernd und blickte wehmütig auf die Karaffe. »Ich bin bereit, Sir.«

Sie verabschiedeten sich und gingen. Nachdem Temple das letzte Echo ihrer Stimmen und das Schließen der Aufzugtür gehört hatte, kehrte er ins Wohnzimmer zurück und sah Steve, die nachdenklich in das Feuer des Kamins starrte.

Er ließ sich auf den Teppich zu ihren Füßen fallen und lehnte seinen Kopf an die Armlehne ihres Stuhls. Eine Zeit lang sprach keiner von beiden. Sie waren einfach nur froh, nach den nervenaufreibenden Ereignissen des Abends allein zu sein. Dann brach Steve das Schweigen.

»Paul, hast du den Mann im *Glass Bowl* getroffen?«

Er bot ihr eine Zigarette an und zündete sich selbst auch

eine an, bevor er antwortete.

»Chubby Wilson? Ja, ich habe ihn getroffen.« Er hielt kurz inne und versuchte dann, mit ruhiger Stimme fortzufahren. »Wir haben ihn vor etwa zwei Stunden aus dem Fluss gezogen.«

Steve zuckte zusammen.

»Willst du damit sagen, er wurde ermordet? Oh, wie furchtbar!« Sie warf die Zigarette mit einer nervösen Geste ins Feuer.

»Wer war es?«, flüsterte sie.

»Die Schlagzeilenmänner.«

Steve schauderte. »Und wenn ich in der Half Moon Street gewesen wäre, dann …«

»Das bist du aber nicht«, sagte ihr Mann entschieden. »Gott sei Dank ist dir nichts passiert.«

Dann schwiegen beide einige Minuten lang und dachten darüber nach, was hätte passieren können.

»Übrigens, ich habe Neuigkeiten für dich«, sagte Temple schließlich mit fröhlicherer Stimme.

»Ach ja?«

»Ja. Gerald Mitchell will eine Option auf deinen Roman.« Mit einem Augenzwinkern fügte er freundlich hinzu: »Du musst ihn also nur noch zu Ende schreiben!«

Steve konnte sich ein Lächeln nicht verkneifen. »Machen Sie sich nur lustig darüber, Mr. Temple! Aber eines Tages werde ich einen neuen Roman schreiben, der so erfolgreich sein wird, wie *Anthony Adverse*.«[3]

»Genau das befürchte ich«, seufzte Temple, als das Telefon zu klingeln begann. Steve ging hinaus, um abzuheben.

Nach einer Weile steckte sie ihren Kopf durch die Tür. »Es ist Ann Mitchell. Sie fragt, ob du weißt, wo Gerald steckt?«

---

[3] *Anthony Adverse* ist ein historischer Entwicklungsroman des amerikanischen Schriftstellers William Hervey Allen (1889–1949), der damit weltbekannt wurde. In Deutschland erschien der 1933 veröffentlichte Roman erst 1947 unter dem Titel *Antonio Adverso*. Außerdem wurde das Buch 1936 mit Fredric March und Olivia de Havilland verfilmt. *Ein rastloses Leben*, so der deutsche Titel, gewann insgesamt vier Oscars.

»Er ist auf dem Weg nach Hause«, antwortete Temple. Steve ging wieder ans Telefon und gab Ann diese Information durch.

»Eigentlich sollte Gerald schon längst zu Hause sein«, sagte Temple, als sie zurückkam.

»Wo hast du dich von ihm verabschiedet?«

»Unten. Er ließ uns aussteigen und ist dann mit dem Taxi weitergefahren.«

»Vielleicht hat ihn der Abendverkehr aufgehalten. Jetzt fahren alle, die aus den Theatern kommen, nach Hause«, schlug Steve vor und machte es sich wieder bequem.

»Paul, was hat dieser Mann dir erzählt?«, fuhr sie fort.

»Welcher Mann?«

»Der, den du getroffen hast. Dieser Chubby Wilson.«

»Er hat mir von einem Lagerhaus am Fluss erzählt«, antwortete Temple leise.

»Ach? Und, was ist damit?«

Aber ihr Mann gab keine Antwort. Er starrte nachdenklich ins Feuer, wo sich die dramatischen Ereignisse des Abends noch einmal vor seinem geistigen Auge abspielten. Steve konnte an den beiden kleinen Furchen, die sich über seinen Augen vertieften, erkennen, dass ihn etwas beunruhigte.

»Darling, du hörst mir gar nicht zu«, murmelte sie vorwurfsvoll.

»Hä? Was ist?«, fragte Temple, als er aus seiner Träumerei erwachte.

»Worüber hast du gerade nachgedacht?«

»Über einen Mann, dem ich im *Glass Bowl* begegnet bin. … Ich kenne sein Gesicht von irgendwo her, aber ich kann ihn irgendwie nicht einordnen«, gestand Temple.

Es ärgerte ihn immer maßlos, wenn er sich an das Gesicht eines Mannes erinnern konnte und nicht wusste, in welchem Zusammenhang er es schon einmal gesehen hatte.

»Wie war sein Name?«, fragte Steve und versuchte, ihm zu helfen.

»Er sagte, sein Name sei Hargreaves«, murmelte Temple skeptisch. »Reverend Charles Hargreaves.«

Kapitel elf
Paul Temple in der Regent Street

Die verschwenderisch eingerichteten Ausstellungsräume von *Clapshaw & Thompson* zogen die Blicke der potenziellen Käufer an, die durch die Regent Street schlenderten. Dezent, aber dennoch ansprechend beleuchtet, vermittelten sie einen Eindruck von Leichtigkeit, der gleichermaßen Künstlerinnen und Künstler auf der Suche nach einem neuen Klavier sowie die blasierten Bewohnerinnen und Bewohner von Mayfair ansprach, die sich lediglich für die neuesten amerikanischen Swing-Klassiker interessierten.

Mit dem Hut in der Hand spazierte Paul Temple die Regent Street hinunter und genoss die Vorfrühlingssonne in vollen Zügen, als ihm der neueste *Remstein*-Flügel ins Auge fiel – genau so, wie es von den Inhabern des Geschäfts beabsichtigt war.

Das Klavier stand in der Mitte des großen Schaufensters. Es war das einzige Instrument, das ausgestellt war. Darüber hing ein nobles Plakat in Braun und Gold, das verkündete, dass es sich dabei um das allerneueste Modell von *Remstein* handelte. Der Preis wurde allerdings nicht erwähnt. Es hätte eine potenzielle Kundin oder einen potenziellen Kunden davon abhalten können, sich weiter zu erkundigen. Selbst eine alteingesessene Firma wie *Clapshaw & Thompson* war nicht abgeneigt, über die Zahlungsbedingungen zu verhandeln. Sie mussten mit der Zeit gehen, denn die Gemeinkosten in der Regent Street waren hoch.

Temple stand einige Minuten lang schweigend da und betrachtete den neuen *Remstein*-Flügel, gedankenverloren und ohne auf den hinter ihm tosenden Verkehr zu achten. Dann schien er sich plötzlich zu entscheiden und betrat das Geschäft durch die Schwingtüren.

Ein Mann mittleren Alters von eher prüder Erscheinung kam ihm entgegen und sah leicht überrascht aus. Kunden am Vormittag waren vergleichsweise selten. Normalerweise warteten die Leute auf den Nachmittag oder Abend, bevor sie ihren musikalischen Launen frönten.

»Guten Morgen, Sir. Was für ein herrlicher Vormittag«, begann der Verkäufer mit dem geringsten Anflug von Ehrerbietung in seinem Ton. »Kann ich Ihnen irgendwie helfen?«

»Ich interessiere mich für den neuen *Remstein*«, informierte Temple ihn ein wenig zaghaft, denn so wie der Durchschnittsmann hatte er eine gewisse Abneigung gegen das Kaufen von neuen Dingen.

»Ah, ja, der *Remstein*. Dieser Flügel ist sehr gefragt, Sir. Wir müssen ständig welche nachbestellen.«

»Ach ja? Sie haben hier ja auch einen ziemlich großen Laden. Sie brauchen sicherlich viele Mitarbeiter.«

»Oh ja, Sir. Wir sind über dreißig.«

»Wirklich? Ich hoffe, Sie werden hier gut behandelt ...«

»Was den *Remstein* betrifft, Sir ...«, mischte sich der Verkäufer sanft ein und fingerte nervös an seinem tadellosen Flügelkragen herum. »Ich möchte Sie bitten, Ihre Aufmerksamkeit besonders auf das Holz zu lenken, Sir.«

»Ach ja, der *Remstein*«, wiederholte Temple mit einiger Anstrengung.

»Dieses Holz, Sir, ist das, was wir kontinentalen Nussbaum nennen.«

»Das ist ja sehr interessant«, murmelte Temple höflich. »Das scheint ... eher ungewöhnlich zu sein ...«

»Ich glaube, ich darf sagen, Sir, dass es eine charakteristische Besonderheit dieses Flügels ist«, fuhr der Verkäufer fort, »und dieses Holz hat auch einige Vorteile gegenüber den üblichen Hölzern wie Mahagoni ...«

Der Verkäufer setzte sich ans Klavier und ließ seine Finger leicht über die Tasten gleiten. »Sie werden feststellen, Sir, dass es einen sehr leichten Anschlag hat. Die Tasten sind sehr empfindsam. Sie sind sehr geeignet für sensible Pianisten.« Er begann, einen Chopin-Walzer mit mechanischer Präzision und ohne jede Inspiration zu spielen.

»Sehr schön«, sagte Temple, als er fertig war.

»Vielleicht möchten Sie das Instrument ausprobieren, Sir«, schlug der Verkäufer vor, als er seinen Platz verließ.

»Ich spiele eigentlich sehr wenig«, gestand Temple, setzte sich aber dennoch hin und schlug eine Reihe von Akkorden an. »Wie viel kostet dieses Modell?«

»Sechshundertfünfzig Guineas, Sir. Ein bemerkenswertes Schnäppchen.«

»Das ist eine Menge Geld«, murmelte Temple nachdenklich. »Dafür kriegt man einen teuren Wagen.«

»Falls sie die Zahlungsbedingungen anpassen wollen, Sir, so bin ich mir sicher, dass Mr. Thompson …« Der Verkäufer machte eine ausdrucksvolle Geste mit der Hand.

»Dann gibt es also einen Mr. Thompson«, sagte Temple mit wiedererwachtem Interesse. »Und auch einen Mr. Clapshaw?«

Der Verkäufer schüttelte den Kopf. »Mr. Clapshaw hat sich vor einigen Jahren aus dem Geschäft zurückgezogen – während der letzten Wirtschaftskrise, um genau zu sein.«

»Ich verstehe. Sie meinen, Mr. Thompson hat seine Anteile aufgekauft.«

Der Verkäufer zuckte mit den Schultern. Er war ein wenig verwirrt angesichts dieses charmanten Kunden, dessen Gesicht ihm vage bekannt vorkam und dessen Neugierde für einen Verkäufer, der unter dem Druck stand, etwas verkaufen zu müssen, so befremdlich war.

»Vielleicht möchten Sie mit Mr. Thompson sprechen, Sir. Ich werde sehen, ob ich ihn erreichen kann …«

»Bitte bemühen Sie sich nicht«, lächelte Temple entwaffnend. »Ich würde gerne einige der kleineren Modelle sehen. In einer modernen Wohnung gibt es kaum Platz für ein wirklich großes Klavier.«

Der Verkäufer nickte verständnisvoll und führte ihn in einen Seitenraum, in dem Dutzende von neuen Klavieren aller Art standen. Sie kamen zu einem hübschen kleinen Flügel in einer hinteren Ecke.

»Das ist der *Remstein Junior*, Sir. Er hat alle wichtigen Merkmale des größeren Modells und ist ein äußerst günstiges

Angebot. Ich vergaß zu erwähnen, dass eine bemerkenswerte Eigenschaft der Flügel dieser Marke darin besteht, dass sie nur sehr wenig gestimmt werden müssen. Sehen sie hier: Er enthält eine neue Vorrichtung, die ihn gut auf der Tonhöhe hält und …«

Dies war der Punkt im Gespräch, auf den Temple gewartet hatte.

»Das macht es aber ziemlich schwer«, sagte er, »für einen Klavierstimmer, der seinen Lebensunterhalt genauso verdienen muss wie der Rest von uns.«

»Nichtsdestotrotz, Sir, ist es ein sehr schätzenswerter Vorzug. Letzten Monat haben wir über siebzig Modelle verkauft, was, wie Sie sicher zugeben werden, ein ziemlich gutes Geschäft ist.«

Temple nickte. »Trotzdem kann ich nicht umhin, den armen Klavierstimmer zu bemitleiden. Ich nehme an, Sie beschäftigen mehrere?«

Der Verkäufer schüttelte den Kopf. »Nur einen, Sir.«

»Es ist nicht zufällig«, murmelte Temple langsam, »ein Mr. Goldie?«

Der Verkäufer blickte schnell auf.

»Aber nein, Sir. Wir hatten einen Mr. Goldie, aber er hat sich vor einigen Jahren zur Ruhe gesetzt. Kennen Sie ihn denn?«

Temple lächelte. »Er hat bei einigen Freunden von mir das Klavier gestimmt. Der alte Knabe schien eine ziemliche Type zu sein.«

»Da haben Sie recht, Sir. Und in letzter Zeit fange ich an, mich zu fragen, was für eine Art von Type.«

Temple drehte sich auf dem Klavierhocker um, offensichtlich sehr interessiert.

»Aber der alte Mann ist doch ganz harmlos«, wandte er ein.

Der Verkäufer schüttelte geheimnisvoll den Kopf. »Da wäre ich mir nicht so sicher, Sir. Solange er hier war, soll seine Arbeit aber sehr zufriedenstellend gewesen sein. So sehr, dass mehrere seiner Lieblingskunden ihn überredeten, ihre Klaviere weiter zu stimmen, nachdem er uns verlassen hatte. Ich glaube, er hat immer noch einen guten Draht zu ihnen.«

»Das ist doch nicht schlimm«, sagte Temple.

»Natürlich nicht, Sir. Aber ...« Der Verkäufer schaute sich vorsichtig um. »In den letzten ein oder zwei Wochen haben einige merkwürdige Leute Nachforschungen über Mr. Goldie angestellt. Erst letzten Mittwoch war ein Inspektor von Scotland Yard hier.«

»Das überrascht mich aber. Sie glauben doch nicht, dass Mr. Goldie etwas verbrochen hat, oder? Er schien mir ein so harmloser kleiner Mann zu sein. Er vermittelte den Eindruck, dass er nicht einmal einer Fliege etwas zuleide tun kann.«

»Das kann man nie wissen, Sir. Denken Sie nur an Crippen.«[4]

Temple dachte einige Augenblicke lang vordergründig an Crippen und nickte dann verständnisvoll.

»Sir, ich sagte schon zu Mr. Thompson: »Wenn Mr. Goldie nichts angestellt hat, was will Scotland Yard dann von ihm?«««

»Genau«, nickte Temple feierlich. »Konnten Sie dem Mann von Scotland Yard etwas sagen?«

»Nun, ich kannte Mr. Goldie nicht sehr gut, Sir, und seine Arbeit führte ihn die meiste Zeit in die Häuser anderer. Ich muss zugeben, dass ich den alten Mann immer sehr harmlos fand, aber ich sage immer, dass man nie wissen kann, was jemand in seiner Freizeit so treibt. Und bei all den Leuten, die nach ihm gefragt haben, muss er doch etwas im Schilde führen.«

»Sie sagten, auch andere Leute haben sich nach ihm erkundigt?«

»Nun ... Sie doch auch, Sir. Ich nehme an, Sie sind ein Privatdetektiv.« Er strich sein graues Haar ein wenig nervös zurück. »Ihr Gesicht kommt mir sogar sehr bekannt vor, wenn

---

[4] Der Arzt Hawley Harvey Crippen (1862–1910) war ein amerikanischer Arzt, der in London lebte und seine Frau Cora vermutlich vergiftete und deren Überreste in seinem Haus vergrub. Der spektakuläre Kriminalfall diente unter anderem auch als Grundlage für den deutschen Spielfilm *Dr. Crippen an Bord* (1942).

Sie gestatten, dass ich das sage. Ich muss Ihr Foto schon irgendwo einmal gesehen haben.«

Temple holte seine Brieftasche hervor und zog langsam eine Visitenkarte heraus, die er dem Verkäufer gab.

»Ach, Mr. Temple! Wie dumm von mir, dass ich Sie nicht schon früher erkannt habe, Sir.«

»Nun«, sagte Temple, »soweit ich weiß, liegt nichts gegen Mr. Goldie vor, aber ich würde gerne ein paar kleine Dinge über ihn herauszufinden. Also: Welche anderen Leute außer mir und dem Scotland-Yard-Inspektor waren hier?«

»Da war noch jemand vor weniger als einer Stunde hier, Mr. Temple.«

Mit offensichtlicher Genugtuung nahm er den überraschten Blick des Schriftstellers zur Kenntnis.

»Könnten Sie ihn mir beschreiben?«

Der Verkäufer schaute etwas beschämt drein.

»Um genau zu sein, Sir«, meinte er dann, »bei dem Gentleman handelte es sich um einen Pfarrer.«

»Um einen Geistlichen?«

»Ja. Er sagte, dass Mr. Goldie einmal ein Gemeindemitglied von ihm gewesen sei und dass er unbedingt wieder mit ihm in Kontakt treten wolle. Er schien mir ziemlich aufrichtig zu sein, Sir, aber man kann ja nie wissen, nicht wahr?«

»Nein«, lächelte Temple, »man kann nie wissen.« Der Verkäufer war offensichtlich ein Liebhaber von Kriminalromanen, und Temple sah keinen Grund, ihn von der schmutzigen Realität kriminalistischer Ermittlungen abzubringen. In seinen müßigen Momenten spekulierte Temple oft darüber, ob die Öffentlichkeit jemals Krimis kaufen würde, wenn sie die wahre Geschichte der mühsamen, eintönigen Ermittlungsarbeit kennen würde, die hinter fast jedem Fall steckte.

»Was diesen Geistlichen betrifft«, fuhr er fort, »könnten Sie ihn überhaupt beschreiben?«

Der Verkäufer tat dies nach bestem Wissen und Gewissen. Für Temple bestand kaum ein Zweifel daran, dass es sich bei dem fraglichen Gentleman um Reverend Charles Hargreaves gehandelt hatte.

Temple spielte müßig ein paar Tonleitern rauf und runter

und fragte dann: »Ich nehme an, wir sprechen beide von dem-selben Mr. Goldie?«

»Natürlich, Sir. Ein kleiner Mann mit randloser Brille und einer Fliege. Ich habe ihn selbst nie sehr gut kennengelernt, Sir, aber ich habe gehört, dass er ein brillanter Pianist war. Er schien auch sehr gutherzig zu sein. Oft brachte er uns einen Strauß Lilien aus seinem Garten mit.«

»Lilien?«, wiederholte Temple mit hochgezogenen Augenbrauen.

»Ja, Sir. Der alte Junge war ein Experte für Lilien. Und ich muss sagen, er züchtete einige Schönheiten. Sie verliehen dem Schauraum ein ganz besonderes Flair. Seit er weg ist, habe ich sie mehr als einmal vermisst.«

»Ein ziemlich ungewöhnliches Hobby«, kommentierte Temple.

»Ja, er war nicht das, was man einen gewöhnlichen Mann nennt, obwohl er nur ein Klavierstimmer war. Er war eine Persönlichkeit, Sir, daran besteht kein Zweifel.«

Temple nickte nachdenklich. Irgendwie gingen ihm die Lilien nicht aus dem Kopf. Der Verkäufer holte ihn plötzlich in die Realität zurück.

»Was diesen *Remstein* angeht, Sir ... Hatten Sie wirklich vor, einen zu kaufen?«

Temple runzelte nachdenklich die Stirn. »Ich denke, dass ich mich diesbezüglich besser mit Mr. Goldie beraten sollte«, verkündete er schließlich, während er seinen Hut nahm und sich auf den Weg zur Tür machte. »Wenn er mir dazu rät, verspreche ich, mich wieder bei Ihnen zu melden.«

Der Verkäufer begleitete ihn zur Tür und hielt sie höflich für ihn auf. Doch bevor Temple gehen konnte, kam ein gut gebauter Mann in Gehrock, gestreifter Hose und Gamaschen brüsk durch die Tür und betrat den Laden. Temple hörte, wie er lautstark den Geschäftsführer zu sprechen verlangte.

Es war niemand anderes als Mr. Andrew Brightman.

Kapitel zwölf
Der Medusa-Club

Die Besitzer der alteingesessenen Clubs in Piccadilly rümpften die Nase, als der jüngste Neuzugang seine verchromten Türen öffnete, über denen eine gewaltige grünlich-violette Leuchtreklame aufleuchtete, die der Welt verkündete, dass es ab nun auch den Medusa-Club gab.

»Noch so eine verdammte Spelunke!«, kommentierten die pensionierten Oberste aus den Tiefen ihrer Sessel. »Diese vermaledeiten Orte schießen in der Nacht wie Pilze aus dem Boden. Die meisten halten nicht einmal sechs Monate offen, bis sie wieder zusperren. Dabei erinnere ich mich, als ich in Delhi war und ...«

Doch unter der umsichtigen Leitung von Tony Rivoli wurde der Medusa-Club Tag für Tag erfolgreicher und musste expandieren. Inzwischen beanspruchte er den Großteil eines ganzen Gebäudes und neben den üblichen Clubräumen gab es auch nobel eingerichtete Zimmer in allen Größen für jegliche Art privater Partys, bei denen die Bewirtung seitens des Clubs inklusive war.

Zwar zahlte man im Medusa mindestens das Neunfache des tatsächlichen Wertes für Speisen und Getränke, aber – wie Tony den gelegentlich protestierenden Kunden zu verstehen gab – man konnte kein Lokal in Piccadilly betreiben, ohne die Kundschaft für die Betriebskosten aufkommen zu lassen.

Tony blieb den Kunden gegenüber immer sehr freundlich, wenn er ihnen dies erklärte. Aus früheren Tagen war er es schon gewohnt, dass seine Gäste über die Preise stritten. Aber wenn man es wagte, anzudeuten, dass der Ruf des Medusa-Clubs nicht ganz so gut und makellos war, wie er sein sollte, war die Wahrscheinlichkeit groß, dass er einen mit einer Flut Schimpfwörter im sizilianischen Dialekt überschwemmte –

gewürzt mit ähnlichen lebhaften Ausdrücken aus einem halben Dutzend anderer Sprachen.

Tony war entschlossen, den guten Ruf des Medusa-Clubs zu erhalten – und wenn es ihn das Leben kostete. Es war sein Herzensprojekt, das er so liebte wie seinen übermäßig verwöhnten Sohn. Der Medusa-Club war die Erfüllung von Tonys Lebensziel. Er hatte bereits mehrere dubiose Kunden höflich abgewimmelt, die mit ihren angebotenen Bankkonten den Club fünfmal kaufen hätten können.

Tony war seit einiger Zeit ein wenig beunruhigt über eine Gruppe, die sich in den letzten Monaten häufig in Zimmer Nummer sieben traf. Von zwei von ihnen, Lucky Gibson und Jimmy Mills, wusste er, dass sie vor einigen Jahren mit einigen Banden zu tun gehabt hatten. Diese beschäftigten sich mit Wettbetrügen bei Pferderennen, bei denen Tony selbst auch eine beträchtliche Summe verspielt hatte. Und dann gefiel ihm auch die Visage von diesem Mr. Brightman nicht, der das Zimmer gemietet hatte. Natürlich wurde das Geld immer pünktlich bezahlt, und soweit er wusste, war die Party wohl nichts anderes als ein gelegentliches Treffen alter Freunde.

Als Tony an einem kühlen Frühlingsabend im Foyer stand, sah er Lucky Gibson, der sorglos durch die Schwingtüren kam.

»Hallo, Tony!«, rief der kleine Cockney keck und schob einen schäbigen Opernhut zurück, der die schneiderliche Leistung seines teuren Anzugs zunichtemachte.

Tony nickte eher kühl zur Begrüßung. In der Regel war er seinen Kunden gegenüber etwas zu überschwänglich, aber Lucky war anders. Tony hatte nicht die Absicht, ihn zu ermutigen. Er hätte sich geweigert, der Gruppe den Raum zu überlassen, aber er wusste, dass Brightman ein einflussreicher Mann in der Stadt war, der ihn bei anderen Kunden schlechtmachen konnte.

Lucky ließ seine Zigarettenkippe fallen und zertrat sie unter seinem Absatz, was Tony zutiefst irritierte. Abgesehen davon, dass sein Teppich drei Guineas pro Meter gekostet hatte, erschrak er, wenn er an einige angesehene Mitglieder seiner Kundschaft dachte, die Zeuge des Vorfalls geworden sein könnten.

»Nummer sieben, Mr. Gibson«, murmelte er hastig und ging in den Speisesaal, um eine Gruppe von Gästen zu begrüßen, die gerade eingetroffen war.

Nachdem er gemächlich die mit Teppich ausgelegte Treppe hinaufgestiegen war, steckte Lucky seinen Kopf vorsichtig durch die Tür von Zimmer Nummer sieben. Die einzige andere Person, die er sehen konnte, war Jimmy Mills, der in einem luxuriösen Sessel saß und seine Füße am elektrischen Kamin wärmte.

»Hallo, Lucky«, sagte Jimmy beiläufig und zündete sich eine frische Zigarette mit dem Ende seiner alten Zigarette an.

»Is' Brightman nich' hier?«, fragte Lucky etwas überrascht.

»Nein«, antwortete Mills ruhig und beugte sich vor, um sich einen weiteren Drink aus einer Karaffe einzugießen, die auf einem Tablett neben ihm stand.

»Mix mir auch 'nen Drink«, sagte Lucky und leckte sich nervös über die Lippen. Er wirkte jetzt weit weniger selbstbewusst.

»Du klingst komisch, muss ich sagen«, kommentierte Mills. »Stimmt 'was nicht?«

»Mir schlottern von gestern Abend noch die Knie«, gestand Lucky.

»Mensch! Was war denn gestern Abend schon los?«, fragte Jimmy etwas verwundert. »Wir haben sie doch in die Flucht geschlagen.«

»Für meinen Geschmack ist uns dieses Polizeiboot ein bisschen zu nahe gekommen«, erwiderte sein Komplize.

»Verlier doch nicht gleich die Nerven«, spottete Mills. »Hier, trink das.« Er reichte ihm ein großes Glas, das Lucky eifrig ergriff.

»Wie sieht der Plan für heute Abend aus?«, fragte er, als der Drink zu wirken begann.

»Der Chef hat noch irgendwas im Ärmel«, grinste Mills.

Lucky hielt inne und führte das Glas halb an die Lippen. »Der Chef?«

»Ich meine Brightman.«

»Brightman ist doch nicht die große Nummer eins, die hinter all dem steckt. Glaub das bloß nicht«, riet Lucky.

»Was mich betrifft, ist er's«, erwiderte Mills und schnippte lässig die Asche von seiner Zigarette.

Lucky beäugte ihn scharfsinnig. »Weißt du, Jimmy, ich hab' nachgedacht ...«, begann er.

»Ja, ich weiß«, nickte Mills. »Aber das ist nicht immer klug. Was du willst, Lucky, ist das Eisen schmieden, solange es noch heiß ist.«

»Das ist ja alles schön und gut«, knurrte Lucky aggressiv, »aber bis ich zu dieser Truppe gestoßen bin, hatte ich 'ne ziemlich saubere Weste.«

Das amüsierte Jimmy ungemein.

»'Ne ziemlich saubere Weste!«, gackerte er. »Lucky Gibson! Ha! Ha! Der is' gut!«

»Du weißt, was ich meine«, sagte Lucky mit einer verletzten Miene. »Sowas wie letzte Nacht hab' ich noch nie erlebt. Der Kerl, den wir über Bord geworfen haben – hab' ihn gekannt. War 'n anständiger Kerl, dieser Chubby, und ...«

»Mein Gott!«, erwiderte Mills verächtlich. »Was spinnst du so rum?«

»Was haben wir davon?«, rief Lucky. »Das will ich mal wissen!«

»Was wir davon haben?«, wiederholte Mills mit überraschter Stimme. »Was zum Teufel laberst du da? Hast du nicht letzten Monat fast zweitausend Pfund verdient? So viel Geld hast du in deinem Leben noch nie gesehen.«

»Geld ist nich' alles«, protestierte Lucky.

»Was noch? Jetzt rück endlich 'raus damit! Was willst du?«

»Sicherheit«, platzte Gibson heraus.

»Was soll das heißen?«, fragte Mills verwirrt.

»Hör mal«, fuhr Lucky heiser fort. »Es gibt keinen Kriminalbeamten in London, der nicht vier Jahre seines Lebens und seine Rente dafür geben würde, wenn er dafür wüsste, wer die Schlagzeilenmänner sind.«

»Und weiter?«, schnappte Mills.

»Also«, Lucky machte eine bedeutungsvolle Pause, »angenommen, sie haben es herausgefunden. Mal angenommen, sie wissen, dass die Schlagzeilenmänner Brightman, Swan Williams, Jed Ware, Lina Fresnay und ihre alten Freunde Jimmy Mills und Lucky Gibson sind. Was glaubst du, was würde passieren?«

»Na, das wäre das Ende der Schlagzeilenmänner«, erklärte Mills. »Das sagt einem doch der gesunde Menschenverstand, oder nicht?«

»Wäre es wirklich das Ende der Schlagzeilenmänner?«, überlegte Lucky. »Da bin ich mir nicht sicher …«

»Was meinst du?«

»Es steckt noch ein anderer Mann hinter dem Ganzen«, erklärte Lucky mit Nachdruck. »Ein Mann mit Köpfchen und Entschlusskraft. Schlagzeilenmann Nummer eins!«

Mills zuckte mit den Schultern.

»Wer ist es?«, rief Lucky verzweifelt.

»Würdest du besser schlafen, wenn du's wüsstest?«, fragte Mills sarkastisch.

»Ja, das würd' ich. Ganz ehrlich gesagt, ja«, erwiderte Lucky, der das Thema unbedingt weiterführen wollte. »Warum sollten wir das ganze Risiko auf uns nehmen? Verstehst du denn nicht, dass dieser Kerl – wer auch immer es ist – dem Yard nur einen Tipp über einen von uns geben muss und …«

»Red' doch nicht solchen Quatsch!«, bellte Mills. »Warum sollte der Schlagzeilenmann Nummer eins uns erledigen wollen? Wir machen doch haufenweise Geld für ihn und für uns fällt dabei auch noch ganz schön was ab!«

»Trotzdem würd' ich mich etwas sicherer fühlen, wenn ich wüsste, wer er ist.«

»Nun, wenn du meine ehrliche Meinung hören willst«, sagte Mills und schob seine Füße von einem Stuhl zum anderen, »dann ist Brightman der Hintermann der Bande – und sonst niemand.«

»Warum sollte sich Brightman dann die Mühe machen, immer so zu tun, als ob es noch jemand anderen gibt? Bei jedem Treffen erzählt er uns, dass er neue Befehle vom Chef erhalten hat oder …«

»Das is' seine Strategie«, argumentierte Mills. »Brightman ist 'n ziemlich helles Köpfchen. Er weiß, dass die Sache
besser läuft, wenn er uns etwas im Dunkeln lässt.«

»Ich glaube, da irrste dich«, beharrte Lucky, »ich glaube,
dass Schlagzeilenmann Nummer eins eine Frau ist.«

»Meine Güte!«, keuchte Mills und gestikulierte komisch.
»Heut' Abend hast du aber ganz schön komische Einfälle …«

»Ja«, fuhr Gibson unbeachtet fort, »eine Frau namens Andrea Fortune.«

»Andrea Fortune? Hat sie nicht den Roman *Die Schlagzeilenmänner* geschrieben?«

»Hat sie. Und meiner Meinung nach ist das auch der
Grund, warum …«

»Pst!«, zischte Mills plötzlich, als draußen Schritte zu hören waren. »Da kommt Brightman.«

Es war ganz der Brightman wie man ihn kannte: lebhaft,
selbstsicher und ein wenig zu höflich. Er hätte einer Aktio-
närsversammlung beiwohnen können, denn er trug einen noblen schwarzen Mantel, eine gestreifte Hose und einen engan-
liegenden Kragen. Er schloss die Tür sorgfältig.

»Hallo! Wo sind Jed und Lina?«, war seine erste Frage.

»Sind noch nicht da«, sagte Mills, der jetzt aufgestanden
war.

»Swan war auch noch nich' hier«, sagte Lucky.

»Swan ist unten. Er kommt gleich hoch«, sagte Brightman
und ging zum Kamin.

»Gibt es etwas Neues über Donovan?«, fragte Mills zögernd.

»Donovan? Ach, der Polizeisergeant. Ja, er ist heute
Vormittag gestorben«, verkündete Brightman in demselben
Tonfall, mit dem er auch eine Bilanz vorlesen hätte können.

»Ge… Gestorben?«, stotterte Lucky.

»Ja. Du hast ihn mit deinem Maschinengewehr mit einer
ordentlichen Portion Blei vollgepumpt, Lucky.«

Lucky wollte gerade etwas erwidern, da öffnete sich die
Tür und Swan Williams kam herein, ein adretter kleiner Mann
mit flottem Gang, der einen auffälligen blauen Anzug trug.

»Tut mir leid, dass ich zu spät komme, Jungs«, entschul-

114

digte er sich mit einer seltsamen Fistelstimme. »Wo ist Lina?«

»Sie ist noch nicht da«, sagte Brightman.

Williams nahm sich einen Drink und setzte sich in einen der luxuriöseren Sessel.

»Jimmy, ich möchte, dass du dich mit Mullins in Verbindung setzt, und zwar möglichst noch heute Abend«, befahl Brightman, der es offensichtlich eilig hatte, mit dem Programm für diesen Abend fortzufahren.

»Mullins? Du meinst den Hehler?«

»Ja.«

»Er ist ein Mann, den man nur schwer erreichen kann …«, wandte Mills ein, aber Brightman unterbrach ihn sofort.

»Das ist mir egal, selbst wenn es sich bei ihm um Oberst Lindbergh handeln würde. Schaff ihn her!«

»Okay«, sagte Mills kurz.

»Wozu brauchen wir denn Mullins? Wir haben doch gar keine heiße Ware«, sagte Lucky neugierig.

»Nein, aber wir werden bald welche haben«, erwiderte Brightman.

Jimmy Mills war sofort interessiert.

»Und was? «, fragte Lucky Gibson misstrauisch.

»Den Falkirk-Diamanten«, lächelte Brightman und rieb sich sanft die Hände.

»Ich dachte, er wär' gar nicht hier in der Stadt«, sagte Mills, der sich normalerweise in diesen Dingen gut auskannte.

»So ist es auch«, sagte Brightman. »Er ist bei einem kleinen Juwelier in Nottingham.«

»Nottingham?«, echauffierte sich Mills, ziemlich überrascht.

Obwohl Brightman nickte, schien Jimmy Mills nicht gänzlich überzeugt zu sein.

»Jimmy, hast du schon von Lord Cresset gehört?«, fuhr Brightman fort.

»Du meinst Cresset, den Bierbrauer? Ja, ich hab' schon von ihm gehört.«

»Nun: Obwohl sich seine Lordschaft täglich mit Alkohol beschäftigt, hat er diesbezüglich keine Schwäche. Seine Neigungen gehen eher in eine andere Richtung. Er hat noblere

Verlangen.«

»Du willst sagen, er hat 'ne Freundin?«, warf Mills ein.

»Ja, er hat eine Freundin«, murmelte Brightman.

Swan Williams stellte sein Glas ab. »Der Falkirk-Diamant hat eine ziemlich interessante Geschichte«, informierte er sie. »Man brachte ihn 1934 von Amerika hierher und dann ...«

Brightman fuchtelte ungeduldig mit der Hand. »Der Falkirk-Diamant ist eine Viertelmillion wert. Das ist die ganze Geschichte, die uns interessiert«, erklärte er.

Plötzlich wurde die Tür aufgerissen und eine bemerkenswert hübsche junge Frau von fünfundzwanzig Jahren trat ein. Sie war leicht überdurchschnittlich groß und die Blässe ihrer ebenmäßigen Gesichtszüge stand in wirkungsvollem Kontrast zu ihrem glatten schwarzen Haar, das genau in der Mitte gescheitelt war. Die meisten Männer drehten sich nach Lina Fresnay zweimal um.

Hinter ihr stand die stämmige Gestalt von Jed Ware, flink wie eine Katze trotz seiner fast neunzig Kilo. Zu seinen vielen zweifelhaften Fähigkeiten zählte die Fassadenkletterei.

»Guten Abend zusammen! Tut mir leid, dass wir zu spät sind«, lächelte Lina, nahm ihren Hut ab und legte ihn achtlos auf einen Beistelltisch.

»Mein Gott! Was für 'ne Reise das war!«, brummte Jed und griff nach der Karaffe. »Man könnte meinen, Nottingham läge im Norden von Schottland.«

Er wirkte weitaus gereizter als Lina, was zweifellos daran lag, dass er acht Stunden lang ununterbrochen im dichten Verkehr unterwegs gewesen war. Sie machte es sich bequem, holte ein Etui aus ihrer Tasche, wählte eine kleine Zigarette, nahm das Feuer, das ihr Swan Williams anbot, und paffte zufrieden vor sich hin.

»Na, Lina ... Was meinst du?«, fragte Brightman ungeduldig. Lina betrachtete gelassen ihre Zigarette. Ihre lackierten Nägel boten einen scharfen Kontrast zum jungfräulichen Weiß der Zigarette. »Er hat recht. Wir können die Sache durchziehen«, erklärte sie schließlich.

»Gut«, sagte Brightman, sichtlich erleichtert über diese Information.

116

»Sie haben den Stein noch bis Montag dort«, fuhr Lina in ihrem fast ausdruckslosen Ton fort. »Wenn Cresset ihn nicht kaufen sollte, dann bringt Simpson ihn am achtzehnten nach London zurück.«

»Simpson? Wer ist Simpson?«, fragte Brightman.

»Er ist der Versicherungsdetektiv. Du kannst mir glauben, der Stein ist gut bewacht. Unsere einzige Chance ist ...«

»Sie dürfen den Diamanten keinesfalls zurück nach London bringen«, erklärte Brightman. »In diesem Fall ist die Sache gestorben.«

»Das werden sie auch nicht tun«, antwortete Jed mit seiner tiefen, rauen Stimme. »Es wird eine perfekte Falle.«

»Gut!«, applaudierte Brightman. »Also, Jimmy, hör zu ...«

Lucky Gibson wollte jedoch erneut mehr Details.

»Ich kann dem allen nicht ganz folgen. Was hat der Falkirk-Diamant überhaupt in Nottingham zu suchen?«

Brightman zuckte ungeduldig mit den Schultern. »Ich dachte, ich hätte schon erklärt, dass Lord Cresset eine Freundin hat. Die Freundin hat eine Schwäche für Diamanten. Eins und eins macht zwei, zwei und zwei macht vier. Guter Gott, Lucky, das ist doch nicht so schwer!«, schloss er in zornigem Ton.

»Woher wissen wir überhaupt, dass der Falkirk-Diamant in Nottingham ist?«, fragte Lucky unbeirrt weiter.

»Weil ich diesbezüglich entsprechende Informationen erhalten habe«, schnappte Brightman.

»Von wem?«, fragte Lucky, der ganz offensichtlich gerne allem auf den Grund ging.

»Du weißt ganz genau, von wem ich die Information erhalten habe«, erwiderte Brightman. »Sie kam vom Chef.«

»Ja, das denk' ich mir. Aber wer ist es?«, fuhr Jimmy fort, wobei er die letzte Silbe fast schrie. »Wer ist der Chef? Genau das will ich wissen!«

Eine plötzliche Geste von Ware brachte ihn zum Schweigen. Jed ging vorsichtig zur Tür, legte eine Hand auf den Knauf und wollte sie gerade öffnen, als es von draußen klopfte. Jed riss die Tür auf.

Tony Rivoli stand da.

»Das Essen ist angerichtet, Gentlemen«, verkündete er weltmännisch.

Brightman beäugte ihn misstrauisch, aber Tony begegnete seinem Blick unbeirrt und wartete ehrerbietig auf weitere Anweisungen.

»Danke«, sagte Brightman leise, dann schloss Jed Ware die Tür hinter Tony, der sich zum Gehen aufmachte.

Einen Moment lang herrschte Schweigen.

»Eines Tages, Lucky, wird dich deine Plapperei noch in ernsthafte Schwierigkeiten bringen«, erklärte Brightman, in dessen Augen ein böses Funkeln lag. »Während des Abendessens werde ich dir die Einzelheiten über diese Nottingham-Sache erläutern«, fuhr er fort. »Danach, Jimmy, möchte ich, dass du dich mit Mullins in Verbindung setzt.«

»Ja, ja, in Ordnung«, nickte Jimmy, dem dieser Auftrag offensichtlich keinen Spaß machte.

»Bist du so weit, Lina?«, fragte Brightman. Sie hatte das Geschehen amüsiert beobachtet und erhob sich nun, um Brightman zu begleiten, wobei ein seltsames kleines Lächeln ihren höchst sinnlichen Mund leicht verzerrte.

Kapitel dreizehn
Der Falkirk-Diamant

Es war schade, dass Swan Williams nicht auf die Geschichte des Falkirk-Diamanten eingehen durfte, denn die Schlagzeilenmänner und vor allem Lina hätten es sehr interessant gefunden.

Es begann damit, dass ein österreichischer Jude den Falkirk-Diamanten von einem Schwarzen für drei Flaschen sehr minderwertigen Whisky erworben hatte. Der Mann hatte den Diamanten aus den Minen geschmuggelt, indem er ihn einfach in der Handfläche trug. Die Wachposten hatten ihn, wie üblich, eingehend durchsucht, aber nicht an die naheliegende Möglichkeit gedacht, dass er den Diamanten einfach so vor ihrer Nase hinaustragen könnte.

Der Schwarze war mehr als zufrieden mit seinem Geschäft. Er hatte noch nie mehr als zwei Flaschen Whisky für etwas erhalten. Aber nicht nur er, sondern auch der Käufer war hocherfreut. Nur verbarg dieser seine Begeisterung geschickter. Er war sogar so überwältigt davon, dass er sich dazu veranlasst fühlte, eine Reise nach Amerika zu unternehmen, um den Stein dort zu veräußern und den Erlös zu verprassen.

Das war alles kein Problem, denn der Verkäufer konnte in Chicago ohne sich auch nur bei den Verhandlungen anstrengen zu müssen, vierzigtausend Dollar dafür erzielen. Danach wechselte der Edelstein mit erstaunlicher Schnelligkeit – und oft unter sehr dubiosen und seltsamen Umständen – seine jeweiligen Besitzer. Allmählich erhielt der Falkirk-Diamant einen besonderen Ruf – und zwar als Zeichen ehelicher Untreue – und wurde damit als eine Art Gegenstück zum Dunmow Flitch gehandelt.[5]

Einige Jahre lang kursierte er unter den exklusiven New Yorker oberen Vierhundert und spielte in dieser Zeit eine Rolle bei acht Scheidungen und vier Affären, die nie Gegenstand eines Rechtsstreits waren, über die jedoch in der Sensationspresse sehr frei berichtet wurde.

Der Diamant erhielt seinen Namen nach einem aufsehenerregenden Fall, dessen Hauptperson der ehrenwerte John Falkirk war, ein unbedarftes Mitglied des englischen Adels. Er war in der vagen Hoffnung nach Amerika geschickt worden, dass er dort sein Glück finden würde. Sein wichtigstes Kapital im Leben war sein Pokerface, das er so geschickt einsetzte, dass er einen amerikanischen Millionär am Ende einer nächtlichen Partie um den Diamanten erleichterte. Noch Ende desselben Monats zierte das Schmuckstück Miss Betty Lemuir vom Chor der Eitelkeiten, die keine Gelegenheit ausließ, ihn zur Schau zu stellen, vor allem in Gegenwart von Miss Lesley Dane, der früheren Besitzerin des Edelsteins. Miss Dane sollte jedoch bald Gelegenheit zur Rache bekommen.

Der ehrenwerte John Falkirk, der unter dem Einfluss eines etwas zu großzügigen Alkoholgenusses stand, kehrte eines Nachts in seine Wohnung zurück und fand seine Geliebte friedlich schlafend vor, wobei sie eine Hand achtlos auf die Bettdecke gelegt hatte. Am zweiten Finger funkelte der Diamant.

Ob ihn Gewissensbisse wegen seiner verschwenderischen Großzügigkeit oder Geldgier überkamen, oder ob er zu betrunken war, um zu wissen, was er tat, ist nicht überliefert,

---

[5] Dies bezieht sich auf einen Brauch, der mit dem so genannten »Dunmow Flitch of Bacon« verbunden ist. Dies war ein Stück Speck, das im mittelalterlichen England als Preis für ein Paar verliehen wurde, das es geschafft hatte, ein Jahr und einen Tag ohne Streit oder Meinungsverschiedenheiten miteinander verheiratet zu bleiben. Der Brauch wurde in der Nähe von Dunmow, Essex, durchgeführt. Pärchen, die gewannen, mussten vor einer Jury von Dorfbewohnern beweisen, dass sie in ihrer Ehe vollkommen harmonisch gewesen waren. Dieser Brauch symbolisierte das ideale Bild einer glücklichen und treuen Ehe.

aber der ehrenwerte John machte eine unbeholfene Anstrengung, um den Ring zu entfernen.

»Darling«, murmelte Miss Lemuir schläfrig und hielt dies fälschlicherweise für einen Hauch von amouröser Verspieltheit, an die sie sich gewöhnt hatte.

Dann setzte sie sich plötzlich im Bett auf.

»Johnnie, was machst du da?«

»Der Ring«, murmelte der ehrenwerte John, »ich muss den Ring wiederhaben …«

Betty erschrak plötzlich. Der Gesichtsausdruck ihres Geliebten hatte etwas Seltsames an sich.

»Verschwinde! Lass mich in Ruhe!«, schrie sie.

Falkirks Finger jedoch wanderten von ihrer Hand hoch und umklammerten fest ihre Kehle.

Vierundzwanzig Stunden später erzählte Walter Winchell den besorgten New Yorkern, was wirklich mit Miss Betty Lemuir passiert war.

Die amerikanische Polizei breitete ein weites Netz aus, um nach dem ehrenwerten John zu suchen, aber er war spurlos verschwunden und wurde nie wieder gesehen. Der Falkirk-Diamant tauchte jedoch in Detroit in den Händen eines Mannes wieder auf, der der Polizei mitteilte, dass er durch einen gewissen Rod Nester an das Stück gekommen war. Dieser verstand es im Allgemeinen, sich mit der Polizei gutzustellen, indem er über gewisse korrupte Vorgänge schwieg. So gelangte der Falkirk-Diamant wieder in legalen Umlauf und es wurden keine weiteren Fragen gestellt.

Nach England gelangte er im Besitz eines bekannten Filmstars. Der Hollywood-Vertrag dieser Schauspielerin war ausgelaufen und so erzählte sie ein paar Presseleuten, dass sie beschlossen hatte, zu ihrer großen Liebe, dem Theater, zurückzukehren. Zum Leidwesen von Miss Cranston – so war ihr Name – hielt sie es für unumgänglich, dass das Stück von ihrem Cousin geschrieben, von ihrem Neffen produziert und von einem Herrn inszeniert wurde, den sie liebevoll als »einen sehr guten Freund der Familie« bezeichnete. Unglücklicherweise hatte dieser sehr liebe Freund sehr wenig Ahnung vom Theater und so kam es, dass nach einer Spielzeit von kaum drei Wochen das Stück abgesetzt wurde.

Doch Miss Cranston war eine entschlossene junge Dame, und da der liebe Freund eines Tages sicher war, dass er diesmal das richtige Stück gefunden hatte, verkaufte sie den Falkirk-Diamanten, damit sie diese zweite Produktion finanzieren konnte. Diesmal sollte es ein groß angelegtes Musical werden, in dem Miss Cranston die Rolle eines berühmten Opernstars spielte. Die Tatsache, dass Miss Cranston einen Südstaatenakzent und keine Gesangsstimme hatte, wurde von allen übersehen, außer vom Publikum, das zur Überraschung aller Beteiligten daran Anstoß nahm.

In der Zwischenzeit war der Falkirk-Diamant wieder im Umlauf. Er war sogar ein beliebtes Gesprächsthema bei Cocktailpartys in Mayfair (»Mein Gott, so wie die sich aufführt, hat sie eigentlich den Falkirk-Diamanten verdient!«). Er wechselte nicht so schnell den Besitzer wie zuvor in New York, denn englische Männer neigten weniger zu extravaganten Gesten gegenüber ihrer Geliebten. Außerdem herrschte zu jener Zeit eine Wirtschaftskrise und das Geld floss nicht so reichlich.

Es war eine kleine Sensation, als der junge Tony Macguire der viel fotografierten und oft in Zeitschriften abgedruckten Miss Sybil Lamont einen Verlobungsring überreichte, in den der Falkirk-Diamant gefasst war. Alle seine Freunde meinten zwar, dass er das Schicksal herausforderte, aber er war sich seiner Sybil sehr sicher und hielt nichts für zu gut für sie.

Ihre Verlobung endete allerdings nicht in der Kirche oder gar auf dem Standesamt, sondern damit, dass Sybil mit einem sehr wohlhabenden italienischen Grafen durchbrannte, der eine leidenschaftliche Vorliebe für England hatte und über ein Privatvermögen von vierzigtausend Pfund pro Jahr verfügte. Weil sie eine Dame mit Anstand war – und weil der Graf darauf bestand –, gab Sybil den Diamanten zurück. Tony wurde von seinem besten Freund gewaltsam daran gehindert, den Stein in die Themse zu werfen. Als er sich wieder beruhigt hatte, begann man in Mayfair zu flüstern, dass der Falkirk-Diamant bei einem bestimmten Juwelier in der Bond

122

Street wieder zum Verkauf stehe.

Diese Nachricht erreichte Lord Cresset bei einem Jagd-frühstück in der Nähe seines Anwesens in Nottingham. Es war ein verdammtes Ärgernis, dass er ausgerechnet in diesem Moment nicht nach London fahren konnte. Deshalb rief er die Nottinghamer Juweliere *Mains & Shearing* nach dem Mittagessen an, und fragte, ob sie den Edelstein nach Nottingham bringen könnten, damit er ihn begutachten konnte. Außerdem konnte der alte Spears, der das Geschäft mittlerweile übernommen hatte und immer recht anständig gewesen war, sich so eine anständige Provision sichern.

Die enge Lorrimer Street bildete einen ziemlich unfreundlichen Kontrast zu den breiten, weitläufigen Straßen im Zentrum der ehrwürdigen Stadt Nottingham, die auf den zufälligen Besucher stets einen angenehmen Eindruck machten.

Sie war ein Überbleibsel des Klöppelviertels und ein ständiger Grund zur Sorge für die Behörden, da sie von einer Ecke eines großen Platzes abging, auf dem der Verkehr ungehindert floss. Große Limousinen hatten jedoch die Angewohnheit, in die enge Lorrimer Street einzufahren und vor den zwei oder drei exklusiven Läden zu parken, die in ihren alten Räumlichkeiten verblieben waren und deren Besitzer sich weigerten, umzuziehen. Dies führte häufig zu einer kleinen Verkehrsbehinderung und schließlich dazu, dass die Behörden in ihrer Verzweiflung darüber anordneten, dass die Lorrimer Street eine Einbahnstraße werden sollte – und dies trotz der Proteste der genannten Geschäfte, die natürlich dem Verkehrsschwall nicht abgeneigt gegenüberstanden und nicht wollen, dass ihre Kunden Umwege in Kauf nehmen mussten.

Das Geschäft von *Mains & Shearing* – niemals wurde dafür der als vulgär erachtete Begriff ›Laden‹ herangezogen – befand sich etwa auf halber Höhe der Lorrimer Street, wo die Straße in einen Engpass mündete. Dies hatte zur Folge, dass Autos und andere Fahrzeuge etwas näher an die Schaufenster heranfuhren, um dort zu parken. Die Vitrinen waren bogenförmig und die Umrahmung in einem eher tristen Braunton gestrichen. Dies war beabsichtigt, denn nichts sollte von der in der Auslage befindlichen Unzahl von glänzendem Silbergeschirr ablenken – und auch nicht von der kleinen, aber teuren Ansammlung von Schmuckstücken in einer Ecke des Schaufensters.

Anders als viele andere Juweliergeschäfte, verzichtete *Mains & Shearing* auf Alarmanlagen und elektronische Sicherung ihrer Ware. In der hundertjährigen Geschichte des Unternehmens hatte es noch nie ein Dieb gewagt, sich am Eigentum von *Mains & Shearing* zu vergreifen. Es muss jedoch angemerkt werden, dass sowohl Mr. Mains als auch Mr. Shearing konservativ und altmodisch waren (sie waren mittlerweile tot) und keiner von ihnen jemals von so etwas wie Gangstern oder FBI-Agenten gehört hatte.

An einem schönen Aprilabend, kurz vor Ladenschluss, ratterte ein Lastwagen die Lorrimer Street hinunter, stieß permanent dunkle Auspuffgase aus und kam stotternd vor *Mains & Shearing* zum Stehen. Es handelte sich um ein großes und sehr lautes Fahrzeug, das jedoch so viel PS hatte, dass es die meisten PKWs in der Straße überholen konnte. Das Heck des Lastwagens war mit einer großen grünen Plane abgedeckt, die auf einem Holzgestell befestigt war. Weder auf dem Verdeck noch auf der Vorderseite des Fahrzeugs stand der Name des Besitzers.

Kaum hatte der Lastwagen zum letzten Mal gestottert, sprang eine Mannschaft von etwa einem halben Dutzend Arbeitern aus dem hinteren Teil des Wagens. Sie hatten Spitzhacken, elektrische Bohrer, Schaufeln, Eisenstangen und andere Utensilien, die man beim Straßenbau benötigte, dabei. Sie lachten, scherzten und schrien sich gegenseitig Floskeln zu, wie man es von ihnen gewohnt war. Die wenigen Passanten in der Lorrimer Street betrachteten sie mit einem Achselzucken und vielleicht einem gemurmelten Kommentar à la »Wird hier schon wieder gebuddelt?«.

Der Vorarbeiter, den man trotz seiner Verkleidung als Jed Ware wiedererkennen konnte, gab einige schnelle Anweisungen. Im Handumdrehen war eine Stelle vor *Mains & Shearing* abgesperrt. In der Luft lag der ohrenbetäubende Lärm von

Pressluftbohrern, der von Zeit zu Zeit durch das Klirren von Spitzhacken unterbrochen wurde.

Während er nachdenklich über den Platz schlenderte, hörte Constable White natürlich den Lärm und machte sich sofort auf den Weg in die Richtung, aus der er kam. Der Wachtmeister war der Meinung, dass er kein gewöhnlicher Polizist war. Er verpasste keine Gelegenheit, wenn es um Parksünden ging. Man hatte ihn sogar schon dabei beobachtet, wie er heimlich mit einem Stück Kreide Autoreifen markierte, um die Parkzeit zu kontrollieren. Das alles war jedoch nur eine Frage der Routine. Die Lorrimer Street eignete sich bestens dazu, Parksünder abzustrafen und Constable White war deshalb immer in der Nähe der Straße, wenn er Dienst hatte. Er wusste, dass alles nur eine Frage der Zeit war. Irgendeine innere Stimme hatte ihm immer gesagt, dass eines Tages sein großer Fall am Horizont auftauchen würde. Er fühlte sich bestens darauf vorbereitet.

Erst neulich hatte er einen Artikel in einer Zeitschrift gelesen, in dem es um berühmte Verbrechertricks ging. Einer davon war offenbar das Aufreißen eines Teils der Fahrbahn in Piccadilly, das einige schlaue junge Köpfe ohne jegliches Eingreifen der Polizei bewerkstelligt hatten. Constable White geriet innerlich in Rage, als er dies las. Er ärgerte sich bitterlich über solche Eskapaden auf Kosten der Polizei. Gleichzeitig war er fest entschlossen, dass er sich nie so aufs Glatteis führen lassen würde.

Er näherte sich der Baustelle beinahe im Laufschritt und fragte den Vorarbeiter brüsk: »Was zum Teufel ist hier los?«

Ware musterte ihn kurz und antwortete dann gleichgültig: »Wir haben den Auftrag erhalten, die Straße aufzugraben.« Dann fuhr er damit fort, den anderen seine Anweisungen zu geben und ignorierte den Polizisten völlig.

Inzwischen hatte man den Lastwagen vorsichtig zurückgesetzt, so dass er mit dem hinteren Nummernschild auf Höhe der Ladentür des Juweliers zum Stehen gekommen war.

»Und wie lange soll das dauern?«, fragte der Constable, als ein Sergeant sich hinzugesellte.

»Was ist hier los, White?«, fragte er wütend. »Oben am

Ende der Straße herrscht ein heilloses Verkehrschaos und ...«

»Sie buddeln einfach die Straße auf, Sir«, rief der Wachtmeister über das Getöse der Bohrer und Spitzhacken hinweg.

»Verdammt, Mann, das sehe ich auch.«

Der Sergeant wandte sich an Jed Ware. »Warum haben wir nicht vorher davon erfahren?«

»Mich brauchen Sie das nicht zu fragen, ich bin nicht die Baufirma«, war die beiläufige Antwort. Ein kleinerer Lastwagen war inzwischen eingetroffen und hatte eine Ladung Kies weiter unten auf der Straße abgeladen, die die Männer geräuschvoll wegschaufelten. Die Ladung war so platziert worden, dass der Verkehr auf der Straße nun nicht mehr weiterfahren konnte.

»Hören Sie, Sie können hier doch nicht einfach die Straße aufreißen!«, rief der verdutzte Sergeant. »So kommt doch niemand zu den letzten Läden durch!«

»Tut mir leid, Sergeant«, antwortete der Vorarbeiter kühl. »Sie müssen sich schon an die Baufirma wenden, wenn Sie etwas dagegen unternehmen wollen.«

»Und das werde ich auch tun«, schimpfte der Sergeant, während ein Arbeiter eine Schaufel Erde über seine Stiefel kippte. Er wandte sich an den Constable.

»White, setzen Sie sich mit Inspektor Hutchinson in Verbindung und melden Sie das hier. Dann kommen Sie wieder hierher. Ich gehe inzwischen auch fort und werde mich mit Milford unterhalten.«

Dann wandte er sich wieder an Jed Ware. »Ihre Männer dürfen den Bürgersteig nicht weiter aufreißen, bis ich wieder zurück bin. Haben Sie verstanden?«

»Verstanden«, antwortete Jed Ware gleichgültig.

Der Sergeant und der Constable gingen ihrer Wege. Sobald sie außer Sichtweite waren, entspannten sich die Arbeiter sichtlich, obwohl sie immer noch so taten, als ob sie ihre Arbeit verrichteten. Der Vorarbeiter ging zum Lastwagen und war bald in ein Gespräch mit den beiden Männern vertieft, die in der Fahrerkabine saßen.

Im Schaufenster von *Mains & Shearing* reflektierte das

Licht der Lampen auf dem hochglanzpolierten Silber. Sie waren die meiste Zeit des Tages eingeschaltet, denn das Innere des Ladens war ziemlich düster, auch durch die vielen Vitrinen, durch die wenig Tageslicht ins Geschäft kam. Der Innenraum hatte eine niedrige Decke, die an manchen Stellen von Säulen gestützt wurde, und am anderen Ende des Ladens befanden sich ein paar eher seltsame Nischen, in denen potentielle Kunden auf ein Gespräch mit dem Inhaber warteten.

Während draußen die ganze Aufregung tobte, bemerkte Mr. Ronald Spears nichts, was irgendwie ungewöhnlich sein könnte. Der fast fünfzigjährige, gutaussehende Mr. Spears hatte das Geschäft vor sieben oder acht Jahren von Mains und Shearing gekauft und dafür einen recht hohen Preis bezahlt. Mittlerweile konnte er jedoch vorsichtig zugeben, dass das dafür ausgegebene Geld allmählich wieder zurückfloss.

Im Moment war er innig damit beschäftigt, eine Kundin für eine der neuesten Uhren zu interessieren, die kunstvoll in einen teuren Ring eingefasst war. Sie war die Frau eines der führenden Anwälte der Stadt und hatte sich von ihrem Mann ein gewisses Misstrauen gegenüber anderen abgeschaut. Sie bezweifelte, dass eine so winzige Uhr die richtige Zeit anzeigen konnte. Aber Mr. Spears ließ sich nicht entmutigen. Er gab sich Mühe, die Feinheiten des Uhrwerks zu erläutern.

»Es ist wirklich eine sehr schöne Uhr, Madam«, resümierte er. »Ich habe gesehen, dass auch Lady Friarholme letzte Woche auf dem Rotary-Ball eine solche getragen hat. Sie sind jetzt eben besonders in Mode.« Gerade als sich vage abzuzeichnen begann, dass der Widerstand seiner Kundin, die Uhr nicht zu kaufen, langsam abnahm, wurde die Tür rasch aufgestoßen. Mr. Spears blickte verärgert auf, dann änderte sich sein Ausdruck. Zwei maskierte Gestalten standen in der Tür.

»Wer sich bewegt, ist tot!«, ertönte die angespannte Stimme von Jimmy Mills. »Die Hände hoch! Alle!«

Die Kundin sah sich um, stieß einen lauten Schrei aus, ihre Augen schienen aus dem Kopf zu quellen und plötzlich sank sie schwer zu Boden.

»Schon gut, sie ist nur ohnmächtig«, murmelte Lucky Gibson und kam ein paar Schritte näher. Mills stellte sich neben den Ladentisch.

»Wo ist der Safe?«, schnauzte er und richtete seinen Revolver bedrohlich auf Spears.

»Ich … Ich … Ich versichere Ihnen, die wertvollsten Stücke sind hier drinnen«, stammelte Spears schwach.

»Weg vom Ladentisch! Wenn Sie den Alarmknopf drücken, dann ist es das Letzte, was Sie in ihrem Leben tun!«

Spears wich nervös zurück, hielt aber immer noch seine Hände hoch. Dies war eine völlig neue Erfahrung für ihn, und er hatte nicht die geringste Ahnung, wie er damit umgehen sollte. Alle möglichen wilden Pläne schossen ihm durch den Kopf: Sollte er das Risiko eingehen und nach dem schweren Silberbecher greifen? Aber der Lauf von Jimmy Mills' Revolver erschien ihm immer bedrohlicher.

»Dieser Schrott hier interessiert uns nicht!«, knurrte Mills. »Wir wollen den Falkirk-Diamanten.«

Einen Moment lang herrschte Totenstille. Dann sprach Spears mit einer seltsamen, erstickten Stimme.

»Ich versichere Ihnen, dass …«

Der andere unterbrach ihn. »Her damit!«, befahl Mills wütend.

»Schon gut«, stimmte Spears zu, der leichenblass geworden war. Er ging um den Ladentisch herum. »Er ist unten im Safe«, murmelte er. Mills nickte Lucky Gibson zu, als Zeichen, dass er ihm folgen sollte. Dann gingen sie die Holztreppe hinunter. Jimmy blieb neben der Tür stehen und hatte den Revolver immer noch im Anschlag, als diese geöffnet wurde. Swan Williams steckte seinen Kopf hindurch.

»Beeilung! Jed hat die Jungs schon in den Wagen klettern lassen.«

»Was zum Teufel soll das?«, fragte Mills.

»Es wird langsam zu brenzlig. Die Bullen können jeden Moment zurückkommen – und Jed ist sich ziemlich sicher, dass sie den Braten riechen werden«, warnte Williams.

»Verdammt«, schnappte Mills und stieg über die träge Gestalt der Frau, als Schritte von der Kellertreppe zu hören waren und Luckys Kopf eilig wieder auftauchte.

»Hast du ihn?«, fragte Mills.

»Ja«, antwortete Lucky atemlos.

»Sehr gut. Hilf mal!« Er hielt inne, um einen großen Schaukasten vor die Kellertür zu schieben, der Mr. Spears an der Flucht hindern sollte. Dann verließen sie den Laden mit einem letzten Rundblick und sprangen schnell in den Lastwagen, der mit laufendem Motor auf sie wartete.

»Festhalten da hinten!«, rief Swan, der durch eine winzige Trennwand sprach. Jed Ware ließ die Kupplung kommen, und der Lastwagen schoss mit einem Ruck nach vorne und ratterte dann zügig vom Tatort davon. Keiner der Insassen sah, wie sich ein Polizeiauto vom Platz her näherte, feststellte, dass die Straße unpassierbar war, den Rückwärtsgang einlegte und schnell zurückstieß.

Lucky Gibson nahm seine Maske ab. Auf seiner Stirn standen Schweißperlen, und Mills bemerkte, dass seine Hände zitterten. Er nahm einen Flachmann aus seiner Gesäßtasche und reichte ihn Lucky, der einen tiefen Schluck nahm.

»Wäre ich diesen Stein bloß schon wieder los! Eher habe ich keine Ruhe!«, flüsterte Lucky heiser.

»Hör mal«, knurrte Mills. »Lina und Brightman warten vor Ashby auf uns. Gib Gas!«, rief er durch die Trennwand zu Jed Ware, und der Lastwagen schwankte und schlitterte durch die Vorstadt, bis das Gestell, das die Plane trug, knarrte und ächzte.

Sie hatten fast zwei Meilen zurückgelegt, als Jimmy Mills plötzlich Lucky antippte und auf die Straße hinter ihnen starrte.

»Die Bullen!«, zischte er und rüttelte kräftig an der Trennwand. »Sie sind hinter uns her!« Jed Ware nickte grimmig und drückte fest auf das Gaspedal. Sie kamen jetzt auf eine Umgehungsstraße, die sie schließlich durch engere Straßen führte. Lucky spähte nach hinten. Der Polizeiwagen holte langsam auf, obwohl der Lastwagen zum Entsetzen der anderen Verkehrsteilnehmer mit fast sechzig Meilen pro Stunde unterwegs war. Es gab mehrere scharfe Kurven, an denen Jed keine andere Wahl hatte, als scharf zu bremsen, sonst wäre der Lastwagen umgekippt.

An jeder dieser Stellen holte das Polizeiauto merklich auf,

bis es nicht mehr als fünfzig Meter zurücklag. Hinter der nächsten Ecke wurde ein Bahnübergang sichtbar. Als sie etwa dreißig Meter entfernt waren, begannen sich die Schranken zu schließen. Ein langer Güterzug schnaufte mühsam auf den Bahnübergang zu. Er war noch eine Viertelmeile entfernt. Jed Ware biss die Zähne zusammen und trat kräftig auf das Gaspedal.

»Das schaffst du nicht! Halt an!«, schrie Swan Williams.

»Kann jetzt nicht anhalten«, antwortete Jed.

Als sie den Bahnübergang erreichten, war zwischen den Schranken gerade einmal ein Meter Platz. Sie erhaschten einen Blick auf einen sehr empörten Bahnwärter, der sich aus seinem Häuschen am Straßenrand lehnte und wild mit den Armen fuchtelte. Swan Williams schlug die Arme vor sein Gesicht. Jed Ware klammerte sich grimmig an das Lenkrad.

Sie fuhren über eine Bodenwelle, durch die das Fahrzeug anständig erschüttert wurde, aber Ware hielt den Lastwagen auf seinem Kurs, und sie ratterten weiter. Die Männer im hinteren Teil des Wagens konnten sehen, dass eine der Schranken aus den Angeln gehoben worden war und quer auf der Fahrbahn lag. Der Polizeiwagen hatte gerade noch rechtzeitig anhalten können.

In der Zwischenzeit rannte der mit einer roten Fahne bewaffnete Bahnwärter die Strecke hinunter, um den Güterzug anzuhalten. Als die Straße von dem Hindernis befreit war und der Polizeiwagen weiterfahren konnte, war der Lastwagen schon fast eine halbe Meile voraus. Die Polizei ließ sich jedoch nicht abwimmeln und auf ebener Strecke kam ihr Wagen wieder in Sicht.

»Sie sind wieder da«, knurrte Mills und rüttelte an der Trennwand. Der Lastwagen schwankte gefährlich auf die falsche Straßenseite, als sie um eine weitere Kurve fuhren. Zweimal verfehlten sie entgegenkommende Autos nur um Haaresbreite. Zu ihrem Glück war es in dieser Gegend ziemlich flach und es gab keine größeren Hügel, die den Lastwagen nennenswert verlangsamt hätten. Es dämmerte bereits, obwohl die Straßenlaternen erst in etwa zwanzig Minuten eingeschaltet werden würden.

Das Polizeiauto kam näher. Es war jetzt nicht mehr als zwanzig Meter entfernt. Jimmy Mills ging bis zum Heck des Lastwagens, um die Verfolger genau unter die Lupe nehmen zu können.

»Na, sind doch nur zwei«, verkündete er mit einem kurzen Lachen. Was auch stimmte, denn die Polizei hatte mit nichts Ungewöhnlichem gerechnet. Jimmy Mills kehrte zu seinem Platz an der Trennwand zurück und rief Jed Ware einige Anweisungen zu. Dieser nickte und richtete seine Augen konzentriert auf die Straße vor ihm.

Der Lastwagen bog um die nächste Kurve und fuhr dann eine schmale Gasse hinunter, die er mit seiner Breite fast ausfüllte. Auf diese Weise fuhren sie fast eine ganze Meile lang weiter. Die Polizei hatte inzwischen ihre Scheinwerfer eingeschaltet und die Männer im Lastwagen ließen die Plane am Heck herunter. Mills rief plötzlich Jed etwas zu und dieser brachte den Lastwagen zum Stehen. Das Polizeiauto hielt etwa fünf Meter entfernt an und die Insassen stiegen aus.

Als sie am Heck des Lastwagens angekommen waren, tauchten vor der Plane die maskierten Gesichter von Jimmy Mills und Lucky Gibson auf.

»Wollten Sie irgendetwas?«, fragte Jimmy in dem höflichsten Ton, den er herausbringen konnte.

»Ja, Sie kommen mit uns mit«, antwortete einer der Polizisten knapp, »wir werden Sie anzeigen wegen …«

Er brach abrupt ab, als er sah, dass zwei Revolver auf ihn gerichtet waren.

»Das glaube ich nicht, Constable«, antwortete Jimmy ruhig. »Wenn Sie klug sind, nehmen Sie schnell die Hände hoch – beide! Na los jetzt!«, schnappte er, als er bemerkte, dass einer von ihnen eine unwillkürliche Bewegung zu seinem Gürtel gemacht hatte.

Langsam hoben die Polizisten ihre Hände.

»Alles klar, Jed«, rief Jimmy und Jed Ware ging rasch vorbei, öffnete energisch die Motorhaube des Polizeiwagens und riss energisch an verschiedenen Drähten herum.

»Sollte 'n paar Stunden dauern, bis sie das wieder in Ordnung gebracht haben«, verkündete er schließlich grimmig.

Dann machte er sich auf den Weg zurück zum Fahrersitz des Lastwagens. Gleich darauf setzte er die Fahrt fort und ließ zwei sehr verärgerte Polizisten zurück, die mit erhobenen Armen mitten auf einer verlassenen Landstraße standen.

Durch aufmerksames Lesen der Wegweiser gelang es ihnen, den Weg nach Ashby zu finden, wo Brightmans luxuriöse amerikanische Limousine vor der Stadt wartete. Auf dem Weg dorthin hatten sie die Arbeiter am Bahnhof abgesetzt, nachdem Swan Williams jedem von ihnen ein Bündel Pfundnoten übergeben hatte.

»Was hast du mit dem Lastwagen vor?«, fragte Brightman, als sie ihm über den erfolgreichen Diebstahl des Falkirk-Diamanten berichtet hatten.

»Den lassen wir hier am Straßenrand stehen«, beschloss Jed Ware.

»Aber die Polizei wird ihn hier doch sicher finden.«

»Na und? Dann sind sie wenigstens eine Zeit lang damit beschäftigt.«

Sie stiegen alle in die Limousine ein, mit der sie zügig in Richtung London fuhren.

»Was ist mit dem Diamanten?«, fragte Lucky besorgt.

»Behalte du ihn, bis wir in der Stadt sind«, gab Brightman zurück, der am Steuer saß.

»Ich wäre ihn aber lieber schon früher los«, protestierte Lucky.

»Na gut, Lucky«, lächelte Lina und sprach zum ersten Mal. »Dann nehme ich ihn.« Brightman warf ihr einen misstrauischen Blick zu, aber Lucky übergab ihr den Stein dankend.

»Verdammt noch mal! Bin ich froh, das ich den los bin!«, erklärte er inbrünstig.

Im Juwelierladen bemühten sich Ronald Spears und der Sergeant in der Zwischenzeit, der Kundin, die sich von ihrer Ohnmacht erholt hatte, wieder auf die Beine zu helfen. Als sie sich jedoch an das Geschehene zu erinnern versuchte, verfiel sie gleich wieder in einen hysterischen Anfall.

»Es hat keinen Sinn, Sergeant. Sie kann Ihnen auch nicht mehr sagen als ich«, erklärte Spears.

»Ich brauche aber ihre Aussage«, beharrte der Sergeant. »Na kommen Sie, Madam, versuchen Sie, sich zu erinnern.«

Einen Moment lang wirkte die Dame recht klar.

»Sie trugen Masken!«, sagte sie leise und gab dann wieder unzusammenhängende Sätze von sich.

»Reißen Sie sich bitte zusammen, Madam«, drängte der Sergeant und wandte seine Aufmerksamkeit wieder dem Juwelier zu.

»Wer war noch in dem Laden, als es passierte?«

»Nur wir drei, Sir. Die Dame, die ich gerade bedient habe, und dieser Herr.«

»Hä?«, schnappte der Wachtmeister scharf.

»Dieser Mann saß in der Nische dort drüben und wartete darauf, mich in einer kleinen geschäftlichen Angelegenheit zu sprechen.«

Der Sergeant drehte sich zu dem Mann um, der näher gekommen war, sich jedoch scheinbar nicht ins Gespräch einmischen wollte.

»Ich gehe davon aus, dass Sie alles gesehen haben, Sir, und auch dasselbe beobachtet haben?«

»Alles.«

»Hm. Könnte ich bitte Ihren Namen erfahren?«

»Mit Vergnügen«, sagte der Kunde. »Mein Name ist Hargreaves – Reverend Charles Hargreaves.«

Kapitel vierzehn
In Bramley Lodge

Paul Temple verbrachte im Frühjahr immer so viel Zeit wie möglich in Bramley Lodge, seinem Haus bei Evesham. Dieses alte Herrenhaus im Tudor-Stil lag an einem Hang und bot einen Blick auf die Obstgärten von Worcestershire, der jede künstlerisch veranlagte alte Jungfer in Ekstase versetzte. In der Tat sah man sie oft zur Blütezeit an ihren Staffeleien sitzen, wie sie mit ihren Aquarellen beschäftigt waren.

Nach dem Versuch, Steve zu entführen, hatte Temple darauf bestanden, sie nach Bramley Lodge zu bringen, wo, wie er ihr versicherte, die Landluft ihre Gesundheit stärken und das ruhige Tempo des Landlebens ihre Nerven beruhigen würde. Er fügte leichthin hinzu, dass sie sich vielleicht sogar veranlasst fühlen könnte, ihr Buch zu beginnen.

Es folgten fünf Tage völliger, friedlicher Ruhe. Temple verbot ihr sogar das Lesen von Zeitungen mit der Begründung, dass übergroß gedruckte Schlagzeilen selbst auf eine ehemalige Reporterin manchmal eine beunruhigende Wirkung haben konnten.

Er selbst las die Zeitungen jedoch. So war er nicht überrascht, als er an einem schönen Maimorgen den großen Roadster von Sir Graham Forbes um die Kurve der Einfahrt biegen sah. Steve hörte den Wagen auch und wartete im Flur, als der Chefkommissar hereinkam.

Sir Graham sah sehr erschöpft aus, was nicht verwunderlich war, da er den größten Teil der Nacht in Nottingham ermittelt hatte.

»Ich nehme an, diese Sache in Nottingham hat Sie ganz schön durcheinandergerüttelt«, sagte Temple mitfühlend.

»Das ist noch milde ausgedrückt. Haben Sie die Zeitungen gelesen?«

»Ja«, sagte Steve prompt und antwortete mit einem süßen Lächeln auf das Stirnrunzeln ihres Mannes, »ich verstehe nicht ganz, warum die Schlagzeilenmänner ausgerechnet einen so kleinen Juwelier in Nottingham überfallen haben.«

»Dieser bestimmte Juwelier«, warf Forbes leise ein, »hatte den Falkirk-Diamanten.«

»Puh!«, pfiff Temple, stand auf und ging zum Fenster, wo er einige Augenblicke lang nachdenklich seine geliebten Obstgärten betrachtete.

»Den Falkirk-Diamanten«, wiederholte Steve etwas überrascht.

»Ja«, sagte Forbes. »Bis jetzt konnten wir diese Information vor den Journalisten verbergen, aber früher oder später werden sie es sicher herausbekommen.« Er trommelte mit den Fingern auf dem Arm seines Stuhls.

»Kommen Sie jetzt aus London?«, fragte Temple.

»Nein, ich war die ganze Nacht in Nottingham. Ich bin mit Mac und Hunter dorthin gefahren.«

Temple nickte und betrachtete wieder nachdenklich die Szenerie vor dem Fenster.

»Wir stecken ganz schön in der Klemme, Temple«, knurrte Sir Graham, »und glauben Sie mir, in einer ziemlich großen, schlimmen Klemme. Ich habe heute Morgen mit Sir Stephen Frost telefoniert. Offenbar ist der Premierminister in heller Aufregung. Es muss etwas gegen die Schlagzeilenmänner unternommen werden – und zwar schnell!«

Er klopfte auf den Tisch, um seine Beunruhigung zu unterstreichen, und verfiel dann wieder in düsteres Schweigen.

»Haben Sie weitere Versuche unternommen, das Lagerhaus zu finden?«, fragte Temple.

»Mein lieber Freund, die Flusspolizei hat das Themseufer buchstäblich von A bis Z durchkämmt«, informierte Sir Graham ihn müde.

»Kein Glück gehabt?«

Forbes schüttelte den Kopf.

»Was ist mit den Männern, die den Raubüberfall in Nottingham begangen haben?«, fragte Steve eifrig, da ihr Reporterinneninstinkt mittlerweile vollends geweckt war.

»Das Einzige, was ich mit Sicherheit sagen kann, ist, dass sie Masken trugen. Wir haben keine vernünftige Beschreibung von irgendeinem von ihnen, mit Ausnahme von ein oder zwei tagelöhnenden Bauarbeitern, die wahrscheinlich nur für diesen speziellen Überfall angeheuert wurden.«

Steve beugte sich vor und schürte das Holzfeuer, das morgens noch brannte. Ihr Mann, der sich auf die Fensterbank gehockt hatte, kam herüber und ließ sich in einem Sessel nieder.

Forbes stopfte seine Pfeife mit zittrigen Fingern und paffte nachdenklich Rauchringe in Richtung des Kamins: »Temple, erinnern Sie sich noch an diesen Mann, diesen Andrew Brightman?«, begann er nachdenklich.

»Ganz genau«, sagte Temple.

»Ich bin ein wenig skeptisch, was diesen Herrn angeht. Von Anfang an hat er mir schon vom Aussehen her nicht gefallen.«

»Ich könnte Ihnen ein paar hundert Leute aufzählen, die mir vom Aussehen her nicht gefallen«, grinste Temple, »aber das kann wohl kaum als Beweis dafür gelten, dass sie etwas mit den Schlagzeilenmännern zu tun haben. Oder dass sie Kriminelle sind.«

Sir Graham nickte mürrisch.

»Trotzdem«, fuhr er fort, »Sie erinnern sich doch, dass Brightman uns erzählt hat, dass er auf Anweisung der Schlagzeilenmänner einen Koffer mit achttausend Pfund in der Garderobe des Hotels *Regal Palace* deponiert hat.«

»Ja, und weiter?«, fragte Temple.

»Er hat zwar einen Scheck über achttausend Pfund eingelöst, aber er hat den Koffer nicht in der Garderobe deponiert.«

Temple und Steve lehnten sich vor und schauten interessiert.

»Woher wissen Sie das?«, fragte Steve.

»Nun«, sagte Forbes leise, »man darf in der Garderobe des Hotels *Regal Palace* keine Koffer deponieren. Sie haben dafür eine Gepäckaufbewahrung in der Villier Street.«

»Gute Arbeit«, kommentierte Temple.

»Hunter hat das herausgefunden«, räumte Sir Graham etwas widerstrebend ein.

Steve war jetzt ziemlich aufgeregt. »Glauben Sie denn, dass dieser Brightman der Anführer der Schlagzeilenmänner sein könnte?«, fragte sie.

Forbes runzelte die Stirn. »Ich würde nicht so weit gehen, das zu sagen, Mrs. Temple.«

»Aber es muss einen Anführer geben«, argumentierte Steve.

»Ja, es gibt einen Schlagzeilenmann Nummer eins«, stimmte Sir Graham zu, »aber irgendwie glaube ich nicht, dass es Brightman ist.«

»Nein«, sagte Temple gleichmütig, »ich auch nicht«. Er legte jedoch nicht seine Gründe dafür dar und so saßen sie einige Zeit schweigend da, während sie die Vorgänge in Gedanken nochmals durchgingen.

»Ich kann mir nicht helfen, ich denke, dass, wer auch immer es ist, Schlagzeilenmann Nummer eins eine Art Genie sein muss«, erklärte Sir Graham schließlich. »Ja, ein Genie«, wiederholte er mit Nachdruck, »mit einem seltsamen, aber genialem Verstand.«

»Wie kommen Sie denn darauf?«, fragte Steve.

»Nehmen Sie doch mal den Namen dieser Bande – oder dieser Organisation ... Es ist auch der Titel eines sehr erfolgreichen Kriminalromans, der anscheinend von einer Frau namens Andrea Fortune geschrieben wurde, über die niemand etwas weiß.«

»Vielleicht ist sie der Schlagzeilenmann Nummer eins«, schlug Temple zaghaft vor.

»Ja, das ist möglich«, räumte Sir Graham ein, wurde aber durch das schrille Klingeln des Telefons daran gehindert, seine Theorie zu erläutern. Temple nahm ab und reichte seinem Gast den Hörer mit einer knappen Information weiter.

»Das war Inspektor Nelson«, sagte Sir Graham, als er den Hörer aufgelegt hatte. »Ich glaube, ich habe Ihnen gar nicht gesagt, dass er Goldie beschattet.«

»Sie meinen den Klavierstimmer?«, fragte Steve und ihre Augen leuchteten.

Forbes nickte.

»Und?«, fragte Temple.

»Offenbar hat Mr. J. P. Goldie den gestrigen Nachmittag in Nottingham verbracht, während der Überfall vonstattenging.«

»Das ist ja interessant«, lächelte Temple. »Waren während der Tat irgendwelche Kunden im Laden?«

»Ja, aber leider konnten sie uns nicht viel sagen«, sagte Sir Graham mit offensichtlichem Bedauern.

»Goldie war nicht zufällig dort?«

»Nein.«

»Übrigens«, warf Steve ein, »haben Sie Neuigkeiten von Sir Norman Blakeleys Kind?«

Wieder musste Sir Graham verneinen. Es schien ihn so sehr zu irritieren, dass er plötzlich verkündete, er müsse sofort nach London zurückkehren. Er lehnte die Einladung der Temples zum Mittagessen ab und erklärte, er habe keine Zeit zu verlieren. Sie begleiteten ihn zu seinem Auto. Er hatte schon einen Fuß auf dem Trittbrett, als er plötzlich zögerte.

»Temple, wenn Ihnen etwas einfällt ...«, murmelte er zaghaft, »oder wenn Sie zufällig auf einen Hinweis stoßen, dann ...«

»Ich werde alles tun, was ich kann, Sir Graham«, versicherte ihm Temple. Dann dröhnten die acht Zylinder im Einklang, als der riesige Wagen die Einfahrt hinunterschoss.

»Er sieht furchtbar besorgt aus, nicht wahr?«, kommentierte Temple, als sie auf der Treppe standen und Sir Graham davonbrausen sahen.

»Ja«, stimmte Steve zu, »schade, dass er nicht zum Mittagessen geblieben ist. Carol sagt, dass er die Hälfte seiner Mahlzeiten auslässt, wenn er an einem wichtigen Fall arbeitet. Für einen Mann in seinem Alter ist das alles andere als gesund ...«

»Steve, Darling«, ermahnte ihr Mann sie sanft, »einen Moment lang dachte ich schon, du würdest jetzt mit der Lieblingslitanei aller Frauen beginnen!« Sie lachten beide und gingen zurück ins Haus.

»Ich frage mich, ob sie mit dem Falkirk-Diamanten davonkommen«, spekulierte Steve.

»Ich weiß es nicht«, sagte Temple, zündete sich eine Zigarette an und schnippte das Streichholz ins Feuer. »Der Überfall in Nottingham scheint jedenfalls zu zeigen, dass sie nicht vorhaben, ihre Aktivitäten nur auf Entführung und Mord zu beschränken.«

»Ich glaube auch nicht, dass sie sich auf irgendwelche Aktivitäten beschränken wollen, Steve«, antwortete er. »Es ist die größte Organisation dieser Art, die wir in diesem Land haben. Und irgendetwas sagt mir, dass wir bei weitem nicht das letzte Mal von ihr gehört haben.«

»Dieser Mr. Goldie«, unterbrach Steve. »Meinst du, dass er …«

Ein leises Lächeln umspielte den Mund ihres Mannes. »Ich weiß auch nicht recht, was ich von Mr. Goldie halten soll«, erklärte er. »Tatsächlich stellt er bis jetzt den interessantesten und geheimnisvollsten Punkt in der ganzen Angelegenheit dar.«

Draußen hörte man plötzlich quietschende Bremsen, eine Autotür schlug abrupt zu, und Steve rannte zum Fenster.

»Das ist ja Gerald!«, verkündete sie überrascht und ging zur Tür, um sie zu öffnen.

»Hallo, Gerald, komm doch herein«, hörte Temple sie rufen, als er sich erhob, um ihren zweiten Besucher an diesem Vormittag zu begrüßen.

Gerald Mitchell schien sehr aufgeregt zu sein. Er drückte auf der Krempe seines Filzhutes in seiner Hand nervös herum, als er den Raum betrat, und gelegentlich zuckte sein Gesicht seltsam und verzerrte seine Züge auf unangenehme Weise. Er schien auf irgendeine Art von Geduldsprobe vorbereitet zu sein.

»Paul, es tut mir schrecklich leid, dass ich so hereinplatze«, entschuldigte er sich, »aber ich musste dich einfach sehen.«

»Ja, ja, natürlich«, sagte Temple beschwichtigend.

»Setz dich doch, Gerald«, lud Steve ein

Mitchell sprang nervös von einem Fuß auf den anderen. »Nein, ich stehe lieber, danke, Steve.« Er legte seinen Hut auf einen Beistelltisch, hob ihn dann wieder auf und fing an, in einer Art, die Temple irritierte, mit den Fingern daran herumzuspielen.

»Nimm doch einen Drink, Gerald«, schlug Steve vor, aber er schüttelte den Kopf. »Dann musst du zum Mittagessen bleiben«, beschloss sie. »Was du brauchst, ist eine gute, anständige Mahlzeit.« Sie sah den amüsierten Blick ihres Mannes und wich zurück.

»Paul, ich bin beunruhigt, höllisch beunruhigt«, sagte Mitchell. »Ich habe gerade etwas gehört, und – oh Gott – ich weiß nicht, was ich davon halten soll.«

»Was du jetzt brauchst, ist ein guter, anständiger Whisky«, begann Temple, aber Mitchell winkte ihn ab.

»Nein, nein, ich will nicht«, protestierte er.

Temple und Steve sahen sich verwirrt an. Plötzlich nahm Mitchell sein Taschentuch und wischte sich damit über die Stirn.

»Ich habe gestern Nachmittag mit Reed gesprochen«, sagte er. »Er erzählte mir, was in der Nacht, in der Steve verschwand, passiert ist.«

»Dann musst du dir den Weg in sein raues schottisches Herz gebahnt haben«, lächelte Temple entwaffnend.

»Er erzählte mir, dass Steve eine telefonische Nachricht von Carol Forbes erhalten hat.«

»Nein«, warf Steve ein. »Es hat sich herausgestellt, dass der Anruf nicht von Carol kam.«

»Aber du dachtest, dass Carol am Telefon war, oder?«

Steve nickte. »Ich war mir sicher. Ich kenne Carol jetzt schon eine ganze Weile. Ich mag und respektiere sie, und ich bin sicher, dass sie die Wahrheit gesagt hat, als sie sagte, sie hätte mich nicht angerufen.«

»Aber … die Stimme …«, unterbrach Mitchell eindringlich.

»Die Stimme war die von Carol, da bin ich mir sicher.«

»Nein, nein, sie war es nicht!«, rief Mitchell.

Temple ergriff ihn am Arm. »Gerald, was ist los?«, fragte er mit Nachdruck.

»Tut mir leid«, stammelte Mitchell, »aber ich mache mir solche Sorgen um Ann.«

»Um Ann?«, wiederholte Steve, die ein wenig überrascht war. »Was hat Ann mit all dem zu tun?«

»Ach, nichts«, versicherte Mitchell mit einem Hauch von Nervosität in seiner Stimme. »Nichts ... Nur ... Bevor wir geheiratet haben, trat Ann doch auf der Bühne auf und ...«

»Was?«

»Sie machte Stimmimitationen.« Mitchell schien immer mehr beunruhigt.

»Ich kann dir nicht ganz folgen ...«, setzte Steve gerade an, als Mitchell hysterisch rief: »Ja, verstehst du denn nicht? Sie kann die Stimme von fast jedem perfekt imitieren! Täuschend echt!«

Kapitel fünfzehn
Mr. Tony Rivoli
stattet Scotland Yard einen Besuch ab

Sir Graham Forbes saß an seinem Schreibtisch und rührte lustlos in einer Tasse mit schwarzem Kaffee. Er hatte in der vergangenen Woche verhältnismäßig wenig geschlafen und um seine müden, grauen Augen zeichneten sich winzige Fältchen ab. Zum ersten Mal in seinem Leben spürte der Chefkommissar, wie jedes einzelne seiner fünfundfünfzig Jahre auf ihm lastete.

Seine Nerven lagen ebenfalls blank. Als die Tür plötzlich geöffnet wurde, zuckte er merklich zusammen. Der Besucher war Hunter und sein Gesicht verriet, dass er Neuigkeiten brachte.

»Sir Graham, der Sohn von Blakeley …«, begann er aufgeregt.

»Was ist mit ihm?«, fragte der Chefkommissar ein wenig müde.

»Er ist zurück!«

»Ja – ja, ich weiß.«

Hunter war verblüfft.

»Sie wissen es schon?«

»Ich habe es gestern Abend erfahren.«

»Aber … Er wurde doch erst heute Morgen zurückgebracht.«

Sir Graham gelang es, ein Lächeln zustande zu bringen. Dann wurde sein Gesicht wieder ernst.

»Hunter, ich möchte, dass Sie und Mac einen Kerl namens Lucky Gibson aufgreifen. Sie finden alles über ihn in seiner Akte. Ich habe das Gefühl, dass er etwas mit dieser Sache in Nottingham zu tun hat.«

»Sehr wohl, Sir«, gab Hunter zurück. In diesem Moment

öffnete sich die Tür und Paul Temple wurde hereingeführt.

»Ich habe einige Neuigkeiten für Sie, Sir Graham«, sagte er zügig, nachdem sie sich begrüßt hatten und Hunter gegangen war. »Ob es wichtig ist oder nicht, weiß ich nicht.«

»Ja, und ich habe auch einige Neuigkeiten für Sie. Der Junge von Blakeley ist zurück.«

»Geht es ihm gut?«, fragte Temple, offensichtlich ziemlich überrascht.

»Ja, es geht ihm gut, aber irgendwie kann er sich an nichts erinnern.«

Temple schaute rasch auf.

»Amashyer?«

Forbes nickte. »Sieht so aus. Sie müssen dem armen Kind eine ordentliche Dosis verabreicht haben.«

»Wie haben Sie ihn gefunden?«

»Ach, einer unserer Männer hat ihn gefunden«, antwortete Forbes mit einer ziemlich gespielten Gleichgültigkeit, die Temple nicht täuschte. Er schien auf weitere Details zu warten und so fuhr Sir Graham schließlich fort: »Temple, ich möchte Sie in mein Vertrauen ziehen: Wrenson arbeitet an diesem Fall.«

»Wrenson? Ich dachte, er sei vor etwa vier Jahren in den Ruhestand getreten.«

»Das ist er auch. Aber diese Sache mit den Schlagzeilenmännern hat ihn so beschäftigt, dass er mich gebeten hat, ihn wieder einzustellen. Und um ehrlich zu sein, war ich froh, dass er das angeboten hat. Er neigte schon immer dazu, ein wenig theatralisch zu sein, aber, bei Gott, er erzielt Ergebnisse!«

Temple nickte nachdenklich. Er erinnerte sich sehr gut an Wrenson.

»Wissen denn die anderen davon? Ich meine, Reed und Hunter und ...«

»Nein«, sagte Sir Graham, »ich habe es niemandem gesagt. Wrenson ermittelt immer besser, wenn offiziell niemand davon weiß. Das scheint eine Art Ansporn für ihn zu sein. Er hat bereits erste Ergebnisse erzielt.«

»Ich bin sehr froh, das zu hören«, murmelte Temple.

»Jetzt bin ich aber gespannt, ihre Neuigkeiten zu erfahren«, fuhr Sir Graham fort, der inzwischen etwas von seiner Vitalität zurückgewonnen zu haben schien.

Temple setzte sich lässig auf die Ecke des Schreibtischs des Chefkommissars. »Kurz nachdem Sie gestern Bramley Lodge verlassen hatten, kam Mitchell zu mir«, erzählte er Sir Graham.

»Ja, ich bin ihm entgegengekommen, als er gerade in die Einfahrt einbog. Er hätte mich fast am rechten Kotflügel geschrammt. Warum hatte er es bloß so eilig?«

»Offenbar hatte Reed ihm davon erzählt, dass jemand Carols Stimme am Telefon imitiert hatte.«

»Aha – und hat ihn das so beunruhigt?«

»Weil«, erklärte Temple, »seine Frau offenbar eine sehr gute Stimmenimitatorin ist.«

»Ann Mitchell? Hm, das ist ja interessant.« Sir Graham zog mit seinem Brieföffner eine Reihe von Linien auf seinem Löschblatt nach.

»Kennen Sie sie schon lange?«

»Ungefähr seit zwei Jahren – seitdem Mitchell angefangen hat, meine Bücher zu veröffentlichen.«

»Waren sie schon miteinander verheiratet, als Sie sie kennengelernt haben?«

»Ja. Anders als die meisten Schauspielerinnen spricht sie nie über ihre vergangenen Erfolge.«

»Was ist mit ihrem Mann? War er schon immer im Verlagswesen tätig?«

»Nein. Er war früher Reporter beim *Morning Express*.«

Forbes' Augenbrauen hoben sich ein wenig, als er fragte: »Hm, er kann also schreiben?«

»Ich würde nicht so weit gehen, das zu sagen. Er hat ja nur für den *Morning Express* gearbeitet.«

Falls Sir Graham in dieser Bemerkung etwas Lustiges sah, so zog er es vor, dies zu ignorieren. »Ich habe mich gerade gefragt«, fuhr er nachdenklich fort, »ob Gerald Mitchell nicht Andrea Fortune sein könnte, die Autorin von *Die Schlagzeilenmänner*. Immerhin hat er das Buch veröffentlicht.«

Das recht überraschende Eintreten von Chefinspektor

Reed verhinderte weitere Spekulationen: »Es tut mir leid, dass ich Sie störe, Sir Graham, aber Mr. Rivoli möchte Sie sprechen. Er sagt, es sei sehr wichtig.«

»Rivoli?«, wiederholte Forbes ungeduldig. »Sie meinen doch nicht …«

»Tony Rivoli, der Mann, der den Medusa-Club in Piccadilly betreibt«, ergänzte Temple.

»Ja, das ist richtig«, nickte Reed.

»Sie meinen den Mann, über den wir an dem Abend sprachen, als wir den Anruf zum Manhattan-Club zurückverfolgten? Na gut, führen Sie ihn herein, Mac.«

Reed drehte sich zügig auf dem Absatz um und kehrte mit dem kleinen Italiener zurück, der in seiner Abendgarderobe eher unscheinbar aussah, obwohl er ein Paar tadellose Gamaschen trug, die jedem Stadtdirektor zur Ehre gereicht hätten.

»Guten Morgen, Mr. Rivoli«, begrüßte Sir Graham seinen Besucher, erhob sich und forderte Reed auf, zu bleiben.

Tony fühlte sich in dieser Umgebung keineswegs unwohl. Sein Auftreten hatte all den Charme, den seine wohlhabenden Kundinnen so sehr schätzten.

»Ich hoffe, ich störe nicht, Sir Graham?«, begann er mit einer abschätzigen Geste.

»Nein, nein, ganz und gar nicht«, versicherte ihm Forbes. »Darf ich Ihnen Mr. Temple vorstellen?«

Tony schüttelte dem Schriftsteller die Hand. »Ah ja, Mr. Temple. Ich erinnere mich immer noch an Ihren Namen auf den Plakaten. Da stand doch »Holt Paul Temple zu Hilfe!«, oder?«

Sir Graham hustete. Er wollte diese spezielle Episode lieber vergessen.[6] Tony wandte sich ihm zu.

»Sir Graham, ich denke, Sie wissen alles, was es über mich zu wissen gibt. In der Vergangenheit war ich vielleicht ein wenig töricht – und vielleicht auch ein wenig unartig.«

---

[6] Im ersten Paul-Temple-Abenteuer *Paul Temple und der Fall Max Lorraine* (Originalausgabe 1938, deutsche Erstausgabe 2021, Pidax) kam Scotland Yard im Falle des berüchtigten Verbrecher Max Lorraine und einer Bande, die Raubüberfälle verübte, nicht weiter, woraufhin viele Zeitungen – auch auf Plakaten – forderten, dass Paul Temple eingeschaltet werden sollte.

»Stimmt!«, bestätigte Reed mit einigem Nachdruck.

Tony schenkte ihm ein entwaffnendes Lächeln.

»Ah – der Inspektor – erinnert sich also an mich, was?«

»Das tue ich!«, erklärte Mac mit einem Glitzern in den Augen.

»Aber mittlerweile«, lächelte Tony, »betreibe ich einen anständigen und ziemlich gut gehenden Laden: den Medusa-Club in Piccadilly und außerdem das *High Spot* in Waring sowie mein Restaurant in der Bruton Street.«

»Mr. Rivoli, warum wollten Sie mich sprechen?«, fragte Forbes in einem Ton, der andeutete, dass er voraussetzte, dass Rivoli die Anwesenheit der anderen beiden Männer im Raum akzeptieren musste.

Völlig unbeeindruckt nickte Tony energisch mit dem Kopf und fuhr fort.

»Sir Graham, ich bin ein wenig verwirrt. Am Dienstag habe ich in der Zeitung über diese Sache in Nottingham gelesen. Ach, was für schlechte Nachrichten. Und seitdem liege ich jede Nacht im Bett – und denke … und sage mir: »Tony, das ist sehr, sehr seltsam.« Dann, letzte Nacht, wache ich auf und sage: »Tony, zähl zwei und zwei zusammen, geh zu Scotland Yard und sag ihnen, dass …«

»Nur zu«, grummelte Forbes, der sichtlich nicht verstand, worauf sein Gast hinauswollte.

»Mr. Rivoli, ich fürchte, wir können Ihnen nicht ganz folgen«, erklärte Temple diplomatisch.

»Ja«, grunzte Mac, der am wenigsten verstanden hatte, worum es ging.

»Würde es Ihnen etwas ausmachen, ein wenig langsamer zu sprechen, Mr. Rivoli?«

»Okay«, lächelte Tony, der offensichtlich dazu gerne bereit war. »Nun, ich liege im Bett und denke, dass in der Nacht vor dem Raubüberfall in Nottingham einige Männer in meinen Club kamen und eines der Privatzimmer für Gespräche und zum Essen gemietet hatten. Es ist so seltsam, weil ich mich daran erinnere, dass sie das schon zuvor taten – mehrere Male. Und nach einer ihrer Treffen gab es diesen großen Bankraub in Margate …«

Der Chefkommissar blickte neugierig auf. »Diese Männer haben also schon einmal Ihren Club besucht ...«

»Ja, ja, das ist es doch, was ich Ihnen gerade sagen will. Und immer, wenn sie sich getroffen haben, stand hinterher etwas über die Schlagzeilenmänner in der Zeitung. Mal ging es um die Bank in Margate, mal wurde Sir Norman Blakeleys Sohn entführt, und letzte Woche war es ...«

»Wie sehen diese Männer aus?«, schnappte Forbes, der sich nun sehr für die Geschichte seines Besuchers zu interessieren schien.

Tony zuckte ausdrucksvoll mit den Schultern: »Na, man könnte sie nicht gerade als sympathische, gutaussehende Burschen bezeichnen.«

»Schon gut«, knurrte Forbes ungeduldig, »aber wie sahen sie aus?«

»Einer ist groß und – wie sagt man? – pummelig?«

»Dunkles oder helles Haar?«

»Dunkles.«

»Das«, überlegte Forbes, »könnte Brightman sein.«

»Es könnten aber auch«, murmelte Temple, »eine Million andere Männer in London sein.«

»Er nennt sich selbst Mr. Blake«, fügte Tony hinzu und versuchte zu helfen.

»Wie sehen die anderen aus?«, fragte Forbes.

»Einer ist sehr hässlich. Er hat eine Narbe quer über sein Gesicht.«

»Wie viele Männer sind es?«

»Normalerweise fünf. Und da ist natürlich noch das Mädchen.«

Sir Graham beugte sich interessiert vor.

»Aha, da ist ein Mädchen. Beschreiben Sie die junge Frau!«

»Wirklich sehr schön«, lächelte Tony freundlich, »sie hat so schöne Beine.« Er machte eine ausdrucksstarke Geste.

Es war Temple, der Tony geduldig darauf hinwies, dass es viele junge Frauen mit schönen Beinen gab und dass man die betreffende junge Dame nur anhand einer Beschreibung ihrer Gesichtszüge erkennen konnte.

»Ah ja, Mr. Temple«, lachte Tony, »sie ist so hübsch!«

Forbes hielt es für hoffnungslos. Er gab Mac ein Zeichen und wandte sich noch einmal an Tony. »Ich möchte, dass Sie jetzt mit Chefinspektor Reed nach unten gehen. Er wird Ihnen eine Menge Fotos zeigen. Wenn Sie auf einem dieser Bilder eine dieser Personen wiedererkennen, dann sagen Sie es dem Inspektor.«

»Aber ja, Sir, das tue ich«, stimmte Tony eifrig zu. »Aber Sie werden meinen schönen Club doch nicht schließen?«, bat er.

»Nein, nein, natürlich nicht«, sagte Forbes unwirsch.

Tony folgte Reed hocherfreut.

»Was halten Sie davon?«, fragte Forbes, nachdem sich die Tür hinter ihnen geschlossen hatte.

»Ich habe das Gefühl, dass er die Wahrheit gesagt hat«, sagte Temple schlicht.

»Ja, aber überlegen Sie doch mal«, protestierte Forbes, »die Schlagzeilenmänner würden mit Sicherheit niemals den Medusa-Club als Treffpunkt nutzen.«

»Und warum nicht?«

»Er liegt immerhin mitten in Piccadilly.«

»Genau«, lächelte der Schriftsteller. »Und wer käme auf die Idee, mitten in Piccadilly nach den Schlagzeilenmännern zu suchen? Ihr Wahnsinn hat Methode, Sir Graham.«

Forbes hielt inne, um über diese Aussage nachzudenken, und musste zugeben, dass etwas dran sein konnte.

»Nun, angenommen, die Schlagzeilenmänner treffen sich tatsächlich dort …« Er hielt inne und schüttelte den Kopf. »Nein, das ist doch viel zu offensichtlich, Temple.«

Aber der Schriftsteller schien ihn nicht zu hören. »Beunruhigt sie etwas, Temple?«

Die Frage riss Temple aus den Gedanken und er lächelte. »Nichts, Sir Graham – überhaupt nichts. Ich dachte nur darüber nach, dass es mir ganz gut tun würde, ein wenig in das Nachtleben einzutauchen.«

Er wünschte dem Chefkommissar einen schönen Tag, schlenderte zur Tür, ging hinaus und scherzte kurz mit Sergeant Leopold hin und her.

Kapitel sechzehn
Paul Temple erhält eine Warnung

Nach dem Mittagessen rührte Temple nachdenklich in seinem Kaffee. »Was würdest du sagen, wenn ich vorschlagen würde, dass wir heute Abend in einen Nachtclub gehen?«

»Ja!«, antwortete Steve prompt und beide lachten.

»Und jetzt erzähl mir, was der eigentliche Grund hinter dieser Einladung ist«, schmollte Steve.

»Und was ist, wenn ich es dir nicht sage?«

»Dann komme ich trotzdem mit. Ich habe gerade ein neues Kleid von Molyneux gekauft und ich will es unbedingt ausführen, bevor diese Woche zu Ende ist. Wohin gehen wir, Paul? In irgendeine billige Spelunke?«

Ihr Mann tat so, als sei er schockiert.

»Ganz im Gegenteil«, wies er sie zurecht, »wir gehen in den höchst respektablen Medusa-Club. Zumindest versichert mir der Besitzer, dass er seriös ist, und ich bin geneigt, ihm zu glauben.«

»In den Medusa? Carol ist schon oft dort gewesen. Sie liebt ihn.«

»Dann hoffe ich, dass du dich nicht zu sehr langweilen wirst.«

»Wenn ich mit dir zusammen bin, wird mir nie langweilig«, lächelte sie. »Aber warum dieser plötzliche Drang, den Medusa-Club zu besuchen?«

»Falls du damit rechnest, dass dort allerhand Ungesetzliches passieren und dass es jede Menge Aufregung geben wird, dann muss ich dich leider enttäuschen«, sagte Temple.

»Trotzdem würde ich gerne wissen …«

Er lachte. »Es ist ganz einfach. Wir haben Grund zu der Annahme, dass die Schlagzeilenmänner den Medusa-Club als Treffpunkt nutzen.«

»Und deshalb ...«, begann Steve.

»Und deshalb, meine Süße, werde ich mich in aller Ruhe dort umsehen, ob ich irgendwelche bekannten Gesichter erkenne.«

Der Speisesaal des Medusa-Club war an diskreter Opulenz wohl unübertroffen im West End. Die Einrichtung war das Neueste in Sachen Üppigkeit, die Beleuchtung war sanft und effektiv und ließ jede Frau mindestens zehn Jahre jünger erscheinen. In der Tat war der Medusa-Club besonders beliebt bei dem schönen Geschlecht, das, wie Tony behauptete, immer das letzte Wort bei der Wahl des Ortes hatte, an dem ein Abend verbracht werden sollte.

Passend zur Beleuchtung war auch die Musik ähnlich zurückhaltend. Ray Carmino engagierte für seine zehnköpfige Band die teuersten Musiker in London. Angeblich kosteten sie ihn über 400 Pfund pro Woche. Tatsächlich wirkte ihre Perfektion fast monoton – es sei denn, man war ein begeisterter Tänzer.

Steve und Paul hatten einen Tisch etwa in der Mitte des Raumes, am Rande der Tanzfläche, die inzwischen so voll war, dass sie es vorerst aufgegeben hatten, auch das Tanzbein zu schwingen. Gelegentlich streiften die tanzenden Pärchen an einer Serviette, die vom Tisch der Temples fiel, oder stießen leicht gegen einen der Stühle.

»Kein Wunder, dass Tony ehrlich geworden ist«, kommentierte der Schriftsteller, »er muss mit diesem Ort ein kleines Vermögen machen.«

»Zur Abwechslung gefällt es mir hier auch ganz gut«, gestand Steve.

»Solange es nicht zu oft passiert«, meinte Temple lakonisch, als eine besonders aufgedonnerte Blondine ihn an der Schulter berührte und schüchtern zur Entschuldigung lächelte, als ihr Partner nicht hinsah. Die Band beendete eine beliebte Tanznummer, und inmitten der applaudierenden Menge erspähte Temple Tony Rivoli, der sich zu ihrem Tisch durchdrängte.

»Ah, Mr. Temple!«, rief Tony überschwänglich, als er

noch in einiger Entfernung war. »Willkommen im Medusa-Club!« Mehrere Paare starrten ihn neugierig an. Eher verlegen und etwas verärgert über diese unwillkommene Publicity erhob sich Temple, um Tony die Hand zu geben.

»Steve – das ist Mr. Rivoli – meine Frau.«

»Schön, Sie kennenzulernen! Wie reizend!«, rief Tony. »Bitte kommen Sie noch oft in den Medusa-Club, ja?«

»Das hoffen wir«, lachte Steve. »Ich amüsiere mich prächtig. Setzen Sie sich doch einen Moment hin.«

»Wir müssen Ihren Besuch mit Champagner feiern!«, fuhr Tony fort. »Leon!« Er schnippte mit den Fingern und flüsterte einem Kellner eine Bestellung zu, der sofort mit einer Flasche Champagner zurückkam. »Meine Lieblingsmarke«, vertraute Tony ihnen an, während er ihre Gläser füllte.

»Nun, Mr. Temple, sagen Sie mir, was halten Sie vom Medusa? Alles ist doch perfekt, oder?«

Nachdem sie auf den Club getrunken hatten, beugte sich Temple vor und fragte leise: »Tony, haben Sie auf einem der Bilder, die man Ihnen gezeigt hat, jemanden erkannt?«

»Ah ja, ja!«, rief Tony aufgeregt. »Einen Mann habe ich erkannt. Und ich habe es auch sofort dem Inspektor gesagt. Er sagte, sein Name sei ...« Tony brach abrupt ab, als der Klang lauter Stimmen durch den Raum drang und die Band fast übertönte, die plötzlich still wurde. Eine Gruppe von Männern drängte sich durch den Raum.

»Was ist hier los? Wer sind diese Männer?«, rief Tony und sprang auf.

»Paul, das ist die Polizei«, flüsterte Steve eindringlich.

Ein breitschultriger, autoritärer Mann stand in der Mitte des Saals: »Bleiben Sie bitte auf Ihren Plätzen«, rief er. »Wir werden Sie nicht länger als nötig aufhalten.«

»Mr. Temple, was soll das? Was ist der Grund für diese Razzia in meinem Club?«, rief Tony, rang mit den Händen und gab damit ein klägliches Bild ab.

Temple konnte nur hilflos den Kopf schütteln.

»Heißen Sie Rivoli – Tony Rivoli?«, fragte der Mann mit der autoritären Stimme und kam näher.

Tony nickte und begann, in wortreichem Italienisch zu

protestieren.

»Ich habe einen Haftbefehl gegen Sie.«

»Einen Haftbefehl«, murmelte Tony wirr.

»Hören Sie, Herr Inspektor«, begann Temple, doch der Neuankömmling unterbrach ihn.

»Sind Sie Mr. Temple?«

»Ja.«

»Mein Name ist Low, Inspektor Low. Sir Graham Forbes hat mich gebeten, Ihnen diese Nachricht zu überbringen.«

»Danke«, sagte Temple etwas verblüfft. Er las den Zettel und wandte sich an seine Frau. »Wir sollten besser gehen, Steve. Sir Graham wartet in der Wohnung auf uns.«

»In der Wohnung?«, wiederholte Steve etwas überrascht.

»Leider kann ich Sie nicht hinbringen, Sir«, sagte Inspektor Low respektvoll, »aber wir haben Befehl, diesen Club von oben bis unten zu durchsuchen.«

»Nein! Nein!«, protestierte Rivoli energisch, aber er wurde abgeführt, während die Temples nur hilflos zusehen konnten.

»Komm mit, Steve«, sagte Temple schließlich. »Sir Graham wartet auf uns.«

Als sie im Taxi saßen und auf dem Weg in die Wohnung waren, meinte Temple: »Unter dem geselligen Aspekt war dieser Abend wohl nicht sehr erfolgreich.«

»Man kann nicht alles haben«, murmelte Steve.

»Es tut mir leid für Tony Rivoli. Er war so fröhlich und glücklich – wie ein Kind, das ein neues Spielzeug hat. Ich werde nie den Blick in seinen Augen vergessen, als sie ihn abführten.«

»Armer Teufel! Diese Sache wird ihm das Herz brechen. Ich kann mir nicht vorstellen, was Forbes dazu veranlasst hat, im Club eine Razzia durchführen zu lassen. Es muss etwas ziemlich Drastisches passiert sein.«

Steve dachte einen Moment lang darüber nach.

»Es sieht Sir Graham so gar nicht ähnlich, dass er sein Wort bricht«, sagte sie dann. »Aber diese Sache hat ihn in letzter Zeit ganz schön beansprucht und seine Nerven gefordert.«

152

»Trotzdem …«, begann ihr Mann, doch in diesem Moment kam das Taxi zum Stehen, und er unterbrach den Satz, um in seinen Taschen nach etwas Kleingeld zu kramen.

»Hast du den Schlüssel, Liebling?«, fragte er, als das Taxi weggefahren war und sie in der Eingangshalle zu den Wohnungen standen.

»Ja, natürlich. Wenn Sir Graham schon oben ist, dann muss Pryce ihn hereingelassen haben.«

Aus einem unerklärlichen Grund zitterte Steve, als sie im Aufzug standen. Keiner von beiden sprach ein Wort, bis der Fahrstuhl in ihrem Stockwerk anhielt.

»Schließ die Tür, Paul«, sagte sie, als sie aus dem Aufzug trat. »Du weißt doch, wie ärgerlich es ist, wenn sie jemand offenlässt.«

»Komisch, im Wohnzimmer brennt gar kein Licht«, überlegte Temple und spähte durch die Glasscheibe der Eingangstür, während er den Schlüssel in das Schloss steckte.

Als Pryce sie eintreten hörte, fragte er, ob er Sandwiches und Kaffee zubereiten sollte.

»Wo ist denn Sir Graham?«, fragte Temple sofort.

»Sir Graham, Sir?«, wiederholte Pryce etwas verwirrt. »Er ist nicht hier.«

»Verstehe«, sagte Temple leise. Er ging zum Telefon hinüber und wählte schnell die Privatnummer des Chefkommissars.

»Paul, du glaubst doch nicht, dass es irgendein Trick ist?«, fragte Steve.

Aber er antwortete nicht.

»Ich hoffe, es ist alles in Ordnung, Sir«, sagte Pryce besorgt. »Wenn Sir Graham hergekommen wäre, dann hätte ich doch …«

»Schon gut, Pryce«, nickte Temple. Er drehte sich wieder zum Telefon.

»Hallo, Sir Graham? Hier ist Temple. Sir Graham, haben Sie einen Ihrer Männer zum Medusa-Club geschickt?«

Steve bemerkte mit Beunruhigung, wie sich der Gesichtsausdruck ihres Mannes veränderte.

»Gut, hören Sie zu«, fuhr Temple fort, »wir treffen uns in

zwanzig Minuten im Medusa-Club ... Und verständigen Sie sicherheitshalber auch Reed, wenn möglich. Nein, ich kann es Ihnen jetzt nicht erklären.«

Er knallte den Hörer auf die Gabel und drehte sich zu Steve um.

»Paul, was ist los?«

»Ich muss sofort zurück in den Club«, sagte er ihr. »Die Razzia war fingiert. Ich habe das schreckliche Gefühl, dass etwas passiert ist mit ...«

»Ich komme mit dir mit«, bot Steve an.

Er betrachtete sie einen Moment lang skeptisch. »Ich möchte dich lieber nicht dabei haben, für den Fall, dass ...«

»Dann soll also halb Scotland Yard dort sein und ich als ehemalige Reporterin nicht?«, lachte sie.

»Na gut, dann komm, Liebling. Du brauchst nicht auf uns zu warten, Pryce.«

»Sehr wohl, Sir«, murmelte Pryce und hielt ihnen die Eingangstür auf.

Sie rannten über den Treppenabsatz zum Aufzug.

»Er ist ganz unten«, verkündete Steve. »Jemand muss ihn benutzt haben, seitdem wir zurückgekommen sind.«

»Verdammt!«, knurrte Temple und drückte energisch auf den Knopf, doch der Aufzug kam nicht. »Sie müssen die Tür offengelassen haben. Deshalb funktioniert er nicht!«

»Mensch«, stöhnte Steve. »Wir verlieren zu viel Zeit! Na, komm, wir müssen zu Fuß runter ...«

Temple umklammerte plötzlich ihren Arm. »Hör mal!«

Aus dem Fahrstuhlschacht ertönte das scharfe Klicken einer Tür, die jemand schloss.

»Sie haben es sich wohl anders überlegt«, kommentierte Temple und drückte erneut auf den Knopf.

Der Aufzug kam rumpelnd hoch.

»Ich frage mich, wer die Tür geschlossen hat«, überlegte Temple, als das obere Ende des Aufzugs in Sicht kam. Bevor er ruckartig zum Stehen kam, schrie Steve vor lauter Entsetzen auf.

Ein untersetzter Mann im Abendanzug lag zusammengekauert auf dem Boden.

»Mein Gott! Das ist Tony Rivoli!«, rief Temple.

Jemand hatte dem kleinen Italiener ein dünnes Messer in den Rücken gerammt. Ein blutroter Fleck breitete sich bereits langsam auf seinem Frack aus.

Steve wandte sich ab, als Temple die Tür öffnete.

»Auf der Vorderseite seines Hemdes steht etwas geschrieben«, sagte er.

Als er den Aufzug betrat, beugte er sich über die leblose Gestalt und las die grob hingekritzelte Nachricht:

ER HAT SICH EINGEMISCHT, MR. TEMPLE!

DIE SCHLAGZEILENMÄNNER

Kapitel siebzehn
Das *First Circle*

Inspektor Hunter begann sich zu fragen, ob sein Wissen über die Londoner Unterwelt wirklich so umfassend war, wie er es immer gedacht hatte. Er hatte sich einmal damit gebrüstet, dass er innerhalb von vierundzwanzig Stunden jeden Mann aufspüren konnte, der in den Archiven des Yards eine Karteikarte besaß. Lucky Gibson konnte er jedoch über eine Woche lang nicht finden. Außerdem konnte keiner von Luckys früheren Komplizen einen Hinweis auf seinen Aufenthaltsort geben. Natürlich logen einige von ihnen, aber es gab auch andere, die nur zu gern bereit gewesen wären, Lucky zu verraten, wenn sie dadurch eine Chance auf eine Belohnung gehabt hätten.

Hunter hatte alle ihm bekannten anrüchigen Lokale aufgesucht, darunter auch einige, die erst in den letzten Wochen eröffnet worden waren und wahrscheinlich in Bälde auch wieder verschwinden würden. Ihre Besitzer waren Taugenichtse, die Hunter schon früher kennengelernt hatte, meist, als sie ein anderes Lokal ähnlicher Art betrieben. Sie empfingen ihn nicht gerade mit offenen Armen, aber sie waren recht freundlich zu dem ehemaligen Oxford-Absolventen, denn sie wussten, dass er sich nicht für die Genehmigungs- und Lizenzvorschriften interessierte. Er war lediglich auf der Suche nach jemandem. Außerdem waren einige von ihnen selbst Oxford-Absolventen!

Es war nicht gerade ermutigend, jeden Morgen zum Yard zurückzukehren, Sir Grahams fragendem Blick zu begegnen und berichten zu müssen, dass es nichts zu berichten gab. Das deprimierte Hunter zutiefst. Außerdem litt er unter rasenden Kopfschmerzen, die ihn immer wieder in die Depression stürzten.

Eines Abends, nach einem besonders anstrengenden Tag in den weniger schmackhaften Vierteln von Limehouse, spürte er, wie ihn diese Kopfschmerzen überfielen. Er ging zu Fuß zurück, weil er dachte, dass die frische Luft die Schmerzen vertreiben würde. Als er an seinem Lieblingscaféstand am Embankment ankam, kam er zu dem Schluss, dass eine Tasse Kaffee auch gegen seine Migräne helfen konnte.

Der Besitzer, Bert Styler, war ein guter Freund von Hunter, da dieser ihm einmal bei einem kleinen Problem bezüglich des Standplatzes behilflich sein konnte und ihm bei der Klärung der Angelegenheit mit den Behörden behilflich gewesen war. Bert war ein typischer, munterer Cockney Mitte dreißig.

Er betrachtete das Leben gewöhnlich von der angenehmen Seite. Dieser Charakterzug gehörte ebenso zu ihm wie die Warze auf einer Seite seiner Nase.

Mit hochgekrempelten Ärmeln wischte er eifrig Tassen und Teller ab, während er unaufhörlich plauderte. Zum Glück war das Geschirr äußerst robust und hielt Berts grober Behandlung stand. Hunter fragte sich oft, ob diese Teller zerbrechen würden, wenn man sie auf den Boden fallen ließe. Bert drehte sich um und grinste den Kriminalbeamten frech an.

»Hallo, Chef! Sie sehen ein bisschen deprimiert aus. Was ist denn jetzt los? Ist jemand ins Parlament eingebrochen?«

Hunter lehnte sich an den hell beleuchteten Stand und fühlte sich dadurch etwas besser. Er war der einzige Kunde. Der Geruch des Kaffees wehte ihm entgegen. Es roch verlockend. Er stützte sich mit den Ellbogen auf den Tresen.

»Ich suche einen Mann namens Lucky Gibson«, verkündete er etwas müde. »Ich nehme an, Sie haben ihn nicht zufällig gesehen?«

»Noch nie von dem Typ gehört«, antwortete Bert, der Hunters Bestellung vorwegnahm und ihm eine Tasse Kaffee hinstellte. »Wissen Sie, hier gibt es nicht viele Gauner. Natürlich essen und trinken sie wie Sie und ich, aber sie scheinen heutzutage das Geld für noble Restaurants zu haben. Wohlgemerkt, ab und zu habe ich einen Falschspieler oder einen Taschendieb als Kunden – aber nur, wenn ihr Geschäft nicht

157

so gut läuft. Und dann ist da noch Steeple Bill – hab gehört, dass er ab und zu als Fassadenkletterer aktiv ist ...«

»Tatsächlich?«, fragte Hunter mit ein wenig mehr Interesse. »Was macht er denn so?«

»Er hat sechs Monate abzubrummen«, antwortete Bert gleichgültig. »Sie haben ihn das letzte Mal verhaftet, als er gerade auf einem Dach war. Er ist zwar nirgendwo eingebrochen, aber es sieht schon verdächtig aus, wenn man sich kurz nach Mitternacht an einer Regenrinne zu schaffen macht. Er sagte ihnen, er wollte das Dach reparieren, aber er konnte niemanden finden, der ihm das bestätigen konnte. Jetzt habe ich sechs Montage lang einen guten Kunden verloren.«

Hunter rührte nachdenklich in seinem Kaffee.

»Angenommen, Sie wollten vor der Polizei fliehen, Bert«, murmelte er, »wo würden Sie sich verstecken?«

»In Südamerika«, antwortete Bert, ohne einen Moment zu zögern. »Das Gute an diesem Job ist, Chef, dass ich viel Zeit habe, Edgar Wallace zu lesen!«

Hunter lachte zum ersten Mal an diesem Tag.

»Aber angenommen, es wäre Ihnen nicht möglich, ins Ausland zu gehen, Bert – was dann?«

»Dann«, antwortete Bert nachdenklich und polierte seine kupferne Kaffeemaschine, »wäre das Spiel aus. Die verdammte Polizei ist doch dieser Tage überall. Bald wird es mehr Polizisten als Soldaten geben. Und was diese Hilfspolizisten betrifft ...«

Aber Hunter unterbrach ihn. Er hatte schon bei vielen anderen Gelegenheiten das zweifelhafte Vergnügen gehabt, Berts Reden zum Thema Hilfspolizei zu hören.

»Es ist komisch, Bert, aber ich habe zum ersten Mal seit dem Frühstück wieder Hunger.«

»Ich dachte mir schon, dass mit Ihnen etwas nicht stimmt«, sagte Bert mit sichtlicher Sorge. »Sie sollten Ihre Mahlzeiten nicht so oft auslassen, Chef. Wenn Sie jetzt den Zustand Ihres Magens sehen könnten ...«

»Gott bewahre!«, schauderte der Detektiv.

»Hier, wie wär's mit einem Wurstbrötchen?«, fuhr Bert fort.

»Lieber nicht«, lächelte Hunter.

»Und was ist mit jenem Abend, an dem Sie vierzehn davon gegessen haben? Vierzehn! Das werde ich nie vergessen. Bei der Menschenmenge, die sich um die alte Bude drängte, hätte man meinen können, es sei ein Zirkus. Das war die beste Werbung, die ich je gehabt habe. Ich nehme an, Sie sind heute nicht so in der Stimmung wie damals?«

Hunter schüttelte den Kopf.

»Vielleicht schaffe ich eines, oder sogar zwei«, antwortete er. »Aber vierzehn … Ich wundere mich, dass ich das überhaupt überlebt habe.«

»In den Brötchen ist doch nichts drin. Nicht einmal einem Neugeborenen könnte das schaden!«, protestierte Bert entrüstet.

Hunter biss in sein Brötchen und schüttelte vorwurfsvoll den Kopf. »Das wurde aber nicht heute gebacken, Bert – und auch nicht gestern.«

»Möglich, Chef«, stimmte Bert fröhlich zu. »Aber das ist umso besser für Ihre Verdauung.«

Hunter nickte nachdenklich und bediente sich an dem Senf. »Heute Abend ist es aber sehr ruhig hier«, sagte er dann.

»Ja«, sagte Bert, »ich gebe gerne zu, dass ich froh bin, Sie zu sehen. Es ist ein bisschen einsam hier um diese Zeit, und mit diesen Schlagzeilenmännern, die jeden umbringen … Übrigens, Chef, was tun Sie gegen diese Schlagzeilenmänner?«

Hunters Gesicht verdüsterte sich wieder. »Wenn ich auch nur damit anfange, Ihnen das zu erzählen, Bert«, antwortete er müde, »dann bin ich morgen früh noch hier. Wie läuft das Geschäft bei Ihnen? Ist Mayfair immer noch verrückt nach Caféständen – oder sind die Leute ihrer allmählich müde geworden und wollen nicht mehr gemeinsam mit den Obdachlosen essen und trinken?«

»Hören Sie bloß auf, vom Geschäft zu reden«, brummte Bert, stellte einen Stapel Untertassen auf ein Regal und freute sich, das Gespräch auf ein Thema zu lenken, das ihm mehr Spielraum für Argumente bot. »Der Beruf des Kaffeeverkäufers geht einfach vor die Hunde.« Er warf eine Handvoll Löffel in eine Schublade. »Es sind diese Milchbars, die uns den Garaus machen«, verkündete er wütend. »Sie sind wie Pilze aus dem Boden geschossen und die Leute von der Stadtverwaltung unterstützen sie. Natürlich kriegen die auch nicht die Kunden, die man als »Klasse« bezeichnen würde, aber wer kriegt die schon? Wenn die hierherkommen, wollen sie immer nur eine Tasse Kaffee. Mensch! Bis ich mich zur Ruhe setzen kann, muss ich noch ganz schön viele Tassen Kaffee verkaufen!«

»Ach, Sie wollen sich also zur Ruhe setzen?«, fragte Hunter.

Bert stützte seine Ellbogen auf den Tresen und blickte verträumt über den Fluss. »Sobald ich ein paar hundert Pfund verdient habe«, murmelte er, »gebe ich dem alten Stand hier einen letzten Gute-Nacht-Kuss.«

»Und was dann?«, wollte Hunter wissen. »Ich wette, dann verjubeln sie alles für irgendeine zweitklassige Zwanzigjährige, die Ihnen von morgens bis abends auf die Nerven geht.«

Bert schüttelte entschlossen den Kopf.

»Oh nein, Chef. Ich doch nicht. Davon bin ich endgültig weg. Ich und meine Frau haben ein Auge auf einen netten kleinen Pub in der Nähe von Rotherhithe geworfen.«

»Rotherhithe!«, wiederholte Hunter und ihm stockte der Atem. Rotherhithe ... Das *Glass Bowl* ... Warum hatte er nicht schon früher daran gedacht? Dort hatte Temple doch diesen armen Teufel Chubby Wilsom getroffen – und Lucky Gibson auch. Hunter zog seinen Hut nach vorne und gab einem vorbeifahrenden Taxi ein energisches Zeichen. Er war schon hundert Meter weit weg, als ihm einfiel, dass er sein Brötchen und seinen Kaffee gar nicht bezahlt hatte.

Bert schüttelte bedauernd den Kopf, als er dem sich entfernenden Fahrzeug nachblickte. »Als Nächstes wird er noch zur Hilfspolizei gehen«, dachte er düster.

Hunter stieg ungefähr eine Viertelmeile von seinem Ziel entfernt aus dem Taxi und schlenderte die engen Straßen, die zum Fluss führten, hinunter. Sie wirkten besonders düster und wenig einladend. Obwohl er einen alten Regenmantel und einen nicht allzu eleganten Hut trug, war er im Vergleich zu den meisten Männern, denen er begegnete, gut gekleidet und wurde deshalb misstrauisch beäugt. Das dumpfe Quietschen des Reklameschildes verriet ihm, dass er sich vor dem *Glass Bowl* befand. Ein gelbliches Licht leuchtete durch die schmutzigen Fenster und aus der Bar drang laute Musik.

Mrs. Taylor, deren Gesicht ganz rot war, warf ihm einen misstrauischen Blick zu, als er das Lokal betrat. Sie hatte ihn noch nie gesehen und schloss aufgrund ihrer bisherigen Erfahrungen sofort, dass er mit der Polizei zu tun hatte.

Der Kriminalbeamte schlenderte zur Bar hinüber und bestellte einen kleinen Whisky mit Soda. Mrs. Taylor schenkte ihm grimmig die Mindestmenge an Whisky ein, schob ihn zu ihm hinüber und bot ihm nicht an, sich an der Sodaflasche selbst zu bedienen.

»Geht die Uhr da richtig?«, fragte Hunter schließlich.

»Zehn Minuten vor«, antwortete sie, ohne ihren Blick von ihm zu nehmen.

»Dann frage ich mich, wo er bloß bleibt«, murmelte Hunter, der die Haltung eines Mannes angenommen hatte, der sich darüber ärgerte, wie sich die Dinge entwickelten. Das war zu viel für Mrs. Taylors Neugierde.

»Erwarten Sie jemanden?«, fragte sie und wischte den Tresen mit einem feuchten Tuch ab, wobei sie ihn aufmerksam musterte.

»Ja. Ich habe mich hier mit einem Freund von mir verabredet. Vielleicht war er schon hier und wollte nicht warten.«

»Vielleicht kenn' ich ihn?«, fragte Mrs. Taylor vorsichtig. »Ist es einer unserer Stammkunden?«

»Ja, ich glaube schon. Ein kleiner Kerl, er heißt Gibson, Lucky Gibson.«

Hunter glaubte zu sehen, wie sich Mrs. Taylors Mund einen Spaltbreit verzog. Aber ihre Stimme war völlig unbeeindruckt.

»Den Namen hab' ich noch nie gehört«, antwortete sie beiläufig. »Wir haben 'nen Kerl namens Bridson, der oft hierherkommt. Ist aber nicht gerade ein Glückspilz. Vielleicht fragen Sie besser den Reverend dort drüben, vielleicht kennt er den Mann«, fügte sie hinzu. Kurzerhand winkte sie einem Mann in klerikaler Kleidung, der gerade ging.

»Mr. Hargreaves, der Herr hier sucht einen Mann namens Gibson«, rief sie mit einer Stimme, die in der ganzen Bar zu hören war. Mehrere Männer blickten misstrauisch auf, und einige schlichen sich bei der ersten Gelegenheit davon, als sie glaubten, dass ihr Abgang unbemerkt bleiben würde. Reverend Hargreaves kam erst nach einigem Zögern näher.

»Gibson, sagten Sie, Mrs. Taylor?« Nach reichlicher Überlegung schüttelte er den Kopf.

»Ja, Sir. Ich dachte, dass er vielleicht eines ihrer Schäfchen sein könnte.«

Erneut schüttelte Hargreaves den Kopf. »Nein, es tut mir leid, Sir, ich fürchte, ich kann Ihnen nicht helfen. Und wenn Sie mich jetzt entschuldigen würden, Mrs. Taylor, ich muss jetzt weiter. Mein Abendgottesdienst beginnt in nur fünf Minuten. Gute Nacht allerseits.«

Hunter trank seinen Whisky aus und bestellte dann noch einen.

Anschließend drehte er sich um, um Mrs. Taylor noch einmal zu befragen, aber sie war schon weg und ein sehr abweisend aussehender Barmann stand hinter dem Tresen. Vergeblich versuchte er, mit anderen Leuten in dem Raum ins Gespräch zu kommen. Er betrat sogar den Schankraum, um zu sehen, ob Mrs. Taylor dort war, aber er war menschenleer.

Schließlich musste er einsehen, dass es nichts brachte, und so verließ er knapp nach halb neun die Bar und nahm den Bus zurück ins West End. Einmal mehr fühlte er sich deprimiert. Zudem war der Whisky nicht von besonders guter Qualität gewesen und schien seine Kopfschmerzen nur noch zu verstärken. Und dann war da noch die Aussicht, Sir Graham am nächsten Morgen wieder nichts berichten zu können. An Mac wollte er gar nicht erst denken.

Er sprang auf der Promenade Strand aus dem Bus und war auf dem Weg zu seiner Wohnung in der Nähe des Adelphi-Theaters, als plötzlich ein kleiner Sportwagen neben ihm an den Bordstein fuhr. Er konnte die Fahrerin nur von hinten sehen, bis sie mit dem Wagen auf gleicher Höhe war. Dann erkannte er sie.

»Was denn, Sue! Das ist ja eine Überraschung!«, rief er erfreut. Das Mädchen am Steuer sah zu ihm auf und grinste.

Ein bunter Seidenschal konnte ihre schönen kastanienbraunen Locken nicht ganz verbergen.

Hunter kannte Sue Marlow schon seit seiner Studienzeit, als er oft an der triumphalen Begleitung teilgenommen hatte, mit der die Hauptdarsteller der *D'Oyly Carte Company*[7] nach ihrer Aufführung in ihr Hotel gebracht wurden. Sue hatte eine kleinere Rolle in der Truppe gespielt und als er sie eines Abends aus der Bühnentür kommen sah, als die Hauptdarsteller im Triumph davongetragen wurden, empfand er Mitleid für sie. Tatsächlich hatte Sue in diesem Moment mehr als nur ein wenig Mitleid mit sich selbst. Es bedurfte also keiner großen Überredungskunst, damit sie diesen sympathischen jungen Mann zum Abendessen begleitete. Danach freute sich Hunter immer, wenn sie im Zuge der Tournee auf Besuch kam. Dies geschah in der Regel zwei- oder dreimal im Jahr. Sue spielte meist in Musikkomödien. Ihre Rollen wurden jedoch immer unbedeutender, und so besuchte sie Hunter gelegentlich in London, wenn sie im West End auftrat. In letzter Zeit war sie der Musikkomödie überdrüssig geworden und hatte versucht, in verschiedenen Boulevardkomödien unterzukommen und damit auf Tournee zu gehen.

»Ich versuche schon den ganzen Tag, dich ans Telefon zu bekommen«, sagte sie. »Bist wohl viel unterwegs?«

»Habe viel Außendienst«, erklärte Hunter kurz und kletterte in das winzige Auto, in dem er seine langen Beine ziemlich anziehen musste.

»Ich habe sogar bei Scotland Yard wegen dir angerufen. Sie haben mich mit drei verschiedenen Büros verbunden«, lächelte Sue und ließ die Kupplung los. »Alle waren furchtbar

---

[7] Die *D'Oyly Carte Opera Company* war eine berühmte britische Theatertruppe, die sich auf die Operetten von Gilbert und Sullivan spezialisiert hatte. Die Truppe wurde im 19. Jahrhundert von Richard D'Oyly Carte gegründet und war besonders bekannt für ihre Inszenierungen von Werken wie *The Pirates of Penzance*, *H. M. S. Pinafore* und *The Mikado*. Sie existierte mit Unterbrechungen von 1875 bis 1982.

höflich, bis ich an einen Schotten geriet. Er hat sich fast so wie eine Figur aus einem Theaterstück angehört.«

»Das war Mac«, grinste Hunter. »Aber er ist ganz in Ordnung, wenn man ihn näher kennt.«

»Ich glaube nicht, dass ich ihn unbedingt näher kennenlernen möchte, aber trotzdem danke. Ein Mann von Scotland Yard reicht mir in meinem jungen Leben völlig.«

»Ich dachte, du wärst irgendwo auf Tournee«, bemerkte Hunter, als der Wagen in einen ziemlichen Stau geriet.

»In letzter Zeit bin ich immer irgendwo auf Tournee«, seufzte Sue. »Die aktuelle ist schrecklich verlaufen. Der Hauptdarsteller drehte durch, die Geldgeber gingen pleite, und das Stück langweilte sogar den Autor. Bist du schon jemals in Hanley gestrandet?«

»Noch nie«, antwortete Hunter entschlossen.

»Ich würde dir davon auch nur abraten«, murmelte sie, nahm einen Lippenstift aus ihrer Tasche und benutzte ihn zur Erheiterung der Fahrgäste, die sich in den Bussen links und rechts neben ihnen befanden.

»Ist das nicht irgendwo in den Potteries?«

»Das kann ich dir wirklich nicht sagen, Liebling. Ich weiß nur, dass die Unterkunft furchtbar ist und dass eine Art Trübsinn dort über allem liegt. Aber vielleicht war das auch nur so, weil wir gestrandet sind«, fügte sie hinzu, um Hanley nicht gänzlich Unrecht zu tun.

»Dein Auto sieht aber nicht danach aus, als ob du knapp bei Kasse wärst«, sagte Hunter.

»Oh nein. Die Sache in Hanley ist schon einen Monat her. Seitdem habe ich hier ein paar Filme gedreht. Ich hatte auch ein paar ziemlich gute Rollen. Und dieses Auto ist natürlich ein Gebrauchtwagen, an den ich durch einen Freund von mir gekommen bin.«

Das war Sues starke Seite. Sie hatte in fast jedem Beruf einen Freund und dachte nicht im Traum daran, für irgendetwas Wertvolles den eigentlichen Anschaffungspreis zu bezahlen. Hunter zog sie oft damit auf, aber sie bot ihm immer Paroli. »Du bist ja bloß eifersüchtig«, erwiderte sie. »Polizisten mag leider niemand.«

Endlich kamen sie in dem Stau zwanzig Meter weiter, dann standen sie wieder.

»Du siehst wirklich umwerfend aus«, sagte Hunter in bewunderndem Ton, als er bemerkte, dass sie unter ihrem hellen Mantel ein attraktives Abendkleid trug. »Warum dieser Gala-Aufzug?«

»Ich war so deprimiert, weil ich nichts zu tun hatte. Heute ist der erste freie Tag, den ich habe, seitdem die Dreharbeiten begannen. Ich habe den Vormittag damit verbracht, mich mit einigen Agenten zu treffen. Das würde jedermann deprimieren. Sogar einen Polizisten. Oder werden Polizisten nicht depressiv?«

»Der Polizist, der neben dir sitzt, war sogar sehr deprimiert, aber das hat sich in dem Moment geändert, als er dich traf«, antwortete Hunter.

Sie ignorierte seine Replik und fuhr mit ihrer Erzählung fort. »Ich habe ich mich entschlossen, mich hübsch zu machen, und auszugehen. Und du machst das jetzt auch. Wie lange brauchst du, bis du in deinen Smoking geschlüpft bist?«

»Woher weißt du, dass ich überhaupt einen habe?«

»Brauchst du denn keinen, wenn ihr in Clubs eine Razzia durchführt?«, fragte sie unschuldig. »Ich nehme an, du wohnst noch immer in derselben schäbigen Wohnung«, fuhr sie fort, drehte sich nach rechts und nahm eine Zigarette aus dem Etui, das er ihr hinhielt.

»Du scheinst wohl nicht begriffen zu haben«, sagte Hunter und runzelte streng die Stirn, als er sprach, »dass ich gerade einen sehr harten und undankbaren Arbeitstag hinter mich gebracht habe.«

»Dann brauchst du ganz sicher eine Abwechslung.«

»Du scheinst zu vergessen, dass man mit einem Polizistengehalt kaum einen Filmstar aushalten kann.«

»Mach dir deshalb keine Sorgen«, lächelte sie, als der Wagen vor Hunters Wohnung hielt. »Wir gehen in eine neue Autoraststätte, die ein Freund von mir gerade eröffnet hat. Es wird so gut wie nichts kosten – ich kann sowieso nicht gut mit Geld umgehen.«

»Das«, sagte Hunter und griff nach seinem Schlüsselbund,

»ändert die Sachlage.«

Während er sich seinen Abendanzug anzog, setzte sie sich auf einen Stuhl neben der offenen Schlafzimmertür und löcherte ihn mit Fragen.

»Was hast du den ganzen Tag gemacht?«

»Ich dachte, das hätte ich dir schon gesagt. Ich habe nach einem Mann namens Lucky Gibson gesucht. Ich nehme an, du bist ihm nicht zufällig in Hanley begegnet?«

Sue dachte darüber nach. »Nein, ich glaube nicht«, antwortete sie schließlich. »Ist er nett?«

»Ein furchtbarer Typ.«

»Warum suchst du ihn dann?«

»Er wird von der Polizei gesucht.«

»Wieso heißt er dann »Lucky«? Dann kann er doch nicht gar so viel Glück haben«, erklärte Sue so, als ob sie eine besondere Entdeckung gemacht hätte.

»Das Glück war heute den ganzen Tag auf seiner Seite«, antwortete Hunter grimmig.

»Ich kannte einmal jemanden namens Lucky Lorrimer«, sagte Sue eher belanglos. »Aber sie war eine junge Frau und man nannte sie »Lucky«, weil sie genau das Gegenteil war.«

»Ihr Bühnenmenschen überlegt euch schon seltsame Dinge«, kommentierte Hunter mit einem Hauch von Sarkasmus, auf den Sue nicht entging.

»Ja«, antwortete sie selbstgefällig, »nicht wahr?«

Aus dem Schlafzimmer waren Verwünschungen zu hören, als Hunter sich mit dem Binden seines Schlipses abmühte.

»Soll ich das für dich machen?«, fragte Sue. »Früher war ich mal furchtbar gut in solchen Dingen.«

»Dann hoffe ich, dass du es nicht verlernt hast«, knurrte Hunter und kam aus dem Schlafzimmer. In weniger als zwei Minuten war die Krawatte zu beider Zufriedenheit gebunden. Sue lehnte sich zurück und betrachtete ihn.

»Du siehst wirklich ziemlich süß aus, wenn du herausgeputzt bist«, verkündete sie. »Kein Mensch würde dich so jemals für einen Polizisten halten.«

Er verbeugte sich ernst. »Vielen Dank, ich bin dir sehr

verbunden.«

Sie griff nach ihrer Tasche. »Wenn du fertig bist, dann sollten wir langsam los. Es ist ein weiter Weg und wir brauchen lange, bis wir aus der Stadt raus sind.«

Sie liefen die Treppe hinunter.

»Wo liegt dieses Lokal und wie heißt es?«, fragte Hunter, nachdem sie sich im Auto niedergelassen hatten.

»Es liegt direkt an der Great West Road und heißt *The First Circle.*«

»Warum?«

»Woher soll ich das wissen?«

Hunter zündete sich eine Zigarette an. »Ich dachte nur, dein Freund hätte es dir vielleicht erklärt«, grinste er.

»Jetzt, wo du es erwähnst, glaube ich sogar, dass er es getan hat. Aber ich habe damals nicht besonders aufgepasst. Es hatte etwas mit den Pyramiden zu tun, soweit ich mich erinnere.«

»Mit den Pyramiden?«

»Ja. Sind darauf nicht lauter Kreise und Quadrate und andere Zeichen?«

»Kann schon sein.«

Plötzlich heulte der Motor des Autos auf und der Wagen schnitt zwischen einer Straßenbahn und einem entgegenkommenden Lastwagen hindurch.

»Es ist meine schmerzliche Pflicht, dich daran zu erinnern, dass du mit fünfundvierzig Meilen pro Stunde in einer geschlossenen Ortschaft unterwegs bist«, sagte Hunter amtlich.

»Du kannst mich aber nicht festnehmen, mein Lieber. Du trägst keine Uniform.«

»Ich kann dich jederzeit festnehmen, wenn ein ausreichender Grund vorliegt«, erklärte er entschlossen.

»Wäre das nicht lustig, Liebling? Wenn wir uns vor Gericht wiedersehen? Ich meine, ich schwöre dies und das und du machst dann deine Aussage ... »Euer Ehren, am zehnten des Monats begab ich mich nach Hendon ...« – Ich weiß nicht, warum ihr Polizisten euch immer irgendwohin »begebt«. Das frage ich mich schon immer.«

167

»Nicht annähernd so oft, wie es wir Polizisten selbst tun«, murmelte Hunter wehmütig.

Sie sahen sich an und lachten. Hunter fühlte sich jetzt besser, als er es tagsüber getan hatte. Die frische Nachtluft hatte seine Kopfschmerzen vertrieben und er verspürte langsam einen deutlichen Hunger.

»Was hast du in letzter Zeit gemacht?«, fragte sie. »Irgendetwas Aufregendes?«

»Ich mache immer etwas Aufregendes.«

»Bist du nicht um die Welt gereist, nachdem du die Universität verlassen hast?«

»Das war schon die Welt«, antwortete Hunter und gab dabei eine äußerst schlechte Imitation von Noël Coward ab.

Mittlerweile befanden sie sich auf der Great West Road und das kleine Auto sauste mit einer Geschwindigkeit dahin, die erstaunlich war.

»Ich wünschte, du würdest nicht so schnell fahren«, warf er ihr vor.

»Es ist völlig ungefährlich.«

»Dann denk bloß mal an meinen Ruf. Stell dir vor, du wirst angehalten und wirst in meiner Gegenwart festgenommen. Was glaubst du, was der Richter sagen würde?«

»Ich habe nicht die leiseste Ahnung. Aber zehn zu eins, dass es eine sehr gute Werbung wäre. Richter sagen immer die seltsamsten Dinge. ... Wir müssen hier irgendwo abbiegen. Diese Ausfallstraßen sehen für mich alle gleich aus ... Ich glaube, hier geht's lang ...«

Bald kamen die rot-blauen Neonlichter und die raffinierte Flutlichtanlage des *First Circle* in Sicht. Sue suchte eine Parklücke unter den dreißig anderen Autos und stellte dann den Motor ab, der seufzend zum Stillstand kam.

Sie sammelte ihre Sachen zusammen und hielt dann inne. »Liebling, da gibt es etwas, dass ich dich schon seit einiger Zeit fragen wollte. Es hat mich oft beschäftigt. Ich weiß, dass du genau der richtige Mann bist, um mir alles darüber zu erzählen.«

»Worüber?«, lächelte Hunter.

»Liebling ... Wer sind diese Schlagzeilenmänner?«

168

Hunter lehnte sich in seinem Sitz zurück und brüllte so vor Lachen, dass sie dachte, er würde nie wieder damit aufhören.

Wie der Name schon vermuten ließ, war die Raststätte in Form eines Kreises angelegt. Diese Gestaltungsidee wurde auch bei der Inneneinrichtung beibehalten. Die meisten Räume waren halbkreisförmig und ansprechend dekoriert. Die gesamte Einrichtung und Ausstattung war vom Feinsten und die Beleuchtung war eine Freude für das Auge eines Künstlers. Hunter fühlte sich mit der Welt im Reinen.

Sue stellte ihn ihrem Freund, dem Besitzer, vor, dessen Namen sie vorübergehend vergessen hatte, was aber keine Rolle zu spielen schien. Der Besitzer war ein junger Amerikaner, der sehr selbstbewusst und besonders stolz auf dieses Lokal war. Es sollte das erste einer geplanten Kette von Raststätten sein.

Beim Abendessen setzten Hunter und Sue die schnoddrige Konversation fort, die für ihn nach den Tagen der wortkargen Befragungen eine angenehme Abwechslung darstellte.

»Sue, nach all diesen Jahren glaube ich, dass ich mich gerade in dich verliebe!«

»Sei nicht albern, Liebling!«

»Oh, ich bin nicht albern«, sagte Hunter. »Ganz und gar nicht. Ich kenne die Anzeichen dafür sehr wohl.«

»Du hörst dich für mich fast abstoßend erfahren an«, sagte Sue.

»Ich bin erfahren«, sagte Hunter und nahm sich ein weiteres Glas Wein. »Habe ich dir nicht schon einmal davon erzählt, wie ich in eine Lehrerin verliebt war?«

»Sie war aber wohl keine sehr gute Lehrerin, oder?«

»Doch.«

»Was ist passiert?«, fragte Sue.

»Es dauerte lange, bis ich darüber hinweg war. Eine sehr lange Zeit.«

»Und, bist du darüber hinweggekommen?«

»Aber ja! In Halifax.«

»Wie bitte?«

»Ich sagte, ich bin in Halifax darüber hinweggekommen.«

»Und glaubst du, dass du auch über deine Liebe zu mir hinwegkommen wirst?«

»Im Moment glaube ich das nicht«, sagte Hunter, »aber tief in meinem Inneren scheint mir etwas zu sagen, dass ich es schaffen werde. Da ist irgendetwas tief in meinem Inneren, dass mir sagt, dass ich es lieber tun sollte.«

»Dieses »Irgendetwas« tief in deinem Inneren ist sehr klug«, lachte Sue. »Und was wäre, wenn ich mich in jemand anderen verliebe?«

»Dann würde ich reisen und versuchen zu vergessen.«

»Wäre es nicht billiger, direkt nach Halifax zu fahren?«

Hunter lachte. »Ich habe nur eine Antwort auf diesen Kommentar, junge Dame: Du wirst gleich mit einem Polizisten tanzen!«

Auf dem Weg zur Tanzfläche überlegten sie, dass sie sich zuvor auch noch einige der anderen Räume ansehen könnten. Hand in Hand schlenderten sie gemächlich durch die mit dicken Teppichen ausgelegten Gänge, stießen Türen auf, sahen sich um und gingen wieder hinaus. Bis sie zu einer Tür kamen, die in einen winzigen Raum führte, der die Form eines Kreises hatte und eine moderne Entsprechung des guten alten Extrazimmers war. Vier Männer saßen dort und spielten Karten. Auf den kleinen Tischen um sie herum standen Gläser in verschiedenen Formen und Größen. Drei der Männer erkannte Hunter nicht. Aber der vierte, der ihm gegenüber an dem Tisch saß, war unverkennbar. Hunter ergriff Sues Hand ganz fest.

»Jetzt fällt mir das Glück zu«, hauchte er. Denn der vierte Mann, der eifrig die Karten austeilte, war kein anderer als Lucky Gibson.

Kapitel achtzehn
»Taxi, Sir!«

Paul Temple wurde in diesen Tagen mehr als nur ein wenig vertraut mit dem Büro des Chefkommissars bei Scotland Yard. Er begann sich allmählich zu fragen, ob der Teppich nicht langsam schäbig wurde, weil er so oft darauf herumlief.

Am Tag nach dem Auffinden der Leiche von Rivoli war Paul Temple zutiefst deprimiert. Er hatte den kleinen Italiener mit seinen blitzenden Augen und seiner extravaganten Begeisterung sehr gemocht. Temple begann sogar darüber nachzudenken, ob es jemals möglich sein würde, diesen beunruhigenden Verbrechen ein Ende zu setzen.

Nach langem Hin und Her hatte er Steve überredet, das Frühstück im Bett einzunehmen, da sie nur wenig geschlafen hatte, und er selbst auf einen Anruf von Sir Graham hin zum Yard fahren musste.

Der Chefkommissar war bis in die frühen Morgenstunden mit Temple, Reed und Hunter zusammengesessen und hatte versucht, den Mord an Tony Rivoli zu rekonstruieren. Temple hatte ihnen eine genaue Beschreibung des Mannes gegeben, der sich Inspektor Low genannt hatte, aber diese hatte sich bisher als wenig hilfreich erwiesen, da es in den umfangreichen Akten des Yard niemanden gab, auf den sie passte. Immer noch saß Temple an Sir Grahams Schreibtisch und sah sich lustlos einen Stapel von Fotos an, die Hunter ihm als mögliche Verdächtige vorgelegt hatte.

»Wenn ich es mir recht überlege«, schlug Temple Sir Graham vor, »spricht eigentlich nichts dagegen, dass die Schlagzeilenmänner nicht einfach einen Haufen arbeitsloser Schauspieler engagiert haben, um diese Razziavorstellung abzuliefern. Sie haben ihnen wahrscheinlich gesagt, es sei nur ein Scherz, und ihnen Rivoli abgenommen, als dieser dachte, er sei verhaftet.«

Sir Graham nickte bedrückt. »Ihnen scheinen die Ideen nie auszugehen«, stimmte er zu.

»Vielleicht bringt uns die Nachricht weiter, die sie beim Toten hinterlassen haben«, sagte Temple hoffnungsvoll. »Ich bin froh, dass ich mich entschieden habe, sie an mich zu nehmen. Ich hätte sie in der Hitze des Gefechts auch leicht zerknüllen und einfach liegen lassen können.«

»Ich habe Nelson damit beauftragt.«

»Ich wusste gar nicht, dass er ein Experte für Handschriften ist.«

»Doch, das macht er noch nebenbei. Er ist auch ziemlich gut darin. Seit dem Fälschungsfall in Holborn habe ich ihm immer die wichtigen Sachen gegeben.«

In diesem Moment klopfte es an der Tür und Sergeant Leopold kam mit dem Bericht von Inspektor Nelson herein, den er Sir Graham vorlegte.

Im Raum herrschte Schweigen, während Forbes die Stirn über dem Bericht runzelte und Temple ein weiteres halbes Dutzend Bilder unruhig zur Seite schob.

»Und?«, fragte er schließlich.

»Ich fürchte, das bringt uns nicht viel weiter«, teilte ihm Sir Graham zögernd mit. »Laut Nelson wurde die Nachricht definitiv von einem Mann geschrieben, aber wir haben in der Kartei offenbar keine Handschrift zum Abgleichen.«

Temple zuckte ungeduldig mit den Schultern. »Wie sieht es mit Fingerabdrücken aus?«

»Soviel ich aus dem Bericht herauslese, sind sie etwas verschmiert. Nelson scheint sich diesbezüglich ausnahmsweise einmal nicht festlegen zu wollen.« Er warf Temple den Bericht hin, der ihn beiläufig durchblätterte.

»Egal, in welche Richtung wir uns bewegen, wir laufen scheinbar immer in eine Sackgasse«, gab er gereizt von sich. »Was ist mit Brightman? Haben Sie von ihm in letzter Zeit gehört?«

»Nein«, antwortete Forbes. »Aber einer meiner besten Männer ist ihm auf den Fersen. Ich hege einen starken Verdacht gegen Brightman und ich warte nur noch darauf, dass etwas Konkreteres passiert, womit ich ihn festnageln kann.«

»Und was ist mit Wrenson? Neulich sagten Sie mir doch, dass er auf seine eigene, mysteriöse Art und Weise an der Sache arbeitet? Hatte er bisher mehr Glück?«, fuhr Temple fort, entschlossen, jeder Möglichkeit nachzugehen.

»Wrenson ist immer ziemlich wortkarg und hält sich bedeckt, wenn er mit einem Fall beschäftigt ist«, sagte Sir Graham, »aber er hat mir geraten, Lucky Gibson und Jimmy Mills festzunehmen.«

Temple sah auf, als der letzte Name genannt wurde. »Was denn? Unser alter Freund Jimmy? Meint Wrenson etwa, dass beide bei den Schlagzeilenmännern sind?«

»Er schien sich dessen ziemlich sicher zu sein.«

»Haben Sie die beiden schon hier?«

Forbes schüttelte den Kopf.

»Noch nicht. Es gab mal eine Zeit, da war es für uns kein Problem, Lucky Gibson aufzuspüren. Neuerdings spielt er die Rolle des unsichtbaren Mannes aber ziemlich gut.«

Das Telefon, das sie den ganzen Vormittag über ständig unterbrochen hatte, klingelte wieder. Diesmal war es Steve.

»Wirklich, Liebling«, protestierte Temple mit einem humorvollen Grinsen in Richtung Sir Graham, »ihr ehemaligen Reporterinnen habt überhaupt keinen Respekt vor Besprechungen bei Scotland Yard. Und außerdem habe ich dir gesagt, dass du im Bett bleiben sollst ...«

»Paul, sei doch mal ernst«, unterbrach sie ihn. »Mr. Goldie ist hier.«

Temples Gesichtsausdruck änderte sich sofort.

»Wo ist er?«

»In der Wohnung unter uns.«

Temple dachte einen Moment nach. »Verständige den Pförtner, Steve«, wies er sie an, »und sag ihm, dass er dafür sorgen soll, dass Goldie im Haus bleibt – ja – alles, was dir einfällt ...«

Er legte auf und wandte sich an Forbes. »Tut mir leid, Sir Graham, aber ich muss weg. Mr. J. P. Goldie ist in den Eastwood Mansions. Und ich möchte ihn unbedingt sehen.«

»Ach, warum denn?« fragte Forbes, der offensichtlich

mehr als nur ein wenig interessiert war.

Temple nahm seinen Hut und lächelte. »Ich hatte vor, mir ein anderes Klavier anzuschaffen«, erklärte er kryptisch.

Er hatte fast die Tür erreicht, als diese von Sergeant Leopold geöffnet wurde.

»Inspektor Hunter ist hier, Sir, mit Gibson.«

»Endlich«, sagte Forbes. »Dann bleiben Sie doch hier, Temple, und hören Sie sich an, was er zu sagen hat.«

Temple zögerte. »Nein«, entschied er, »ich rufe Sie später an, Sir Graham.« Er nickte Hunter kurz zu, der in der Tür stand, und wünschte dann Sir Graham einen guten Morgen.

Forbes winkte Hunter zu, einzutreten.

»Bringen Sie Gibson herein«, befahl er. Doch Hunter schloss die Tür hinter sich.

»Sir Graham, ich wollte eigentlich zuerst mit Ihnen sprechen«, begann er ernst.

Forbes blickte fragend auf. »Oh – stimmt etwas nicht?«

Hunter schien besorgt.

»Ich habe Lucky Gibson gestern Abend in einer Raststätte namens *The First Circle* aufgegabelt«, berichtete er. »Es schien alles mit ihm in Ordnung zu sein, als ich ihn vor Ort befragte, aber auf der Fahrt hierher im Taxi wurde er, nun ja, seltsam, um es vorsichtig auszudrücken.«

»Inwiefern?«

»Das ist ziemlich schwer zu erklären«, antwortete Hunter. »Als ich das erste Mal mit ihm gesprochen habe, hat er meine Fragen vernünftig beantwortet. Jetzt scheint er wie unter Drogen zu stehen – als ob er sich an nichts mehr erinnern könnte. Und plötzlich, ohne die geringste Vorwarnung, wird er ganz hysterisch.«

»Hm«, grunzte Forbes, »haben Sie ihn mal allein gelassen?«

»Nein … das heißt …« Hunter zögerte. »Er ist heute Morgen in eines der anderen Zimmer auf dem Polizeirevier gegangen«, gab er zu. »Er sagte, er habe seinen Regenmantel dort vergessen.«

»Sind Sie mit ihm gegangen?«

»Nein, ich wusste, dass er auf diese Weise nicht entkom-

174

men konnte, denn der Wachtmeister sagte mir, dass es nur eine Tür gab und …«

»Das ist nicht der Punkt, Hunter. Sie hätten bei ihm bleiben sollen.«

»Aber, Sir, ich verstehe nicht, wie …«, begann Hunter zu protestieren, als Sir Graham ihn zum Schweigen brachte.

»Wenn ich mich nicht irre, hat er sich, während er da drin war, eine ziemlich starke Injektion von dieser Amashyer-Droge gegeben.«

»Dann verstehe ich jetzt, was Mac gemeint hat!«, rief Hunter, dem plötzlich ein Licht aufging.

»Hä?«

»Als ich Gibson vorhin herbrachte, sagte Mac, er habe den gleichen Blick wie das Kind von Blakeley, als es zurückgebracht wurde.«

Er hielt inne und dachte darüber nach. »Aber der Sohn von Blakeley war doch nicht hysterisch, oder, Sir Graham?«

»Nein. Es wirkt wahrscheinlich bei jedem Menschen unterschiedlich. Ich nehme an, Lucky Gibson hat die Verhaftung ziemlich mitgenommen.«

»Das kann man wohl sagen«, stimmte Hunter zu. »Wir haben ihn in den letzten Tagen auch überall gesucht und ihn gejagt.«

»Sagen Sie dem Sergeant, dass er ihn jetzt hereinbringen soll«, befahl Forbes.

Hunter ging zur Tür und gab die nötigen Anweisungen. Es gab eine Pause, dann war draußen ein leises Schlurfen zu hören. Lucky erschien in der Tür und musste wegen des starken Lichts, dass durch das Fenster hinter dem Schreibtisch des Chefkommissars kam, blinzeln. Hunter nahm ihn am Arm und schickte den Sergeant wieder hinaus.

»Setzen Sie sich, Gibson«, sagte Hunter, führte ihn zu einem Stuhl und drückte ihn sanft hinein.

Einen Moment lang sprach niemand ein Wort. Lucky Gibson war offensichtlich ziemlich durcheinander und ganz und gar nicht so, wie er sich normal verhalten würde. Sein Mund hing herab und seine Augen waren glasig.

»Warum haben Sie mich hierhergebracht?«, gab er ganz

langsam von sich.

Forbes ging zu ihm hinüber und sprach klar und deutlich.

»Lucky, als Sie diese Sache in Nottingham gedreht haben, wer war da noch dabei?«

»Wer war da noch dabei?«, flüsterte Lucky heiser und sah sich um, als suche er einen Weg zur Flucht.

Geduldig wiederholte Forbes seine Frage. »Wer war da noch dabei?«, stammelte Lucky mechanisch. »Ich … Ich … kann … mich … nicht … erinnern …«

Es war offensichtlich, dass er diesen Zustand nicht spielte. Plötzlich kullerten zwei große Tränen langsam über seine Wangen und er begann hysterisch zu schluchzen. Forbes wartete eine Weile, dann packte er ihn an der Schulter und schüttelte ihn heftig,

»Lucky! Nehmen Sie sich zusammen. Ich will, dass Sie mir von Brightman erzählen!«

Bei der Erwähnung dieses Namens schien es bei Lucky zu klingeln und er hörte auf zu schluchzen.

»Brightman!«, stieß er mit erstickter Stimme hervor. »Brightman … Der ist schon in Ordnung … Erst neulich hat er gesagt, dass …« Lucky brach den Satz ab. Der seltsame, leblose Ausdruck war wieder in seinen Augen zu sehen. »Irgendwie ist da ein Nebel, der alles verhüllt …«, keuchte er. »Wenn ich nur durch den Nebel sehen könnte, dann wäre alles in Ordnung. Ich kann mich einfach nicht erinnern …« Sein Kopf sackte nach unten.

»Bringen Sie ihn ins Krankenhaus, Hunter«, ordnete Sir Graham an. »Solange er in diesem Zustand ist, werden wir nichts aus ihm herausbekommen.«

Mit beträchtlicher Anstrengung zog Hunter Gibson hoch, damit er auf die Beine kam. Irgendwie schaffte er es, ihn aus dem Zimmer zu bringen. Auf dem Korridor kam ihm Sergeant Leopold zu Hilfe.

Sir Graham kehrte mit einem verblüfften Gesichtsausdruck an seinen Schreibtisch zurück. Er sammelte den Stapel von Fotos ein, die Temple dort liegenlassen hatte, und legte sie achtlos in eine Schublade.

Dann klopfte es vorsichtig an der Tür und Chefinspektor

Reed trat ein.

»Hat der alte Kerl den Mund aufgemacht, Sir?«, fragte er.

»Nein. Hunter bringt ihn jetzt ins Krankenhaus. Es scheint ihm ziemlich schlecht zu gehen.«

Reed nickte verständnisvoll.

»Tja, und ich kann Jimmy Mills nicht finden«, seufzte er. »Ich habe jeden verdammten Winkel in dieser Stadt abgesucht.«

»Haben Sie auch in allen Milchbars nachgesehen?«, schlug Sir Graham vor, dabei erhellte ein eher grimmiges Lächeln einen Augenblick lang seine ernsten Züge.

Macs Gesicht sprach Bände. »In den Milchbars?«, wiederholte er.

»Ja«, sagte der Chefkommissar. »Jimmy Mills ist zufällig ein Abstinenzler.«

Reed setzte einen ungläubigen Blick auf.

»Also, das hat er Ihnen vielleicht erzählt, Sir Graham, aber ich erinnere mich noch gut daran, wie ich ihn vor zwei Jahren verhaftet habe, als er ein Glas guten alten Jamaika-Rum in der Hand hielt ... Sein Geruch raubte mir den Atem.« Er seufzte nachdenklich. »Ich erinnere mich so gut daran, weil ich den Kerl seinen Drink noch austrinken ließ. Schließlich hatte er ja dafür bezahlt und es wäre doch schade gewesen, so ein gutes Zeug zu verschwenden!«

Mit Sergeant Leopolds Hilfe gelang es Hunter, seinen Schützling nach unten zu bringen.

»Wo ist Morris mit dem Polizeiauto?«, fragte er.

»Er ist unterwegs«, antwortete der Sergeant rätselhaft. »Ich rufe Ihnen besser ein Taxi.«

Plötzlich tauchte ein ziemlich altes Fahrzeug aus dem Nichts auf und der Sergeant gab ihm ein energisches Zeichen.

»Ins Queen's-Hospital«, rief Hunter, als er sah, dass Gibson sicher im Wagen saß.

Lucky ließ sich schlaff in eine Ecke des Taxis fallen und Hunter beobachtete ihn interessiert.

»Alles in Ordnung, Lucky«, murmelte er ermutigend. »Lehnen Sie sich einfach zurück und nehmen Sie's locker.«

»Ich fühle mich ... so ... schwach ...«, flüsterte Lucky

mit dieser seltsamen, leblosen Stimme. »Wenn sich nur dieser Schleier lüften würde ... Ich kann mich nicht erinnern ... Hab' ihn schon mal gesehen ...«

»Wen haben Sie schon mal gesehen?«, fragte Hunter, der plötzlich hellwach war. Als ihm jedoch klar wurde, dass Lucky den Taxifahrer meinte, schenkte Hunter diesem Umstand keine weitere Beachtung.

»Es ist diese Droge«, murmelte Lucky. »Wünschte, ich hätt' sie nicht genommen.«

»Im Krankenhaus wird man Sie rasch wieder in Ordnung bringen«, beruhigte Hunter ihn.

»Oh! Oh! Das Krankenhaus!«, stöhnte Lucky. »Mein Kopf ist wie ... wie ... wie ...«

Er schien knapp davor, wieder einen hysterischen Anfall zu bekommen. Hunter beobachtete ihn ängstlich und wünschte sich, dass die Reise bald vorbei wäre.

Dann plötzlich hielt das Taxi zu Hunters Überraschung ruckartig an. Der Inspektor schob die trennende Glasscheibe zurück, damit er mit dem Fahrer kommunizieren konnte.

»Was ist denn los?«, schnauzte er.

»Tut mir leid, Chef. Es sind die Zündkerzen. Dort an der Ecke ist eine Werkstatt. Im Handumdrehen hab' ich ein paar neue besorgt«, sagte der Fahrer, sprang hinaus und schlug die Tür zu.

»Wenn Sie nicht in fünf Minuten zurück sind«, sagte Hunter gereizt, »nehmen wir ein anderes Taxi.«

»Sie können sich auf mich verlassen, Sir«, beruhigte ihn der Fahrer. Er lief in Richtung der Werkstatt, auf die er vorhin gezeigt hatte.

»Wenn ich mich nur erinnern könnte, wer er ist«, murmelte Lucky. »Es ist wie ... so wie am Ende eines Traums, bevor ... bevor ...«

»Sind Sie sicher, dass Sie diesen Mann kennen?«, fragte Hunter, der jetzt etwas interessierter war.

»Natürlich kenn' ich ihn, aber irgendwie ...« Hunter packte Lucky plötzlich und riss die Taxitür auf.

»Los! Raus hier!« Durch die ganze Hektik wurde Lucky Gibson noch mehr durcheinander, als er ohnehin schon war.

Er fiel fast hin, als er aus dem Taxi stieg. Ein paar neugierig gewordene Passanten waren stehen geblieben und beobachteten dieses seltsame Paar.

»Beeilung!«, drängte Hunter und führte Lucky in Richtung Werkstatt. Sie waren noch zwanzig Meter von ihrem Ziel entfernt, als es hinter ihnen zu einer lauten Explosion kam.

Rund um sie herum regnete es Glas- und Metallsplitter. Dann rannten einige Passanten auf das Wrack des Taxis zu. Eine paar Frauen schrien. Jemand, der getroffen worden war, lag regungslos im Rinnstein.

»Großer Gott! Eine Zeitbombe im Taxi!«, stieß Hunter hervor. »Puh! Das war knapp!«

In einer schmutzigen Seitengasse warf Jed Ware seine Chauffeurkappe in einen Mülleimer, setzte sich eine große Mütze auf, spürte die Erschütterung der Explosion und kicherte vor sich hin.

Kapitel neunzehn
Mr. Goldies Irrtum

Paul Temple musste mit seinem Taxi auf dem Rückweg zur Wohnung an drei verschiedenen Blumenläden anhalten, ehe er fand, was er wollte. Als er dann (ziemlich selbstbewusst) ins Wohnzimmer kam, trug er einen riesigen Strauß besonders schöner Lilien in der Hand, deren Duft ihm bereits leichte Kopfschmerzen bereitete. Durch die Blumen, die er vor sich hielt, war seine Sicht etwas beeinträchtigt, so dass er einen Moment lang Ann Mitchell nicht sah, die in einer Ecke des Sofas saß.

»Bitte nimm mir die Blumen ab, Liebling«, bat er Steve und drückte sie ihr in die Hand.

»Meine Güte, Paul, was hat dich bloß dazu gebracht, ausgerechnet Lilien zu kaufen?«

»Dahinter steckt eine böse Absicht«, lachte er. »Hallo, Ann! Wie geht es dir?«

»Mir geht's ... gut, danke«, lächelte Ann nervös.

»Sie macht sich Sorgen, Paul«, informierte Steve ihn.

»Ach, was ist denn los?«

Ann zögerte. »Egal, wo ich hingehe«, sagte sie schließlich, »immer folgt mir jemand. Es ist schrecklich.«

»Ann, du irrst dich bestimmt«, sagte Temple.

»Nein ... Nein, das tue ich nicht. Langsam belastet mich die Sache.«

»Aber wer verfolgt dich? Tut der Mann irgendetwas oder spricht er dich an?«

»Nein ... Er ist einfach da ..., sieht mich immer an ...«

»Ann, aber mit Sicherheit ...«

»Ich sage dir, es belastet mich wirklich«, platzte sie verzweifelt heraus.

»Hast du Gerald schon davon erzählt?«

»Nein. Der arme Schatz hat ohnehin schon zu viele Sorgen. Ich habe mich auch schon gefragt, ob ...« Sie hielt inne und hatte einen angstvollen Ausdruck in den Augen.

»Ob was?«, fragte Temple.

»Ob es nicht jemand von der Polizei sein könnte?«

Einen Augenblick lang herrschte Schweigen. Dann fragte Temple leise: »Warum sollte die Polizei dir folgen?«

»Sie könnten denken, dass – weil Gerald doch *Die Schlagzeilenmänner* veröffentlicht hat – dass ... ich ... ich ... den Roman geschrieben habe.«

»Hast du ihn geschrieben?«, fragte Temple ruhig.

»Natürlich nicht«, antwortete sie schnell.

»Warum machst du dir dann Sorgen?«, lächelte er. »Du bildest dir wahrscheinlich nur etwas ein, Ann.« Er wollte gerade weitere Gründe aufzählen, warum sie sich beruhigen sollte, als Pryce verkündete: »Mr. Mitchell ist hier, Sir.«

Fast im selben Augenblick betrat Gerald den Raum.

»Tut mir leid, dass ich so hereinplatze, aber ich habe Anns Wagen unten stehen gesehen«, erklärte er.

»Ich wollte gerade gehen«, sagte Ann. Steve glaubte, in ihrer Stimme einen Hauch Kälte zu erkennen.

»Kannst du mich dann nach Croydon hinausfahren, Liebes?«, fragte er. »Einer meiner Leser hat mich angerufen und gesagt, er habe ein tolles Manuskript.«

»Dann hoffen wir mal, dass es wieder so ein tolles Werk wie *Die Schlagzeilenmänner* ist«, lächelte der Schriftsteller.

»Wenn ja, dann kannst du dir sicher sein, dass ich es nicht veröffentlichen werde«, erklärte Mitchell mit Nachdruck.

»Warum denn nicht?«, fragte Steve ganz unschuldig.

»Meine liebe Steve, wenn du wüsstest, wie viel Schlaf mir dieses Werk geraubt hat ...«

»Aber das ist doch völlig lächerlich!«, protestierte Steve. »Nicht im Entferntesten glaube ich daran, dass Andrea Fortune irgendetwas mit den echten Schlagzeilenmännern zu tun hat.«

»Jetzt geht das wieder los!«, lachte Temple.

»Ja, und wo wir gerade vom Gehen sprechen ...« Mitchell zog seine Handschuhe an.

»Ich bin so weit, Liebling«, sagte Ann.

»Mach dir keine Sorgen, Ann«, hauchte Temple ihr zu, als Steve und Gerald vor ihnen hinausgingen. Steve wartete noch draußen, bis die Mitchells im Aufzug waren, dann kehrte sie ins Wohnzimmer zurück. Sie sah, wie ihr Mann die Lilien, die er gekauft hatte, etwas verwundert betrachtete.

»Paul, wird Ann wirklich von der Polizei verfolgt?«, fragte sie mit besorgter Stimme.

»Ja, ich fürchte ja. Ich musste ihnen von Geralds Besuch in Bramley Lodge erzählen und dass er berichtete, Ann sei eine gute Stimmenimitatorin.«

Steve nickte nachdenklich. »Arme Ann, sie tut mir leid.«

»Hoffentlich hat Mr. Goldie das Gebäude noch nicht verlassen«, unterbrach Temple ihre mitfühlenden Worte zügig.

»Ich habe dem Portier gesagt, dass er ihn aufhalten soll.«

»Gut. Hol bitte eine Vase für diese Blumen, Liebling.«

»Was in aller Welt hat dich dazu gebracht, ausgerechnet Lilien zu kaufen?«, fragte sie zum zweiten Mal entgeistert.

»Das wirst du gleich sehen«, lächelte er und steckte die Blumen sorgfältig in die große schwarze Vase, die sie ihm gegeben hatte. Nachdem er dies zu seiner Zufriedenheit getan hatte, stellte er sie auf das Klavier.

»Nicht dahin, Paul«, rief Steve entsetzt. »Sie sehen grässlich aus – und außerdem könnten sie herunterfallen, wenn …«

Die Tür wurde leise geöffnet und Pryce teilte ihnen mit, dass Mr. Goldie auf sie wartete.

»Führe ihn herein, Pryce«, antwortete Temple.

Mr. Goldie schien unverändert – er hatte immer noch sein zögerliches Auftreten und den Tick, wegen seiner Kurzsichtigkeit hinter seiner Brille zu blinzeln.

»Sie wollten mich sehen, Mr. Temple?«, murmelte er sanft, als ob er sich nur ungern stören wollte. Temple ging auf ihn zu, um ihm die Hand zu schütteln.

»Einen schönen Nachmittag«, sagte der kleine Mann und lächelte Steve freundlich an, die seinen Gruß erwiderte.

»Ich habe gehört, dass Sie im Haus sind, Mr. Goldie, und dachte mir, dass ich diese Gelegenheit nutzen kann, um Sie um Ihren Rat zu fragen«, begann Temple.

»Wenn ich Ihnen irgendwie behilflich sein kann, Mr. Temple, dann würde mich das sehr freuen.«

»Nun ... ähm ... Es ist nämlich so, dass ich darüber nachdenke, mir ein anderes Klavier zu kaufen.«

»Tatsächlich? Das wollen Sie?«, protestierte Goldie, »Ihres ist doch so ein schönes Instrument – man würde fast sagen, es ist perfekt. Hierzulande gibt es nur wenige davon.« So, als wollte er damit unterstreichen, wie sehr ihm diese Idee missfiel, setzte er sich an das Klavier und fuhr mit den Fingern ganz leise über die Tasten. Rasch war es so, als hätte er vergessen, dass er nicht allein im Raum war, und er spielte einige Minuten darauf.

»Ich ... Ich bitte um Verzeihung«, entschuldigte er sich, als er aus seiner Trance erwachte.

»Das ist schon in Ordnung, Mr. Goldie«, sagte Steve sanft. »Sie spielen wirklich sehr gut.«

Er antwortete auf ihr Lob mit einer leichten Verbeugung. Dann begann er erneut zu spielen, so als ob er der Versuchung nicht widerstehen konnte. Diesmal war es der bekannte *Liebestraum*. Temple lehnte sich gegen das Klavier und hob vorsichtig den Deckel an.

»Ich denke, es klingt noch besser, wenn der Deckel geöffnet ist«, begann er, als die Lilienvase mit einem Krachen zu Boden fiel.

»Ich habe dir doch gesagt, dass diese Blumen herunterfallen würden, Paul«, rief Steve, die sich über dieses Malheur ärgerte.

»Wie unvorsichtig von mir«, sagte Temple leichthin. »Und sieh dir nur den Boden an!« Er wollte die Blumen aufsammeln, aber sie kam ihm zuvor.

»Ist schon gut, Paul. Ich kümmere mich darum.«

Temple richtete sich auf und lächelte Mr. Goldie verschmitzt an. »Ich habe eine besondere Vorliebe für Tigerlilien, Sie nicht, Mr. Goldie?«

Der Klavierstimmer blickte schnell auf. »Ja ... Ja ... Doch, ich mag sie auch sehr«, antwortete er höflich. Goldie nahm sein Spiel wieder auf, während Steve die Blumen in die Vase stellte, die glücklicherweise nicht zerbrochen war.

183

»Also, was ist Ihre ehrliche Meinung über dieses Klavier?«, fragte Temple nach einer Weile.

»Ich bezweifle sehr, dass Sie in diesem Land ein besseres Instrument finden würden, Mr. Temple.«

»Dann ist die Sache erledigt. Ich habe ernsthaft daran gedacht, eines dieser neuen *Remstein*-Klaviere zu kaufen ...«

»Nein! Nein!«, rief Mr. Goldie fast entsetzt, »dieses ist in jeder Hinsicht viel besser.«

»Es ist schön, das zu wissen«, sagte Temple leichthin. »Ich bin sehr froh, dass Sie noch hereingeschaut haben. Möchten Sie einen Drink oder ...?«

»Nein, danke, ich muss jetzt wirklich gehen, ich habe einen Termin in Chelsea.«

»Bei Timothy! Sie kommen aber ganz schön rum!«, lächelte Temple.

»Ach, das ist noch gar nichts«, sagte Mr. Goldie abwertend. »Letzte Woche habe ich zwei Tage in Nottingham verbracht.«

»Ich hätte gar nicht gedacht, dass es sich für Sie lohnt, so weit zu fahren.«

Mr. Goldie schüttelte verständnisvoll den Kopf. »Das ist wirklich überraschend, Mr. Temple«, murmelte er. Temple kam es dabei so vor, als ob die grauen Augen des Klavierstimmers einen Moment lang leuchteten. Dann verbeugte sich Goldie in einer altmodischen Art, die Steve sehr faszinierte.

»Nun, welche Bedeutung hatte diese kleine Szene?«, fragte sie gezielt, als die Tür geschlossen war.

»Was denn für eine kleine Szene, meine süße Gazelle?«, erwiderte Temple leichthin und legte liebevoll einen Arm um sie.

»Spiel nicht den Unschuldigen«, tadelte sie ihn. »Warum hast du die Lilien vom Klavier gestoßen?«

»Es war nur ein Versehen, mein Schatz.«

»Ein Versehen!«, spottete Steve und brach in schallendes Gelächter aus. *»Ich habe eine besondere Vorliebe für Tigerlilien, Sie doch auch, Mr. Goldie?«*, ahmte sie ihn fast perfekt nach.

»Anscheinend hat er diese Vorliebe«, sagte Temple gelassen.

»Was hast du denn erwartet, dass er sagt?«, fragte Steve herausfordernd.

»Um ganz ehrlich zu sein, dachte ich, er würde mir antworten: »Entschuldigen Sie, Mr. Temple, aber das sind keine Tigerlilien.««

»Keine Tigerlilien ...«, wiederholte Steve mit einem verwirrten Blick. »Was denn dann?«

»Man kennt sie allgemein als Königslilien, aber anscheinend hat Mr. J. P. Goldie das nicht erkannt.«

»Aber ... Aber warum sollte er das tun?«, fragte Steve, die völlig verwirrt war.

Temple sah ihr in die Augen.

»Steve, meine alte Freundin«, murmelte er mit gespielter Ernsthaftigkeit, »ich glaube, deine Kombinationsgaben lassen nach!«

Kapitel zwanzig
Betreff: Lucky Gibson

Mr. Brightman war verärgert. Erstens hatte er sich nach der Razzia im Medusa-Club gezwungen gesehen, auf Anweisung des Schlagzeilenmanns Nummer eins ein Treffen der Bande in seiner Wohnung in Hampstead einzuberufen, obwohl er den leisen Verdacht hatte, dass die Wohnung von der Polizei beobachtet wurde.

Zweitens waren die Nachrichten, die er bei diesem Treffen erhalten hatte, alles andere als beruhigend. Man hatte ihn gerade darüber informiert, dass Lucky Gibson noch immer am Leben war.

»Ich kann das einfach nicht verstehen. Was hat sie bloß dazu gebracht, aus dem Taxi auszusteigen?«, fragte er zum zweiten Mal ungeduldig.

»Lucky muss Jed erkannt haben«, lautete Jimmy Mills' Lösung des Problems.

Ware jedoch stritt dies vehement ab. »Er war gar nicht in der Lage, irgendjemanden zu erkennen«, behauptete er mit Nachdruck.

»Ich sag' dir nur eines«, meinte Mills und fügte seinem Whisky einen Hauch Soda hinzu, »wir müssen ihn kriegen. Wenn nicht, dann wird er reden.«

»Reden?«, schnappte Swan Williams. »Worüber kann er denn überhaupt reden? Die Polizei weiß alles, was es zu wissen gibt.«

»Sie haben einen Haftbefehl gegen Jimmy ausgestellt, und ich habe das ungute Gefühl, dass ich der Nächste sein werde«, sagte Brightman übellaunig.

»Bald wird gegen uns alle ein Haftbefehl vorliegen. Dann ist der Einzige, der noch hübsch und frei dasteht, der große Chef persönlich«, schloss Mills etwas verbittert. Es herrschte eine kurze Stille, in der jeder einen tiefen Schluck nahm, nachdem es jedoch keinem von ihnen besser zu gehen schien.

»Ich kann mir einfach nicht erklären, wie sie es geschafft haben, Blakeleys Jungen zurückzubekommen«, fuhr Brightman fort. »Das beweist doch bloß, dass jemand von dem Versteck wissen muss.«

»Glaubst du, Ginger hat den Mund aufgemacht?«, fragte Mills.

Brightman verneinte. »Ich habe gestern mit ihm gesprochen. Er hat in den letzten zwei Monaten mehr Geld von uns herausgeholt, als er in zwei Jahren in dieser Blechfabrik verdient hat. Von Ginger brauchen wir wohl nichts zu befürchten.«

»Aber wir müssen auf alle Fälle einen neuen Treffpunkt finden, das steht fest«, schlussfolgerte Mills.

Brightman war auch völlig dieser Meinung. Er hatte seit Beginn des Treffens ständig unruhig aus dem Fenster geschaut und auf jeden Schritt gelauscht.

»Und um Himmels willen, halten wir uns aus Piccadilly fern«, flehte Swan Williams.

»Der Medusa-Club war perfekt«, erwiderte Brightman etwas säuerlich. »Hätte Rivoli bloß nicht angefangen, zwei und zwei zusammenzuzählen.«

»Rivoli ist nicht der einzige Mann auf der Welt, der zwei und zwei zusammenzählen kann!«

Plötzlich klopfte jemand schnell hintereinander an die Eingangstür. Brightman stand sofort auf, um zu öffnen. Draußen hörten sie eine Frauenstimme, dann kam Lina herein. Sie war distanziert und selbstbeherrscht wie immer, wenngleich sie leicht außer Atem war.

»Du bist spät dran, Lina«, warf Brightman ihr vor, als sie mitten im Raum standen.

Sie nickte distanziert, kam aber mit keiner Entschuldigung.

»Hast du ihn gesehen?«, fragte Brightman neugierig. Lina zog langsam ihre Handschuhe aus.

»Ich habe mit ihm telefoniert.«

»Du meinst Schlagzeilenmann Nummer eins?«, fragte

Jimmy Mills.

»Ja«, sagte Lina. »Er ist sehr zufrieden mit der Sache in Nottingham.« Sie nahm eine Zigarette aus ihrem Etui und zündete sie an.

»Verdammt, das sollte er auch sein!«, rief Jimmy.

»Aber«, fuhr Lina unbeirrt fort, »wir müssen Lucky kriegen, bevor er den Mund aufmacht.«

»Das ist unmöglich! Er steht im Krankenhaus unter ständiger Bewachung«, begann Brightman einzuwenden, aber sie warf ihm einen vielsagenden Blick zu.

»Dann müssen wir es möglich machen. Lucky wird heute Nachmittag im Krankenhaus von der Polizei abgeholt. Er wird kurz vor sechs bei Scotland Yard erwartet. Nach dem derzeitigen Zeitplan wird Hunter ihn gegen halb sechs abholen.«

»Also, ich werde dieses Mal keine ausgefallenen Tricks versuchen«, erklärte Jed Ware.

»Es gibt auch keinen Grund für ausgefallene Tricks – aber wir müssen Lucky unbedingt vom Reden abhalten.«

»Wahrscheinlich hat er mittlerweile ohnehin schon alles ausgeplaudert«, murmelte Ware bedrückt.

»Nein«, widersprach Lina mit Nachdruck. »Lucky hat nicht geredet – noch nicht.«

Alle sahen sie fragend an. Als Antwort auf ihre unausgesprochene Frage murmelte sie: »Der Chef hat es mir gesagt.«

»Der Chef!«, wiederholte Swan. »Er hält sich auf jeden Fall auf dem Laufenden, das muss ich ihm lassen.«

»Der Falkirk-Diamant ist in Amsterdam«, fuhr Lina gleichmütig fort. »Wir werden unseren Anteil bis Mitte nächster Woche erhalten.«

»Das nenne ich aber schnelle Arbeit!«, stimmte Jimmy Mills zu, leerte sein Glas und schürzte die Lippen.

Lina ignorierte diese Unterbrechung. »Der Chef bat mich euch auszurichten, dass das Versteck am Fluss sicher ist. Die Polizei hat es nicht entdeckt.«

»Wie zum Teufel kam dann Blakeleys Junge da raus?«, fragte Mills.

»Das weiß ich auch nicht«, antwortete Lina leise, »und

der Chef ebenso wenig.«

»Gott sei Dank gibt es etwas, das er nicht weiß«, kommentierte Mills ausdrucksstark. »Das macht den Kerl fast menschlich!«

»Hat er irgendetwas über den Juwelierball gesagt?«, fragte Brightman, der nun etwas fröhlicher war.

»Ja. Er will, dass wir weitermachen.«

»Der Juwelierball. Was ist das?«, ertönte Swan Williams' Fistelstimme.

»Das ist unser nächstes Ding«, informierte Brightman sie.

»Wenn ihr mich fragt«, sagte Ware bedächtig, »wäre es an der Zeit, dass wir eine Weile untertauchen, besonders wenn wir uns um Lucky kümmern müssen.«

»Nein«, entschied Brightman, »wir können es uns nicht leisten, uns eine solche Chance entgehen zu lassen.«

»Was ist drin?«, fragte Jimmy Mills und spitzte die Ohren.

»Eine satte Million«, sagte Brightman bedächtig, woraufhin die anderen erstaunt reagierten. Selbst Ted Ware schien aus seiner Lethargie erwacht zu sein. Brightman warf Lina einen fragenden Blick zu, die ihm ein Zeichen gab, fortzufahren.

»Jedes Jahr veranstaltet die Vereinigung der Juweliere von Birmingham einen Ball«, erklärte Brightman. »Es ist üblich, bei dieser Veranstaltung wertvolle Schmuckstücke aller Art auszustellen. In diesem Jahr haben sie die Carter-Kollektion aus Paris herübergeholt, die in der Haupthalle des Hotels ausgestellt wird.«

»Ja«, mischte sich Mills skeptisch ein, »und praktisch jeder Bulle im ganzen Land passt darauf auf.«

»Was genau ist die Carter-Kollektion und wann kommt sie in Birmingham an?«, fragte Swan Williams, der ein technisches Interesse an Schmuck hatte.

»Sie besteht aus einem Smaragdkettchen und zwei diamantbesetzten Anhängern. Sie befindet sich jetzt in London und ein Mann namens Paradise bringt die Sachen am Donnerstag nach Birmingham.«

»Das lässt uns nicht viel Zeit, wenn wir auch noch irgendetwas gegen Lucky unternehmen wollen«, sagte Swan.

Brightman nickte nachdenklich.

»Jimmy, am besten kümmerst du dich um Lucky«, entschied er.

Einen Moment lang hatte Jimmy einen zweifelnden Blick. »Wann verlässt er das Krankenhaus?«, fragte er.

»So gegen halb sechs.«

»In Ordnung. Ich hole ein paar von den Jungs und bin spätestens um sieben wieder hier.«

»Ich würde die Leute nehmen, die wir in Nottingham hatten«, riet Brightman. Jimmy nickte und holte eine automatische Pistole aus seiner Tasche.

»Überlass das ruhig mir«, sagte er.

Kapitel einundzwanzig
Hunter erlebt eine Überraschung

Als Hunter an diesem Nachmittag die Eingangshalle des Queen's-Hospitals betrat, atmete er widerwillig die nach Antiseptika riechende Luft ein, als er über den glasig polierten Boden lief. Aus irgendeinem Grund fühlte er sich in Krankenhäusern immer etwas unwohl. Als er eine vorbeieilende Krankenschwester bemerkte, fragte er nach Dr. Henderson. Die Frau war zunächst etwas wichtigtuerisch. Das legte sich allerdings, als er ihr verriet, wer er war. Sofort führte sie ihn in ein nettes, kleines Vorzimmer am Ende eines langen Ganges.

Henderson kam aus seinem Büro und schüttelte seinem Besucher lächelnd die Hand.

»Hallo, Inspektor. Tut mir leid, dass Sie warten mussten.«

»Das ist schon in Ordnung«, murmelte Hunter.

»Ich habe Sie gar nicht erst ins Büro gebeten, weil ich davon ausging, dass Sie sofort mit dem Patienten loswollen. Er scheint übrigens ziemlich fit zu sein – obwohl er nicht gerade gesprächig ist.«

»Mit der Zeit wird er schon den Mund aufmachen«, erklärte Hunter trocken.

Dr. Henderson rief eine Krankenschwester und wies sie an, Lucky Gibson von Station neun zu holen. Während sie warteten, fragte er: »Wie bringen Sie ihn zurück zum Yard? Wir haben einen Krankenwagen, falls sie einen brauchen.«

»Ich bin mit einem Streifenwagen hier«, sagte Hunter. »Diesmal gehe ich kein Risiko ein.«

»Das verstehe ich sehr gut«, lächelte der Arzt, der Bescheid wusste, was geschehen war.

Es war ein gänzlich anderer Lucky Gibson, der im Beisein der Krankenschwester etwas unbeholfen durch eine Tür am anderen Ende trat. Nach ein paar Tagen vernünftiger Ernährung und richtiger Behandlung hatte er seinen alten lausbübischen Charme vollständig wiedererlangt.

»Was zum Teufel wollen Sie?«, schnauzte er Hunter an.

»Eine sehr charmante Begrüßung nach all dem, was wir zusammen durchgemacht haben«, grinste der Inspektor und legte Lucky Handschellen an, bevor er weiter protestieren konnte.

»Wenn Sie glauben, dass Sie etwas aus mir herausbekommen, dann irren Sie sich gewaltig!«

»Aber, aber! Denken Sie bitte daran, dass Sie sich in respektabler Gesellschaft befinden«, wies Hunter ihn zurecht. »Kommen Sie jetzt mit.«

Er führte seinen Gefangenen den Korridor entlang und dann in die Eingangshalle. Eine verhüllte Gestalt, die auf einem der für Besucher reservierten Stühle saß, erhob sich, als sie durch die Tür kamen.

»Jimmy ...«, keuchte Gibson mit Angst in der Stimme. »Jimmy, ich habe ihnen nichts gesagt ...«

Seine Worte wurden durch zwei laute Revolverschüsse unterbrochen. Mit einem Schmerzensschrei sackte Lucky Gibson langsam auf dem polierten Boden zusammen.

»Wenn sich in den nächsten fünf Minuten irgendjemand von hier wegbewegt, dann geht es ihm genauso!«, drohte Mills, während er zur Tür eilte und Hunter und Henderson sich gegenseitig mit leerem Blick anstarrten.

»Er ... Er hat ihn umgebracht!«, stammelte der Arzt schließlich. »Hier, im Krankenhaus ... Mein Gott, das gibt es doch gar nicht!«

»Bei den Schlagzeilenmännern ist alles möglich«, sagte Hunter und wurde aktiv. »Wo ist das Telefon?«

»Da drüben in der Nische.«

Hunter eilte hinüber und wollte gerade den Hörer abnehmen, als das Telefon zu klingeln begann.

»Ja?«, sagte er fordernd und ungeduldig, weil ihm der Gedanke, dass es eine Verzögerung gab, nicht gefiel. »Ja ... Ja, hier spricht Hunter ... Wer sind Sie?«

Er neigte den Kopf, als wolle er sich vergewissern, dass er

den Namen seines Anrufers richtig verstanden hatte. Aber der Name kam so deutlich rüber, dass sogar der Arzt ihn aus fünf Metern Entfernung hören konnte.

»Hier spricht Reverend Charles Hargreaves …«, sagte die Stimme.

Kapitel zweiundzwanzig
Lina Fresnay und Herr von Zelton

Brightman sah zu, wie sich Lina ihre zehnte Zigarette anzündete, und fragte sich, ob er sie jemals wirklich kennenlernen würde. Sie war ganz plötzlich zu den Schlagzeilenmännern gestoßen und schien niemandem aus der Londoner Unterwelt bekannt zu sein. Er vermutete, dass sie bisher vor allem auf dem Kontinent in etwas heiklere Geschäfte als jene der Schlagzeilenmänner verwickelt gewesen war.

Immerhin hatte sie Schlagzeilenmann Nummer eins in die Bande eingeschleust und sie war sogar die Hauptmittelsfrau zwischen ihm und der Bande. Selbstverständlich war sie auch seine Geliebte, dachte Brightman etwas neidisch. Aber bei Lina konnte man das nie wissen. Sie war fast so geheimnisvoll wie Schlagzeilenmann Nummer eins.

Brightman begann, etwas misstrauisch gegenüber dem Ganzen zu werden. Schließlich waren sie Partner in der Organisation. Sie mussten zusammenstehen oder gemeinsam fallen. Was, wenn der Chef vorschlug, sie einzeln loszuwerden, so wie er es mit Lucky Gibson getan hatte? Dann könnte er mit Lina diskret verschwinden – zurück auf den Kontinent –, nachdem er den größten Teil der Beute abgeschöpft hatte.

Brightman sagte sich, dass es kaum fair war, dass er, ein prominenter Mann der Stadt, bei dem ein beträchtlicher Ruf auf dem Spiel stand, auf diese Weise im Dunkeln gelassen werden sollte. Immerhin hatte sein Verstand bei den verschiedenen Coups eine wichtige Rolle gespielt. Einige von ihnen wären ohne ihn gar nicht zustande gekommen. Man brauchte nur an den Fall Blakeley zu denken.

Es war ja schön und gut, dass der Chef sie immer wieder zu neuen Coups drängte, aber jeder neue war doppelt so gefährlich wie der vorige. Außerdem wurde die Polizei von Mal zu Mal gefährlicher. Und dann war da noch dieser merkwürdige Kerl, dieser Paul Temple, der sich im Hintergrund herumtrieb. Brightman hatte die ganze Zeit geglaubt, dass die versuchte Entführung von Temples Frau ein Fehler gewesen war. Sie hatte ihnen nichts gebracht und nur dazu geführt, dass der Schriftsteller sich noch mehr für sie interessierte. Jetzt hatten sich alle gegen sie gestellt. Nur noch ein weiterer Coup – und dann …

Brightman verriet den anderen nichts von seinen Überlegungen, während er sich methodisch um die Wünsche seiner Gäste kümmerte. Er versorgte die Männer mit reichlich Whisky und bot Lina an, ihr einen selbst erfundenen Cocktail zu mixen.

»Ich denke, er hätte ihn nicht allein gehen lassen sollen«, sagte Swan Williams etwa eine halbe Stunde, nachdem Jimmy Mills aufgebrochen war.

»Jimmy macht das schon«, sagte Ware zuversichtlich. »Im Null Komma nichts wird er sich aus dem Staub machen und niemand kann ihm folgen. Das macht er immer so. Denk doch bloß an die Sache in Nottingham. So eine saubere Arbeit …«

»Das ist Schnee von gestern«, warf Brightman ein. »Die nächste Sache läuft in Birmingham.«

Lina nickte zustimmend. »Dem Chef ist es besonders wichtig, dass dieser Coup reibungslos und erfolgreich über die Bühne geht«, informierte sie die anderen. »Dann will er, dass wir uns eine Weile zurückziehen und ausruhen.«

»Ausruhen werden wir uns im Knast – wenn wir nicht aufpassen«, murmelte Williams.

»Hat der Chef eine Idee, wie wir uns das Zeug aneignen sollen?«, fragte Ware.

Lina schüttelte den Kopf. »Noch nicht. Er wartet auf weitere Informationen.«

»Eines ist ganz sicher«, sagte Brightman. »Hier in London dürfen wir nicht zuschlagen.«

»Warum nicht?«, fragte Lina und hob ihre schmalen Augenbrauen leicht an.

»Weil«, erklärte Brightman eindrucksvoll, »es keinen Bullen in dieser Stadt gibt, der den Bahnhof am Tag der Abfahrt von Paradise nach Birmingham nicht beobachten würde.«

Die anderen nickten zustimmend.

»Ich hoffe mal«, warf Williams ein, »dass ihr nicht auf die Idee kommt, im Hotel einen Überfall durchzuführen. Ich habe mich schon einmal diesbezüglich dort herumgetrieben und informiert – und glaubt mir: Dort ist es unmöglich.«

»Ich stimme zu, im Hotel geht nichts!«, sagte Brightman. »Unsere Chance ist der Zug.« Er hielt inne und fügte dann nachdenklich hinzu: »Swan, ich denke, du solltest diesen Paradise auf Schritt und Tritt folgen. Fang morgen damit an.«

»Passt mir gut«, stimmte Williams zu.

»Wir müssen im Vorhinein wissen, mit welchem Zug er fährt. Das ist sehr wichtig.«

»Wie sieht er denn aus? Und wo kann ich ihn finden?«, fragte Swan.

»Er ist ein kleiner Mann um die vierzig. Ziemlich grau an den Schläfen, kleiner Schnurrbart und ein bisschen Bart – im französischen Stil, du weißt schon. Er wohnt im Grand-Palace-Hotel auf dem Haymarket. Du solltest keine großen Schwierigkeiten haben, ihn dort zu finden.«

Brightman wandte sich jetzt an Lina.

»Wer kümmert sich um das Zeug, wenn wir es haben?«

Ihre Augen verengten sich, als sie antwortete. »Es gibt nur einen Mann, der damit umgehen kann.«

»Und das wäre?«

»Von Zelton.«

»Aber er ist Deutscher«, warf Ware ein.

»Na und? Niemand in diesem Land ist groß genug, um ein solches Vorhaben allein zu bewältigen.«

»Ja, aber diesem von Zelton … Ich würde ihm nicht trauen«, protestierte Williams. »Was sollte ihn davon abhalten …«

»Der Chef kümmert sich schon um unsere Interessen«, erwiderte Lina.

»Aber selbst, wenn wir es fair aushandeln, wird von Zelton mindestens fünfundzwanzig Prozent verlangen«, so Williams.

»Das ist aber ziemlich gesalzen«, kommentierte Brightman.

»Es muss von Zelton sein«, sagte Lina leise, aber bestimmt. »So lautet der Befehl des Chefs.«

Die Diskussion war immer noch im Gange, als es viermal schnell an die Tür klopfte und Jimmy Mills hereingelassen wurde. Ohne ein Wort zu sagen, ging er zur Anrichte, schenkte sich einen steifen Drink ein und schluckte ihn hinunter.

»Hat dich jemand kommen sehen?«, fragte Brightman schnell. Jimmy schüttelte den Kopf.

Sie sahen ihm schweigend dabei zu, wie er sein Glas nachfüllte.

»Was ist los? Hat Lucky …«, begann Brightman.

»Er hat nicht geredet!«, schnappte Jimmy mit einem kurzen, wilden Lachen.

»Und ist alles glatt gegangen? Hat dich niemand erkannt?«

»Natürlich haben sie mich erkannt. Aber wen juckt's? Es liegt sowieso ein Haftbefehl gegen mich vor«, knurrte Jimmy. Er trank wieder und wurde bald ruhiger.

»Und – was ist mit der Sache in Birmingham?«, fragte er dann.

»Wir haben noch nicht alles entschieden«, sagte Brightman. »Swan beginnt morgen damit, Paradise auf Schritt und Tritt zu folgen. Wir müssen herausfinden, welchen Zug er am Donnerstag nehmen wird.«

»Und was ist, wenn er mit dem Auto fährt?«, fragte Mills. Brightman lächelte zum ersten Mal.

»Umso besser«, gluckste er.

Kapitel dreiundzwanzig
Andrea Fortune schreibt einen Brief

Während die Schlagzeilenmänner darüber diskutierten, wie sie die Carter-Kollektion am besten stehlen konnten, hatte New Scotland Yard noch mehr zu tun, um den Raub zu verhindern. Sir Graham hatte bereits zwei Besprechungen zu diesem Thema einberufen. Da ihn die Sache immer noch enorm belastete, rief er Paul Temple an und bat ihn, zu einem Gespräch vorbeizukommen.

Temple, der begonnen hatte, einige recht interessante Theorien über die Identität von Schlagzeilenmann Nummer eins aufzustellen, war über diese Einladung nicht sehr erfreut. Er wollte gerne unabhängig von der Polizei arbeiten. Eine Einladung von Sir Graham konnte er jedoch nicht ausschlagen, weshalb Temple pünktlich zum vereinbarten Zeitpunkt erschien.

»Was macht Sie so sicher, dass die Schlagzeilenmänner an der Carter-Kollektion interessiert sind?«, fragte er neugierig, nachdem Sir Graham einige seiner Erkenntnisse dargelegt hatte.

»Weil es die wertvollste Sammlung des Landes ist«, knurrte der Chefkommissar. »Und wenn etwas damit geschieht, schaudert es mich jetzt schon, daran zu denken, was in den Zeitungen stehen wird.«

»Was glauben Sie, was die Sammlung wert ist, grob geschätzt?«

»Schwer zu sagen«, grunzte Forbes. »Mindestens eine Million, würde ich sagen.«

Temple zeigte sich entsprechend beeindruckt.

»Kann man diesem Mr. Paradise trauen?«, fragte er.

»Da seine berufliche Hauptaufgabe ist, die Carter-Kollektion zu bewachen, denke ich das schon. Wir haben ihn gründlich überprüft, keine Sorge. Er ist dem Juwelierverband seit Jahren bekannt.«

»Wer passt auf ihn auf?«

»Hunter und Digby werden beide im Zug sein.«

»Beide mit Paradise im selben Abteil?«

»Nein. Hunter reist mit ihm im selben Abteil – und Digby ist allein unterwegs. So kann er, falls irgendetwas Verdächtiges geschieht, der Sache gleich nachgehen.«

»Keine schlechte Idee«, stimmte Temple zu. »Sie scheint ziemlich narrensicher zu sein. Es sei denn, Hunter ist in der Unterzahl …«

»Er hat die Anweisung, beim ersten Anzeichen von etwas Verdächtigem die Notbremse zu ziehen. Außerdem wird der Zugbegleiter ebenfalls vorgewarnt.«

»Sind Sie sicher, dass sie nicht hier oder im Hotel zuschlagen werden?«

»Da würden sie keine Chance haben«, sagte Sir Graham. »Nein, der einzige wunde Punkt in dieser Sache ist der Zug. Und ich bin mir ziemlich sicher, dass sie sich darauf konzentrieren werden.«

»Sie scheinen damit an alle Eventualitäten gedacht zu haben. Ich fürchte, mehr kann ich dazu auch nicht sagen«, lächelte Temple.

Sir Graham war sichtlich erfreut.

»Sehr schade, dass sie Lucky Gibson erwischt haben«, fuhr Temple fort. »Ich denke, er hätte uns beizeiten noch nützlich sein können.«

»Ja, das glaube ich auch«, stimmte Sir Graham zu, nahm seine Lesebrille ab und legte sie auf die Papiere auf seinem Schreibtisch. »Ich muss schon sagen, Hunter hatte verdammtes Glück, dass er nicht von einer Kugel getroffen wurde. Aber der Junge war schon immer ein Glückspilz.«

»Da hatte er wirklich großes Glück«, murmelte Temple nachdenklich. Dann wartete er einen Moment, bevor er fragte: »Gibt es Neuigkeiten von Mills oder Brightman?«

»Nein. Sie müssen sich sehr gut versteckt halten. Aber früher oder später kriegen wir sie schon.«

»Liegt gegen Brightman noch kein Haftbefehl vor?«

»Noch nicht. Ich warte noch auf etwas Konkretes. Und ich erwarte es jede Minute.«

Temple lächelte. »Wrenson?«

Sir Graham nickte. Er setzte seine Paraphe schnell auf einige Formulare, dann wandte er sich wieder Temple zu.

»Und – bei Ihnen irgendwelche Neuigkeiten?«

»Ja, Sir Graham. Es geht um Ann Mitchell. Einer Ihrer Männer überwacht sie, nicht wahr?«

»Richtig. Nach der Geschichte, die Sie mir erzählt haben, dass sie eine Imitatorin ist …«

»Ja, natürlich, das habe ich erwartet. Leider fürchte ich, dass Ihr Mann sich nicht geschickt genug anstellt. Sie hat ihn entdeckt.«

»Verdammt!«, sagte Sir Graham und machte eine eilige Notiz auf seinem Notizblock.

»Hat er etwas herausgefunden?«, fragte Temple.

»Zumindest nichts, das von großer Bedeutung wäre …« Er wühlte in einem Stapel Papiere und holte einen ziemlich langen Bericht heraus. »Temple, wissen Sie zufällig, ob die Mitchells gut miteinander auskommen?«

Temple überlegte eine Weile.

»Nun, ja«, entschied er schließlich, »soweit ich jedenfalls weiß. Warum fragen Sie?«

»Ann Mitchell scheint eine Wohnung in Bloomsbury gemietet zu haben und verbringt dort einen Großteil ihrer Zeit. Dahinter muss nichts stecken, aber es könnte sein, dass …«

»Was?«

»… dass es da vielleicht einen anderen Mann gibt.«

»Ja«, räumte Temple ein, »das könnte sein.«

Jetzt, wo er daran dachte, erinnerte er sich, Ann bereits mit einem anderen Mann gesehen zu haben: einmal auf dem Künstlerball in Chelsea und ein weiteres Mal auf einer privaten Party. Sie war der Typ, der die Gesellschaft von Männern bevorzugte, auch weil Gerald viel mit geschäftlichen Angelegenheiten beschäftigt war. Es war kaum verwunderlich, dass eine gutaussehende Frau wie Ann Mitchell sich weigerte, auf männliche Gesellschaft zu verzichten. Trotzdem waren Abendessen und Tanzabende etwas ganz anderes als eine

Wohnung in Bloomsbury.

Seine Überlegungen wurden durch das Hereinkommen von Reed unterbrochen, der einen Brief mit dem Vermerk »dringend« für Sir Graham brachte. Mit einer gemurmelten Entschuldigung riss Sir Graham den Umschlag auf und Reed verließ leise den Raum.

Temple ging davon aus, dass es sich bei dem Brief um eine Routineangelegenheit handelte, und nahm seine Spekulationen über Ann Mitchell wieder auf. Selbst ein Ausruf von Sir Graham brachte ihn nicht aus der Ruhe. Erst als der Chefkommissar den Brief weiterreichte, wurde ihm plötzlich klar, dass der Brief auch für ihn interessant sein konnte.

»Was halten Sie davon?«, fragte Sir Graham mehr als nur ein wenig aufgeregt.

Temple nahm den Brief in die Hand und las:

Mein lieber Sir Graham!
In letzter Zeit scheint es viele Gerüchte zu geben, die besagen, dass die Autorin des Romans »Die Schlagzeilenmänner« persönlich für die erstaunliche Zahl von Verbrechen verantwortlich ist, die von einer Bande skrupelloser Krimineller begangen werden, die sich aus irgendeinem unbekannten Grund auch »Die Schlagzeilenmänner« nennen. Als Autorin des fraglichen Buchs brauche ich wohl kaum zu erwähnen, dass die Gerüchte jeglicher Grundlage entbehren und dass ich die bösen und kriminellen Aktivitäten dieser Bande zutiefst ablehne. Ich hatte schon seit einiger Zeit die Absicht, Ihnen in dieser Angelegenheit zu schreiben, aber Umstände, auf die ich keinen Einfluss habe, zwingen mich, meine Identität geheim zu halten. Ich vertraue jedoch darauf, dass Sie mir bereitwillig glauben werden, wenn ich sage, dass ich ganz sicher nicht mit der verabscheuungswürdigen Organisation in Verbindung stehe, die sich aus Gründen, die sie nur selbst kennt, »Die Schlagzeilenmänner« nennt.
Mit freundlichen Grüßen, Andrea Fortune.

Temple las den Brief langsam noch einmal, dann hielt er ihn gegen das Licht und untersuchte ihn sorgfältig. Oben auf dem Papier, das von hervorragender Qualität war, stand keine Adresse, und die Unterschrift war maschinengeschrieben.

»Sieht so aus, als hätte sie eine tragbare Schreibmaschine benutzt«, kommentierte Sir Graham. »Ich werde Watts sofort darauf ansetzen.«

»Was ist mit dem Umschlag? Gibt es einen Poststempel?«, fragte Temple.

Sir Graham kramte in seinem Papierkorb und brachte den Umschlag zum Vorschein. Einige Augenblicke lang betrachtete er ihn unter einem starken Vergrößerungsglas.

»Das ist ja interessant«, sagte er nach einer Weile, »wo wir doch gerade über die Wohnung von Ann Mitchell gesprochen haben …«

»Aha«, sagte Temple, ohne den Zusammenhang zu erkennen. »Inwiefern ist das interessant?«

»Weil dieser Brief anscheinend in Bloomsbury aufgegeben wurde«, antwortete Forbes.

Bevor sie die Angelegenheit weiter besprechen konnten, klingelte das Telefon. Forbes nahm den Hörer ab.

»Ja? Hallo, Digby … Ja … Mit dem sechs-Uhr-zehn ab Paddington. … Gut, sagen Sie Hunter, er soll an ihm dranbleiben, und wenn Ihnen etwas Verdächtiges auffällt, dann stürzen Sie sich wie ein Raubtier darauf, mit allem, was in Ihnen steckt. … In Ordnung … Wiederhören, Digby.« Nachdenklich legte er den Hörer auf.

»Es ist so weit«, verkündete er. »Mr. John Leonard Paradise fährt mit Inspektor Hunter nach Birmingham – und mit Schmuck im Wert von einer Million Pfund.«

»Kein schlechter Zug, dieser sechs-Uhr-zehn«, murmelte Temple und zündete sich zwanglos eine Zigarette an. »Er braucht nur zwei Stunden. Trotzdem kann in dieser Zeit eine Menge passieren.«

»Das«, erklärte Forbes etwas unsicher, »ist genau das, wovor ich Angst habe.«

Kapitel vierundzwanzig
Mord im sechs-Uhr-zehn

Mit seinen braungelben Waggons, die in der Abendsonne glänzten, fuhr der sechs-Uhr-zehn-Zug aus der rauchigen Bahnhofshalle von Paddington heraus. Er ratterte durch eine Reihe schmutziger Vororte und nahm an Geschwindigkeit zu, bis er mit einer konstanten Geschwindigkeit von fünfzig Meilen pro Stunde an den neuen Wohnsiedlungen vorbeifuhr, die sich in der Landschaft ausbreiteten.

In einem Abteil der ersten Klasse saßen sich Inspektor Hunter und Mr. John Leonard Paradise gegenüber, ein kleiner, adretter Mann, der einen kleinen Aktenkoffer sorgfältig auf seinen Knien hielt. Wenn er sprach, tat er dies in einem spröden, eher knappen Ton. Er war sorgfältig gekleidet und trug einen eleganten blauen Anzug von tadellosem Bond-Street-Schnitt. Seine Schuhe waren klein, spitz und schön poliert.

Mr. Paradise war mit Hunter übereingekommen, dass es für beide besser sei, in ihrem Abteil zu bleiben und das geringste Risiko zu vermeiden. Deshalb begaben sie sich auch nicht in den Speisewagen. Mr. Paradise ging in Gedanken das Abendessen durch, das er telefonisch bestellt hatte und das am Zielort auf ihn warten würde. Mr. John Leonard Paradise war nämlich ein Feinschmecker.

Hunters Blick ruhte so lange auf dem Aktenkoffer, bis er – so glaubte er beinahe – durch die glänzende braune Hülle zu den funkelnden Diamanten blicken konnte, die darin lagen. Hunters Nerven lagen blank, und Mr. Paradise trug kaum etwas dazu bei, ihn zu beruhigen. Er zappelte ständig. Dies tat er allerdings nicht aus Nervosität, denn er war es gewohnt, die Carter-Kollektion mit sich herumzutragen. Vielmehr amüsierte er sich über all die Vorsichtsmaßnahmen von Scotland

Yard.

Von Zeit zu Zeit führten sie ein oberflächliches Gespräch, aber beide waren eher zurückhaltend.

»Wie spät ist es, Inspektor?«, fragte Paradise plötzlich.

»Es ist ungefähr sieben Uhr vierzig, wir sollten bald in Leamington ankommen.«

»Guter Zug.«

»Einer der schnellsten im ganzen Land«, antwortete Hunter gleichgültig. »Ich nehme an, Sie haben in Birmingham alle Vorkehrungen getroffen?«

»Ja, ich wohne in dem Hotel, in dem der Ball stattfindet, das macht die Sache einfacher.«

»Sobald ich gesehen habe, dass die Sammlung sicher weggeschlossen ist, fahre ich zurück nach London«, beschloss Hunter. »Einer unserer Männer wird morgen früh vorbeikommen, um zu sehen, ob alles in Ordnung ist, und er wird Sie am Samstag zurückbegleiten.«

»Sie scheinen nicht viel dem Zufall zu überlassen«, kommentierte Paradise mit einem leichten Lächeln.

»Das können wir uns nicht leisten, wenn eine Million auf dem Spiel steht.«

Das Dröhnen des Zuges änderte seinen Ton, als die Bremsen allmählich angezogen wurden. »Das muss Leamington sein«, verkündete Hunter, als ein paar vereinzelte Villen in Sicht kamen, gefolgt von den eher enttäuschenden Vororten des königlichen Kurortes.

»Nicht gerade viele Leute auf dem Bahnsteig«, kommentierte Paradise, der aus dem Fenster schaute.

»Nein, es ist auch schon ziemlich spät«, erklärte Hunter.

»Was für ein Ort ist Leamington?«

»Ich war noch nie länger hier«, sagte Hunter. »Ich kenne es nur vom Durchfahren. Es ähnelt den meisten Kurorten. Breite Alleen, große Einkaufsstraße, Parks, Gärten und so weiter.« Bevor er seine Beschreibung weiter ausbauen konnte, erschien ein Fahrkartenkontrolleur in der Abteiltür.

Während Hunter darauf wartete, dass der Mann die Tickets lochte, blickte er beiläufig aus dem Fenster und sah einen Mann in Polizeiuniform den Bahnsteig entlanglaufen.

»He, was ist denn mit dem Kerl los? Er scheint es verdammt eilig zu haben«, bemerkte Hunter, als der Mann in Uniform auf ihr Abteil zusteuerte.

»Das ist ja Sergeant Lewis!«, rief der Fahrkartenkontrolleur überrascht aus.

»Hallo, White«, sagte der Polizeibeamte.

»Was ist los?«, fragte der Schaffner.

»Ich suche nach einem Mann namens Hunter – Inspektor Hunter. Er soll in diesem Zug sein.«

»Was gibt es, Sergeant?«, schnauzte Hunter.

»Ich bitte um Verzeihung, Sir, aber …«

»Das ist Inspektor Hunter«, informierte Mr. Paradise den Sergeant.

»Oh, tut mir leid, Sir. Sie werden am Telefon verlangt, dringend. Soweit ich es verstanden habe, ist es der Chefkommissar. Wir haben den Befehl, den Zug anzuhalten.«

»Oh«, sagte Hunter und stand auf. »Wo ist das Telefon?«

»In der zweiten Hütte, Sir«, antwortete der Sergeant und deutete auf einige provisorische Gebäude, die während des Umbaus des Bahnhofs errichtet worden waren.

»Das finde ich schon. Sie bleiben hier, Sergeant.«

»In Ordnung, Sir. Der Chefkommissar hat mich über Mr. Paradise aufgeklärt.«

»Gut!«

Hunter verließ das Abteil und ging den Bahnsteig hinunter. Es fiel ihm nicht schwer, die angegebene Hütte zu finden, aber es dauerte einige Sekunden, bis er das Telefon in einer eher düsteren Ecke entdeckte.

Der Hörer baumelte an der Schnur. Er griff schnell danach.

Ganze zwei Minuten lang erhielt er keine Antwort. Dann hörte er plötzlich zu seiner Überraschung, wie der Zug langsam abfuhr.

»He!«, rief Hunter verzweifelt. In seiner Aufregung riss er so sehr an dem Kabel, das den Hörer mit dem Telefon an der Wand verband, dass sich dieses löste.

Als er ein leises Geräusch hinter sich hörte, drehte sich

Hunter abrupt um. Drei Männer standen dort. Zwei von ihnen trugen ziemlich dunkle und schmutzige Schuhe. Er hatte sie noch nie zuvor gesehen. Im Schein der von der Decke hängenden Öllampe erkannte Hunter in dem dritten jedoch die vertrauten Züge von Mr. Andrew Brightman.

Mr. Paradise saß teilnahmslos da und umklammerte seinen Aktenkoffer. Der Schaffner und der Sergeant hatten sich auf den Korridor zurückgezogen, als ob sie seine Privatsphäre nicht stören wollten.

Hätte Mr. Paradise genau auf ihre Stimmen geachtet, wäre ihm aufgefallen, dass der Sergeant einen völlig anderen Ton anschlug als den, der zu seinem Aussehen passte. Swan Williams wandte sich nun wieder mit seiner hohen Fistelstimme an seinen Kollegen.

»Sind die Jungs bereit?«, fragte der Schaffner.

»Ja, sie stehen am Ende dieses Waggons bereit«, sagte Swan. »Was ist mit Digby?«

»Mach dir keine Sorgen. Wir haben uns um ihn gekümmert.«

Swan spürte ein leichtes Ruckeln und schaute aus dem Fenster. »Wir fahren ab!« Er winkte dem anderen zu, in das Abteil zurückzukehren.

»Meine Güte, der Inspektor wird sich beeilen müssen«, sagte Paradise, als sie die Tür öffneten.

»Bei mir sind Sie genauso gut aufgehoben, Sir«, versicherte ihm Swan und nahm wieder seine raue Stimme an. Paradise war trotzdem etwas durcheinander, als sich der Zug langsam vom Bahnsteig entfernte und sich auf die Landschaft von Warwickshire zubewegte.

»Zieh die Vorhänge zu«, zischte Swan Williams plötzlich.

»Okay.« Der Schaffner schloss mit jeder Hand einen Vorhang.

»Was – Was – soll das?«, stammelte Paradise, nun sichtlich erschrocken.

»Wenn du nur einen Mucks machst …«, drohte die Fistelstimme.

Mr. Paradise fummelte in seiner Manteltasche und holte

recht zögerlich einen Revolver hervor.

»Wenn Sie nicht zurücktreten«, erklärte er mit erschrockener Entschlossenheit, »dann werde ich schießen!«

Die beiden Ganoven wichen ein paar Schritte zurück in Richtung der Korridortür. Dann beging Mr. Paradise den Fehler, verzweifelt in die Richtung der Notbremse zu blicken. In dem Moment, in dem sich seine Augen bewegten, streckte Swan Williams plötzlich einen Fuß mit erstaunlicher Geschicklichkeit aus und schlug Paradise den Revolver aus der Hand.

Es folgte ein heftiges Handgemenge. Paradise schaffte es, einen unterdrückten Schrei auszustoßen – und zwar einen Sekundenbruchteil, bevor Jed Ware in seiner schief sitzenden Uniform als Fahrkartenkontrolleur dem kleinen Mann eine große Hand auf den Mund presste.

»Mach die Tür auf!«, keuchte Jed, der die Situation unter Kontrolle hatte. »Wir müssen ihn loswerden.«

»Du willst ihn doch nicht aus dem Zug werfen?«, kreischte Swan hysterisch.

»Mach die Tür auf!!!«

»Aber Jed, um Himmels willen ...«

Plötzlich schwang die Tür auf und ein Luftzug ließ die Vorhänge flattern. Paradise kämpfte immer noch verzweifelt und klammerte sich mit entsetzten Augen an Jed fest.

Dem stämmigen Jed Ware gelang es jedoch schließlich, den schreienden Mr. Paradise aus dem Zug zu schleudern. Er landete auf dem Gegengleis.

Jed zog die Tür mit einem lauten Knall zu und er und Swan sackten für einige Augenblicke völlig atemlos auf den Sitzen zusammen. Dann, nach ein paar Sekunden, öffnete Swan geschickt den Koffer mit den Juwelen und stellte fest, dass sie den richtigen Inhalt hatten. Als ein Zug mit schrillem Pfeifen vorbeirauschte, schloss er ihn wieder nervös.

»Mein Gott! Ein Zug ... und ... er liegt ... auf dem Gleis!«, jammerte Williams entsetzt.

»Reiß dich zusammen. Er hätte sowieso daran glauben müssen«, erwiderte Jed Ware grob. Er interessierte sich mehr für den Inhalt des Aktenkoffers.

Kapitel fünfundzwanzig
Besuch in Eastwood Mansions

»Sprechen Sie lauter, Digby, verdammt noch mal, ich kann kein Wort verstehen«, bellte Sir Graham Forbes mit einer Stimme, die das Telefon fast zum Bersten brachte. Offensichtlich kam Digby dieser Aufforderung nach und der Chefkommissar schwieg einige Minuten lang.

»Hm«, grunzte er schließlich nicht viel besser gelaunt. »Das ist ja wirklich unglaublich, muss ich sagen!« Am anderen Ende der Leitung ertönte ein Protest. »In Ordnung, rufen Sie mich dann zurück«, schnappte Forbes und legte mit einem gewaltigen Seufzer den Hörer auf.

Er schob den Apparat von sich weg und versank wieder in tiefe Gedanken. Als Reed hereinkam, merkte man ihm gar nicht an, ob er sein Eintreten bemerkt hatte.

»Ich habe Hunter gesehen«, verkündete Reed. »Er hat das Bewusstsein wiedererlangt. Er ist wahrlich ein Glückspilz. Der Arzt sagte, dass wenn ihn der Schlag nur einen Zentimeter weiter links getroffen hätte, er nicht mehr am Leben wäre. Dann könnte er uns nichts mehr sagen …«

»Und? Was hat er gesagt?«, fragte Sir Graham besorgt.

»Man sagte ihm, dass er in Leamington am Telefon verlangt würde, und er stieg aus dem Zug. So haben sie ihn gekriegt.«

»Erinnert er sich, wie die Männer aussahen?«

»Ja.« Mac hielt inne. »Er sagt, er ist sich ziemlich sicher, dass einer von ihnen Andrew Brightman war.«

»Aha!«, rief Sir Graham und nickte langsam. »Sonst noch etwas?«

»Nein, Sir Graham. Ich konnte nur ein kurzes Gespräch mit ihm führen. Er ist noch ziemlich angeschlagen.«

»Man wird mir die Hölle heißmachen«, stieß Sir Graham

plötzlich hervor.

»Laut Digby war ein Priester im Zug, der sich ziemlich verdächtig verhielt«, fuhr Mac fort. »Er saß in einem Abteil ein Stück weiter, als …«

»Ich weiß, ich weiß«, unterbrach ihn der Chefkommissar ungeduldig. »Digby ist ein verdammter Idiot, sonst hätte er sofort gemerkt, dass etwas im Gange ist, als er Hunter aus dem Zug steigen sah. Meine letzten Anweisungen an ihn waren …« Forbes zuckte mit einer hilflosen Geste mit den Schultern. »Ach, was soll's?«

Mac schürzte seine Lippen und schüttelte den Kopf.

»Paradise, dieser arme Teufel, geht mir nicht mehr aus dem Kopf«, sagte Forbes.

»Ja, er hätte eine Chance gehabt, wenn der andere Zug nicht gewesen wäre.«

»Eine ziemlich geringe Chance, fürchte ich.« Forbes stand plötzlich auf: »Wir müssen die Schlagzeilenmänner kriegen, Mac. Egal, was passiert, wir müssen sie kriegen!«

»Ja«, sagte Chefinspektor Charles Cavendish MacKenzie Reed, aber ohne große Begeisterung.

Steve ging zu einem Fenster und schloss es, damit man den dröhnenden Verkehr von unten nicht hören konnte.

»War er verheiratet, Paul?«, fragte sie.

Temple blickte von einigen Notizen auf, die er auf einen Block gekritzelt hatte.

»Wer? Ach, du meinst Paradise. Ich weiß es wirklich nicht, Liebling. Aber er schien eigentlich nicht der Typ dafür.«

»Ich hoffe, dass er es nicht war«, sagte Steve ernst. »Es ist alles so schrecklich.«

Temple nickte, sagte aber nichts.

»Dich scheint die Sache nicht sehr mitgenommen zu haben, Paul.«

»Von den Schlagzeilenmännern bin ich alles gewohnt. Außerdem macht sich Sir Graham schon genug Sorgen deswegen, also versuche ich, einen klaren Kopf zu bewahren.«

»Aber diese Schlagzeilenmänner können doch nicht ewig

so weitermachen, Paul«, argumentierte Steve, »früher oder später wird man sie erwischen.«

»Das wird man«, stimmte Temple fröhlich zu, »früher oder später.«

»Sagtest du nicht, dass gegen zwei von ihnen ein Haftbefehl vorliegt?«

»Den gibt es schon seit einiger Zeit. Die beiden sind besonders schwer zu fassen.«

Steve überlegte. Dann regte sie sich wieder.

»Paul, wie passt Mr. Goldie in all das hinein? Passt er überhaupt da hinein?«

»Gewiss«, antwortete Temple unerschütterlich.

»Glaubst du denn, dass er …«

»… Andrea Fortune ist? Nein, Liebling, tut mir leid, dass ich dich diesbezüglich enttäuschen muss.«

»Aber nein. Was ich eigentlich sagen wollte, war …«

Pryces Auftauchen hinderte sie daran, ihren Satz fertigzusagen. Zur offensichtlichen Überraschung seiner Dienstgeber verkündete er, dass Mr. Mitchell da war. Nachdem sie einen fragenden Blick ausgetauscht hatten, wies Temple Pryce an, den Besucher hereinzuführen.

»Hallo Gerald«, lächelte Steve und erhob sich, um ihn zu begrüßen. »Ist Ann auch mit?«

»Nein«, antwortete Mitchell mit einigem Zögern. »Ich bin … ähm … allein hier.«

»Du siehst zu Tode besorgt aus«, sagte Steve. »Stimmt etwas nicht?«

»Ja«, sagte Temple, »raus mit der Sprache, Gerald. Vielleicht können wir helfen.«

Mitchell biss sich nervös auf die Lippe, dann platzte aus ihm heraus: »Paul – Ann ist verschwunden!«

»Verschwunden?«, wiederholte Temple.

Es folgte eine Pause.

»Was genau ist passiert?«, fragte Steve.

»Ich fürchte, ich kann es nicht genau erklären – es ist alles so verwirrend«, sagte Gerald, ließ sich auf einen Stuhl sinken und blickte missmutig aus dem Fenster.

»Versuch dich an so viel wie möglich zu erinnern«, bat

Temple ihn.

Mitchell schluckte schwer und schien fast zu weinen. Doch dann begann er. »Ich bin gestern Abend ziemlich spät nach Hause gekommen. Ich war bis etwa neun im Büro und habe einige Druckfahnen gelesen. Als ich nach Hause kam, fand ich einen Zettel – von Ann. Sie schrieb, dass eine Freundin von ihr namens Sandra Storm, die in Brighton lebt, schwer erkrankt sei und dass sie versprochen habe, die Nacht bei ihr zu verbringen. Das hat mich nicht wirklich beunruhigt, denn ich wusste, dass die beiden schon immer sehr gut befreundet waren und dass Ann sofort dorthin geeilt wäre, sobald sie von Sandras Erkrankung erfahren hätte. Heute Morgen jedoch ...«

Er hielt inne, weil ihn eine plötzliche Gefühlsregung überwältigte.

»Heute Morgen kam eine Postkarte für Ann. Sie war von Sandra und wurde in Kairo aufgegeben.«

»Kairo!«

»Ja, Sandra Storm und ihr Mann sind auf einer Kreuzfahrt. Sie kommen am sechzehnten zurück – so steht es auf der Karte.«

»Dann kann Ann nicht nach Brighton gefahren sein«, rief Steve erschrocken.

»Nein, sie kann nicht in Brighton sein«, stimmte Mitchell zu, der immer besorgter erschien. »Aber wo ist sie dann bloß? Wo denn?« Er stützte den Kopf in die Hände.

Temple wartete einige Augenblicke, bis er sich erholt hatte, bevor er fragte: »Weißt du, wann sie das Haus verlassen hat?«

»Das Dienstmädchen sagte, gegen sieben.«

»Wann hast du sie das letzte Mal gesehen?«

»Gestern Morgen. Wir wollten uns eigentlich zum Mittagessen treffen, aber sie rief im Büro an und sagte unsere Verabredung ab.«

»Hat sie gesagt, warum?«, fragte Temple, der ziemlich interessiert aussah.

»Nein – ich kann mich jedenfalls nicht genau erinnern. Ich glaube, sie sagte etwas von Kopfschmerzen«, antwortete

Mitchell vage.

Temple und Steve tauschten einen Blick aus.

»Mein Gott! … Ich hoffe, es geht ihr gut!«, rief Mitchell etwas zusammenhangslos. Temple ging zur Anrichte und schenkte einen steifen Whisky mit Soda ein, den er seinem Gast brachte.

»Täusche ich mich, oder warst du in den letzten Wochen sehr um Ann besorgt, Gerald?«, fragte Temple.

»Ja«, sagte Mitchell leise. »Sie verhält sich in letzter Zeit ziemlich seltsam. Ich weiß nicht genau, warum, aber bei einigen Dingen war sie so ausweichend und hatte so ein heimliches Getue.«

»Hat sie dir gegenüber erwähnt, dass sie verfolgt wird?«

Mitchell wirkte ziemlich beunruhigt. »Dann hat sie es dir also auch erzählt? Sie hatte den Eindruck, dass jemand hinter ihr her war. Ich tat mein Bestes, um sie davon zu überzeugen, dass sie sich das nur einbildete, aber leider …«

»Ja?«

»… musste ich wieder an den Abend denken, als Steve Carol Forbes am Telefon hörte«, fuhr Mitchell fort.

»Denkst du immer noch, dass es Ann gewesen sein könnte?«, fragte Steve schnell.

»Oh nein! Nein!«, rief Mitchell verzweifelt, »es kann nicht Ann gewesen sein.« Dann zitterte seine Stimme. »Und doch, müssen wir annehmen … dass sie es möglicherweise war.« Er trank den Rest seines Whiskys aus.

»Paul«, flüsterte er, »du glaubst doch nicht, dass Ann etwas mit den Schlagzeilenmännern zu tun haben könnte?«

»Das weiß ich wirklich nicht, Gerald«, gab Temple leise zu. »Gerald, bist du dir sicher, dass Ann immer noch die Stimmen anderer Leute imitieren kann? Ich meine, sie könnte es verlernt haben und aus der Übung sein. Immerhin ist es schon einige Jahre her, dass sie der Bühne Lebewohl gesagt hat.«

»Nein, sie kann es immer noch. Das weiß ich. Sie macht es hin und wieder auf Partys. Sie hat dieses Talent schon seit ihrer Jugend.«

»Trat sie eigentlich unter ihrem eigenen Namen auf?«,

fragte Steve.

»Nein, sie hatte einen Künstlernamen: Lydia Royal.«

»Lydia Royal«, wiederholte Temple nachdenklich. »Wo habe ich das bloß schon mal gehört?«

Temples Überlegungen wurden von Carol Forbes unterbrochen, die plötzlich hereinkam.

»Was denn, Carol! Das ist ja eine schöne Überraschung«, rief Steve. »Ich weiß nicht mehr, ob du Gerald Mitchell kennst?«

»Aber ja. Schön Sie zu sehen, Mr. Mitchell!«

Sie gaben sich die Hand.

»Ich glaube, meine Frau hat uns bei Lady Ronson einander vorgestellt«, vermutete Mitchell, woraufhin Carol nickte.

»Du hast mir nie gesagt, dass du Ann Mitchell kennst«, sagte Steve zu Carol.

»Aber ja, wir kennen uns – wir haben uns schon öfter auf Partys getroffen«, erklärte Carol. »Seltsamerweise«, fügte sie hinzu, »bin ich wegen ihr hier. Was für ein Zufall!«

Steve sah verwirrt aus.

»Sie sind wegen meiner Frau hierhergekommen?«, fragte Mitchell.

»Genau«, sagte Carol fröhlich. »Ich habe heute Morgen einen Brief von ihr bekommen, in dem sie mich bittet, sie in einer Wohnung in Bloomsbury zu treffen. Aber lesen Sie selbst!«

Sie reichte Mitchell einen Umschlag, aus dem er ein kleines Blatt Papier herauszog und las:

Wohnung K, Tavistock Court, Bloomsbury.

Liebe Carol, ich möchte dich morgen gegen halb acht sehen. Bitte komm zu der oben genannten Adresse. Enttäusche mich nicht. Die Angelegenheit ist dringend.

Mit freundlichen Grüßen,
Ann Mitchell

Ziemlich mitgenommen reichte er Temple den Brief. »Das ist Anns Schrift«, erklärte er ihnen.

»Die Sache hat mich beunruhigt«, gestand Carol. »Ich musste immer wieder an den Abend denken, als Steve diesen Telefonanruf erhielt. Also dachte ich, ich versuche herauszufinden, ob die Nachricht echt ist, denn ich habe nicht die geringste Ahnung, was Ann von mir wollen könnte.«

»Die Nachricht ist echt«, wiederholte Mitchell.

»Bist du dir sicher, dass es sich um ihre Handschrift handelt?«, beharrte Temple.

»Auf jeden Fall.«

Einige Augenblicke herrschte Schweigen, bis Carol plötzlich fragte: »Stimmt etwas nicht?«

»Ja, Carol«, sagte Steve. »Ann Mitchell ist letzte Nacht verschwunden.«

Während Carol sich von ihrem Erstaunen erholte, fragte Temple: »Gerald, weißt du etwas von dieser Wohnung in Bloomsbury?«

»Großer Gott, nein!«, rief Mitchell völlig fassungslos. »Nie davon gehört. Wessen Wohnung soll das eigentlich sein?«

»Vermutlich die von Ann.«

»Aber ... Aber das ist doch lächerlich!«

»Na, das werden wir bald herausfinden«, sagte Temple sanft.

»Was hast du vor, Paul?«, fragte Steve.

»Wenn Carol keine Einwände hat«, fuhr Temple fort, »halte ich es für eine gute Idee, wenn wir alle diese Verabredung einhalten.«

Kapitel sechsundzwanzig
Eine Wohnung in Bloomsbury

Tavistock Court, in einem Teil von Bloomsbury gelegen, war ein stattliches Gebäude aus rotem Backstein, wie es dort Dutzende gab. Die Fenster lagen bündig mit den Wänden und der einzige äußere Vorsprung war ein unscheinbarer Vorbau, der von zwei sehr massiven Säulen getragen wurde. Es war ein Gebäude, an dem man ein Jahr lang jeden Tag vorbeigehen konnte, ohne zu bemerken, dass es überhaupt existierte.

An diesem ziemlich düsteren Abend fanden Carol und Steve es nicht gerade erbauend, sich einem Gebäude wie Tavistock Court zu nähern. Sie taten ihren Unmut auch kund. Temple und Mitchell schwiegen. Letzterer sprach zum ersten Mal, als sie vor dem Gebäude standen.

»Es sieht eher nach Büros als nach Wohnungen aus«, erklärte er. »Seid ihr sicher, dass wir hier richtig sind?«

»Da kommt jemand«, sagte Steve. »Vielleicht fragen wir mal.«

Ein gut gelaunter junger Mann in Abendgarderobe kam aus dem Eingang, wickelte sich seinen Schal um den Hals und wollte gerade weggehen, als Temple ihn ansprach.

»Entschuldigung, ist das hier Tavistock Court?«

Der Mann nickte freundlich. »Das ist Tavistock Court – von mir aus können Sie ihn haben!«, verkündete er großspurig.

Carol und Steve konnten sich ein Lächeln nicht verkneifen.

»Wir suchen Wohnung K«, fuhr Temple fort.

»Das kann überall sein – hier ist alles durcheinander. Verrückter Ort«, informierte der junge Mann sie.

»Tut mir leid, ich dachte, Sie wären hier Anwohner«, sagte Temple.

Der Mann reagierte auf diese Vermutung ziemlich schockiert. »Lieber sterbe ich, als in einer solchen Bruchbude zu hausen«, verkündete er. »Am Ende des Ganges finden Sie einen Aufzug, aber ich garantiere nicht, dass er funktioniert!«

»Danke«, lächelte Temple. »Macht es Ihnen noch etwas aus, mir zu verraten, ob in diesem Gebäude lauter Wohnungen sind?«

»Ich glaube schon. Früher war das mal ein Club für unverheiratete Frauen.« Der Gedanke schien ihn zu reizen. »Können Sie sich die ausgelassene Fröhlichkeit vorstellen, die hier herrschte?«, fragte er.

»Ich nehme an, dies hier ist das einzige Gebäude namens Tavistock Court in Bloomsbury«, fügte Carol zögernd hinzu.

»Der Himmel verschone uns davor, dass es noch mehr davon gibt«, erklärte der junge Mann, als er nach einem Taxi winkte und gleich darauf davonfuhr.

»Wie schön, wenn man so eine fröhliche Einstellung zum Leben hat«, lachte Steve, während sie zum Ende des Ganges in Richtung Aufzug gingen. Dieser erwies sich als winzig. Höchstens drei Personen konnten darin Platz finden.

»Gibt es hier keinen Fahrstuhlführer?«, fragte Steve.

»Der Aufzug funktioniert automatisch, Liebling«, antwortete ihr Mann und deutete auf eine Reihe von Knöpfen. »Und unser fröhlicher junger Freund hatte offensichtlich mit dem Club recht. Seht mal, hier steht: Restaurant, Lesesaal, Nähstube – und so weiter.«

»Nicht besonders hilfreich für Fremde«, kommentierte Steve, »aber ich denke, wir können auf jeden Fall mal damit fahren und sehen, wohin er uns führt.«

Sie fanden es ein bisschen eng. Temple, der als Letzter in den Aufzug gestiegen war, gab Anweisungen,

»Du drückst den Knopf, Gerald, nachdem ich die Gittertür geschlossen habe.«

Plötzlich wurden sie mit einem beträchtlichen Knarren und Knirschen nach oben befördert. Ihre Gesichter wirkten im Aufzug im Lichtschimmer einer winzigen Glühbirne ein wenig angespannt. Als der Fahrstuhl zum Stillstand kam, schob Temple die Gittertür zurück und stieg aus.

»Welches Stockwerk ist das?«, fragte Steve.

»Das vierte, denke ich. Ich denke, dass man hier genauso gut wie überall anders zu suchen beginnen kann. Scheint ja niemand da zu sein, der uns helfen kann.«

Die anderen stiegen aus dem Aufzug und begannen, einen Korridor entlangzugehen.

Plötzlich rief Carol: »Hier ist es, Paul.«

»Ja, bei Gott«, bestätigte Mitchell, »da steht es an der Tür: Wohnung K.«

»Bei Timothy, ich glaube, du hast recht!«

Temple hielt kurz inne, dann klopfte er. Als er keine Antwort erhielt, klopfte er erneut, wobei das Klopfen in dem verlassenen Korridor düster widerhallte.

»Es ist niemand da«, folgerte Steve schließlich. Sie sahen sich ratlos an.

»Paul, ich hoffe, es ist alles in Ordnung«, murmelte Mitchell etwas beunruhigt.

»Die Sache gefällt mir nicht, Gerald«, gab Temple zu und schüttelte den Kopf.

»Die Wohnung ist offensichtlich leer«, sagte Carol ein wenig ungeduldig.

»Nun, das werden wir gleich sehen«, antwortete Temple und holte einen Schlüsselbund aus seiner Tasche. Normalerweise war er für solche Notfälle gerüstet. In weniger als fünf Minuten klappte die Tür auf.

Temple trat zuerst ein, Steve folgte dicht hinter ihm. Sie befanden sich in einem mittelgroßen Raum, aber es war schwierig, etwas zu erkennen, denn die Fenster waren durch schwere Vorhänge verdeckt.

Steves Fuß berührte etwas und sie drehte sich mit einem erstickten Schrei halb zur Tür um.

»Paul, da liegt jemand auf dem Boden!«

»Einen Moment, ich zünde ein Streichholz an«, sagte er zu ihr.

Während er noch herumfummelte, rief Carol: »Ich habe den Lichtschalter gefunden.« Der Raum wurde von Licht durchflutet. Fast gleichzeitig durchdrang ein Schrei von Steve die Stille.

»Paul – es ist Ann!«, keuchte sie. »Sie ist tot!«

Sie eilten alle in jenen Teil des Zimmers, in dem Steve stand und sich an der Wand abstützte.

Zu ihren Füßen lag die Leiche von Ann Mitchell.

»Sie wurde erstochen!«, schrie Carol. »Seht, da liegt das Messer!«

»Nicht anfassen!«, sagte Temple schnell.

»Ann!«, rief Mitchell hysterisch und beugte sich über sie. »Ann! Bei Gott, das wird mir dieses Schwein bezahlen!« Er war fast wahnsinnig vor Wut, als Temple ihn am Arm packte.

»Hört mal!«, befahl er energisch.

Sie standen schweigend da.

Aus der Wohnung darüber erklang leise der wehmütige Refrain von *Liebestraum*. Es war die Melodie, die Paul Temple instinktiv mit Mr. J. P. Goldie in Verbindung brachte.

Kapitel siebenundzwanzig
Die Wohnung darüber

»Wartet hier!«, sagte Temple und ging zur Tür.

»Paul, wo willst du hin?«, fragte Steve alarmiert.

»Nach oben!«, antwortete Temple kurz.

»Darling, bitte nicht!«

»Mach dir keine Sorgen, Steve.«

»Ich komme mit dir mit«, bot Gerald Mitchell an.

»Nein. Du bleibst hier, Gerald. Es wird nicht lange dauern.«

Temple zog die Tür hinter sich zu und kurz darauf konnten sie ihn den Korridor entlanglaufen hören.

Mitchell ließ sich auf einen Stuhl fallen.

»Ich frage mich, warum Ann hierhergekommen ist«, grübelte er.

Steve sah sich die Leiche an und erschauderte. Carol zündete sich nervös eine Zigarette an.

»Was steckt bloß dahinter, Steve?«, fragte Mitchell verzweifelt. »Glaubst du, Ann war … Oh mein Gott, ich wage gar nicht daran zu denken!«

»Du musst dich jetzt zusammenreißen, Gerald«, drängte Steve leise.

»Wenn ich bloß die Dinge ins rechte Licht rücken könnte«, fuhr Mitchell verzweifelt fort. »Aber irgendwie scheint alles so furchtbar verworren zu sein. Warum hat Ann Miss Forbes hierhergebeten? Wessen Wohnung ist das? Warum sollte Ann mich denn betrügen?«

»Gerald – hör auf, dich zu quälen«, murmelte Steve sanft.

Mitchell schlug die Hände zusammen und löste sie wieder, strich sich durch die Haare und ging im Zimmer auf und ab. Er musste sich offensichtlich Mühe geben, nicht zusammenzubrechen.

»Es tut mir leid, Gerald«, sagte Steve einfühlsam.

Auch Steve war besorgt und atmete erleichtert auf, als die Tür aufging und Temple hereinkam.

»War es Mister …?«, wollte Steve gerade fragen, als er sie unterbrach.

»Da war niemand!«

»Das ist doch lächerlich!«, rief Mitchell aus.

»Aber wir haben doch das Klavier gehört! Jemand muss dort oben gewesen sein«, protestierte Carol.

»Ich sage euch doch, die Wohnung ist leer«, erwiderte Temple etwas gereizt.

»Darling«, sagte Steve sanft, »es hat keinen Sinn zu leugnen, dass jemand da war.«

»Ich frage mich, ob er auf das Dach geklettert ist«, spekulierte Mitchell nachdenklich.

»Ja, das ist möglich«, gab Temple zu. »In diesem Fall ist er mit ziemlicher Sicherheit bereits entkommen.«

Er wandte sich wieder der augenblicklichen Situation zu.

»Gerald, ich fürchte, wir müssen uns wegen Ann sofort mit dem Yard in Verbindung setzen.«

Mitchell nickte stumm.

»Es tut mir schrecklich leid, alter Freund«, fuhr der Schriftsteller fort und legte Mitchell die Hand auf die Schulter.

»Weißt du, es ist so schwer zu glauben. Ich sehe Ann an und denke an das letzte Mal, als wir zusammen waren – sie hat Witze über Steves Roman gemacht und ich weiß, es scheint seltsam, aber es ist fast so, als wären wir …« Mitchells Stimme brach.

»Komm mit, Gerald«, sagte Steve und führte ihn zur Tür. Temple hielt inne, um einen letzten Blick auf die Leiche von Ann Mitchell zu werfen. Neugierig musterte er das lange, schmale Messer. Es sah so wie ein Duplikat jenes Messers aus, mit dem Tony Rivoli getötet wurde.

Kapitel achtundzwanzig
Mr. Brightman ist besorgt

Jedes Treffen der Schlagzeilenmänner wurde deutlich unangenehmer als das vorherige. Die polizeiliche Verfolgung wurde immer intensiver und jeder neue Coup war damit doppelt so schwierig. Selbst die eisernen Nerven von Brightman und seinen Leuten begannen zu schwächeln.

Während sie früher wochenlang auf ihren Anteil an der Beute warten konnten, waren sie heute misstrauisch, wenn es sich um mehr als eine Woche verzögerte. Und obwohl er versuchte, sie zur Ordnung zu rufen, wurde Brightman langsam genauso unruhig wie die anderen. Wieder einmal hatten sie sich in seiner Wohnung getroffen, die er in diesen Tagen nicht oft benutzte. Für den Fall, dass seine Bewegungen überwacht wurden, übernachtete er in diesen Tagen in verschiedenen kleinen Hotels in ganz London.

Mit dem Rücken zum Kaminsims warf Brightman Jimmy Mills einen bösen Blick zu, der auf der Tischkante hockte und heftig protestierte.

»Reden ist ja schön und gut, Brightman«, knurrte Jimmy, »aber es wird langsam Zeit, dass wir was Konkretes sehen.«

»Mensch, Jimmy, benutz doch mal deinen Kopf!«, schnauzte Brightman und wurde immer wütender. »Kann ich was dafür, wenn das Zeug nicht kommt? Du weißt doch, ich habe immer geteilt ...«

»Hör mal, Brightman«, sagte Swan Williams, »diese Carter-Kollektion war ein verdammt schwieriges Ding – jetzt ist es an der Zeit, dass wir unseren Anteil bekommen.«

»Und wir meinen jetzt – und nicht erst zu Weihnachten!«, sagte Jed Ware.

Brightman sprach jetzt leise, obwohl er innerlich wütend war. »Ihr wisst so gut wie ich, dass wir die Carter-Kollektion noch nicht losgeworden sind.«

»Dann wird's aber Zeit!«, schimpfte Jimmy Mills.

»Was zum Teufel soll das – uns so hängen zu lassen?«, knurrte Ware.

»Die Lage wird ziemlich heiß, Brightman, und du weißt das«, sagte Jimmy. »Wir wollen das Geld – und je schneller wir's bekommen, desto schneller können wir verduften.«

»Was soll ich denn tun?«, fragte Brightman ungeduldig. »Ihr wisst doch ganz genau, dass der Chef auf der Carter-Kollektion sitzt.«

»Für uns, Brightman«, sagte Jimmy langsam, »bist du der Boss dieser Truppe.«

»Aber ich kann genauso wenig tun wie ihr«, protestierte Brightman entrüstet.

»Wenn der Chef die Carter-Kollektion hat, woher wissen wir dann, dass er uns nicht hintergeht?«, fragte Jed Ware.

»Hat er euch schon einmal betrogen?«, fragte Brightman ohne große Begeisterung.

Ware ignorierte die Frage.

»Brightman, wer ist Schlagzeilenmänner Nummer eins?«, fragte er.

Es entstand eine kleine Pause. Brightman schüttelte hilflos den Kopf.

»Ich weiß es nicht«, gestand er. »Niemand weiß es – außer Lina.«

»Dann muss sie's uns sagen!«, rief Jimmy.

Jed Ware nickte energisch zustimmend.

»Sie muss es uns sagen, Brightman«, beharrte Swan Williams.

Sie sahen ihn erwartungsvoll an und einen Moment lang schien er in Gedanken versunken zu sein. Dann sagte er plötzlich und zu ihrer Überraschung: »Ich bin völlig eurer Meinung. Wir haben lange genug im Dunkeln gearbeitet.«

Die Spannung löste sich ein wenig, als den anderen klar wurde, dass Brightman die Wahrheit sprach.

»Ich dachte, der Chef würde sich sofort mit diesem deutschen Hehler – diesem von Zelton – in Verbindung setzen«, brummte Ware.

»Verflixt noch mal, er hat in der Zwischenzeit so viel Zeit gehabt … Da hätt' er sich auch schon mit Greta Garbo in Verbindung setzen können«, rief Jimmy Mills aus.

»Da fällt mir gerade etwas ein«, murmelte Brightman nachdenklich, »wenn der Chef sich schon mit ihm in Verbindung gesetzt hat und das Zeug losgeworden ist – dann haben wir keine Chance, irgendetwas zu bekommen.«

»Mein Gott, wenn er uns betrogen hat …«, knurrte Jimmy verzweifelt. Die Drohungen, die er gerade ausstoßen wollte, wurden jedoch von Linas vertrautem Klopfen an der Tür unterbrochen.

Als sie eintrat, las sie sofort den Ausdruck von Zweifel und Misstrauen auf allen Gesichtern.

»Was ist denn los?«, fragte sie.

Brightman stellte ihr einen Stuhl hin, und sie setzte sich etwas müde.

»Nun, was ist das Problem?«, fuhr sie fort.

»Och – ähm – nichts«, antwortete Brightman leise. »Wir haben uns nur ein wenig unterhalten.«

»Hm. Die Unterhaltung scheint euch nicht gerade in beste Laune versetzt zu haben«, kommentierte Lina skeptisch. »Man kann wirklich nicht behaupten, dass ihr vor Fröhlichkeit strahlt.«

»Hör zu, Lina«, platzte Jimmy Mills heraus. »Ich bin es leid, um den heißen Brei herumzureden. Wir wollen endlich wissen …«

Brightman unterbrach ihn.

»Jimmy! Ich mach das schon.«

Jimmy ließ sich schmollend in einen Sessel zurückfallen.

»Also, Lina«, fuhr Brightman gleichmäßig fort, »wir wollten wissen, ob es irgendwelche Neuigkeiten über die Carter-Kollektion gibt.«

Brightman glaubte zu bemerken, wie sich ihr Gesichtsausdruck für einen Moment veränderte, als ob sie sich über die Frage ärgerte. Aber ihre Stimme war so ruhig und emotionslos wie immer.

»Von Zelton fliegt von München herüber«, verkündete sie. »Er trifft sich morgen Abend mit dem Chef.«

»Gut!«, nickte Brightman.

»Wenn von Zelton auf das Geschäft eingeht«, sagte Lina, »sollte jeder von euch um die zwanzigtausend verdienen.«

»Die verdienen wir auch!«, schnaubte Ware.

»Und wieviel«, fragte Jimmy Mills mit einem Hauch von Sarkasmus in der Stimme, »kriegt Schlagzeilenmann Nummer eins?«

Einen Moment lang herrschte eine bedeutungsvolle Stille. Dann sah sich Lina um und sagte: »Hier liegt etwas in der Luft. Am besten sagt ihr mir gleich, was los ist.«

Brightman zappelte unruhig herum.

»Lina, die Jungs werden unruhig«, sagte er zu ihr. »Sie denken, dass es an der Zeit ist, dass sich der Chef ihnen zeigt.«

»Und was denkst du, Andrew?«, fragte sie in strengem Tonfall.

»Ich bin ihrer Meinung«, sagte Brightman. Es hat keinen Sinn, es uns noch länger zu verheimlichen. Wir müssen wissen, wer der Chef ist.«

Vier Augenpaare waren unnachgiebig auf die Frau gerichtet, deren Gesichtszüge nichts verrieten.

»Bevor ich heute Abend hierherkam«, verkündete sie, »informierte mich der Chef darüber, dass er sich morgen Abend um neun Uhr mit von Zelton im *Glass Bowl* trifft.«

»Das ist ja alles schön und gut«, sagte Swan Williams ungeduldig, »aber woher sollen wir wissen …« Etwas in ihrem Gesichtsausdruck brachte ihn zum Schweigen.

»Der Chef«, sagte Lina langsam, »möchte unbedingt, dass ihr alle dabei seid.«

In der Wohnung direkt darunter nahm ein Mann mittleren Alters die Kopfhörer ab, die er getragen hatte, und rieb sich nachdenklich die Ohren.

Kapitel neunundzwanzig
Wrensons Bericht

»Mr. Temple, Sir!«, verkündete Sergeant Leopold respektvoll. Sir Graham Forbes erhob sich von seinem Schreibtisch, um den Schriftsteller zu begrüßen.

»Hallo, Temple, ich hoffe, ich habe Sie nicht von einem angenehmen Abendessen weggeholt«, begann er.

»Nein, ganz und gar nicht, Sir Graham. Leider habe ich ihre telefonische Nachricht erst ziemlich spät erhalten«, antwortete Temple.

Seinen Hut und seine Handschuhe legte er auf ein Ende des Schreibtisches von Sir Graham.

Forbes öffnete eine Schublade und holte eine Postkarte hervor.

»Ich dachte, das hier könnte Sie interessieren.«

»*Die Schlagzeilenmänner treffen sich heute Abend um neun Uhr im »Glass Bowl«. Ein Freund der Gerechtigkeit*«, las Temple. Er drehte die Karte um. »Hm – klingt ziemlich plump, was?«, kommentierte er nachdenklich.

»Ja, das habe ich auch gedacht«, stimmte Forbes zu.

»Haben Sie die Schrift prüfen lassen?«

»Ja. Anscheinend wurde die Karte von einer Frau geschrieben.«

»Das ist ziemlich offensichtlich, selbst für einen Amateur wie mich. Haben Sie denn keine Ahnung, wer sie geschrieben hat?«

Forbes schüttelte den Kopf. »Es ist nicht die Handschrift der Frau, die den Brief mit der Unterschrift von Andrea Fortune geschickt hat.«

»Bei dem Tempo, mit dem wir vorankommen«, murmelte Temple, »wird noch die halbe Unterwelt Londons in diesen Fall verwickelt, bevor wir ihn gelöst haben.«

Sir Graham warf die Karte mit einer ungeduldigen Geste zurück in seine Schublade.

»Übrigens«, fuhr Temple fort, »haben Sie in letzter Zeit etwas von Wrenson gehört?«

»Ich habe seinen Bericht heute Morgen erhalten.«

»Ah, das klingt schon besser«, stimmte Temple zu, der Wrenson stets bewundert hatte. »Was steht darin?«

»Er hat ziemlich viel zusammengetragen.«

»Tatsächlich?«

»Ja, er rät mir, Jimmy Mills, Brightman, Jed Ware, Swan Williams und eine Frau namens Lina Fresnay festzunehmen.«

Temple, der bei jedem Namen nachdenklich genickt hatte, blickte beim letzten Namen fragend auf.

»Lina Fresnay? Ist das ihr richtiger Name?«

»Soweit wir wissen, schon. In unserer Kartei taucht sie jedenfalls nicht auf.«

»Hm. Nun, Wrenson scheint die Bande sehr ordentlich durchleuchtet zu haben. Nicht ganz so plump und dramatisch, wie einige Leute zu denken schienen.«

»Ja, Wrenson hat sich bis auf einen gewissen Punkt gut geschlagen.«

»Und das heißt?«

»Er weiß offensichtlich nicht, wer Schlagzeilenmann Nummer eins ist!«

»Da bin ich der Letzte, der ihm das vorwirft«, lächelte Temple. »Übrigens, ich hoffe, Carol hat unser kleines Abenteuer von neulich Abend nicht allzu sehr zugesetzt. Das arme Kind hat die Sache ziemlich mitgenommen. Das habe ich bemerkt.«

»Ja, es hat sie ziemlich erschüttert. Sie war in letzter Zeit sehr zurückgezogen. Ich hoffe, sie lässt sich davon nicht unterkriegen.«

»Es hat Steve auch ziemlich mitgenommen. Ich hatte gerade gehofft, dass sie sich vom letzten Fall erholt hat«, sagte Temple.

»Ja, und apropos schlechte Nerven: Wir hatten heute Morgen Mitchell hier. Er scheint kurz vor einem Zusammenbruch zu stehen.«

226

»Das war ja zu erwarten. Er ist natürlich auch von Haus aus ein sehr nervöser Typ, der sehr leicht aus der Fassung zu bringen ist. Ich hoffe, Sie haben ihm nicht zu viele unangenehme Fragen gestellt.«

»Nein«, brummte Forbes, »nicht mehr als sonst. Außerdem konnte er uns ohnehin nichts Wichtiges sagen.«

Chefinspektor Reed kam mit einem Bündel von Berichten herein.

»Ich wusste nicht, dass Mr. Temple hier ist, Sir«, entschuldigte er sich.

»Das ist schon in Ordnung, Mac. Wir haben gerade über die Sache in Bloomsbury gesprochen.« Mac legte seinem Vorgesetzten die Berichte sorgfältig vor und schüttelte langsam den Kopf.

»Eine unangenehme Sache, Mr. Temple. Das muss ein ziemlicher Schock für Sie gewesen sein.«

Temple nickte. »Wer ist mit den Ermittlungen beauftragt? Hunter?«

»Nein«, antwortete Sir Graham, »Hunter war noch zu mitgenommen. Er hat sich aber prächtig erholt und wollte unbedingt wieder am Fall mitarbeiten.«

»Ja, Hunter ist ein tapferer Bursche«, räumte Reed angesichts seiner früheren Feindseligkeit gegenüber seinem Kollegen etwas überraschend ein. »Ich glaube, Hodges hat es bei diesem Bloomsbury-Fall nicht leicht«, fügte er hinzu.

»Ja«, nickte Sir Graham. »Die Sache ist ein völliges Rätsel. Ich kann mir nicht vorstellen, wie eine Frau wie Ann Mitchell in diese Angelegenheit verwickelt sein soll.« Er hielt inne, bevor er nachdenklich hinzufügte: »Es sei denn, sie ist zufällig Andrea Fortune.«

»Wenn das so wäre«, argumentierte Temple, »warum sollte die Bande dann ihren Chef ausschalten? Und außerdem …«

Er hielt inne, als sich die Tür geräuschvoll öffnete und Hunter hereinkam. Körperlich schien er von den Vorkommnissen auf dem Bahnhof nicht beeinträchtigt zu sein, aber im Moment war er überreizt, und eine Narbe an seiner Stirn war tiefrot gefärbt.

»Was ist los, Junge?« begrüßte Reed ihn. »Sie scheinen ein wenig …«

»Ich habe Jimmy Mills festgenommen«, erklärte Hunter atemlos.

»Guter Mann!«, lobte der Chefkommissar.

»Jimmy Mills?«, wiederholte Reed sehr überrascht. »Wo in aller Welt haben Sie ihn gefunden?«

»Ich war ihm seit drei Uhr heute Nachmittag auf den Fersen«, keuchte Hunter. »Er ist in einem teuflischen Zustand, und ich denke, er wird reden, wenn …«

»Lassen Sie ihn hierherbringen«, schlug Forbes sofort vor.

Hunter öffnete die Tür, und sie hörten die Stimme von Jimmy Mills, der sich mit Sergeant Leopold heftig stritt. Auf ein Nicken von Hunter hin wurde Jimmy in den Raum gestoßen, dicht gefolgt von dem Sergeant.

»Was zum Teufel soll das, mich hierher zu bringen?«, schrie Jimmy wütend. »Sie haben nichts gegen mich in der Hand!«

»Wenn Sie einen Moment still sind, Mills, werde ich Sie des Mordes an Lucky Gibson beschuldigen, und auch des Todes von Sergeant Donovan, Tony Rivoli und …«

»Lassen Sie mich doch in Ruhe!«, rief Jimmy. »Lasst mich alle in Ruhe, oder, bei Gott, ich werde …«

»… Sie werden uns die Wahrheit sagen«, sagte der Chefkommissar mit einem seiner durchdringenden Blicke, »und Sie können gleich damit anfangen, indem Sie uns sagen, wer Schlagzeilenmann Nummer eins ist.«

Jimmy Mills' Verhalten änderte sich plötzlich völlig.

»Das weiß ich nicht«, flüsterte er heiser.

»Nun, wer auch immer er ist, er sitzt jedenfalls auf der sicheren Seite, nicht wahr, Jimmy?«, warf Paul Temple ein.

Jimmy bemerkte die Anwesenheit des Schriftstellers erst jetzt. »Oh, Sie sind also auch hier, Mr. Temple«, spottete er.

»Ja«, antwortete Temple unerschütterlich, »ich bin auch hier, Jimmy.«

»Sie halten sich wohl für ziemlich clever«, spottete Mills.

»Überhaupt nicht, Jimmy«, antwortete der Schriftsteller.

228

»Der Clevere bist du.«

»Was soll das heißen? Ich habe meine Rechte, die hab' ich doch! Sie können mich nicht einfach einsperren und tun, was Sie wollen, ohne Beweise gegen mich zu haben.«

»Keine Sorge, Jimmy«, lächelte Temple sanft, »jeder kriegt das, was er verdient.«

Die Gelassenheit von Paul Temple schien Mills' Selbstherrlichkeit verschwinden zu lassen.

»Was krieg ich denn?«, wiederholte er und leckte sich nervös über die Lippen. »Sie meinen doch nicht etwa, dass man mich …«

»Denk an Lucky Gibson«, erinnerte Temple ihn sanft.

»Nein – das können sie nicht tun!«

»Natürlich können sie das nicht«, stimmte Temple zu, »wenn sie im Knast sitzen.«

»Jimmy, ich würde Ihnen in Ihrem eigenen Interesse dringend raten, den Mund aufzumachen«, sagte Sir Graham.

»Ja, Sie haben nichts zu verlieren«, sagte Reed.

Mills schien von einem inneren Kampf zerrissen zu sein.

»Na gut«, keuchte er nach einer Weile. »Ich werde reden!« Dann schien ihm seine Entscheidung Angst zu machen, aber Hunter war blitzschnell.

»Wer ist Schlagzeilenmann Nummer eins?«, fragte er.

Ein paar Sekunden lang herrschte Schweigen. Dann flüsterte Jimmy: »Das weiß niemand – außer dem Mädchen.«

»Du meinst Lina Fresnay?«, fragte Temple.

»Genau.«

»Weiß Brightman es auch nicht?«

Jimmy schüttelte nachdrücklich den Kopf. Erneut leckte er sich über die Lippen. »Die Bande trifft sich heut' Abend im *Glass Bowl*«, informierte er sie dann.

»Aha«, grunzte Forbes, »im *Glass Bowl*, was? Was ist der Grund für dieses Treffen?«

»Ein Mann namens von Zelton kommt aus München rüber. Er ist Hehler – er kommt, um die Carter-Kollektion zu holen.«

»Und er kommt ins *Glass Bowl*?«, fragte Forbes.

»Ja, er trifft sich dort mit dem Chef.«

»Sie Meinen Schlagzeilenmann Nummer eins?«, fragte Hunter ungläubig.

»Lassen Sie uns das klarstellen«, unterbrach Sir Graham. »Sie meinen, Schlagzeilenmann Nummer eins wird heute Abend mit von Zelton – und der Carter-Kollektion – im *Glass Bowl* sein?«

»Ja!«, rief Jimmy hysterisch. »Ja! Ja!«

»Bringen Sie ihn weg, Sergeant«, befahl Forbes rasch und wandte sich Reed zu.

»Ich will, dass das Lokal umstellt wird, Mac. Nehmen Sie so viele Männer mit, wie Sie wollen.«

Reed nickte zügig.

»Und Sie sagen Thompson, er soll auf allen Flughäfen nach von Zelton Ausschau halten«, fuhr Forbes fort und wandte sich damit an Hunter, der daraufhin eilig den Raum verließ, um diesen Befehl zu befolgen.

Sir Graham nahm den Hörer in die Hand. Sein Gesicht war ernst und grimmig.

»Harcourt? Hier spricht der Chefkommissar. Ich brauche das Überfallkommando!«

Kapitel dreißig
Das Überfallkommando

Als das erste Polizeiauto in Sicht kam, verschwand die kleine Gruppe von Nichtstuern vor dem *Glass Bowl* schnell im dichten Nebel, der vom Fluss heranzog. Als das letzte Auto zum Stehen kam, war keine Menschenseele mehr zu sehen. Die Polizisten verteilten sich lautlos um das Pub, während Reed die Männer um sich versammelte, die er zu seiner Begleitung bestimmt hatte.

Es dauerte weniger als zwei Minuten, bis ein Sergeant dem Chefinspektor die Meldung erbrachte, dass das Haus vollständig umstellt war. Reed sah sich ein letztes Mal um und stieß die Tür auf.

Im Gang spielte ein heruntergekommener junger Mann auf einem Akkordeon und sang dazu. Beim Anblick der Polizisten begann seine Stimme zu zittern und er ließ unharmonisch sein Instrument verstummen. Er drückte sich an die Wand, damit die Polizisten sich an ihm vorbeidrängen konnten.

Als sie zur Tür kamen, die in die Wirtsstube führte, verstummte das laute Geschnatter und es war nur noch ein unruhiges Schlurfen zu hören. Ein Mann, der nicht bemerkt hatte, was vor sich ging, drehte sich abrupt um, um herauszufinden, was diese plötzliche Stille verursacht hatte. Mit seinem Arm kam er dabei an einem Tablett mit Gläsern an, das auf dem Tresen stand. Es ratterte zu Boden und das Krachen, als es auf dem Boden aufprallte, war fast so laut, wie eine explodierende Bombe.

»He, was soll das?«, kreischte Mrs. Taylor, die als erste ihre Stimme wiederfand. »Das hier is'n anständiges Haus!«

Reed betrat den Raum.

»Ich unterhalte mich gerne mit Ihnen, Mrs. Taylor«, erwiderte er trocken, »aber heute Abend bin ich nicht in der Stimmung, mit Ihnen zu plaudern.« Er musterte schnell die Gesichter der Anwesenden, stellte fest, dass sie nicht die Männer waren, die er suchte, und wandte sich dann an seine Kollegen.

»Hunter, Rogers, Thornton, Deal und Priestly – Sie folgen mir. Der Rest bleibt hier.«

Als er sich zum Gehen wandte, ermahnte er die Kunden, in der Bar zu bleiben.

Reed ging den Gang entlang zum Schankraum. Die einzigen Kunden waren jedoch ein paar indische Matrosen und drei Einheimische, die er vom Sehen her erkannte.

»Nach oben!«, befahl Mac kurz, woraufhin seine Männer so geräuschlos wie möglich die schmale Holztreppe hinaufstiegen. Oben angekommen, forderte Reed sie auf, still zu sein, während er zu jeder der vier Türen ging und einige Minuten lang lauschte. Vor der am weitesten entfernten Tür blieb er stehen und winkte seinen Kollegen vorsichtig zu, als er drinnen eine Unterhaltung vernahm. Auf ein Zeichen des Chefinspektors zog jeder seinen Revolver. Er wartete einen Moment, dann drehte er den Knauf und riss die Tür auf.

Drei Männer, die am Feuer saßen, drehten sich gleichzeitig um.

»Die Polizei!«, rief Swan Williams.

»Wenn sich nur einer von euch bewegt, dann war es das letzte Mal, dass ihr …«, schnappte Reed, aber der Rest seiner Worte wurde durch einen Schuss unterbrochen. Jed Ware hatte blitzschnell eine Pistole hervorgeholt, auf die Glühbirne gezielt und den Raum damit in Dunkelheit gehüllt. Die drei Ganoven warfen sich zu Boden und gingen hinter Stühlen und anderen Möbeln, die gerade neben ihnen standen, in Deckung. Die Polizisten wiederum boten in der schmalen Tür ein leichtes Ziel. Sie zogen sich daher auf den Korridor zu zurück, auch um Thornton und Rogers, die beide getroffen worden waren, aus der Schusslinie zu ziehen. Dann begann ein reger Schusswechsel.

Reed kratzte sich verwirrt am Kopf und forderte Verstärkung an. Er hatte Grund zu der Annahme, dass Brightman und einer der anderen außer Gefecht waren, und beschloss daher, die Sache zu Ende zu bringen. Er befahl seinen Männern, ein altes Sofa aus Pferdehaar heranzuschaffen, das auf dem Treppenabsatz stand, und ließ es in die Türöffnung schieben, um ihnen einen gewissen Schutz zu bieten.

Noch immer kamen Schüsse aus zwei Revolvern, aber die Polizisten setzten schließlich ein kleines Maschinengewehr ein. Daraufhin dauerte es nicht mehr lange, bis die Knallerei seitens der Schlagzeilenmänner verstummte.

Reed betrat den Raum, als sich der Rauch verzogen hatte, und betrachtete neugierig die trägen Gestalten im Schein einer Taschenlampe.

Von Schlagzeilenmann Nummer eins gab es keine Spur.

Kapitel einunddreißig
Neuigkeiten von Hargreaves, Gilbert Wrenson und Mr. J. P. Goldie

»Nun, ich muss schon sagen, dass Sie ein ausgesprochener Glückspilz sind, Hunter«, sagte Sir Graham Forbes am nächsten Morgen etwas grimmig. »Wie geht es den anderen?«

»Thornton hat es ziemlich schlimm erwischt, Sir«, informierte Hunter ihn.

»Oh nein! Und was ist mit Rogers?«

»Es hat sich herausgestellt, dass er gar nicht so schwer verletzt ist, wie wir annehmen mussten. Er hatte Glück und sein Zigarettenetui in der Brusttasche. Die Kugel wurde dadurch umgelenkt und hat ihn nur an der Schulter gestreift.«

»Ist Mac in Ordnung?«, fragte Temple, der am Schreibtisch des Chefkommissars stand.

»Kein einziger Kratzer«, grinste Hunter. »Weiß der Himmel, warum sie ihn verfehlt haben!«

Sir Graham reichte seine Zigaretten herum und zündete sich langsam eine an.

»Es ist sehr schade, dass es Ihnen nicht gelungen ist, Lina Fresnay zu fassen«, murmelte er mit bedauernder Stimme. »Laut einem Bericht, den ich hier habe, war sie im Lokal, als Sie kamen.«

»Das verstehe ich nicht!«, sagte Hunter und legte die Stirn in Falten. »Sowohl Mac als auch ich haben uns sorgfältig umgesehen. Natürlich war alles voller Rauch – aber trotzdem muss sie irgendwie durch die Absperrung geschlüpft sein.«

»Irgendwo habt ihr nicht aufgepasst«, knurrte Forbes. »Was ist mit Brightman?«

»Ihm geht es ziemlich schlecht«, antwortete Hunter. »So wie allen anderen auch, mit Ausnahme von Swan Williams.«

»Haben Sie ihn befragt?«

»Ja, Sir.«

»Hm. Er macht den Mund nicht auf, was?«

»Er redet zwar viel, aber er scheint nicht viel zu wissen.«

»Genau wie ich erwartet hatte«, sagte Temple. »Man hat die Männer die meiste Zeit im Dunkeln gelassen. Wird Brightman bald wieder gesund genug sein, um etwas zu sagen?«

»Heute Morgen ging es ihm schon etwas besser«, antwortete Hunter. »Außerdem ist Mac gerade bei ihm.«

»Wir hätten nicht so überstürzt handeln sollen«, überlegte Sir Graham. »Wenn wir gewartet hätten, hätten wir wahrscheinlich Schlagzeilenmann Nummer eins erwischt. Ich würde mich nicht wundern, wenn der Anblick der Polizeiwagen ihn verscheucht hätte.«

Temple pustete einen ordentlichen Rauchring in die Luft.

»Schlagzeilenmann Nummer eins hatte nie die Absicht, gestern Abend auch nur in die Nähe des *Glass Bowl* zu kommen«, erklärte er ruhig.

»Wie können Sie das behaupten?«, fragte Forbes scharf.

Temple lehnte sich in seinem Stuhl vor.

»Von Zelton kommt aus München mit dem ausdrücklichen Ziel, die Carter-Kollektion von den Schlagzeilenmännern zu kaufen. Aber der große Chef hat erkannt, dass die Lage zu gefährlich geworden ist: Die Dinge werden zu heiß. Er arrangiert daher, dass die Bande im *Glass Bowl* auf ihn wartet, während er persönlich von Zelton woanders trifft und das Geschäft abschließt. Sollte es passieren, dass die Polizei an jenem Abend eine Razzia im *Glass Bowl* durchführt, nun – das war dann eben Pech für die Bande.«

»Wollen Sie damit sagen, dass er sie hintergangen hat?«, fragte Hunter aufgeregt.

Temple nickte.

»Das erklärt auch die Nachricht, die ich erhielt und in der das Treffen im *Glass Bowl* erwähnt wird«, überlegte Forbes.

»Es scheint so«, lächelte Temple.

Sie hörten, wie es an der Tür klopfte. Reed kam herein. Er war voller Selbstmitleid.

»Hallo, Mac. Sie scheinen ja nicht gerade erfreut darüber

zu sein, dass Sie noch leben«, begrüßte ihn Forbes.

»Ich hatte gerade ein nettes, kleines Gespräch mit jemandem, der verschlossen ist, wie eine Auster«, sagte Reed mürrisch.

»Will Brightman nicht reden?«, fragte Hunter mit einigem Interesse.

»Reden! Es ist, als ob man den Teufel persönlich dazu bringen muss! Dieser Mistkerl singt nicht!« Reed zerzauste sein hellbraunes Haar vor Verärgerung.

»Diese ganze Sache ist verdammt unerfreulich«, murmelte Forbes mit deutlich vernehmlichem Ärger.

»Aber Sir Graham«, warf Hunter ein, »wenn Schlagzeilenmann Nummer eins nicht im *Glass Bowl* war, dann …«

»Das ist es nicht, was mich aufregt«, antwortete Sir Graham kurz. »Ich bin geneigt, Temples Theorie rechtzugeben: Er hatte gar nicht die Absicht, im Lokal aufzutauchen. Was mir Sorgen macht, ist die Tatsache, dass uns das Mädchen durch die Lappen gegangen ist.«

»Ich fürchte, das war unvermeidlich«, erklärte Reed. »Als unsere anderen Männer die Schüsse hörten, eilten die meisten nach oben.«

Sir Graham akzeptierte diese Erklärung eher niedergeschlagen.

»Und überhaupt, wem ist eine Frau in der Bar aufgefallen?«, fragte Reed. »Mir sicherlich nicht.«

»Wenn ich es mir recht überlege, Mac, dann habe ich eine junge Frau gesehen: Sie stand auf der rechten Seite. Aber ich kam nicht auf die Idee, dass es sich dabei um Lina Fresnay handeln könnte.«

»Warum nicht?«, fragte Temple schnell.

»Na ja, sie war ziemlich eingepackt und nicht besonders gut gekleidet. Ich dachte, sie sei eine Stammkundin.«

»Tja, wir hatten ja auch erwartet, sie beim Rest der Bande zu finden«, fügte Mac hinzu.

»Sie war auch nicht die einzige Person, die später nicht mehr dort war«, fuhr Hunter fort.

Sir Graham hob fragend die Brauen.

»Als wir eintraten, sah ich einen Pfarrer in einer der Nischen sitzen«, fuhr Hunter fort. »Nach der Schießerei schien er auf wundersame Weise verschwunden zu sein.«

»Hm, ein Pfarrer«, wiederholte Forbes ohne große Begeisterung.

»Könnte es vielleicht unser alter Freund Reverend Charles Hargreaves gewesen sein?«, fragte Temple freundlich.

»Hargreaves!«, rief Hunter. »Das war doch der Kerl, der mich im Krankenhaus angerufen hat, um mich zu warnen, dass ...«

Das Telefon klingelte. Es war Sergeant Leopold, der Sir Graham mitteilte, dass ein Besucher auf ihn wartete.

»Wie? Ich kann jetzt niemanden empfangen«, bellte Sir Graham. »Was war das? Wer? Ach ... Hargreaves ... In Ordnung, dann schicken Sie ihn herein.« Er legte den Hörer auf.

»Aber das ist doch der Mann, von dem ich gerade gesprochen habe!«, rief Hunter völlig erstaunt. Auch Temple interessierte dieser Besuch sehr.

»Reverend Charles Hargreaves«, verkündete Sergeant Leopold. Alle Augen richteten sich auf die Tür. Mit einem leichten Lächeln, das seinen verschmitzten Mund umspielte, schüttelte Reverend Hargreaves Sir Graham die Hand und wandte sich dann an Temple.

»Ich hatte gehofft, wir würden uns wiedersehen, Mr. Temple – so schnell kann es gehen«, lächelte Hargreaves.

Hunter jedoch ließ sich nicht aus der Ruhe bringen.

»Sir Graham, das ist der Mann, der bei der Razzia im *Glass Bowl* war! Das schwöre ich!«, beharrte er.

Der Chefkommissar lächelte eher grimmig.

»Schon gut, Hunter. Er läuft uns nicht davon!« Sir Graham hielt inne, als treffe er eine Entscheidung, und verkündete dann: »Meine Herren, darf ich Ihnen einen alten Kollegen von mir vorstellen – Gilbert Wrenson vom Kriminalnachrichtendienst.«

»Schön Sie kennenzulernen«, stotterte Hunter schließlich.

»Sehr angenehm, Inspektor«, lächelte Wrenson freundlich. »Nun, Temple, ich hoffe, wir sind uns nicht zu oft auf die Füße getreten.«

»Nein«, lachte der Schriftsteller, »aber Ihre Aufmachung

hat mich anfangs völlig verwirrt. Ich habe mir stundenlang den Kopf zerbrochen, wo ich Sie schon einmal gesehen hatte.«

»Ja, meine Tarnung scheint funktioniert zu haben«, stimmte Wrenson zu.

»Ich kann mich nicht beklagen«, murmelte Sir Graham, »Sie haben gute Arbeit geleistet.«

»Was genau ist im ersten Stock des *Glass Bowl* passiert?«, wollte Wrenson begierig wissen.

»Wir haben Brightman, Jed Ware und Swan Williams festgenommen«, informierte Sir Graham ihn. »Aber den Kerl, hinter dem wir eigentlich her sind, haben wir nicht erwischt.«

Wrenson schien in Gedanken versunken zu sein.

»Gilbert«, sagte Forbes, »wer ist Schlagzeilenmann Nummer eins?«

Reed und Hunter musterten eifrig Wrensons Gesichtszüge und versuchten, seine Antwort zu erahnen. Wrenson lockerte unbehaglich seinen Priesterkragen.

»Ich wünschte, ich wüsste es«, musste er zugeben. »Niemand – nicht einmal Brightman – weiß es. Nur Linda Fresnay.« Mit einer gemurmelten Verwünschung lehnte sich Forbes müde in seinem Stuhl zurück und schloss die Augen.

»Ich glaube, ich habe an diesem Fall härter gearbeitet und bin mehr Risiken eingegangen als je zuvor in meinem Leben, und doch habe ich irgendwie nicht die Ergebnisse erzielt, die ich angestrebt habe«, gab Wrenson zu. »Ich habe in der Wohnung in Hampstead ein Mikrophon angebracht und Sir Graham davon überzeugt, die Verhaftung von Mills und Brightman so lange wie möglich hinauszuzögern, damit ich ihre Gespräche mithören konnte. Auf diese Weise erfuhr ich von dem geplanten Anschlag auf Lucky Gibson im Krankenhaus. Ich setzte mich daraufhin zwar mit Hunter in Verbindung, aber leider war es da schon zu spät. Ich hatte auch eine ziemlich gute Vorstellung davon, wie die Bande bei der Sache in Nottingham vorgehen würde, konnte aber damals nichts dagegen unternehmen – außer vor Ort zu sein, als es passierte.«

»Sie haben ihre Sache bemerkenswert gut gemacht«, sagte Temple mit großem Respekt in der Stimme.

»Bis zu einem gewissen Punkt, ja«, nickte Wrenson. »Ich hatte verdammtes Glück, dass ich das Kind von Blakeley gesund und munter zurückbringen konnte. Sie hatten ihn in eine verlassene Blechhütte am Fluss gebracht, die einem rattengesichtigen kleinen Teufel namens Ginger Ricketts gehörte. Ihr alter Kumpel Chubby Wilson war es, der mich dann auf die richtige Spur in dieser Sache brachte. Ich war eines Abends in der Seemannsmission und bereitete mich auf einen der wöchentlichen Liederabende vor, als eine Nachricht für Chubby kam. Darauf stand: »Sei heute Abend um neun am Redhouse-Kai.« Ich habe die Nachricht natürlich überbracht und bin Chubby dann gefolgt.«

»Und er hat Sie zu Ginger Ricketts' Hütte geführt?«, fragte Temple.

»Ja. Zuerst dachte ich, dass ich über das eigentliche Versteck der Bande gestolpert war. Aber nachdem ich Blakeleys Jungen gefunden hatte, wurde mir klar, dass sie den Ort mehr oder weniger verlassen hatten und ihn nur noch bei seltenen Gelegenheiten benutzten.«

»Warum waren Sie heute Abend im *Glass Bowl*?«, fragte Forbes neugierig.

»Ich wartete dort auf einen Mann, den kennenzulernen mir zehn Jahre meines Lebens wert wäre: Schlagzeilenmann Nummer eins«, antwortete Wrenson schlicht.

»Aber wie kamen Sie darauf, dass er dort sein würde?«, wollte Hunter wissen.

»Wo wir gerade davon sprechen«, antwortete Wrenson mit einem Augenzwinkern, »wie kamen *Sie* darauf, dass er dort sein würde?«

»Nun, zum einen habe ich diese Karte hier erhalten«, sagte Forbes und zeigte sie ihm. »Zum anderen haben wir Jimmy Mills am frühen Abend aufgegriffen und er hat den Mund aufgemacht.«

»Verstehe«, nickte Wrenson. »Nun, meine Informationen stammen direkt aus erster Hand. Ich habe ein lustiges kleines Treffen mitgehört, das die Bandenmitglieder vorgestern Abend hatten. Lina Fresnay hat Brightman und der Bande definitiv versprochen, dass sie Schlagzeilenmann Nummer eins im *Glass Bowl* treffen würden, zusammen mit einem anderen interessanten Herrn namens von Zelton.«

»Ja, Jimmy hat uns von ihm erzählt. Ich habe einen Haftbefehl erwirkt. Haben Sie etwas über von Zelton herausgefunden?«

»Nicht sehr viel. Er ist aber wohl der größte Hehler in Europa. Und es besteht nicht der geringste Zweifel daran, warum er hier ist.«

»Wegen der Carter-Kollektion«, sagte Reed.

»Genau. Ich habe gehört, wie sie in der Wohnung darüber gesprochen haben.«

»Temple ist der Meinung«, sagte Forbes, »dass der Chef die Absicht hatte, die Bande im *Glass Bowl* zu versammeln und sie dann zu hintergehen. Ich bin geneigt, ihm rechzugeben ...«

»Genau das hatte er vor – und er ist damit durchgekommen. Unsere einzige Chance ist jetzt, von Zelton aufzuspüren und herauszufinden, wo er sich mit Schlagzeilenmann Nummer eins getroffen hat.«

»Vielleicht können wir auch das Mädchen fassen«, sagte Forbes.

»Sie war gestern Abend im Lokal und angesichts dessen, was passiert ist, überrascht mich das ziemlich«, runzelte Wrenson die Stirn. »Ich kann nicht verstehen, warum Schlagzeilenmann Nummer eins ein doppeltes Spiel mit ihr treiben sollte. Schließlich ist sie die einzige Person, die seine wahre Identität kennt.«

»Vielleicht war sie aus einem bestimmten Grund dort«, sagte Forbes. »Um zu sehen, ob auch die ganze Bande auftaucht, zum Beispiel. Sie ist nicht zum Treffen in den ersten Stock gegangen. Wahrscheinlich hatte sie später eine Verabredung mit dem Chef. Wir dürfen nicht vergessen, dass sie sein einziger direkter Kontakt zur Bande war. Er verließ sich wahrscheinlich darauf, dass sie ihn auf dem Laufenden hielt.«

»Kurz nachdem die Polizei eintraf, entkam sie durch einen der Seiteneingänge – in dem Moment, in dem die Schießerei begann«, erinnerte sich Wrenson. »Ich habe mein Bestes getan, um ihr zu folgen, aber es war sehr neblig am Fluss.

Dennoch konnte ich eine interessante Entdeckung machen.«

»Tatsächlich?«, fragte Temple neugierig.

»Sie ließ ihre Handtasche fallen. Darin befand sich diese Karte.«

Die Karte war nur ein einfaches Stück Pappe, auf das nur ein paar Worte gekritzelt waren: *Mr. Wallace Sabina. Hotel Autumn.*

»Wer in aller Welt ist Wallace Sabina?«, fragte Temple und beugte sich über Sir Grahams Schulter.

»Wenn Sie mal in die untere Ecke sehen, dann stehen da noch zwei Buchstaben«, wies Wrenson sie hin.

»Mein Gott!«, rief Sir Graham.

»V. Z. – Das muss von Zelton sein!«, rief Hunter aus.

»Heiliger Strohsack, ja! Jetzt reimt es sich zusammen! Sabina muss Schlagzeilenmann Nummer eins sein – und er wartet auf von Zelton im Hotel *Autumn*«, sagte Wrenson und schlug mit der flachen Hand auf den Schreibtisch.

»Dann darf von Zelton ihn um keinen Preis treffen«, entschied der Chefkommissar.

»Warum denn nicht?«, fragte Temple zur Überraschung aller.

»Aber Temple, verstehen Sie doch, dass …«

»Ich habe immer gedacht, dass es für die Polizei ideal ist, zwei Fliegen mit einer Klappe zu schlagen«, sagte Temple etwas kryptisch.

Jede weitere Diskussion wurde durch das Klingeln des Telefons unterbrochen. Reed, der am nächsten neben dem Apparat stand, nahm den Hörer ab.

»Büro des Chefkommissars, hallo? … Ach, Thompson! … Sie haben *was*? Guter Mann! … Dann passen Sie auf ihn wie auf Ihren Augapfel auf! … Ja, bringen Sie ihn so rasch wie möglich hierher.«

»Was wollte er?«, fragte Forbes.

»Thompson hat aus Croydon angerufen«, antwortete Reed.

»Was ist los?«

»Man hat von Zelton festgenommen. Er ist soeben mit einem Sonderflugzeug eingetroffen.«

»Gott sei Dank!«, hauchte Forbes.

»Tja, wer auch immer unser Freund Sabina ist, es sieht so aus, als ob er auf von Zelton vergeblich wartet«, lächelte Wrenson.

Reed und Hunter machten keine Anstalten, ihre Freude zu verbergen. Paul Temple war der Einzige in der Gruppe, der nicht verriet, dass ihm diese Neuigkeit gelegen kam.

Ein eher kleiner, recht korpulenter Mann stützte seine Ellbogen auf den Tresen des Empfangstischs in der schäbigen Lobby des Hotels *Autumn*.

»Guten Morgen, Sir«, sagte der Rezeptionist.

»Guten Morgen!« Der kleine Mann sprach mit einem starken, kehligen Akzent. »Ich glaube, bei Ihnen wohnt ein Herr, den ich gerne sprechen würde.«

»Wie lautet der Name, Sir?«

»Der Name des Herrn ist Mr. Wallace Sabina.«

»Oh ja, Sir. Mr. Sabina ist in Zimmer vierundsiebzig. Ich glaube, er erwartet Sie.« Er rief einen Pagen herbei.

»Welchen Namen darf ich melden, Sir?«

Mr. J. P. Goldie lächelte den wartenden Pagen wohlwollend an.

»Mein Name«, sagte er leise, »ist Herr von Zelton.«

Kapitel zweiunddreißig
Das Hotel *Autumn*

Wenn Mr. Wallace Sabina Mr. J. P. Goldie schon einmal begegnet war, zeigte er keine Anzeichen dafür, dass er ihn erkannte. Man musste jedoch eingestehen, dass Goldies Verkleidung und Make-up vielen Meistern der Kunst getrotzt hätten. Aus jedem Blickwinkel hatte sein Gesicht germanische Züge und sein deutscher Akzent entsprach der tief kehligen Sprechweise.

Als der Page die Tür öffnete, erhob sich Mr. Wallace Sabina von einem kleinen Schreibtisch in der hinteren Ecke des Raumes und kam näher, um seinen Gast zu begrüßen.

»Mr. Sabina?«, fragte der kleine Mann.

»Herr von Zelton! Es freut mich sehr.«

»Ich bin wohl ein bisschen spät dran, was?«, lächelte von Zelton. »Ich musste ein Sonderflugzeug nehmen und dann dieser Verkehr – es war nicht sehr einfach, hierherzukommen.«

Sabina nickte verständnisvoll. »Hatten Sie eine gute Reise?«, fragte er höflich und zog den einzigen Sessel für seinen Gast heran.

»Keine Reise ist gut, mein Freund«, schimpfte von Zelton, »manche sind schlecht, manche nicht so schlecht. Die heutige war das, was man als grässlich bezeichnen würde.«

Sabina amüsierte sich über die merkwürdige Redeweise seines Besuchers.

»Es tut mir leid, dass Sie den weiten Weg auf sich nehmen mussten, von Zelton, aber die Angelegenheit ist dringend, und ich denke, sie ist Ihre Reise wert.«

Herr von Zelton rieb sich die Hände.

»Vergessen wir die Reise. Es ist sehr schön, Sie kennenzulernen, nachdem wir miteinander so viele Geschäfte gemacht haben.«

»Miteinander … viele Geschäfte?«, wiederholte Sabina etwas verwirrt.

Von Zelton nickte. »Ich meine, indirekt.«

»Ach?«

»Wissen Sie, mein Freund, immer wenn Sie hier ein großes Ding gedreht haben, dann hatte das sozusagen günstige Auswirkungen für mich.«

»Ich verstehe«, lächelte Sabina freundlich. »Möchten Sie etwas trinken?«

»Nein, nein, vielen Dank. Ich würde gerne gleich zur Sache kommen und die Angelegenheit besprechen, wegen der Sie mich kommen ließen.«

»Ah, ja«, nickte Sabina und schenkte sich einen Whisky ein. Langsam füllte er sein Glas mit Soda, bevor er mit ernsterer Stimme fragte: »Von Zelton, haben Sie schon von der Carter-Kollektion gehört?«

Von Zelton war offensichtlich beeindruckt.

»Wer hat das nicht, mein Freund?«

»Stimmt«, nickte Sabina.

»Sie ist, wie ich höre, etwa zweihunderttausend Pfund in Ihrem Geld wert«, fuhr von Zelton fort.

»Da scheinen Sie falsch informiert worden zu sein, mein Freund. Sie ist eine Million wert!«

»Eine Million!«, lachte von Zelton skeptisch. »So viel Geld gibt es doch auf der ganzen Welt nicht!«

»Trotzdem will ich nur zweihunderttausend dafür – und zwar heute Abend«, verkündete Sabina mit grimmiger Entschlossenheit.

»Das ist eine Menge Geld«, überlegte von Zelton.

»Die Carter-Sammlung ist eine Million wert«, betonte Sabina mit Nachdruck. »Selbst wenn die Steine geschliffen werden müssen, bekommen Sie dafür …«

»Moment mal! Einen Augenblick, bitte!«, warf von Zelton leise ein. »Ich habe nicht die Angewohnheit – wie ihr Engländer sagt – ein Schwein im Beutel zu kaufen. Ich möchte die Sammlung zuerst sehen.«

Sabina holte einen Schlüssel hervor, ging zum Schreibtisch, zog eine kleine Kiste heraus und schloss sie auf. Im Inneren befand sich die Carter-Kollektion, die sich glänzend von ihrem schwarzen Samthintergrund abhob.

»Das ist sie also«, murmelte von Zelton sehr beeindruckt, »die berühmte Kollektion. Wunderbar, wunderschön!«

»Sie sehen also«, fuhr Sabina fort, »dass Sie sie nur aus dem Land schaffen müssen.«

»Das wird nicht so einfach sein. Die Polizei ist doch sicherlich alarmiert«, argumentierte von Zelton und ließ die Steine sanft durch seine empfindlichen Finger rieseln. »Die Steine sind wunderschön, aber es ist ein Risiko …«

Plötzlich schrillte das Telefon. Mit einem unverständlichen Fluch wegen der Unterbrechung entschuldigte sich Sabina und nahm den Hörer ab.

»Hallo? … Ja, Sabina hier.«

Er erkannte Linas Stimme sofort. Ausnahmsweise war sie aufgeregt und sprach nicht mehr in ihrem ruhigen, gleichmäßigen Ton.

»Schlechte Nachrichten«, flüsterte sie eindringlich.

»Was meinst du? Von wo sprichst du?«

»Ich bin nicht weit von Scotland Yard entfernt. Sie haben von Zelton.«

»Erzähl keinen Unsinn! Er sitzt doch hier vor mir!«

»Ich habe gerade gesehen, wie sie ihn in den Yard gebracht haben.«

»Das muss ein Irrtum sein.«

»Du weißt, dass ich mich bei solchen Dingen nie irre.«

»Aber ich sage dir doch, von Zelton ist hier!« Sabina war jetzt ziemlich wütend. »Lina, um Himmels willen, wenn das ein Scherz sein soll, dann …«

»Das ist kein Scherz. Und es ist weder für dich noch für mich lustig«, sagte sie mit fester Stimme. »Ich muss aufhören. Ein Mann in Zivil ist gerade an der Telefonzelle vorbeigekommen … Wiederhören!«

Sabina knallte den Hörer auf die Gabel und sah ziemlich verwirrt aus, dann nahm er ihn wieder ab.

Eine fremde Stimme unterbrach ihn plötzlich in seinem Vorhaben.

»Legen Sie den Hörer auf, Mr. Sabina!«

Der Hörer landete erneut auf der Gabel.

»Dann ... Dann sind Sie also gar nicht von Zelton«, stammelte Sabina erschrocken.

»Nein«, sagte die klare, feste Stimme ohne eine Spur von Akzent.

»Wer zum Teufel sind Sie dann?«

»Das ist eine lange Geschichte, Sabina«, fuhr der andere fort, »und ich bin ihr ein wenig überdrüssig. Es gibt nur noch ein letztes Kapitel darin und dann ...«

»Um Himmels willen, nehmen Sie die Waffe runter!«, rief Sabina verzweifelt. »Wenn Sie Geld wollen, dann ...«

»Ich will kein Geld«, erwiderte der andere kühl.

»Was dann? Was wollen Sie?«

Einige Sekunden lang beäugten sich die Männer gegenseitig, so scharfsinnig wie Gegner im Boxring. Dann sprach der kleine Mann wieder.

»Ich will Rache!« In seiner Stimme lag ein leiser, unheimlicher Tonfall, der aber immer lauter wurde, bis er fast schrie. »Rache! Rache!«

Er streckte den Revolver bedrohlich nach vorne.

»Nein! Nein!«, schrie Sabina. »Um Himmels willen ...«

Der kleine Mann beruhigte sich ein wenig. »Erinnern Sie sich an Lester Granville, den Schauspieler?«, fragte er in sehr bedächtigem Ton. »Sein Kind wurde entführt. Seine einzige Tochter. Er bezahlte siebentausend Pfund Lösegeld.« Er trat einen Schritt nach vorne, dann wurde seine Stimme erneut lauter. »Aber sie wurde nicht zurückgebracht! Sie wurde nicht zurückgebracht!«

»Nicht schießen!«, flehte Sabina hysterisch.

Aber Lester Granville schoss viermal mit kalter Entschlossenheit. Dann legte er die Diamanten sorgfältig in das Kästchen zurück und steckte es gemeinsam mit dem Revolver in seine Manteltasche. Mit einem letzten verächtlichen Blick auf die Leiche des Mannes, der Gerald Mitchell gewesen war, öffnete er rasch die Tür und ging ungerührt den Korridor hinunter.

Kapitel dreiunddreißig
Eine Überraschung für Gilbert Wrenson

Mit entschlossenem Gesichtsausdruck stiegen vier Männer aus einem Polizeiauto und schritten zielstrebig in die Eingangshalle des Hotels *Autumn*. Der Mann, der sie anführte, ging auf den Direktor zu und stellte sich unverzüglich vor.

»Ich bin Sir Graham Forbes von New Scotland Yard.«

»Sie waren aber schnell«, kommentierte der Hoteldirektor positiv überrascht. »Es ist doch erst fünf Minuten her, dass ich angerufen habe.«

»Angerufen?«

»Ja, wegen des Selbstmords.«

Sir Graham warf einen fragenden Blick auf Reed, Hunter und Paul Temple. Dann wandte er sich wieder an den Direktor.

»Wegen Ihres Selbstmords bin ich nicht hier. Ich stelle einige Nachforschungen über einen gewissen Mr. Wallace Sabina an.«

»Aber der Tote ist doch Mr. Sabina!«, rief der Direktor aufgeregt.

»Zeigen Sie uns sein Zimmer«, befahl Sir Graham sofort, und der Direktor führte ihn die Treppe hinauf.

Auf dem Weg dorthin erklärte er, dass ein Zimmermädchen vor kaum zwanzig Minuten vier deutliche Schüsse gehört hatte. Sie hatte sich nicht getraut, nachzusehen. Es verstrich daher einige Zeit, ehe sie Alarm schlug und sie gemeinsam das Zimmer betraten.

Als die Tür geöffnet wurde und die drei Scotland-Yard-Männer die Leiche mit den grotesk entstellten Gesichtszügen sahen, zuckten die Beamten zusammen. Nur Paul Temple zeigte nicht das geringste Zeichen der Überraschung darüber, dass die Leiche Gerald Mitchell war.

Sir Graham begann, den Hoteldirektor mit einer Reihe von Fragen zu löchern, aber dieser konnte ihm nicht viel weiterhelfen. Er dachte, dass der Rezeptionist vielleicht mehr über Wallace Sabina wusste, und rief ihn per Telefon herbei.

»Nun, wenn es Selbstmord war, hat er es ziemlich geschickt gemacht«, kommentierte Mac und betrachtete die Leiche.

»Selbstmord!«, spottete Forbes. »Wie zum Teufel kann ein Mann vier Kugeln in sich hineinpumpen?«

Paul Temple ergriff zum ersten Mal das Wort, seit sie den Raum betreten hatten.

»Hätten Sie etwas dagegen, wenn ich dem Rezeptionisten ein paar Fragen stelle, Sir Graham? Ich habe eine interessante Theorie über den Mord und wenn alles zusammenpasst, dann …«

»Also gut, Temple, stellen Sie Ihre Fragen«, stimmte Forbes unwirsch zu. In diesem Augenblick kam der Mann. »Dieser Herr hier möchte Ihnen einige Fragen stellen«, erklärte Sir Graham dem Rezeptionisten und nickte Temple zu, damit dieser fortfuhr.

»Mich interessiert der Gentleman, der Mr. Sabina besucht hat«, begann Temple und musterte den Rezeptionisten scharfsinnig.

»Sie meinen Herrn von Zelton, Sir?«

Hunter stieß einen Ausruf aus, aber Temple ignorierte ihn.

»Genau«, fuhr er gleichmäßig fort, »ich meine Herrn von Zelton. Wie alt würden Sie ihn schätzen?«

»Och, das ist schwer zu sagen, Sir. Vielleicht so fünfundfünfzig.«

»Wann kam er?«

»Vor etwa einer Stunde, Sir, soweit ich das beurteilen kann. Er schien ein lustiger kleiner Mann zu sein«, fügte der Rezeptionist hinzu und versuchte, Temple zu helfen.

»Sie hatten ihn also noch nie zuvor gesehen?«

»Nein, Sir«, lautete die eindeutige Antwort.

»Wie lange wohnte Mr. Sabina schon hier?«

»Nun, um genau zu sein, eigentlich wohnte er noch gar

nicht hier. Er kam erst heute Vormittag gegen zehn Uhr und hat sein Zimmer bis Dienstag gebucht.«

»Hm. Hatte er im Laufe des Tages noch andere Besucher?«

»Nein, Sir. Aber es gab zwei Telefonanrufe für ihn, Sir. Einer kam, als Herr von Zelton bei ihm war.«

»Haben Sie sie zufällig mitgehört?«

»Aber nein, Sir!«, antwortete der Rezeptionist in einem verletzten Ton.

»Hat Sabina gesagt, dass er einen Herrn von Zelton erwartet?«

»Ja, Sir, das hat er mir gesagt, gleich bei der Anmeldung.«

»Und dieser Herr von Zelton – sind Sie ganz sicher, dass er Ausländer war?«

»Darauf würde ich mein Leben verwetten, Sir«, antwortete der Rezeptionist mit großem Nachdruck.

»Verstehe«, murmelte Temple nachdenklich. Dann entließ er den Angestellten, der mit dem Direktor hinausging.

»Wie zum Teufel konnte es von Zelton sein?«, fragte Forbes gereizt, als Hunter die Tür schloss.

»Sie glauben doch nicht, dass Thompson den falschen Kerl festgenommen hat?«, schlug Reed vor.

»Auf keinen Fall!«, antwortete Hunter. »Der Kerl, den wir in Croydon aufgegriffen haben, war der echte von Zelton. Ich habe mir seine Fotos angesehen.«

»Natürlich war es der echte von Zelton«, stimmte Sir Graham ungeduldig zu.

»Aber wer zum Teufel war dann dieser Kerl? Er muss verdammt viel mehr als wir über die Schlagzeilenmänner gewusst haben«, sagte Hunter.

»Ja, und er muss auch ein ziemlich guter Schauspieler gewesen sein«, fügte Reed hinzu.

»Bei Timothy!«, stieß Temple plötzlich aus.

Forbes blickte misstrauisch auf.

»Nun, Temple, was ist los?«

»Ach, nichts«, antwortete der Schriftsteller und sah etwas verlegen aus. Das Telefon begann zu klingeln und ersparte ihm jede weitere Erklärung.

Forbes ging ran.

»Es könnte für Sabina sein«, murmelte er. Es war jedoch Wrenson, der vom Yard aus sprach. Vom Inhalt des Gesprächs bekamen die anderen nicht viel mit, außer dass Sir Graham die Nachricht erheblich erschrak.

»Verdammt!«, rief er, als er den Hörer auflegte. Auf die fragenden Blicke seiner Untergebenen antwortete er: »Vor etwa fünf Minuten wurde ein Paket auf dem Yard abgegeben. Es war an Reverend Charles Hargreaves adressiert.« Er hielt inne. »Darin befand sich die Carter-Kollektion.«

Seine Kollegen waren entsprechend überrascht.

»Dieser Kerl, der sich als von Zelton ausgab, muss sie Mitchell gestohlen haben«, folgerte Hunter und runzelte die Stirn. »Wer auch immer es war, es kann sich dabei also um keinen Gauner gehandelt haben.«

»Tja, ich fahre dann zum Yard zurück. Ich sehe keinen Grund, hier zu bleiben. Sie beide kümmern sich um den Arzt und den Fotografen, wenn sie hier sind«, befahl Sir Graham. »Kommen Sie mit, Temple?«

Temple nickte. Sie gingen die Treppe hinunter und sprachen über den Fall. Während sich Sir Graham ein letztes Mal mit dem Hotelmanager unterhielt, bat Temple um Erlaubnis, das Telefon benutzen zu dürfen. Er wählte die Nummer seiner Wohnung und hörte bald darauf Steves Stimme.

»Hallo, Liebling, ich rufe nur an, um dir zu sagen, dass es heute Abend ziemlich spät werden könnte … Ja … Leider kann ich nicht sagen, wie spät … Ja, es ist sehr wichtig! … Ich treffe mich nämlich mit einem alten Freund von uns. Mit Mr. J. P. Goldie.«

Kapitel vierunddreißig
Paul Temple isst viel zu viele Muffins

Am nächsten Tag war es schon Teezeit, als Steve ihren Mann zu Gesicht bekam. Den ganzen Tag über war er bei Scotland Yard gewesen, um dort mitzuteilen, was er herausgefunden hatte und um seine Aufzeichnungen über die verschiedenen Aspekte der Aktivitäten der Schlagzeilenmänner mit den Beamten abzugleichen.

Steve hatte nur eine ungefähre Vorstellung davon, was geschehen war, und ihr Reporterinneninstinkt war geweckt. Im Moment schien ihr Mann jedoch nur ein Ziel zu verfolgen: den Stapel Muffins zu vertilgen, der verlockend vor ihm lag.

»Wäre Sherlock Holmes verheiratet gewesen, hätte seine Frau mein tiefstes Mitgefühl gehabt«, seufzte Steve mit einem Augenzwinkern.

»Ich bin sicher, sie wäre eine schreckliche Plage für ihn gewesen«, antwortete Temple ernst und griff nach einem weiteren Muffin.

»Trotzdem, Darling, ich finde dich großartig!«, lächelte Steve.

»Ich auch, bei Timothy!«, erklärte ihr Mann gelassen.

»Ich weiß wirklich nicht, wie du das machst!«

»Es ist eine Gabe und reines Talent«, erklärte Temple feierlich und mit vollem Mund. »Man muss einfach nur eine gute alte Lupe kaufen, ein paar Hinweise finden, zwei und zwei zusammenzählen und dann ein Buch darüber schreiben. Sag Pryce, er soll noch ein paar Muffins bestellen, Liebling. Wir werden sie morgen und übermorgen zum Tee essen und …«

»Paul …«, begann Steve ernst.

»Ja, mein Schatz?« Vorsichtig legte er eine Hand auf den Bauch. »Ich hoffe nur, dass mir diese Muffins nicht auf den

Magen schlagen.«

»Paul, sei doch mal ernst. Ich möchte alles über den Fall wissen.«

»Ach so, du meinst diese kleine Sache mit den Schlagzeilenmännern. Tja, ich denke, zwischen Ehemann und Ehefrau sollte es keine Geheimnisse geben.«

»Sag mal, Paul, wann hast du Gerald zum ersten Mal verdächtigt?«, fragte Steve eifrig.

»An dem Tag, als er nach Bramley Lodge kam und uns erzählte, dass Ann andere Menschen gut imitieren konnte. Ich konnte den Sinn darin nicht ganz erkennen ... Wenn man seine Frau einigermaßen mag und herausfindet, dass sie möglicherweise kriminell ist, dann rennt man doch nicht gleich zur nächsten Polizeistation. Gerald wusste, dass ich mit solch wertvollen Informationen fast zwangsläufig zu Sir Graham gehen würde.«

»Aber worauf wollte er eigentlich hinaus?«, beharrte Steve.

»Das habe ich noch nicht ganz verstanden«, antwortete Temple nachdenklich. »Er muss Ann überredet haben, sich am Telefon als Carol auszugeben, ohne dass ihr die Bedeutung dessen bewusst war. Wahrscheinlich hat er ihr vorgegaukelt, dass es sich nur um einen Scherz handelte.«

»Ja, aber später muss sie dann begriffen haben, dass ...«

»Später hat Ann vieles begriffen, Steve, aber ich habe das Gefühl, dass er sie auf irgendeine Weise in seinen Bann gezogen hat. Deshalb hat sie versucht zu fliehen und diese Wohnung in Bloomsbury genommen.«

»Gerald hat natürlich auch versucht, den Verdacht auf Ann zu lenken.«

»Ja, weil er sich nicht sicher war, wie viel Ann über ihn wusste und wie viel sie der Polizei erzählt hatte. Er hatte teuflische Angst. Immerhin wusste niemand mit Ausnahme von dieser anderen Frau, dieser Lina, dass Gerald mit den Schlagzeilenmännern in Verbindung stand.«

»Dann glaubst du also, dass er Ann getötet hat, weil er vermutete, dass sie Carol Forbes alles erzählen würde, was sie wusste?«

Temple nickte. »Ja, das muss er sehr geschickt eingefädelt haben. Aber es war in Tavistock Court, wo er den ersten großen Fehler machte.« Temple wählte einen weiteren Muffin und nahm einen großen Bissen. »Vielleicht erinnerst du dich daran, dass Gerald in Tavistock Court versuchte, den Ahnungslosen zu spielen. Aber er wusste, welchen Knopf er im Aufzug drücken musste, um uns in die richtige Etage zu bringen. Wie hätte er das wissen können, ohne vorher schon einmal dort gewesen zu sein? Deshalb habe ich ihn gebeten, den Knopf zu drücken.«

»Darling, dafür hast du dir einen weiteren Muffin verdient«, lächelte Steve.

»Danke. Und es gab noch einen weiteren Punkt, der mich sehr interessierte«, fuhr Temple fort. »Nachdem wir Goldie in der Wohnung darüber gehört hatten …«

»Dann war es also tatsächlich Goldie?«

»Natürlich. Wir haben uns sogar kurz unterhalten.«

»Aber du sagtest doch, die Wohnung sei leer«, erinnerte Steve ihn.

Temple lächelte. »Ja, dieser kleine Geistesblitz kam mir auf dem Weg nach unten. Gerald sagte dann: »Ich frage mich, ob er auf das Dach geklettert ist!««

»Wäre es denn für Mr. Goldie überhaupt möglich gewesen, auf das Dach zu klettern?«

»Das ist genau der Punkt. Die Wohnung wurde gerade gründlich renoviert und über einem der Fenster befand sich eine Öffnung, die mit einer Plane abgedeckt war. Offensichtlich wusste Gerald das alles.«

Steve schenkte ihrem Mann eine zweite Tasse Tee ein und fragte dann eher beiläufig: »Wer ist Mr. Goldie?«

»Ah«, murmelte Temple mit einem leicht humorvollen Zucken seiner Mundwinkel. »Mr. J. P. Goldie – tja, ich würde sagen, er ist ein sanftmütiger kleiner Mann mit einer Leidenschaft für Gartenbau. Aber leider bin ich ihm noch nie persönlich begegnet.«

»Nie persönlich begegnet!«, wiederholte Steve mit erschrockener Stimme.

Temple schüttelte den Kopf und starrte nachdenklich in

seine Teetasse.

»Aber Paul ...«, begann Steve zu protestieren.

»Ja, Liebling, ich weiß, was du denkst. Aber unser Mr. Goldie ist nicht *der* Mr. Goldie. Genau genommen ist er überhaupt kein Mr. Goldie.«

»Wer ist er dann?«

»Er heißt Granville – Lester Granville«, erklärte Temple leise. »Sagt dir das nichts?«

»Du meinst den Schauspieler?«

»Ja, genau. Er war viele Jahre lang ein ziemlich erfolgreicher Charakterdarsteller. Er hatte auch ein Kind, eine kleine Tochter. Vor etwa zwei Jahren wurde sie entführt und ihr Vater wurde angewiesen, siebentausend Pfund für ihre Rückkehr zu bezahlen. Er zahlte brav. Aber weil er es für seine Pflicht hielt, setzte er sich auch mit Scotland Yard in Verbindung. Deshalb wurde das Kind ermordet.«

Steve schauderte. Sie erinnerte sich, wie sie in ihrer Zeit bei der Zeitung mit einem halben Dutzend Reporterkollegen an dem Fall gearbeitet hatte. Es war einer der schrecklichsten Fälle gewesen, über die sie jemals berichtet hatte.

»Granvilles Reaktion auf den Tod waren unfassbar«, fuhr Temple fort. »Er wurde fast wahnsinnig vor Wut, beendete sofort seine Bühnenkarriere und widmete seitdem seine ganze Zeit der Suche nach den Verbrechern, die für den Tod seiner Tochter verantwortlich sind. Und Granville war kein Narr, Steve! Er wusste ganz genau, was er tat. Er war sich von Anfang an darüber im Klaren, dass es für ihn völlig aussichtslos war, gründliche Ermittlungen anzustellen, wenn er es nicht zuallererst schaffte, seine wahre Identität zu verbergen. Und so ...«

»... wurde er Mr. J. P. Goldie«, sagte Steve.

Temple nickte und nahm sich noch mehr Zucker. »Das war ein kluger Schachzug von ihm. Granville kannte den echten Mr. Goldie schon eine ganze Weile und er war außerdem ein Freund von ihm. Glücklicherweise war Granville ein ziemlich guter Musiker und hatte oft mit Goldie über die technischen Probleme des Klavierstimmens diskutiert. So machte er sich bald an die Arbeit.«

»Ja, aber Darling, wie hast du herausgefunden, dass er nicht der echte Mr. Goldie war?«, fragte Steve.

»Nun, ich hatte von Anfang an einen Verdacht. Ich wusste, dass er entweder mit der Bande in Verbindung stand oder irgendeine Art von privaten Ermittlungen durchführte. Eines Tages beschloss ich, *Clapshaw & Thompson* in der Regent Street aufzusuchen. Erinnere dich nur, Goldie hatte dort gearbeitet. Der Chef konnte ihn mir mit absoluter Genauigkeit beschreiben. Danach sah es tatsächlich so aus, als ob mein Verdacht unbegründet war. Dann, als ich gerade gehen wollte, sagte der Verkäufer plötzlich: »Ich nehme an, der alte Knabe ist immer noch verrückt nach Lilien.« Diese Bemerkung gab mir sehr zu denken und bald fand ich eine wichtige Spur: Der echte Mr. Goldie galt als Experte für bestimmte Blumen, insbesondere für Lilien.«

Steves Gesicht erhellte sich. »Deshalb hast du also an dem Tag, an dem Mr. Goldie hier war, diese Lilien mit nach Hause gebracht.«

»Ganz genau. Ich habe London buchstäblich nach den schönsten Lilien des Landes abgesucht. Aber Goldie war ziemlich unbeeindruckt von ihnen. Er hat nicht einmal eine Bemerkung gemacht. Dann, als letzten Test, habe ich sie absichtlich Tigerlilien genannt. Kein Fachmann wäre darauf hereingefallen! Wo sie doch ganz offensichtlich keine waren. Aber Goldie hat mir nicht widersprochen. Um es ganz offen zu sagen: Für ihn hätten es genauso gut schottische Glockenblumen sein können!«

»Darling, dein Einfallsreichtum verschlägt mir den Atem«, lachte Steve.

»Danke, mein Schatz«, murmelte Temple mit herzlichem Ton.

»Ich habe übrigens auch die beste Figur in der ganzen Branche – trotz der Muffins.«

»Aber Paul, wie hast du herausgefunden, dass er Lester Granville ist?«, fragte Steve und wurde wieder ernst.

Temple zuckte mit den Schultern. »Ach – ähm – durch Kombinieren, nur durch reines Kombinieren, meine Liebe«, informierte er sie mit einer abschätzigen Miene.

»Ja, aber ich verstehe nicht, wie du darauf kommen konntest.«

»Wenn du schwörst, kein Wort zu sagen, werde ich es dir verraten«, flüsterte er und sah ihr in die Augen. »Granville hat es mir selbst gesagt.«

Einen Augenblick lang war Steve verblüfft. »Wann hat er es dir gesagt?«

»An jenem Abend in Bloomsbury.«

»Was hat er denn in Tavistock Court gewollt?«

»Er wollte Gerald Mitchell nur im Auge behalten. Du siehst, Goldie, oder besser gesagt Granville, hatte bereits herausgefunden, dass Gerald Schlagzeilenmann Nummer eins war.«

»Wie seltsam, dass ein einfacher Mann wie er dort Erfolg hatte, wo ganz Scotland Yard versagte«, meinte Steve.

»Ja, das ist eine ziemlich seltsame Geschichte«, fuhr Temple nachdenklich fort. »Zu der Zeit, als Granvilles Kind verschwand, spielte er in einem Stück namens *Mond im Nebel*. Lydia Royal, alias Ann Mitchell, hatte auch eine kleine Rolle darin und sie freundete sich mit Granvilles kleiner Tochter an. Über sie kam Gerald auf die Entführung. Obwohl Ann natürlich nichts davon wusste.«

»Was machte Goldie zum ersten Mal gegenüber Gerald misstrauisch?«

»Als die Schlagzeilenmänner aufkamen, wurde Goldie plötzlich klar, dass der Roman, von dem die Bande offenbar ihren Namen hatte, von niemand anderem als Lydia Royals Ehemann, Gerald Mitchell, veröffentlicht worden war. Dies brachte ihn zum Nachdenken. Und plötzlich wurde ihm klar, wie freundschaftlich Ann mit seiner kleinen Tochter umgegangen war.«

»Er hat Ann also verdächtigt«, warf Steve schnell ein.

»Ja, ich fürchte, das hat er. Aber das hat ihn auf die richtige Spur gebracht, was Gerald betrifft. Seltsamerweise führten ihn seine Nachforschungen jedoch zu der Annahme, dass Brightman der Anführer der Bande war. Erst in der letzten Woche oder so wurde ihm klar, dass es sich bei Gerald selbst um Schlagzeilenmann Nummer eins handelte.«

Steve runzelte nachdenklich die Stirn. »Ich verstehe nicht ganz, warum Gerald seine Organisation *Die Schlagzeilenmänner* nannte. Es ist doch so, dass er damit automatisch die Aufmerksamkeit auf sich zog.«

»Genau!« Temple klopfte auf den kleinen Tisch, bis die Teetassen klapperten. »Verstehst du denn nicht, dass das ein brillanter psychologischer Schachzug war? Die Polizei wusste, dass er der Verleger des Romans *Die Schlagzeilenmänner* war. Sie wusste, dass er die Wahrheit sagte, was den Roman betrifft: Er war aus heiterem Himmel von der geheimnisvollen Andrea Fortune eingereicht worden war. Das brachte ihn in eine wirklich ausgezeichnete Position. In den Augen des Gesetzes war er lediglich der kluge, aber etwas verwirrte junge Verleger. Das brachte ihn zwar automatisch mit dem Fall in Verbindung, ermöglichte es der Polizei aber, ihn als unbedeutenden Faktor abzutun. Dasselbe tat Andrew Brightman, der mit der Polizei bewusst Bekanntschaft schloss, indem er sagte, seine Tochter sei entführt worden. Auch dies war ein sehr sorgfältig geplanter Schachzug von Brightman, denn so konnte er auch den Verdacht auf Mr. Goldie lenken.«

»Es war besonders klug von Gerald, dieses doppelte Spiel zu spielen – er war ja sogar mit dir auf dieser Flussfahrt dabei«, erinnerte sich Steve.

»Ja«, stimmte ihr Mann zu, »und er hat dabei auch ziemlich verängstigt gewirkt. Ich glaube sogar, dass Gerald ein viel besserer Schauspieler war als Ann.«

»Aber damit ist das Rätsel um Andrea Fortune nicht gelöst«, fuhr Steve fort. »Glaubst du, sie hat den Brief geschrieben, den Sir Graham erhalten hat?«

»Ich weiß, dass sie es getan hat«, antwortete Temple leise.

Einige Augenblicke lang sprach keiner von beiden. Dann fragte Steve: »Woran denkst du?«

Temple legte ihr leicht eine Hand auf die Schulter. »An eine gewisse Zeitungsreporterin, die ich einmal kannte. Ein Mädchen namens Steve Trent …«

»War sie nett?«, fragte Steve und nahm seine Hand.

»Sie war ziemlich groß und dunkel und auf eine ganz besondere Art und Weise sehr attraktiv.« Er hielt inne und fügte dann hinzu: »Und natürlich war sie sehr, sehr klug.«

»Inwiefern?«

»Weil sie einen populären Schriftsteller geheiratet hat«, fuhr Temple fort, »der den Eindruck hatte, dass niemand in seiner Familie schreiben konnte, außer ihm selbst. Und was meinst du, hat sie getan, nur um ihm das Gegenteil zu beweisen?«

»Darf ich raten?«

Er nickte.

»Sie hat ein Buch geschrieben?«

»Genau das hat sie getan. Und sie schickte es an eine kleine Literaturagentur, mit der strikten Anweisung, dass alle Tantiemen an das General-Hospital in der Gerard Street zu zahlen seien. Der Name des Buches, meine Liebe, war *Die Schlagzeilenmänner*. Und der Name der Autorin war Andrea Fortune.«

»Paul, du weißt, dass …«

»Ich weiß, dass *du* Andrea Fortune bist, ja«, sagte Paul Temple leise.

»Darling, ich bin so froh, dass du es weißt«, gestand Steve impulsiv. »Diese ganze Sache hat mir so schreckliche Sorgen bereitet. Natürlich wusste ich, dass das Buch nichts mit den wirklichen Schlagzeilenmännern zu tun hatte, aber ich konnte mich irgendwie nicht dazu durchringen, zu gestehen, dass ich …«, brach sie ab. »Darling, du bist doch deshalb nicht böse, oder?«

»Natürlich nicht«, sagte er sanft zu ihr. »Aber, bei Timothy, ich hoffe, du schreibst keine Fortsetzung!«

Steve lachte. »Nein, Darling, das werde ich nicht. Ich denke, Andrea Fortune sollte sich besser so würdevoll wie möglich zurückziehen.«

»Ja, das ist eine sehr gute Idee«, stimmte Temple zu und schluckte das letzte Stück Muffin hinunter.

Steve schürte das Feuer und wandte sich ihm dann wieder zu.

»Paul, hast du Goldie – oder vielmehr Granville – getroffen, nachdem du gestern angerufen hast?«

»Ja«, antwortete Temple leise.

»Aber wenn du doch alles wusstest, dann …«

»Mir wurde klar, dass Lester Granville der Einzige war, der sich als von Zelton ausgeben konnte«, sagte Temple langsam.

»Dann hat Granville Gerald Mitchell ermordet?«

»Ja, das hat er.«

»Weiß Sir Graham davon?«, fragte Steve.

Temple schüttelte den Kopf. »Ich habe es ihm nicht gesagt – noch nicht.«

»Paul, wie geht das weiter? Was hast du vor?«

Temple antwortete nicht sofort. »Gestern Abend«, sagte er leise, »hat mir Granville die ganze Geschichte erzählt. Ich glaube nicht, dass irgendjemand jemals begreifen wird, was das Kind für ihn bedeutet hat, Steve. Er war fest entschlossen, Mitchell zu kriegen, egal, welche Konsequenzen das für ihn haben würde.«

»Paul, was hast du vor?«, wiederholte Steve besorgt.

»Er sprach davon, nach Südamerika zu gehen«, teilte ihr Mann ihr mit.

»Aber – willst du ihn denn nicht aufhalten?«, rief Steve erschrocken.

»Gestern Abend bat ich ihn, zu bleiben und mir alles zu erzählen. Ich sagte ihm ehrlich, dass es nach den schrecklichen Ereignissen der letzten drei Monate fast unmöglich sei, zu sagen, was am Ende stehen würde.«

»Und wenn er nicht bleibt?«

»Wenn er nicht bleibt«, wiederholte der Schriftsteller nachdenklich, »*bon voyage*, Mr. Goldie!« Und Paul Temple zuckte ausdrucksvoll mit den Schultern.

»Ich hoffe für seinen Seelenfrieden, dass …«, begann Steve und hielt dann inne, als aus dem Nebenzimmer die schwachen Klänge des Klaviers ertönten.

Jemand mit einer sanften, fast wehmütigen Note spielte den bekannten *Liebestraum*.

Temple drückte Steves Hand, und sie lauschten, bis der letzte melancholische Ton zu einem leisen Echo verklungen war. Dann blickte Temple auf und sah Pryce neben sich stehen.

»Was ist los, Pryce?«

»Es ist der Klavierstimmer, Sir«, sagte er. »Ein Mr. Goldie. Mr. J. P. Goldie.«

ENDE

Die Rückkehr von Paul Temple
von Francis Durbridge

Dieser Artikel erschien in der Ausgabe 787 (30. Oktober – 5. November 1938) der Zeitschrift Radio Times *auf Seite 7. Francis Durbridge äußert sich darin zum Start seiner neuen Hörspielserie* Paul Temple and the Front Page Men.

Im folgenden Artikel erzählt Paul Temples Schöpfer Francis Durbridge, wie er auf die Handlung seines neuen Temple-Hörspiels kam. Die erste Folge wird am Mittwoch und Samstag ausgestrahlt.

Diese Woche kehrt Paul Temple mit einem neuen Serien-Thriller ans Mikrofon zurück: *Paul Temple and the Front Page Men.* Bevor ich irgendwelche Details zur Geschichte gebe, möchte ich diese Gelegenheit nutzen, um all jenen Hörerinnen und Hörern zu danken, die so freundlich waren, mir zu schreiben, um mir zu sagen, wie sehr ihnen *Send for Paul Temple* gefiel. Mehr als siebentausend Briefe und Postkarten gingen ein, und abgesehen von einem sehr zornigen Brief, der uns in deutlichen Worten mitteilte, wohin wir uns Mr. Temple stecken sollten, war der Wunsch nach mehr Paul Temple einstimmig.

Die Briefe und Karten kamen aus dem ganzen Land, und es war sowohl erfreulich als auch amüsant zu sehen, wie unterschiedlich die Menschen sind, die ganz offensichtlich Serien-Thriller gegenüber anderen Radioformaten bevorzugen. Sowohl Martyn C. Webster, der Produzent und Regisseur, als auch ich freuten uns besonders über die große Zahl von Briefen aus Krankenhäusern, Pflegeheimen und Einrichtungen für Blinde. In ein oder zwei Fällen waren diese Briefe sogar von bis zu zweihundert Personen unterzeichnet.

Kurioserweise kam einer der interessantesten Dankesbriefe von einem Fernbusunternehmen, dessen Busse offenbar – neben vielem anderen – mit Radios ausgestattet sind! Das Unternehmen war so freundlich, uns mitzuteilen, dass ihre Fahrgäste buchstäblich darauf bestanden, die Serie zu hören – sogar lieber als Tanzmusik. Ich muss zugeben, ich fand es sehr amüsant, mir vorzustellen, wie Paul Temple gerade eine Spur entdeckt, während sein Publikum durch Golders Green fährt und erst zwei und zwei zusammenzählt, wenn der Bus praktisch schon auf dem Weg nach Bridlington ist!

Die eingegangenen Briefe wurden nun einer Untersuchung unterzogen. Das Ergebnis ist sicherlich nicht uninteressant. Wie sich die meisten von Ihnen erinnern werden, wurde jede Folge der Serie am Freitagabend im Midland-Programm ausgestrahlt und am Samstagmittag im regionalen Hauptprogramm wiederholt. Ziel der Untersuchung war es, herauszufinden, wie viele derjenigen, die geschrieben hatten, zum Midland-Gebiet gehörten und wie hoch die Zahl der Hörerinnen und Hörer in allen Bezirken war, die die Sendung am Samstagmittag hörten.

Antworten aus dem ganzen Land ergaben, dass 4.400 Personen die Produktion nur über die Midland-Frequenz am Freitagabend gehört hatten, gegenüber 2.600 im Regionalprogramm am Samstagmittag. Hörerinnen und Hörer außerhalb der Midlands mussten entweder Freitagabend über die Midland-Frequenz einschalten oder Samstagmittag – vorausgesetzt, 12:20 Uhr war für sie eine geeignete Zeit. Außerhalb des Midland-Gebiets hörten insgesamt deutlich weniger Menschen die Sendung, aber von denen, die es taten, wählten 40 % das Midland-Programm, während 60 % das Hauptprogramm am Samstag bevorzugten.

Der neue Thriller *Paul Temple and the Front Page Men* wird abends aus den Regionen London und Midlands ausgestrahlt, am Samstagmittag im Hauptprogramm wiederholt und auch für Hörer im Empire (dem Überseesendernetz) gesendet.

Die Darstellerinnen und Darsteller der Serie bleiben – wie schon zuvor – anonym bis zur letzten Folge, mit Ausnahme von Hugh Morton, der die Rolle des Paul Temple bereits in der ersten Serie verkörperte und diese erneut übernimmt. Der

Produzent hält die Besetzung nicht aus mysteriösen Gründen geheim, sondern weil er glaubt, dass sich die Hörerinnen und Hörer auf die Figuren der Geschichte konzentrieren sollten und nicht auf die Schauspielerinnen und Schauspielern dahinter.

Doch nun ein paar Worte zur neuen Geschichte: Ich werde Ihnen den Plot nicht verraten. Ich werde Ihnen auch nicht die Figuren vorstellen. Da gibt es einen alten Mann namens J. P. Goldie, der Sie unbedingt kennenlernen will, aber er muss ebenso wie Temple, Steve Trent, Pryce, Sir Graham Forbes – und glauben Sie mir – eine ziemlich harte Bande bis zum 2. November warten.

Nach der Ausstrahlung von *Send for Paul Temple* und der Veröffentlichung des gleichnamigen Romans wurde ich von Freunden und Kritikern mit einer Frage bombardiert: Wie bin ich auf die Handlung gekommen? Ich weiß sehr wohl, dass alle Autoren – egal wie bekannt – diese Frage gestellt bekommen. Und ich weiß auch, dass ich mich davon nicht irritieren lassen sollte. Aber ich tue es!

In der Hoffnung, dieser fast unvermeidlichen Frage zu entgehen, nutze ich hier die Gelegenheit, um vor der Ausstrahlung von *Paul Temple and the Front Page Men* zu erklären, wie ich auf die Handlung kam

Der Ort war Cannes. Die Zeit war Juni. Ich saß in einer Bar, nippte an einem sehr schwachen Cocktail und las einen Roman. Die Tür ging auf, und ein Mann trat ein – in einem orangefarbenen Hemd und einer wirklich furchtbaren roten Hose. Ihm folgte ein Mädchen mit dem schelmischsten Lächeln, das ich je gesehen habe. Der Mann trug ein Buch, das er auf die vor dem Mädchen gelegene Theke legte. Sie nahm es, warf einen Blick auf den Titel und legte es wieder hin.

»Hast du es gelesen?«, fragte der Mann.

Das Mädchen sagte: »Nein.«

Der Mann lachte. Es war kein Lachen, das mir gefiel. »Es ist ein wirklich eine unglaubwürdige Geschichte«, sagte er. »So etwas passiert im echten Leben nie.«

»Was, wenn es doch passiert?«, sagte das Mädchen.

Der Mann runzelte die Stirn. »Das kann nicht sein«, sagte er. »Es ist eine Kriminalgeschichte, meine Liebe!«

Das Mädchen lächelte. »Ich habe mich oft gefragt, was passieren würde, wenn so ein Thriller plötzlich Wirklichkeit würde«, sagte sie.

»Du meinst, wenn die Ereignisse darin wirklich passieren?«, wiederholte der Mann im orangefarbenen Hemd.

Das Mädchen nickte. »Ja. Wenn sie wirklich passieren.«

Ich stellte meinen Cocktail auf die Theke.

Das war vielleicht eine gute Idee für einen Thriller!

Eine Kriminalgeschichte, die das Publikum fesselt – und dann plötzlich bittere Realität wird!

»Bei Timothy!«, sagte ich. »Das ist definitiv eine Idee!«

Vierundzwanzig Stunden später erfand ich die Geschichte von *The Front Page Men*.

Übrigens – habe ich erwähnt, dass der Mann im orange-farbenen Hemd *Send for Paul Temple* las?

Unter dem Artikel war dieses Bild. Darunter stand: Paul Temples Erfinder plaudert mit Paul Temples Schatten – gespielt von Hugh Morton, der die Rolle in der ersten Serie übernahm und sie auch in der Fortsetzung spielt.

Die Schlagzeilenmänner multimedial

Nachwort von Dr. Georg Pagitz

Wie bereits im Vorwort erwähnt, basiert der Roman *Paul Temple und die Schlagzeilenmänner* auf dem zweiten Hörspiel mit dem detektivischen Schriftsteller Paul Temple aus dem Jahr 1938.

Nachdem das erste Paul-Temple-Abenteuer (in Buchform als *Paul Temple und der Fall Max Lorraine* erschienen) noch sehr stark von Francis Durbridges großem Vorbild Edgar Wallace beeinflusst war, löst sich der britische Autor in den *Schlagzeilenmännern* nun stark davon und findet seinen ganz eigenen Paul-Temple-Stil, den er in den folgenden Geschichten immer wieder variiert und perfektioniert.

Temple wird als großer Denker gezeichnet, der raffiniert schlussfolgert und den anderen Ermittlern immer einen Schritt voraus ist. Gleichzeitig ist er sehr selbstsicher und auch etwas eingebildet darüber, dass er den Fall immer auf solch kluge Art lösen kann.

Sir Graham Forbes hingegen wird in den ersten Abenteuern – und dazu zählt *Die Schlagzeilenmänner* zweifellos – immer etwas ruppig dargestellt, als älterer, entschlossener und ernster Mann, der früher bei der Armee gedient hat. Erst später erhält er die sanften Züge, für die er bekannt ist.

Steve Temple hingegen ist von Anfang an eine starke, unerschrockene und selbständige Frau, was in jenen Jahren (Ende der 1930er, Anfang der 1940er) recht ungewöhnlich war. Durbridges Darstellung der weiblichen Protagonistin muss man rückblickend gesehen als nahezu modern betrachten. Kein Wunder, denn Steve Temple hatte – im Gegensatz zu allen anderen Romanfiguren bei Francis Durbridge – eine reale Vorlage: die Ehefrau des Autors, Norah. An mehreren Stellen in den frühen Romanen gibt es Beschreibungen Steves, die laut Aussagen der Söhne von Francis Durbridge, eindeutig auf ihre Mutter passen, inklusive der dunkelblauen Augen.

Sehen wir uns nun ein wenig das Originalhörspiel an. In den 1930er- und 1940er-Jahren wurden derartige Produktionen stets live ausgestrahlt, da es nicht immer Aufzeichnungsmöglichkeiten gab und das Material dafür sündteuer war und deshalb bald wieder überspielt wurde. Das ist auch der Grund, warum von vielen der frühen britischen Paul-Temple-Hörspiele nur wenige überleben. Von *Paul Temple and the Front Page Men* ist nur die achte Episode überliefert. Diese verdeutlicht jedoch, dass der Roman nur eine Abschrift des Originalmanuskripts war, um das Co-Autor Charles Hatton gemeinsam mit Durbridge die notwendigen Floskeln und Beschreibungen baute.

Da sämtliche Episoden live auf Sendung gingen, wurde Woche für Woche eine Folge geprobt, ehe am Tag der Ausstrahlung die Generalprobe über die Bühne ging und die Sendung pünktlich am Mittwochabend um 18.35 Uhr ausgestrahlt wurde. Die Darstellerinnen und Darsteller sowie sämtliche Teammitglieder erhielten dabei immer nur das Manuskript zur jeweiligen Episode und blieben damit bis zur Probe für die achte und letzte Folge darüber im Dunkeln, wer von ihnen der Täter oder die Täterin war. Nur Durbridge selbst und Produzent und Regisseur Martyn C. Webster, der diese beiden Funktionen wie bei der BBC damals üblich, in Personalunion innehatte, wussten von Anfang an, wie es ausging.

Schauspielerinnen und Schauspieler in Hörspielen waren damals sehr prominent. Da aber die Aufmerksamkeit des Publikums auf die Geschichte und nicht auf die Sprecherinnen und Sprecher gelenkt werden sollte, blieb bis zur letzten Episode unklar, wer die Figuren sprach. Auch die *Radio Times* druckte damals nur die Rollennamen ab, nicht aber deren Darstellerinnen und Darsteller – mit Ausnahme von Hugh Morton, der Paul Temple schon im ersten Abenteuer gespielt hatte.

Ehe *Paul Temple and the Front Page Men* am Mittwochabend, dem 2. November 1938 um 18.35 Uhr auf Sendung ging, strahlte die BBC am Montag, dem 31. Oktober 1938 um 19.25 Uhr eine Vorschau auf den neuen Hörspielthriller aus. Die Sendung *Programme Trailer* trug den Titel *Paul Temple Returns!*

7.25 PROGRAMME TRAILER
Paul Temple Returns!
Thrills—excitement—suspense
Who are—
' The Front Page Men ' ?

Am 31. Oktober 1938 brachte die BBC eine Vorschau auf
Paul Temple and the Front Page Men

6.35 ' PAUL TEMPLE AND THE FRONT PAGE MEN '
A serial thriller by Francis Durbridge
Episode 1:
' Murder in the afternoon '
Characters
Sir Graham Forbes, Chief Commissioner of Scotland Yard
Sergeant Leopold ⎫
Inspector Reid (' Mac ') ⎪ of
Superintendent Hunter ⎬ Scotland
Inspector Nelson ⎭ Yard
Paul Temple
' Steve ', his wife
Pryce, his manservant
Gerald Mitchell, a publisher
Ann Mitchell, his wife
Sir Norman Blakeley
Andrew Brightman
Lina
Production by Martyn C. Webster
See the article by Francis Durbridge on page 7. This episode of the serial will also be broadcast on Saturday (Regional, 12.20)

Radio Times (Ausgabe 787, Seite 56): Nur die Rollennamen werden aufgeführt, nicht jedoch die Darstellerinnen und Darsteller

267

Die einzelnen Episoden trugen Titel, die wie folgt lauteten (in Klammer das Datum der Ausstrahlung):

1. Murder in the Afternoon   (02.11.1938)
2. The Glass Bowl   (09.11.1938)
3. Crime in the Midlands   (16.11.1938)
4. Paul Temple Receives a Warning   (23.11.1938)
5. Mr. Goldie's Mistake   (30.11.1938)
6. Murder on the Six-Ten   (07.12.1938)
7. Herr von Zelton   (14.12.1938)
8. The Front Page Man   (21.12.1938)

Die Besetzung sah wie folgt aus (Regisseur Martyn C. Webster las die Liste persönlich am Ende von Folge 8 vor):

Paul Temple . . . . HUGH MORTON
Steve Temple . . . . BERNADETTE HODGSON
Sir Graham Forbes . . . . LESTER MUDDITT
Chief Inspector Reed . . . . NEIL TUSON
Inspector Hunter . . . . CEDRIC JOHNSON
Mr. J. P. Goldie . . . . HAL BRYANT
Gerald Mitchell . . . . LESLIE BOWMAR
Ann Mitchell . . . . MARY POLLOCK
Andrew Brightman . . . . E. STUART VINDEN
Lina Fresnay . . . . CECILY GAY
Rev. Charles Hargreaves . . . . . GODFREY BASELEY
Pryce . . . . WILLIAM HUGHES
»Snow« Williams . . . . E. STUART VINDEN
»Lucky« Gibson . . . . HAROLD PRINTER
»Chubby« Wilson . . . . GRAHAM PART
Jed Ware . . . . VINCENT CURRAN
Carol Forbes . . . . VALERIE LANG
Tony Rivoli . . . . CLIVE SELBOURNE
Dr. Henderson . . . . WILLIAM WARREN
Mr. Paradise . . . . JOHN MORLEY
Mrs. Taylor . . . . COURTNEY HOPE
Jimmy Mills . . . . DENIS FOWLELL
Rezeptionist . . . . FRED FORGHAM

Buch . . . . FRANCIS DURBRIDGE
Titelmusik *Sheherazade* . N. A. RIMSKI-KORSAKOW
Produktion und Regie . . . . . MARTYN C. WEBSTER
Eine Produktion der . . . . BBC

Die Titelmusik war bis einschließlich des neunten Paul-Temple-Abenteuers ein Stück aus Nikolai Andrejewitsch Rimski-Korsakows *Sheherazade.* Weitere Stabmitglieder wurden nicht genannt.

Wie bereits erwähnt, ist das Originalmanuskript zum Hörspiel verschollen, lediglich eine Aufnahme der letzten Episode existiert noch. Auf den folgenden Seiten sind die ersten paar Minuten daraus übersetzt und transkribiert. Einerseits, um zu verdeutlichen, wie stark die Dialoge jenen im Roman folgen, andererseits, um auf einen wichtigen Unterschied in der Auflösung hinzuweisen.

[Achtung, Spoiler – wer das Ende noch nicht gelesen hat, diesen Absatz nicht lesen] Im Roman erlebt die Leserin / der Leser nicht, wie der Protagonist den Täter überführt bzw. dessen Identität verrät, sondern erfährt durch den beschreibenden Erzähler am Ende der Szene im Hotel *Autumn,* dass Mr. Wallace Sabina bzw. dessen Leiche jene des Verlegers Gerald Mitchell ist. Dies ist eher ungewöhnlich, auch wenn Temple im Anschluss Steve gegenüber erklärt, dass er über Mitchells Aktivitäten schon lange Bescheid wusste. Im Hörspiel wird das Auftreten von J. P. Goldie als Hehler von Zelton im Hotel *Autumn* durch eine kurze Szene in Scotland Yard unterbrochen, die im Roman fehlt. Darin sitzen Sir Graham Forbes, Chefinspektor Reed, Gilbert Wrenson und Paul Temple zusammen. Während die drei Kriminalbeamten annehmen, dass der Klavierstimmer J. P. Goldie Schlagzeilenmann Nummer eins ist, enttäuscht sie Temple diesbezüglich und verrät, dass Gerald Mitchell der große Hintermann ist. Danach geht die Szene im Hotel weiter und von Zelton trifft auf Sabina. Der Dialog zwischen den beiden entspricht eins zu eins jenem, der auch im Roman zu finden ist und wird daher nicht vollständig wiedergegeben.

Titelmusik aufblenden.

ANSAGER: *Paul Temple und die Schlagzeilenmänner* – eine Kriminalserie von Francis Durbridge. Achte und letzte Episode: *Schlagzeilenmann Nummer eins.*

Musik aufblenden.

Musik ausblenden.

SPRECHER: Schlagzeilenmann Nummer eins wartet im Hotel *Autumn* unter dem Decknamen Mr. Wallace Sabina auf Herrn von Zelton, einen berühmten deutschen Hehler. Sir Graham Forbes und seine Kollegen bei Scotland Yard werden darüber informiert, dass von Zelton in Croydon verhaftet wurde. Zeitgleich mit der Meldung über seine Verhaftung trifft jedoch ein Gentleman im Hotel *Autumn* ein.

IM HOTEL *AUTUMN.*

VON ZELTON nähert sich der Rezeption. Er spricht mit deutschem Akzent.

REZEPTIONIST: Guten Abend, Sir.

VON ZELTON: Guten Abend. Ich glaube, bei Ihnen wohnt ein Mann, den ich gerne sprechen würde.

REZEPTIONIST: Wie lautet der Name, Sir?

VON ZELTON: Ein Mr. Wallace Sabina.

REZEPTIONIST: Oh ja, Sir. Mr. Sabina ist in Zimmer 704. Ich glaube, er erwartet Sie. Ihr Name ist, äh …

VON ZELTON: Mein Name ist, äh … von Zelton.

REZEPTIONIST: Ach ja, natürlich. Mr. von Zelton. Bitte hier entlang.

VON ZELTON: Danke.

Die beiden gehen zum Aufzug. Man hört, wie der Aufzug herunterfährt und VON ZELTON und der REZEPTIONIST einsteigen. Die Aufzugtür wird geschlossen und die beiden fahren hoch. Musik aufblenden.

In Scotland Yard.

Musik ausblenden.

FORBES: Wer auch immer unser Freund Sabina ist – es sieht ganz so aus, als würde er heute ziemlich alleine bleiben. Jedenfalls was von Zelton betrifft.

REED: Ja!

FORBES: Schlagzeilenmann Nummer eins wartet im Hotel *Autumn* auf von Zelton. Und wir haben von Zelton. Bei Gott, Temple – das ist die Chance, auf die wir gewartet haben.

REED: Aber Sabina ist nur ein Deckname. Wer ist Schlagzeilenmann Nummer eins?

WRENSON: Goldie. Mr. J. P. Goldie. Es muss Goldie sein.

FORBES: Ja. Ich stimme Ihnen zu, Gilbert. Es muss Goldie sein.

TEMPLE: Es tut mir leid, Sie enttäuschen zu müssen, Sir Graham – aber er ist es nicht.

FORBES: Was? Wer ist es dann?

TEMPLE: Sein Name, meine Herren, ist Mitchell. Gerald Mitchell.

Dramatische Musik aufblenden und dann ausblenden.

Im Hotel *Autumn.*

Der Aufzug kommt im siebten Stockwerk an. Die Tür wird geöffnet und VON ZELTON und der REZEPTIONIST steigen aus dem Aufzug. Beide gehen über den Flur und der REZEPTIONIST klopft an die Zimmertür.

REZEPTIONIST: Mr. von Zelton, Sir.

Der Rezeptionist geht, VON ZELTON betritt das Zimmer.

SABINA: Ja?

VON ZELTON: Mein Name ist von Zelton.

SABINA: Oh, wie geht es Ihnen? Hatten Sie eine gute Reise?

VON ZELTON: Reisen sind nie gut, mein Freund. Manche sind schlecht, manche sind nicht ganz so schlecht. Diese war, wie man hierzulande sagt, abscheulich.

SABINA:	Nun, es tut mir leid, Sie hierher zitiert zu haben, von Zelton. Aber die Angelegenheit ist natürlich ziemlich dringend.
VON ZELTON:	Außerdem ist es schön, Sie endlich persönlich kennenzulernen – nach all den Geschäften, die wir miteinander gemacht haben.
SABINA:	(*Erstaunt*) Nach all den Geschäften, die wir miteinander gemacht haben?
VON ZELTON:	Ja. Indirekt, meine ich. Wissen Sie, mein Freund, wann immer Sie hier drüben etwas wirklich Großes unternehmen, hat das, wie man so sagt, günstige Auswirkungen auf mein Geschäft.
SABINA:	Oh … Oh, ich verstehe.

Durbridge verwendete den Plot aus den *Schlagzeilenmännern* später auch nochmal für ein Theaterstück. Beschäftigen wir uns nun kurz mit der Vorgeschichte und dem Stück selbst.

Francis Durbridges großer Traum war es von jeher, ein erfolgreicher Verfasser von Theaterstücken zu sein. Bereits als Schuljunge schrieb er sein erstes, es hieß *The Great Dutton*. Die Herausforderungen, für die Bühne zu schreiben, faszinierten ihn. Die größte Schwierigkeit sah er dabei stets darin, wie man die Figuren auf die Bühne und wieder davon herunterbrachte – und zwar so, dass es glaubwürdig und natürlich war. Wie sehr Durbridge vom Theater fasziniert war, zeigt auch seine Bibliothek: Darin finden sich über 400 Theatertexte – überraschenderweise kaum Krimis. Zwar ist sein großes Vorbild Edgar Wallace mit Klassikern wie *The Ringer* (dt. *Der Hexer*), *The Terror* (dt. *Der unheimliche Mönch*) oder *The Case of the Frightened Lady* (dt. *Das indische Tuch*) ebenso darin vertreten wie die Queen-of-Crime Agatha Christie – zahlreiche Werke von Terence Rattigan, J. B. Priestley, Tennessee Williams, Harold Pinter, Noël Coward, Graham Greene, Friedrich Dürrenmatt, Neil Simon oder Bernard Shaw belegen jedoch, dass Durbridges Interesse allen Genres galt. Dabei konzentrierte er sich hauptsächlich auf die Dramaturgie der Stücke und deren Aufbau.

Nachdem der Brite 1938 mit dem achtteiligen Hörspiel *Send for Paul Temple* einen riesigen Erfolg gelandet hatte, setzte er mit *Paul Temple and the Front Page Men* im selben Jahr seinen Siegeszug bei der BBC fort. Die Figur des schreibenden Detektivs Paul Temple war extrem populär geworden und das Publikum lechzte nach mehr. Anscheinend sah der damals erst sechsundzwanzigjährige Autor nun auch die Möglichkeit, dadurch sein Debüt als Bühnenautor feiern zu können.

Am 16. Januar 1939 notiert er in seinem Tagebuch, dass er an einem Paul-Temple-Theaterstück arbeite. Bis zum Mai desselben Jahres finden sich immer wieder Aufzeichnungen darüber. Inhaltlich hatte sich der Autor dabei an seinen ersten beiden großen Radioerfolgen orientiert, denn *Send for Paul Temple*, so der Originaltitel des Stücks, ist eine Mischung aus den Fällen *Send for Paul Temple* (Roman: *Paul Temple und der Fall Max Lorraine*, 1938) und *Paul Temple and the Front Page Men* (Roman: *Paul Temple und die Schlagzeilenmänner*, 1939).

Durch den Zweiten Weltkrieg schienen die Planungen für dieses Stück auf Eis gelegt. In Durbridges akribisch geführtem Einnahmenbuch taucht das Werk jedoch drei Jahre später wieder auf. Am 19. November 1942 unterzeichnete er einen Optionsvertrag mit einer Bühne. Dies führte dazu, dass das Stück tatsächlich am 25. Oktober 1943 im Alexandra-Theater Birmingham uraufgeführt wurde. Dort lief es bis zum 6. November 1943. Danach verschwand es allerdings in der Versenkung und wurde nie wieder gezeigt. Erst 2015 kam es nach der Wiederentdeckung des Manuskripts zu einer szenischen Lesung des Werks, 2022 erschien der Theatertext innerhalb dieser Durbridge-Edition als Band Nr. 3 unter dem Titel *Paul Temple muss her!* erstmals auf Deutsch.

Der Autor kombiniert darin auf äußerst geschickte und raffinierte Weise seine ersten zwei Temple-Abenteuer zu einem Theaterstück, indem er die Figuren aus den Schlagzeilenmännern komplett übernimmt, sich aber vieler Handlungselemente aus Fall 1 rund um Max Lorraine bedient. Prozentuell geschätzt ist der Anteil aus beiden Stoffen in etwa ausgeglichen verteilt.

Da Durbridge in beiden Geschichten ähnliche Charaktere geschaffen hat, ist es nicht schwer, viele der Figuren aus dem ersten Fall mit jenen aus dem zweiten Fall zu verschmelzen. So wird aus dem Mediziner Dr. Milton (Fall 1) der Arzt Dr. Andrew Brightman (Fall 2), aus den Gangstern, die Überfälle auf Juweliere verüben (Fall 1), werden jene Ganoven, die die Kindesentführungen begehen (Fall 2) und so weiter. Der Klavierstimmer J. P. Goldie aus dem zweiten Fall hat eine ähnliche Rolle wie die pensionierte Lehrerin Miss Parchment im ersten Fall.

[Leichter Spoiler! Wer den ersten Roman nicht kennt, nicht weiterlesen] Es gibt einige Szenen aus dem ersten Fall, die fast wortgleich im Theaterstück (allerdings oft an anderer, späterer Stelle) auftauchen: Steve sucht Paul auf, um ihn um Hilfe bei der Jagd nach Max Lorraine zu bitten (allerdings nicht auf dessen Landsitz); jene Szene, in der Diana (im Theaterstück heißt sie Fresnay und ist ebenfalls die Geliebte von Max Lorraine), der Doktor und die Gangster den großen Hintermann kennenlernen (allerdings in einem alten Gasthof); die Szene mit der Schallplatte und dem Schuss aus dem Grammophon (wobei die Platte im Original an Steve adressiert ist); die Szene in Scotland Yard, als ein Gangster reden will und dann an einem vergifteten Whisky stirbt; die Entführung Steves und die Szene, in der der Doktor und Diana die Mitwisser beseitigen wollen (allerdings spielt diese in einem heruntergekommenen Gasthof). Auch die Sequenz, in der Steve Paul vorschlägt zu heiraten, stammt aus Fall 1.

Zwischen diese Handlungselemente sind viele Teile aus dem Fall der Schlagzeilenmänner eingewoben: Paul Temples Verleger Gerald Mitchell und dessen Frau Ann, die in Pauls Wohnung ermordet wird (im Gegensatz zum Roman!), die Ermordung des Vaters eines entführten Kindes in einer Telefonzelle, der Klavierstimmer Goldie, der ständig überall auftaucht und schließlich die Überführung des Haupttäters.

Das Originalstück inszenierte 1943 George Owen, Robert Ginn spielte Paul Temple, Angela Wyndham-Lewis war als Steve zu sehen, Vernon Fortescue als Sir Graham. In der szenischen Lesung von 2015 (Regie: Joe Harmston) spielten Stanley Tucci, Sophie Ward und Paul Herzberg diese Figuren.

Die *Birmingham Post* beschrieb das Stück, in dem vier Personen auf der Bühne sterben und in dem es ebenso viele Leichen aus Erzählungen gibt, anlässlich der Uraufführung so: »Leichen fallen aus Aufzügen, Schreie hallen durch die Nacht, aus einem unverdächtig aussehenden Grammophon kommen Schüsse und Blausäure findet ihren Weg in harmlose Whiskyfläschchen. Eigentlich haben wir A oder B als Täter verdächtigt, aber dann war es plötzlich X.«

Sehen wir uns die Hauptfiguren des Stücks an, so wird klar, dass sie alle aus *Paul Temple und die Schlagzeilenmänner* stammen, wobei einige von ihnen mit Charakteren aus *Paul Temple und der Fall Max Lorraine* verschmelzt wurden (Andrew Brightman wurde dabei zu einem Arzt, aus Chefinspektor Reed wurde Chefinspektor Reid):

PAUL TEMPLE
STEVE TRENT
SIR GRAHAM FORBES
SERGEANT LEOPOLD
CHEFINSPEKTOR REID
INSPEKTOR HUNTER
DR. BRIGHTMAN
GERALD MITCHELL
ANN MITCHELL
PRYCE
MR. J. P. GOLDIE
CHUBBY WILSON
DIANA FRESNAY
JIMMY MILLS
DANNY MULLER
SWAN WILLIAM
LUCKY GIBSON
SERGEANT DONOVAN

Zum Vergleich, wie sich manche Szenen in Theaterstück und Roman ähneln, folgt auf den kommenden Seiten ein Aus-

schnitt aus Akt 1, Szene 2 des Theaterstücks. Die darin wie-
dergegebenen Dialoge ähneln jenen in Kapitel 4, *Mr. und
Mrs. Paul Temple* sehr (vgl. dieses Buch, Seite 53–55):

*FORBES sieht sich im Raum um und geht dann sehr rasch zum
Fenster hinüber. Er steht eine Zeit lang da und blickt auf die
Straße. Schließlich dreht er sich Richtung Bühne. Er bemerkt
die Einrichtung des Raums mit Interesse. Sein Blick schweift
dann auf die Bücherwand. Er nimmt ein Buch aus dem Regal
und blättert untätig darin herum. Plötzlich stellt er das Buch
zurück und hebt in der Nähe der Bücherwand ein kleines Spit-
zentaschentuch vom Boden auf. Er untersucht das Taschentuch gerade, als sich plötzlich die Verkleidung öffnet und
TEMPLE eintritt.*

TEMPLE:	(*Freundlich*) Hallo, Sir Graham! Es tut mir leid, dass ich Sie warten ließ.
FORBES:	(*Lächelt*) Sie sollten Ihren Freundinnen sagen, ein wenig vorsichtiger zu sein, Temple. (*Er hält das Taschentuch hoch*)
TEMPLE:	Ach? Oh, danke. (*Er nimmt das Taschentuch und wirft es auf den kleinen Tisch*) Mrs. Mitchell muss es wohl verloren haben.
Pause.	
FORBES:	(*Geht durch den Raum*) Eine wunderschöne Wohnung haben Sie da. ... Und so ideal im Westend gelegen, nicht wahr?
TEMPLE:	(*Lacht*) In der Tat. Und sie hat einen so schönen Ausblick. An einem klaren Tag kann man von hier aus ganz Scotland Yard sehen.
FORBES:	(*Nach einer kurzen Pause*) Dann haben Sie sie also bemerkt?
TEMPLE:	(*Nickt*) Sind Sie deshalb hierhergekommen?
FORBES:	Mm, ja. Ich wollte gerne die Sache selbst im Auge behalten und habe mir diese Wohnung als idealen Ort ausgesucht. (*Lacht*) Ich war ganz schön überrascht, als ich herausfand, dass es Ihre ist!
TEMPLE:	(*Ruhig*) Warum überwachen Ihre Leute die

Telefonzelle?

FORBES: Ist das so offensichtlich?

TEMPLE: Nein, ich glaube nicht. (*Lächelt*) ... Aber ich habe Reid erkannt.

TEMPLE bietet FORBES eine Zigarette an.

Es gibt eine kurze Pause.

FORBES zündet seine Zigarette an.

FORBES: Haben Sie schon von Sir Norman Blakeley gehört?

TEMPLE: Sie meinen den Automobilmagnaten? Ja, natürlich!

FORBES: Blakeley hat ein Kind. Einen Jungen ... Er ist vor drei Tagen verschwunden.

TEMPLE: (*Lächelt*) Ja. Es steht in den Zeitungen.

FORBES: (*Unheilvoll*) Ja, Mr. Temple – es steht in den Zeitungen. (*Nach einer kurzen Pause*) Blakeley hat eine Nachricht erhalten, die ihn davor warnte, die Polizei einzuschalten. Sie war unterzeichnet mit »Die Schlagzeilenmänner«. Dies geschah am Dienstag zwei Stunden nachdem das Kind verschwunden war.

TEMPLE nickt.

FORBES: Um zehn Uhr fünfzehn gestern Vormittag erhielt er dann einen Anruf. Eine junge Frau war am Apparat. Sie sagte ihm, dass man neuntausend Pfund wolle und dass das Geld in der Telefonzelle an der Ecke zur Eastwood Avenue heute um 16 Uhr hinterlegt werden müsse ... unverzüglich ...

TEMPLE: (*Ruhig*) Und er wird das Geld hinterlegen?

FORBES: (*Nickt*) Ja, wird er.

TEMPLE: Hat Blakeley an dem Tag, an dem das Kind verschwand, irgendwelche Besucher gehabt?

FORBES: Zwei. Einen Dr. Brightman, der ein Freund von ihm ist, und einen alten Mann namens Goldie, der zwei oder drei Mal im Jahr vorbeikommt, um das Klavier zu stimmen.

TEMPLE: Haben Sie beide überprüft?

FORBES: Ja. Soweit wir feststellen konnten, scheinen sie absolut in Ordnung zu sein. (*Ruhig*) Obwohl … Ich bin mir bei dem Klavierstimmer nicht ganz sicher.

"SEND FOR PAUL TEMPLE"

A New Play

of

Mystery and Thrills

by

FRANCIS DURBRIDGE.

Titelseite des Originalmanuskripts zum Theaterstück *Send for Paul Temple*

CHARACTERS

SIR GRAHAM FORBES:

SERGEANT LEOPOLD:

CHIEF-INSPECTOR REID:

INSPECTOR HUNTER:

DR. BRIGHTMAN:

GERALD MITCHELL:

ANN MITCHELL:

PAUL TEMPLE:

PRYCE:

STEVE TRENT:

MR. J.P. GOLDIE:

CHUBBY WILSON:

DIANA FRESNAY:

JIMMY MILLS:

DANNY MÜLLER:

SWAN WILLIAMS:

LUCKY GIBSON:

SERGEANT DONOVAN:

Die Auflistung der handelnden Figuren im Originalmanuskript in der Reihenfolge ihres Erscheinens

Von *Paul Temple and the Front Page Men*, das überall im Commonwealth lief, gibt es im Gegensatz zu vielen anderen Paul-Temple-Abenteuern nur eine einzige nicht-englische Adaption, nämlich mit *Paul Vlaanderen en de mannen van de Frontpagina* eine niederländische aus dem Jahr 1939. Dieser Achtteiler wurde zwischen dem 28. Mai 1939 und dem 16. Juli 1939 ausgestrahlt. Paul Temple wurde in sämtlichen in den Niederlanden produzierten Abenteuern in Paul Vlaanderen umbenannt, Steve hieß dort von Anfang an Ina.

Es folgt eine Liste der Episoden mit Ausstrahlungsdaten auf AVRO und eine Besetzungs- und Stabliste. Da auch *Paul Vlaanderen en de mannen van de Frontpagina* wie das englische Stück live produziert wurde, kam es von Woche zu Woche bei einigen Figuren zu Umbesetzungen, da der jeweilige Sprecher nicht verfügbar war.

1. In de telefooncel	(28.05.1939)
2. Café »De gouden roemer«	(04.06.1939)
3. De bende werkt in Het Gooi	(11.06.1939)
4. Paul Vlaanderen ontvangt een waarschuwing	(18.06.1939)
5. Ludo maakt een fout	(25.06.1939)
6. Drama in de boottrein	(02.07.1939)
7. Meneer Zeltau	(09.07.1939)
8. Frontpaginaman nummer 1	(16.01.1939)

Die Besetzung sah wie folgt aus:

Paul Vlaanderen	THEO FRENKEL
Ina Vlaanderen	LILY BOUWMEESTER
Commisaris Terholm van Berckenrade	NICO DE JONG
Johan, Diener bei Vlaanderen	ONNO LIBERT
Lina Duran	MIES ELOUT
Leeuwijk	FRANS VAN SCHOREL
Inspecteur Kolma	LUCAS WENSING
Inspecteur Lunter	JOHAN SCHMITZ / WILLEM DE VRIES
Cloet Overdoorn	PIET BRON
Lucy Terholm van Berckenrade	MELA SOESMAN
Piet Brink	JAN VAN EES / JULES VERSTRAETE

Dolf Manta . . . . JULES VERSTRAETE
Bart Krikkel . . . . JACK HAMEL
Gerrit Lappes . . . . FRITS VAN DIJK
Dominee Harberg. . . . . PAUL HUF
Tony Amalf . . . . CONSTANT VAN KERKHOVEN
Piet Brink. . . . . JULES VERSTRAETE
Dolf Manta . . . . MAX CROISET
Gerrit Lappes . . . . FRITS VAN DIJK
Juwelier Asters . . . . ANTON RUYS
Hotelportier . . . . JAN VAN GENT
Unbekannte Besetzung für die Rollen von Inspecteur
Nuberg, Peters, Juwelier Helgers, einer Kranken-
schwester, Dr. Rijnlaan

Buch . . . . FRANCIS DURBRIDGE
Übersetzung . . . . WILLEM VOGT
Bearbeitung . . . . J. C. VAN DER HORST
Musik . . . . LOUIS SCHMIDT
Regie . . . . KOMMER KLEIJN
Eine Produktion der . . . . AVRO

Wie aus der Besetzungsliste hervorgeht, wurde die Handlung des Hörspiels in die Niederlande verlegt und folglich
wurden alle Rollennamen umbenannt. So wurde nicht nur aus
Paul und Steve Temple Paul und Ina Vlaanderen, sondern
auch aus Sir Graham Commisaris Terholm van Berckenrade,
aus Pryce Johan, aus Inspektor Reed Inspecteur Kolma, aus
Inspektor Hunter Inspecteur Lunter usw. Bei späteren Produktionen aus den Niederlanden wurde darauf verzichtet, lediglich Paul und Steve wurden zu Paul und Ina. In der Übersetz-
zung des Romans, wurde auf diese Umbenennungen (mit
Ausnahme der beiden Titelfiguren) verzichtet. Hier spielt die
Handlung wie im englischen Original in London.

Wie das britische Originalhörspiel ist auch *Paul Vlaanderen en de mannen van de Frontpagina* nicht überliefert. Allerdings finden sich in damaligen Presseankündigen Zeich-
nungen, die auf die jeweilige Episode neugierig machen sollten. Diese sollen hier nicht vorenthalten werden.

PAUL VLAANDEREN

en de mannen van de Frontpagina

Das Titelbild zur Einführung der achtteiligen Serie
Paul Temple en de mannen van de Frontpagina

Teil 1: Ein Toter in der Telefonzelle

Teil 2: In der Bank

Teil 3: Überfall auf einen Juwelier

Teil 4: Ein Toter im Aufzug

Teil 5: Mord im Krankenhaus

Teil 6: Ein Mann wird aus dem Zug geworfen

Teil 7: Razzia im Club

Teil 8: Konfrontation mit Schlagzeilenmann Nummer eins

9.40—10.15 n.m.

„PAUL VLAANDEREN EN DE MANNEN VAN DE FRONT-PAGINA"

Een spannend detective-spel door Francis Durbridge. Nederlandse bewerking door Jan C. van der Horst. Muziek van Louis Schmidt. Spelleiding: Kommer Kleijn.

VI. Drama in de boottrein.

Personen:

Paul Vlaanderen,	Theo Frenkel.
Ina, zijn vrouw,	Lily Bouwmeester.
Commissaris Terholm van Berckenrade,	Nico de Jong.
Inspecteur Kolma,	Lucas Wensing.
Inspecteur Lunter,	Willem de Vries.
Johan, huisknecht van Vlaanderen,	Onno Liebert.
Gerard Roevert,	Gijsbert Tersteeg.
Loes Terholm van Berckenrade,	Mela Soesman.
De heer Asters, juwelier,	Anton Ruys.
Baaldijk,	Anton Roemer.

Lina Duran,	Mies Elout
Piet Brink,	Jules Verstraete
Bart Krikkel,	Jack Hamel
Gerrit Lappes,	Frits van Dijk

Uitzending van de 7de episode a.s. Zondagavond 9 Juli.

Besetzung und Stab von Folge 6

Abschließend nochmals zur Übersicht die deutschen Auswertungen des Romans. Folgende Ausgaben enthielten alle die Übersetzungen von Peter Th. Clemens, die – wie im Vorwort erwähnt – zwar sehr schön, aber an vielen Stellen sehr frei ist. Sie enthält viele Kürzungen, Vereinfachungen und Streichungen.

Jahr	Verlag	Titel
1957	Dörner	*Paul Temple und die Schlagzeilenmänner*
1960	Pabel	*Paul Temple und der Klavierstimmer*
1962	Heyne	*Paul Temple und der Klavierstimmer*
1969	Goldmann	*Paul Temple und die Schlagzeilenmänner*
1974	I+H	*Paul Temple und der Klavierstimmer*

Letztmals wurde der Roman vor fast 40 Jahren, im Herbst 1987, vom Goldmann-Verlag in einer Sonderedition zum 75. Geburtstag von Francis Durbridge aufgelegt.

2019 erschien beim Pidax Film- und Hörspielverlag eine 327 Minuten dauernde Lesung von Omid-Paul Eftekhari unter der Regie von Antonio Fernandes Lopes als Hörbuch. Diese basiert auf der alten Übersetzung.

Die vorliegende, 2025 entstandene Übersetzung ist erstmals ungekürzt und entstand auf Grundlage des Originalmanuskripts von Francis Durbridge.

Dr. Georg Pagitz, April 2025

Die *Radio Times* berichtet exklusiv zum Start der neuen Paul-Temple-Serie *Paul Temple and the Front Page Men* mit einem Artikel, den der Autor Francis Durbridge persönlich für die Zeitschrift verfasste. Abgedruckt in Ausgabe 787 (30. Oktober 1938 – 5. November 1938) auf Seite 7, in deutscher Übersetzung in diesem Buch zu finden unter dem Titel *Die Rückkehr von Paul Temple* auf den Seiten 261 bis 264.

Die Durbridge-Edition
– Williams & Whiting –

Bei Williams & Whiting sind bisher vierzig Bände von Francis Durbridge erschienen. Sämtliche Bücher enthalten eine umfassende Einleitung und ein Nachwort mit vielen Hintergrundinformationen zu Francis Durbridge, den jeweiligen Geschichten und den Produktionsumständen der Verfilmungen bzw. Vertonungen.

Band 1   FRANCIS DURBRIDGE

Stichtag für Harry
Paul Temple und der vorausgesagte Mord
Kriminalroman

Vorwort, Nachwort und Übersetzung: Dr. Georg Pagitz

Ein junger Mann namens Peter Gibson sucht Superintendent Max Christian in Scotland Yard auf. Er berichtet, dass er in einem Café in Hampstead arbeitet und ungewollt bei der Arbeit zwei Frauen belauscht hat. Diese sagten, dass ein gewisser Harry Sherwood den Sechzehnten des kommenden Monats nicht überleben würde. Christian geht der Sache nach, muss aber feststellen, dass nichts von dem, was Gibson erzählt hatte, stimmt. Es gibt weder das Café noch einen Mann dieses Namens. Am Sechzehnten des darauffolgenden Monats wird jedoch in einem Wohnwagen eine Leiche gefunden. Der Täter hat sein Opfer erstochen. Als Superintendent Christian den Toten sieht, glaubt er seinen Augen nicht: Es handelt sich dabei um den angeblichen Peter Gibson, der in Wirklichkeit Harry Sherwood hieß ...

Durbridge schrieb diese Geschichte als Fortsetzungsroman im Jahr 1960. Sie blieb jedoch unveröffentlicht und erscheint nun erstmals posthum.

Der Autor versuchte die Story auch als Filmtreatment deutschen Produzenten anzubieten und schrieb sie später zur Episode für eine *Paul-Temple*-TV-Folge um. Dieses Szenarium ist in dem Buch als *Paul Temple und der vorausgesagte Mord* enthalten, den Abschluss bildet eine Abhandlung über Durbridge und die Temple-TV-Serie.

Band 2   FRANCIS DURBRIDGE

Schritt ins Dunkel
Drehbuch für einen deutschen Spielfilm

Vorwort, Nachwort und Übersetzung: Dr. Georg Pagitz

In Soho geht ein gefährlicher Mörder um, der Barmädchen mit einem Messer tötet. Scotland Yard steht vor einem Rätsel. Zur gleichen Zeit befindet sich der wohlhabende Immobilienmakler Mike Hilton in einer existentiellen Krise: Nach dem Tod seiner Tochter und schwierigen Phasen in seiner Ehe verlässt ihn seine Ehefrau Ruth. Nach einer Reifenpanne nahe einem berüchtigten Pub in Soho lernt er die attraktive Selby Brooks kennen und verliebt sich in sie. Als er die junge Dame wenig später auf einem Hausboot besuchen will, findet er ihre Leiche. Mike Hilton gerät unter Mordverdacht. Zur Tatzeit half er einem kleinen Jungen dabei, dessen Papierdrachen aus einem Baum zu befreien. Doch dieses Alibi ist nichts wert, denn der Junge scheint spurlos verschwunden zu sein und gar nicht zu existieren. Gleichzeitig erfährt Mike von der Polizei, dass nichts von dem, was Selby ihm erzählt hatte, stimmte. Kann er sich aus seinem Teufelskreis befreien und den wahren Täter finden?

Die Hintergrundgeschichte zu diesem verschollenen Drehbuch ist ebenso spannend wie die Kriminalgeschichte selbst. Francis Durbridge verfasste das Skript 1961 und verkaufte es 1962 an einen deutschen Filmproduzenten. Letztlich wurde daraus der Spielfilm *Piccadilly null Uhr zwölf,* der bis auf vier Namen nichts mehr mit der Originalstory zu tun hatte. Im Vor- und Nachwort werden die Hintergründe analysiert und dank erst kürzlich aufgefundener Originalkorrespondenz von Francis Durbridge auch die Umstände und Gründe der Änderungen rekonstruiert.

Band **3**   FRANCIS DURBRIDGE

Paul Temple muss her!

Ein Kriminalstück

Vorwort, Nachwort und Übersetzung: Dr. Georg Pagitz

Scotland Yard steht vor einem Rätsel. Eine gefährliche Verbrecherbande verunsichert London durch Kindesentführungen, Lösegelderpressungen und andererseits durch spektakuläre Juwelenraube. Die Ganoven operieren unter dem Namen »Die Schlagzeilenmänner«. Dies ist gleichzeitig der Titel des Romans einer unbekannten Autorin, deren Identität niemand kennt. Nachdem Sir Graham und seine Ermittler nicht weiterkommen, fordern die Zeitungen nach Unterstützung und titeln: »Paul Temple muss her!« Der erfolgreiche Kriminalschriftsteller und Privatermittler schaltet sich daraufhin ein und weiß bald, dass der große Hintermann ein Superverbrecher namens Max Lorraine ist. Aber wer der Verdächtigen versteckt sich hinter diesem Namen? Wer ist der gefährliche Schlagzeilenmann Nummer 1?

Dieses im Jahr 1943 in Birmingham uraufgeführte Theaterstück wurde seither nie mehr gespielt. Der Autor zeigt darin sein ganzes Können und liefert Drehungen, Wendungen und Cliffhanger im Minutentakt. Vier Personen sterben auf der Bühne, ebenso viele Leichen gibt es aus Erzählungen. Die *Birmingham Post* schrieb damals zur Uraufführung: »Leichen fallen aus Aufzügen, Schreie hallen durch die Nacht, aus einem unverdächtig aussehenden Grammophon kommen Schüsse und Blausäure findet ihren Weg in harmlose Whiskyfläschchen. Eigentlich haben wir A oder B als Täter verdächtigt, aber dann war es plötzlich X.« Bei dem Stück handelt es sich um eine geschickte Mischung aus Paul Temples ersten beiden Hörspielabenteuern.

Band **4**   FRANCIS DURBRIDGE

Schöne Grüße von Mister Brix

Kriminalroman

Vorwort und Nachwort: Dr. Georg Pagitz

Geheimnisvolle und höchst mysteriöse Umstände haben den Ex-Inspektor Richard Grant und seine Frau Margret dazu veranlasst, vorübergehend wieder in den Dienst von Scotland Yard zu treten. In einem Fischerdorf namens Shorecombe war zuvor die Leiche einer gewissen Barbara Willis, Tochter eines feinen Londoner Hauses, aus dem Meer gezogen worden. Kurz darauf bekam ihr Verlobter Robert Brown eine Diamantenbrosche zugeschickt. Darauf stand: »Schöne Grüße von Mister Brix«. Wenig später finden die Grants in ihrer Garage eine weitere Leiche. Peggy Gillow, die in dem Fall undercover ermittelte, wurde erdrosselt. Auch ihr Vater bekam eine mysteriöse Karte von Mister Brix mit der gleichen sarkastischen Botschaft. Steckt hinter diesem Pseudonym jener gefährliche Ariman, dessen Fall Grant einst bearbeitete? Und wenn ja, wer von den zahllosen Verdächtigen ist dieser Verbrecher?

Durbridge schrieb diesen Kriminalroman 1962 für den deutschen Markt. Er basiert auf dem legendären Hörspiel *Paul Temple und die Affäre Gregory* und erzählt dieses sehr werkgetreu nach, allerdings wurden die Charaktere umbenannt. Wer schon immer wissen wollte, worum es in diesem Fall geht und ihn in voller Länge erleben wollte, kann dies nun endlich tun.

Band **5**   FRANCIS DURBRIDGE
Die gelbe Windmühle
Kriminalroman
Vorwort und Nachwort: Dr. Georg Pagitz

Susan Kelford, die vierjährige Tochter des reichen Sir Cedric Kelford, dem Präsiden-
ten der Londoner Central Bank, wird entführt. Das Mädchen war gerade in einem
Londoner Park, als eine kleine gelbe Spielzeugwindmühle ihre Aufmerksamkeit
erregte und sie in die Hand ihres Entführers lockte. Dieser zerrte das Kind in seinen
Wagen und suchte daraufhin rasch mit seinem Komplizen das Weite. Man fordert
10.000 Pfund Lösegeld von dem Multimillionär Kelford. Inspektor Houston von
Scotland Yard macht drei Tage später eine grausige Entdeckung: Sein Sohn Dennis,
der in Sir Cedrics Bank arbeitet, sitzt erschossen vor dem Fernsehgerät. In den Bild-
schirm ist eine gelbe Windmühle eingeritzt ...

Die gelbe Windmühle erschien 1954 als Fortsetzungsroman in England. Im Jahr
1965 verfasste Francis Durbridge eine eigene Fassung für den deutschen Markt, die
hier erstmals als Buch vorliegt.

Band **6**   FRANCIS DURBRIDGE
Mitten ins Herz
Der Mann, der das Quiz gewann
Paul Temple und die flüchtige Miss Helvin
Kriminalromane
Vorwort und Nachwort: Dr. Georg Pagitz

Gary Mason, der berühmteste und beliebteste Schauspieler Englands, wird auf dem
Gelände eines Londoner Filmstudios erschossen. Wer ist der Täter? Und hatte er
tatsächlich Mason als Ziel auserkoren oder war dieser Mord ein Versehen und er galt
eigentlich der überaus attraktiven schwedischen Nachwuchsschauspielerin Karin
Lund? Diese legt ein seltsames Verhalten an den Tag, vor allem als sie zwei Tage
später dem Journalisten Michael Collins begegnet, der Augenzeuge der Tat wurde
und sich danach um die junge Frau gekümmert hatte. Diesmal ignoriert Karin den
Reporter und ist in Begleitung eines mysteriösen Fremden. Als Journalist Collins in
der darauffolgenden Nacht von einem weiteren Mord berichten soll, ist er schockiert,
als er in der Leiche Karin Lund wieder erkennt. Sie wurde erstochen ...

Mitten ins Herz wurde 1955 als *The Man Who Beat the Panel* in Großbritannien
als Fortsetzungsroman veröffentlicht. Durbridge überarbeitete diese Fassung für den
deutschen Markt im Jahr 1962, erweiterte und verbesserte sie um viele Handlungsstränge und machte aus einem Nicht-whodunit einen Whodunit. Später entwickelte er
daraus auch ein Skript für die *Paul-Temple*-Fernsehserie namens *The Elusive Miss
Helvin*, das aber nie Verwendung fand. In dieser Ausgabe sind neben der deutschen
Romanfassung auch erstmals die Übersetzungen der britischen Fortsetzungsgeschich-
te und des Szenariums enthalten. Titel: *Der Mann, der das Quiz gewann* und *Paul
Temple und die vorsichtige Miss Helvin*, beide übersetzt von Dr. Georg Pagitz.

Band **7**   FRANCIS DURBRIDGE
Sie wussten zu viel & Das Gesicht der Carol West
Kriminalromane
Vorwort und Nachwort: Dr. Georg Pagitz

Victor Merton, der Geschäftsführer der Absteige *High Dive* in Belhampton, zieht
beim morgendlichen Schwimmsport die Leiche eines jungen Mädchens aus dem

Hotelpool. Julia Nagy, eine aus Ungarn stammende Angestellte und Mister Cooper, ein Privatgelehrter, werden Augenzeugen des Vorgangs. Ein Notizbuch der Toten führt zu einer gewissen Carol West. Außerdem findet sich darin die Telefonnummer von Scotland-Yard-Superintendent Christian Stiller, der die Tote allerdings nicht kannte. Stiller übernimmt die Ermittlungen. Immer wieder wird er in deren Verlauf von einem Anrufer mit sanfter Stimme gewarnt. Wenig später wird auf den Superintendent ein Überfall verübt, kurz darauf ein Anschlag in Scotland Yard. Alle Spuren führen erneut in die zwielichtige Absteige *High Dive* ...

Francis Durbridge hatte diesen Roman 1959 als Fortsetzungsroman für die Zeitschrift *News of the World* geschrieben. 1963 überarbeitete er diesen für den deutschen Markt unter dem Titel *Sie wussten zu viel*, führte viele neue Handlungsstränge und Figuren ein und baute die Geschichte erheblich aus. Diese Ausgabe enthält erstmals beide Fassungen, die deutsche erweiterte Version und die davon erheblich abweichende Originalfassung, die von Dr. Georg Pagitz erstmals unter dem Titel *Das Gesicht der Carol West* ins Deutsche übertragen wurde. In einem Vor- und Nachwort des Übersetzers wird auf die Hintergründe eingegangen sowie auf Durbridges meisterliche Fähigkeiten, alte Stoffe wiederzuverwerten.

Band **8**   FRANCIS DURBRIDGE
Paul Temple und der Fall Valentine
Skript für ein achtteiliges Hörspiel
Vorwort, Nachwort, Übersetzung: Dr. Georg Pagitz
London, 1946: Seit einigen Wochen wird das Westend von einer geheimnisvollen Selbstmordserie junger Frauen erschüttert. Scotland Yard ist ratlos und kann nur herausfinden, dass es wohl um Drogen und einen geheimnisvollen Hintermann namens »Valentine« geht. Für Sir Graham Forbes ist eines klar: Das ist ein Fall für Paul Temple! Der bekannte Detektiv und Schriftsteller ist zunächst jedoch gar nicht daran interessiert. Erst als eine junge Frau spurlos aus seinem Wagen verschwindet, lässt er sich doch überreden. Dann geht alles blitzschnell: Auf die Temples wird im eigenen Schlafzimmer ein Mordanschlag verübt, eine geheimnisvolle Botschaft führt Paul und Steve zu einem mysteriösen Kapitän in eine Kneipe am Fluss und schließlich findet sich eine deutliche Warnung von Valentine bei einer Leiche in einer Zahnarztpraxis. Es gibt zahllose Verdächtige und undurchsichtige Gestalten und der gefährliche Unbekannte schlägt immer wieder zu.

Dieses Buch beinhaltet das vom englischen Originalmanuskript übersetzte Temple-Abenteuer, das 2021/22 Grundlage für die neue Pidax-Hörspielproduktion Paul Temple und der Fall Valentine war. In einem Vor- und Nachwort des Übersetzers werden interessante Hintergrundinfos geliefert. Außerdem wird auf die unterschiedlichen Versionen, die im Laufe der Jahre von diesem Stoff entstanden sind, eingegangen.

Band **9**   FRANCIS DURBRIDGE
Zwei Fälle für Paul Temple: McRoy/Westfield
Zwei einteilige Hörspiele
Vorwort, Nachwort, Übersetzung: Dr. Georg Pagitz
Der Fall McRoy: Paul Temple und Steve sind in Italien und befinden sich gerade auf der Weiterreise in die Schweiz, als sie auf dem Mailänder Bahnhof zufällig den Ex-Ermittler Harry McRoy treffen. Gemeinsam tritt man die Weiterfahrt an. Im Zug erzählt Harry von einem rätselhaften Auftrag und bittet Paul, einen Koffer mit geheimnisvollem Inhalt an Sir Graham Forbes zu überbringen, wenn ihm etwas zustoßen sollte. Ehe man Basel erreicht, überschlagen sich die Ereignisse und es gibt Tote.

<u>Der Fall Westfield</u>: Vor Jahren wurde aus dem Hause des Herzogs von Westfield Schmuck im Wert einer Dreiviertelmillion Pfund gestohlen. Es gab keine Spuren und Scotland Yard legte den Fall damals auf Eis. Paul Temple interessiert sich für die Sache, zumal es bald auch eine neue Spur zu geben scheint, als man in einem Londoner Hotel eine Leiche findet. Bei den Sachen des Toten werden ein Fahrschein für eine Fähre und ein Rezept eines gewissen Dr. Schumann gefunden. Temple geht der Sache nach …

Dieses Buch enthält die beiden Originalmanuskripte zu den 2021/22 neu produzierten Temple-Hörspielen von Pidax und HNYWOOD. In einem umfangreichen Vorwort werden die Hintergründe beleuchtet, zudem enthält dieser Band vollständige Stab- und Besetzungslisten sämtlicher Adaptionen und einige exemplarische Beispiele, wie im Fall McRoy dramaturgische Anpassungen vorgenommen wurden.

Band **10**   FRANCIS DURBRIDGE

Paul Temple und der Fall Dr. Belasco
Skript für ein achtteiliges Hörspiel

Vorwort, Nachwort, Übersetzung: Dr. Georg Pagitz

Als Paul und Steve nach einem Tanzabend anlässlich Steves Geburtstag nach Hause kommen, werden sie schon von Sir Graham erwartet. Dieser hat Philip Kaufman von der Kopenhagener Polizei mitgebracht. Sie erklären, dass der berüchtigte Dr. Belasco seine Aktivitäten vom Kontinent nach England verlegt hat. Niemand kennt das Gesicht dieses gefährlichen Mannes, der das Verbrechen organisiert und für Schutzgelderpressungen aber auch Mord verantwortlich ist. Sir Graham und Kaufman bitten Temple um Hilfe. Bald schon soll der Kanadier Ross Morgan in England ankommen. Er ist ein Handlanger Dr. Belascos. Temple soll ihn im Auge behalten, doch dann gibt es einen unerwarteten Zwischenfall: Bei der Zugfahrt nach London kommt es zu einem Unfall und Morgan stirbt. Der Kanadier kann Temple jedoch noch einen wichtigen Hinweis geben. Bei seinen Sachen findet Temple ein Feuerzeug. Dieses ähnelt jenem, das Steve an ihrem Geburtstag irrtümlich von einem Mr. Nelson eingesteckt hat ...

Francis Durbridge verfasste *Paul Temple and Steve*, so der Originaltitel dieses in der Chronologie gesehenen achten Falls, im Jahr 1947. Dieser band enthält ein informatives Vorwort, einen Artikel über die Paul-Temple-Comic-Serie und Francis Durbridges für die Radio Times geschriebene Einleitung zu dem Fall.

Band **11**   FRANCIS DURBRIDGE

Paul Temple und die Marquis-Morde
Kriminalroman

Vorwort, Nachwort, Übersetzung: Dr. Georg Pagitz

In London sorgt ein skrupelloser Mörder, der sich »Der Marquis« nennt, für Angst und Schrecken. Ein halbes Dutzend Personen – lauter renommierte Damen und Herren – musste schon ins Gras beißen und kein Ende ist in Sicht. Scotland Yard in Form von Sir Graham Forbes ist ratlos. Doch diesmal ist es nicht der Chefkommissar, der Paul Temple um Hilfe bittet, sondern das Innenministerium. Ein anonymer Brief des Marquis an Temple sorgt schließlich dafür, dass sich der schreibende Detektiv in die Ermittlungen einschaltet. Er trifft eine Privatdetektivin, die dem großen Unbekannten auf der Spur ist. Doch auch sie wird wenig später tot aus der Themse gezogen. Alle Spuren führen zu einem Ägyptologen namens Sir Felix Reybourn. Ist er der Marquis? Und wenn nicht, wer von den zahlreichen Verdächtigen ist es dann? Temple und seine Frau Steve setzen sich zahllosen Gefahren aus, ehe Paul den gefährlichen Mörder endlich überführen kann ...

Dieser Krimi ist der letzte nicht übersetzte Paul-Temple-Roman und erscheint nun erstmals in deutscher Sprache – fast 80 Jahre nach seinem Entstehen! Ein packender, typischer Temple voller Cliffhanger, Drehungen und Wendungen, verdächtiger Figuren und natürlich mit der obligatorischen Cocktailparty. Das Buch enthält eine informative Einleitung und ein umfassendes Nachwort, in dem die multimediale Auswertung des Stoffs, der auf einem Durbridge-Hörspiel von 1942 beruht, beleuchtet wird. 1952 entstand auch eine Verfilmung mit John Bentley und Christopher Lee.

Band 12   FRANCIS DURBRIDGE
Die Anhalterin
Kriminalroman

Vorwort, Nachwort, Übersetzung: Dr. Georg Pagitz

Der Spielwarenfabrikant David Walker nimmt in seinem eleganten Wagen eine hübsche junge Anhalterin namens Judy Clayton mit. Als das Benzin ausgeht, macht sich Walker zu Fuss auf den Weg zu einer Tankstelle. Als er zurückkommt, ist die junge Frau spurlos verschwunden. Einige Tage später taucht Kriminalinspektor Denson bei Walker auf und teilt ihm mit, dass Judy nur wenige Meter von der Stelle, an der David die Panne hatte, ermordet aufgefunden wurde. Zahlreiche Indizien deuten darauf hin, dass Walker die Frau schon länger kannte, obwohl dieser das bestreitet. Im Laufe der Ermittlungen gibt es weitere Tote und neben einem Lippenstift spielen auch ein Schlüsselbund und eine Sofortbildkamera eine wichtige Rolle ...

Dieser Kriminalroman aus dem Jahr 1977 liegt erstmals in einer deutschen Übersetzung vor. Er basiert auf Francis Durbridges Originaldrehbuch zu dem 1971 gedrehten BBC-Dreiteiler *The Passenger*, der synchronisiert unter dem Titel *Die Spur mit dem Lippenstift* ausgestrahlt wurde. Im ausführlichen Vor- und Nachwort des Übersetzers wird auf die Entstehungsgeschichte eingegangen und auch erklärt, wieso 1971 in der BRD keine deutsche Verfilmung dieses Stoffs entstand. Auszüge aus Durbridge-Interviews, Hintergründe über die Miniserie und deren französische Adaption sowie ein 2015 geführtes, exklusives Interview mit dem Regisseur Michael Ferguson, der *The Passenger* inszenierte, runden diesen Band ab.

Band 13   FRANCIS DURBRIDGE
Die Frau im Hintergrund
Kriminalroman

Vorwort, Nachwort, Übersetzung: Dr. Georg Pagitz

Torcombe, an der Küste von Cornwall. Der ehemals als Kriminalreporter in der Fleetstreet tätige Roy Burton hat sich hierher zurückgezogen, um an einem Buch zu arbeiten. Er lebt in einer einfachen Hütte an der Küste. Eines Tages nähert er sich bei einem Spaziergang einer verlassenen Zinnmine und wird niedergeschlagen. Als er wenig später erwacht, erzählt ihm eine gewisse Karen Silvers, dass er sich in der Mine befinde. Sie leitet dort ein geheimes wissenschaftliches Projekt der Regierung. Es geht um den Bau einer Atomrakete, die so stark ist, dass sie ganz London oder New York zerstören könnte. Die Wissenschaftlerin erklärt, dass die Arbeiter in der Mine allerdings nichts davon wissen oder nur so viel als nötig. In der Umgebung scheint sich der gefährliche Kriminelle Fabian Delouris zu befinden, der schon einen Mitarbeiter entführt hat. Gemeinsam mit gefährlichen deutschen Ex-Nazis will er die Rakete stehlen und damit die Weltherrschaft erlangen. Karen und ihr Vorgesetzter Leyland, bitten Roy daraufhin um seine Mithilfe bei der Bekämpfung der Organisation. Bald darauf werden auf Roy mehrere Mordversuche verübt und die Ehefrau und Tochter eines Pubbesitzers verschwinden spurlos.

Die Frau im Hintergrund stellt unter mehreren Gesichtspunkten eine Besonderheit dar und liegt erstmals in deutscher Übersetzung vor. So ist es der einzige Kriminalroman von Francis Durbridge, der nicht nach dem Whodunit-Muster gestrickt und in dem der Täter von Anfang an bekannt ist. Eine spannende Abenteuergeschichte, in der die beiden Protagonisten gegen eine gefährliche, aus brutalen Nazis bestehende Organisation kämpfen, die die Weltherrschaft mit einer Atomrakete erzwingen will. Eine für den Autor untypische, aber spannende Geschichte mit interessanten und überraschenden Wendungen. Das Buch enthält ein Vorwort mit Hintergrundinformationen. Im Anhang werden sämtliche Bücher und Kurzgeschichten von Francis Durbridge aufgelistet und dessen Wirken als Romanautor beleuchtet. Inhaltsangaben und weitere Infos zu allen Romanen und Kurzgeschichten runden diese Ausgabe ab.

Band **14**   FRANCIS DURBRIDGE
Vorsicht vor Johnny Washington!
Kriminalroman
Vorwort, Nachwort, Übersetzung: Dr. Georg Pagitz
Johnny Washington ist ein junger amerikanischer Gentleman, der nach Kent gezogen ist, um das Leben zu genießen. Eigentlich will er nur dem süßen Nichtstun nachgehen und seine Zeit mit Fischen verbringen, doch eine Serie von Verbrechen ruft ihn auf den Plan. Eine Bande Krimineller verübt diese nämlich unter seinem Namen und lässt am Tatort Visitenkarten mit dem Aufdruck »Mit besten Grüßen von Johnny Washington« zurück. Das kann der Amerikaner nicht auf sich sitzen lassen. Die Zeitungsreporterin Verity Glyn ermutigt Johnny dazu, sich auf den Fall zu stürzen. Gemeinsam mit dem geheimnisvollen Horatio Quince, einem pensionierten Lehrer, jagt er den mysteriösen Hintermann, der die Morde und Verbrechen organisiert und der sich hinter dem Decknamen »Grauer Elch« versteckt.

Die Geschichte dieses Romans hat Francis Durbridge von seinem ersten Temple-Abenteuer entlehnt und sie überarbeitet. Neuer Protagonist ist Johnny Washington, der Held einer seiner Radioserien.

Band **15**   FRANCIS DURBRIDGE
Zwanzig Minuten von Rom
Drehbuch für einen Fernsehkriminalfilm
Vorwort, Nachwort, Übersetzung: Dr. Georg Pagitz
Zwanzig Minuten von Rom entfernt liegt der Ort Tolero. Welche Rolle spielt er in einem mysteriösen Fall, in den der Wissenschaftler Geoffrey Ryder verwickelt ist? Der Mann steht unter Mordverdacht und besteht darauf, Alan Quinton vom MI5 zu sprechen. Nur ihm will er seine ganze Geschichte erzählen. Den Mann, den er ermordet haben soll, Walter Smedley, lernte er in einem teuren Pariser Nachtclub kennen. Er half ihm dort aus der Bredouille, woraufhin Smedley ihm anbot, während seiner eigenen Abwesenheit in seiner Londoner Wohnung unterzukommen. Ryder nimmt dankend an. Das ist der Beginn einiger mysteriöser Ereignisse. Welche Rolle spielt das goldene Zigarettenetui, das Smedley unbedingt wiederhaben will? Und warum befanden sich auf einem Mikrofilm Fotos von einer Fahrkarte für den Schlafwagen nach Rom und eine Aufnahme einer Landkarte, auf der der Ort Tolero eingezeichnet ist und auf der oberhalb handschriftlich die Notiz »Zwanzig Minuten von Rom« gemacht wurde?

Dieses unverfilmte Drehbuch stammt aus dem Jahr 1954. Es handelt sich dabei um eine ganz typische Francis-Durbridge-Geschichte mit jeder Menge Verwirrungen. Der Autor beweist hier, dass er nicht nur serielles Erzählen beherrscht, sondern auch innerhalb eines 90-Minuten-Films sein Publikum ganz schön raffiniert verwirren kann. Als übliche Zutaten gibt es einige überraschende Wendungen und die üblichen mysteriösen Gegenstände, wie ein goldenes Zigarettenetui und einen Mikrofilm, auf dem sich unerklärliche Fotografien befinden.

Band **16**   FRANCIS DURBRIDGE

Das zerbrochene Hufeisen
Drehbuch für einen sechsteiligen Kriminalfilm
Vorwort, Nachwort, Übersetzung: Dr. Georg Pagitz

Dr. Mark Fenton behandelt im Londoner St.-Matthews'-Krankenhaus einen Mann namens Charles Constance. Er wurde bei einem Autounfall schwer verletzt, der Lenker beging Fahrerflucht. Constance liegt noch im Koma, als plötzlich eine gewisse Miss Freeman bei Fenton auftaucht, die sich für den Gesundheitszustand des Opfers interessiert. Als Constance erwacht, behauptet er, diese Frau nicht zu kennen. Noch erstaunter ist er über das zerbrochene Hufeisen, das sich auf einem Blumengesteck befindet, das sie ihm mitgebracht hat. Als der Mann wenig später entlassen wird und nicht zur Kontrolluntersuchung erscheint, stellt Fenton einen Brief zu, den Constance bei ihm hinterlassen hat. Dabei entdeckt er in einem Appartement die Leiche von Mr. Constance. Auf dem Spiegel befindet sich ein gemaltes zerbrochenes Hufeisen.

Mit dem Drehbuch zu diesem Sechsteiler legte Francis Durbridge 1952 den Grundstein als erfolgreicher Fernsehkrimiautor. Es war die erste von insgesamt zwanzig mehrteiligen Serien für die BBC, elf davon wurden auch in Deutschland verfilmt. *Das zerbrochene Hufeisen* war nicht darunter und erlebt somit seine deutschsprachige Premiere.

Band **17**   FRANCIS DURBRIDGE

Operation Diplomat
Drehbuch für einen sechsteiligen Kriminalfilm
Vorwort, Nachwort, Übersetzung: Dr. Georg Pagitz

Der renommierte Arzt Dr. Mark Fenton wird von einer Unbekannten gebeten, einen Patienten zu behandeln. Fenton steigt in einen Krankenwagen ein und stellt fest, dass der Wagen leer ist. Ein weiterer Mann mit Pistole sitzt darin und erklärt, es handle sich um eine wichtige Operation. Die Reise, die Fenton in dem verdunkelten Wagen absolviert, dauert mehrere Stunden. Er wird in eine mysteriöse Villa gebracht wird. Dort ist in einem Raum ein Operationssaal aufgebaut worden und ein Deutscher namens Schröder erklärt, dass ein kranker Mann dringend operiert werden müsse. Es handelt sich dabei um den bekannten Diplomaten Sir Oliver Peters, der seit einiger Zeit spurlos verschwunden ist. Der Patient spricht im Fieber von einem »Goldenen Tal«. Assistiert wird Fenton von einer bildhübschen Krankenschwester. Nach der erfolgreichen Operation verliert er das Bewusstsein.

Operation Diplomat hat Durbridges ersten TV-Serienhelden zum Protagonisten, den Mediziner Dr. Mark Fenton, der bereits in *Das zerbrochene Hufeisen* ermittelte. Das Drehbuch entstand 1952 für einen Sechsteiler der BBC, der wie alle anderen Krimis von Francis Durbridge zum Straßenfeger avancierte.

Band **18**   FRANCIS DURBRIDGE

Die Teckman-Biographie
Drehbuch für einen sechsteiligen Kriminalfilm
Vorwort, Nachwort, Übersetzung: Dr. Georg Pagitz

Philip Chance, ein junger Schriftsteller erhält einen interessanten Auftrag: Er soll eine Story über Martin Teckman schreiben. Dieser junge Testpilot ist angeblich bei der Erprobung eines neuen Flugzeugmodells verunglückt. Bei seinen Nachforschungen lernt Philip die Schwester Teckmans kennen, die junge und besonders attraktive Helen. Von da an ereignen sich seltsame Dinge, die darauf schließen lassen, dass sich irgendjemand von Teckmans Nachforschungen enorm gestört fühlt. Nicht nur, dass Gangster in seine Wohnung einbrechen, wenig später wird dort auch ein Mann ermordet aufgefunden. Es handelt sich dabei um den Konstrukteur des Versuchsflugzeugs, Mr. Garvin. Wenig später kommt es zu einem weiteren Mord: Ein Informant, der wichtige Informationen beschaffen wollte, wird ebenso von dem großen Unbekannten beseitigt ...

Die Teckman-Biographie erscheint erstmals auf Deutsch und ist die Übersetzung des gleichnamigen Drehbuchs von Francis Durbridge zu dessen dritten Fernsehmehrteiler. Neben einem interessanten Vor- und Nachwort, in dem auch auf den Kinofilm eingegangen wird, enthält das Buch außerdem ein exklusives Interview mit Alvin Rakoff, der den Mehrteiler 1953/54 im Alter von nur 26 Jahren inszenierte.

Band **19**   FRANCIS DURBRIDGE
Paul Temple und der Fall Z.4
Skript für ein sechsteiliges Hörspiel
Vorwort, Nachwort, Übersetzung: Dr. Georg Pagitz

Paul Temple schreibt für die bekannte Schriftstellerin Iris Archer ein Theaterstück. Wenige Tage vor der Aufführung des Stücks tritt Iris von der Rolle zurück. Als sich Paul und Steve nach Schottland begeben, um dort Urlaub zu machen, sind beide überrascht, dort auch Iris anzutreffen. Hat ihr plötzliches Auftauchen etwas mit dem geheimnisvollen Brief zu tun, den ein aufgeregter junger Mann Paul Temple übergeben hat, mit der ausdrücklichen Anweisung, ihn John Richmond zu übergeben? Was hat der rätselhafte Dr. Steiner mit den Ereignissen zu tun? Und wer verbirgt sich hinter dem Codenamen Z.4? Auch im Urlaub ist Temple auf der Spur einer geheimnisvollen Spionageorganisation, die vor Mord nicht zurückschreckt.

News of Paul Temple, so der Originaltitel dieses Hörspiels, wurde 1939 ausgestrahlt. Das Manuskript dazu galt lange als verschollen, kann nun jedoch erstmals mit vielen Hintergrundinformationen auf Deutsch veröffentlicht werden.

Band **20**   FRANCIS DURBRIDGE
Paul Temple und der Fall Sullivan
Skript für ein achtteiliges Hörspiel
Vorwort, Nachwort, Übersetzung: Dr. Georg Pagitz

Joyce Raymond wendet sich mit einer Bitte an Paul Temple, der gerade nach Kairo reisen will. Er möchte doch einem Mann namens Richard Sullivan, der dort bei einer Ölgesellschaft arbeitet, seine Brille mitzunehmen, die er bei ihr vergessen hat. Temple will der jungen hübschen Dame diesen Gefallen gerne tun und akzeptiert. In Plymouth, wo die Temples am nächsten Tag übernachten, erfährt der Kriminalschriftsteller schließlich, dass Miss Raymond ermordet wurde. Nicht genug damit, auch im Nebenzimmer der Temples findet sich eine Leiche. Von da an bemühen sich alle Personen, die den Temples auf der Reise nach Kairo über Süditalien begegnen um die mysteriöse Brille, an der allerdings von der Polizei nichts Seltsames festgestellt werden kann ...

Dieses spannende Originalmanuskript erscheint erstmals auf Deutsch und stammt aus dem Jahr 1947. Die BBC-Aufnahmen aus den Jahren 1947/48 existieren nicht mehr, weshalb der britische Sender 2006 ein Remake produzierte. *Paul Temple und der Fall Sullivan* führt die Temple-Fangemeinde weit weg von der Themse: Durbridge beweist, dass seine Storys auch in Süditalien und Ägypten bestens funktionieren.

Band **21**   FRANCIS DURBRIDGE
Das Messer
Drehbuch für einen dreiteiligen Kriminalfilm
Vorwort und Nachwort: Dr. Georg Pagitz

Spezialagent Jim Ellis soll den Mord an einer Mitarbeiterin des Secret Service aus Hongkong klären, deren Leiche in einem walisischen Ort aufgefunden wurde. Alle Spuren führen in das Hotel Ivanhoe, das einer gewissen Mrs. Corby gehört. Dort hat die Ermordete zuletzt gelebt. Ellis bekommt es mit einer Vielzahl von Verdächtigen und einem Mörder zu tun, der für seine Taten einen chinesischen Dolch verwendet...

Diese Ausgabe gibt das Originaldrehbuch zu dem legendären deutschen Krimimehrteiler *Das Messer* von 1971 wieder, den Rolf von Sydow mit Hardy Krüger in der Titelrolle inszenierte. Die Edition enthält außerdem ein umfangreiches Vor- und Nachwort, in dem erstmals die Produktionsgeschichte dieses Straßenfegers erzählt wird.

Band **22**   FRANCIS DURBRIDGE
Tim Frazer und das Rätsel von Melynfforest
Drehbuch für einen sechsteiligen Kriminalfilm
Vorwort, Nachwort, Übersetzung: Dr. Georg Pagitz

Tim Frazer erhält einen neuen Auftrag. Dieser führt ihn in das beschauliche Melynfforest in Wales, wo die Polizei den Mord an Elaine Bradford untersucht. Charles Ross informiert seinen Mitarbeiter zunächst darüber, dass die Ermordete eigentlich Thackeray hieß und für seine Auslandsabteilung in Hongkong arbeitete. Aber was tat sie in Wales und warum wurde sie ermordet? Die Spuren führen in ein Hotel namens St. Bride. Elaine Bradford (oder besser gesagt: Miss Thackery) verbrachte dort die letzten Tage ihres Urlaubs. Im Verlauf der Ermittlungen spielen ein Brieföffner, ein walisisches Volkslied und ein verschwundener deutscher Wissenschafter namens Kurt Lander eine wesentliche Rolle. Die meisten Verdächtigen sind außerdem im Umkreis von Mrs. Chrichtons Hotel zu finden.

Dieses Buch enthält erstmals in deutscher Übersetzung das Drehbuch zum dritten Tim-Frazer-Abenteuer, das zwar in England, aber nicht in der BRD produziert wurde. Francis Durbridge überarbeitete den Stoff erheblich, änderte Figuren und Ende und machte daraus den 1971 gedrehten Krimiklassiker *Das Messer*. Dank der vorliegenden Ausgabe können Fans erstmals die Urfassung mit der deutschen Variante vergleichen. Das Buch enthält ein informatives Vor- und Nachwort sowie als Bonus das von Durbridge für das Kino geschriebene, unverfilmte Treatment *Tim Frazer und die Melvin-Affäre.*

Band **23**   FRANCIS DURBRIDGE
Porträt von Alison
Kriminalroman
Vorwort, Nachwort, Übersetzung: Dr. Georg Pagitz

Der Bruder des renommierten Kunstmalers Greg Forrester verunglückt bei einem Autounfall in Italien tödlich. Auch seine Beifahrerin, die bildhübsche Schauspielerin Alison Ford überlebt das Unglück nicht. Wenig später erscheint ihr Vater in Gregs Atelier und bittet den Maler, ein Gemälde von Alison anzufertigen. Von da an überschlagen sich die Ereignisse: Das Modell Jill Stewart wird erwürgt im Kleid der verunglückten Alison in Gregs Wohnung aufgefunden. Der Maler gilt daraufhin als Hauptverdächtiger und befindet sich in einem Teufelskreis. Im Laufe des Falls spielen eine Postkarte, eine Weinflasche und ein Name eine wesentliche Rolle.

Dieser Kriminalroman aus dem Jahr 1962 basiert auf einem sechsteiligen Fernsehkrimi von Francis Durbridge aus dem Jahr 1955, der auch für das Kino verfilmt wurde. Erstmals erscheint das Buch, das zuletzt 1967 auf Deutsch aufgelegt wurde, in einer ungekürzten Neuübersetzung mit zahlreichen Hintergrundinformationen und einem Vergleich mit Fernsehspiel und Kinofilm.

| Band **24** | FRANCIS DURBRIDGE |

Mein Freund Charles
Kriminalroman

Vorwort, Nachwort, Übersetzung: Dr. Georg Pagitz

Der renommierte Arzt Dr. Howard Latimer erhält einen Anruf von seinem Freund Charles Kaufmann. Der Filmproduzent bittet den Mediziner, eine deutsche Schauspielerin namens Frieda Veldon vom Flughafen abzuholen. Das ist der Beginn eines Teufelskreises, in den sich Latimer immer tiefer verstrickt. Wenig später wird die Darstellerin ermordet in seiner Wohnung aufgefunden. Erschlagen wurde sie mit einem bronzenen Kerzenhalter, der sich ausgerechnet in Latimers Wagen findet. Dann stellt sich heraus: Charles Kaufmann hat nie angerufen und der einzige Zeuge, der Latimer entlasten könnte, scheint nicht zu existieren …

Dieser Kriminalroman aus dem Jahr 1963 basiert auf einem sechsteiligen Fernsehkrimi von Francis Durbridge aus dem Jahr 1956, der 1957 auch für das Kino unter dem Titel *Interpol ruft Berlin* verfilmt wurde. Erstmals erscheint das Buch, das zuletzt 1967 auf Deutsch aufgelegt wurde in einer ungekürzten Neuübersetzung mit zahlreichen Hintergrundinformationen. Wer die Kunstfertigkeit von Francis Durbridge kennenlernen oder verstehen will, dem sei die Lektüre dieses Krimis ans Herz gelegt. *Mein Freund Charles* ist der Inbegriff dessen, was den britischen Autor ausmacht: Überraschungen im Minutentakt, ständige Drehungen und Wendungen und ein Protagonist in einem Teufelskreis. Wahrscheinlich Durbridges bester Roman!

| Band **25** | FRANCIS DURBRIDGE |

Dreimal Tod im Radio:
Mord in der Botschaft / Mr. Lucas / Die Caspary-Affäre
Originalhörspielmanuskripte

Vorwort, Nachwort, Übersetzung: Dr. Georg Pagitz

Mord in der Botschaft: In der Botschaft von Westovia geschieht in der Bibliothek während eines Balls ein Mord. Opfer ist General Rostard, der Premierminister und Dikator des mit Falkenstein verfeindeten Landes. Einige der Ballgäste hätten einen guten Grund gehabt, den Mann zu töten. Ein Mitarbeiter des Außenministeriums glaubt die Wahrheit zu kennen …

Mr. Lucas: In England treibt ein berüchtigter Hehler sein Unwesen, dessen Gesicht niemand kennt. Die Polizei hat herausgefunden, dass ein Mittelsmann namens Sterne ihm eine wertvolle Kette überbringen sollte. Der Ganove wird geschnappt und Inspektor Crawley übernimmt dessen Part. Er weiß nur, dass er sich unter der Identität eines Mr. Lucas in einen Zug setzen und darauf warten soll, dass man ihn kontaktiert.

Die Caspary-Affäre: In einem Sanatorium in der Schweiz erzählt der Schauspieler Samuel Brent seinem Arzt die Geschichte von einer tödlichen Affäre. Darin involviert sind sein Freund Sir Edward, eine Schauspielerin und ein Pianist. Wer von den zahlreichen auftretenden Personen wird wen am Ende töten? Und warum?

Dieser 25. Band der Durbridge-Edition von Williams & Whiting enthält die Hörspielmanuskripte zu drei spannenden Whodunits aus den Jahren 1937, 1945 und 1946 erstmals in deutscher Übersetzung. *Mord in der Botschaft* ist der älteste erhaltene Durbridge-Krimi überhaupt, der Autor war beim Abfassen erst 24 Jahre alt.

Das Buch enthält neben einem ausführlichen Vorwort auch eine umfangreiche Übersicht über sämtliche Hörspielkrimis von Francis Durbridge.

Band **26**	FRANCIS DURBRIDGE

Ein Fall für Sexton Blake
Skript für ein sechsteiliges Hörspiel

Vorwort, Nachwort, Übersetzung: Dr. Georg Pagitz

Im abgelegenen Schloss Saint Marguerite auf einer einsamen Insel im See geht der Schrecken um: Der Mann mit der eisernen Maske, das Familiengespenst der Familie Marthioly, scheint wieder auferstanden zu sein. Ein Mitglied der Marthiolys wurde bereits getötet. Meisterdetektiv Sexton Blake wird vom Neffen des Ermordeten um Hilfe begeben. Blake und sein Assistent Tinker machen interessante Entdeckungen wie beispielsweise einen unterirdischen Geheimgang. Bald stehen sie auch dem gefährlichen Mann mit der eisernen Maske gegenüber ...

Sexton Blake war im englischsprachigen Raum einer der populärsten Detektive. Er entstand im Fahrwasser von Sherlock Holmes und erlebte über beinahe 100 Jahre seine Abenteuer, die von den verschiedensten Autoren verfasst wurden. 1940 schrieb Francis Durbridge diese sechsteilige Radioserie mit dem beliebten Protagonisten und vereinte dort seine typischen Drehungen und Wendungen mit einem gelungenen Whodunit, der in vielen Aspekten an sein großes Vorbild Edgar Wallace erinnert. Das Buch enthält als Bonus das Manuskript zum Kurzkrimi *Der Knappe* und ein elfseitiges Interview mit Francis Durbridge.

Band **27**	FRANCIS DURBRIDGE

Der Tod kommt ins Hibiscus
Kriminalstück

Vorwort, Nachwort, Übersetzung: Dr. Georg Pagitz

Der Nachtclub *Hibiscus* im Londoner West End steht unter der neuen Leitung von Hugo Bismarck und Amanda Smith. Hugo beschließt als erstes, das Lokal von den bisherigen Schwarzmarktgeschäften zu befreien. Dies führt zu Morden und jeder Menge Chaos und der Erkenntnis, dass im Hibiscus nicht alles so ist, wie es auf den ersten Blick zu sein scheint.

Dieses Theaterstück aus dem Jahren 1942/43 wurde nie aufgeführt und war neben *Paul Temple muss her!* Durbridges frühestes Bühnenwerk. Der Brite wollte Zeit seines Lebens für die Bretter, die die Welt bedeuten, schreiben, avancierte aber erst in seiner späten Schaffensphase zum erfolgreichen Dramatiker.

Der Tod kommt ins Hibiscus basiert auf einem zwölfteiligen Radiokrimi der BBC, erfuhr jedoch zahlreiche Änderungen im Plot. Durbridge verfasste das Stück unter dem Pseudonym Nicholas Vane. Als Co-Autor agierte der vielseitige Regisseur, BBC-Produzent und Schriftsteller Val Gielgud.

Band **28**	FRANCIS DURBRIDGE

Paul Temple: Mord in Serie
Drehbücher und Manuskripte für die TV-Serie

Vorwort, Nachwort, Übersetzung: Dr. Georg Pagitz

Die BBC produzierte (später in Koproduktion mit Taunus-Film München) zwischen 1969 und 1971 52 Folgen der Fernsehserie *Paul Temple*, in der Francis Matthews die Titelrolle spielte. Keine der Geschichten (mit einer Ausnahme) stammte jedoch von Francis Durbridge, obwohl in der Anfangsphase geplant war, dass der Autor auch Drehbücher dazu abliefern sollte. Nachdem die von ihm vorgesehenen Pilotfolgen nicht verfilmt wurden, zog sich der Brite als Autor der Serie zurück.

Dieser Band enthält erstmals die beiden Drehbücher *Die Kelby-Affäre* und *Der Harkdale-Raub* sowie die drei Treatments *Die vorsichtige Miss Helvin, Der vorausgesagte Mord* und *Der Fall Calcary* inklusive umfassender Hintergrundinformationen.

Die Kelby-Affäre: Der Historiker Alfred Kelby verschwindet spurlos, mit ihm das Tagebuch von Lord Delamore, das offensichtlich nicht veröffentlicht werden darf. Bald findet man Kelbys Leiche. *Der Harkdale-Raub*: In einem Ort in den Midlands kommt es zu einem spektakulären Banküberfall. Wenig später wird Temple in den Fall involviert und findet in seiner Garage die Leiche eines Komplizen. *Die vorsichtige Miss Helvin:* Inspektor Vosper ermittelt im Mordfall einer jungen Frau, deren Gesicht unkenntlich gemacht wurde. Temple schaltet sich ein. *Der vorausgesagte Mord:* Ein Mann berichtet Temple, dass er einen Mordplan belauscht hat. Wenig später ist er selbst tot. *Der Fall Calcary:* Ein siebenjähriger Junge verschwindet auf einem Rummelplatz spurlos. Die Schauspielerin Calcary bittet Paul um Hilfe ...

Band 29　　FRANCIS DURBRIDGE
Das Halstuch
Kriminalroman – ungekürzt & neu übersetzt
Vorwort, Nachwort, Übersetzung: Dr. Georg Pagitz

In Littleshaw, einem Ort in der Nähe von London, wird auf einem Ackerwagen die Leiche des Fotomodells Fay Collins gefunden. Die junge Frau wurde mit einem Halstuch erwürgt. Der ermittelnde Kriminalinspektor Harry Yates stellt fest, dass Fay in ihren Taschen ein Telegramm hatte, in dem sich ein gewisser Terry für das Halstuch bedankt. Dieser Terry hat, wie der Bruder der Ermordeten, der Musiklehrer Edward Collins, aussagt, Fay außerdem ein teures Armband geschenkt. Aber wer verbirgt sich hinter dem Namen Terry? Marian Hastings, die Braut des Gutsbesitzers Alistair Goodman, erkennt auf einem Foto in der Zeitung jenen Mann wieder, der mit Fay Collins am Tatabend verabredet war: Es handelt sich um Clifton Morris, einen erfolgreichen Zeitungsverleger.

Kein anderes Werk ist bekannter als Francis Durbridges *Das Halstuch*. Der Roman basiert auf dem Originalmanuskript zu *The Scarf* und wurde neu übersetzt und erscheint erstmals ungekürzt.

Im Vor- und Nachwort gibt es umfassende Hintergrundinformationen zu allen europäischen Verfilmungen des Drehbuchs mit besonderem Augenmerk auf die Produktionsgeschichte des legendären deutschen Mehrteilers von 1961. Kritiken, Ausschnitte aus dem Originaldrehbuch und weitere Hintergrundinfos runden diese umfassende Ausgabe ab.

Band 30　　FRANCIS DURBRIDGE
Julian
Drehbuch für einen Fernsehkrimi
Vorwort, Nachwort, Übersetzung: Dr. Georg Pagitz

Julian Kane ist ein erfolgreicher Pianist und Frauenheld, der schon für das Ende so mancher Ehe verantwortlich war. Weitere Umstände führen dazu, dass es an jenem Nachmittag im Hause des renommierten Psychiaters Sir John Mallion niemanden mehr gibt, der nicht einen Grund hätte, ihm aus Hass oder Eifersucht eines der vermeintlich sicher weggesperrten Giftfläschchen ins Getränk zu schütten. Wer wird zuschlagen? Und warum?

Julian wurde unter dem Arbeitstitel *Prelude to Murder* von Francis Durbridge als neunzigminütiges Fernsehspiel verfasst. In der BRD war seitens des WDR kurz nach dem *Halstuch*-Erfolg im Jahr 1962 eine Verfilmung geplant, die immer wieder verschoben und letztlich nie realisiert wurde. Die Story basiert auf dem Hörspiel *The Caspary Affair* von 1946, wurde aber ausgebaut und verändert (inklusive Täterwechsel), in Italien als Hörspiel produziert und schließlich von Durbridge zum Theaterstück – mit vielen Entwicklungsstadien und Veränderungen – umgearbeitet. Im umfangreichen Vorwort wird darauf eingegangen.

Band 31   FRANCIS DURBRIDGE
Ein Mann namens Harry Brent
Kriminalroman – ungekürzt & neu übersetzt
Vorwort, Nachwort, Übersetzung: Dr. Georg Pagitz

Tom Fielding betreibt in der Nähe von London eine Firma, die elektronische Geräte herstellt. Alles läuft bestens, aber er hat mit seiner Sekretärin Pech: Diese will ihn wegen einer bevorstehenden Heirat bald verlassen. Fielding sucht eine neue Sekretärin und glaubt diese in der hübschen Barbara Smith gefunden zu haben. Doch während des Vorstellungsgesprächs zieht die junge Frau eine Waffe und erschießt Fielding. Sie wird verhaftet und kann sich in ihrer Zelle vergiften. Bevor sie stirbt, verlangt sie nach einem gewissen Harry Brent. Dieser Mann ist ausgerechnet der Verlobte von Fieldings alter Sekretärin Carol Vyner und taucht fortan bei den Ermittlungen von Inspektor Alan Milton, dem Exfreund von Carol, immer wieder als Hauptverdächtiger auf. So findet er heraus, dass Barbara Smith Blumen am Grab von Brents Eltern niedergelegt hat und dass sich Harry Brent und Tom Fielding schon sehr viel länger kannten, als dieser zugibt …

Dieser Kriminalroman erscheint neu übersetzt und ungekürzt. Durbridge-Fans werden überrascht sein, denn abgesehen von Umbenennungen der Orte und Figuren ist auch das Ende anders als im legendären deutschen TV-Krimidreiteiler *Ein Mann namens Harry Brent* von 1968. Der WDR bat Durbridge damals darum. Darauf und auf die Produktionsumstände der englischen, deutschen, italienischen, französischen und polnischen Verfilmung des Stoffs wird in einem umfangreichen, hundertseitigen Nachwort eingegangen. Besonderes Highlight: Unveröffentlichte Exklusivinterviews mit den Darstellern von damals (Brigitte Grothum, Peter Ehrlich und Wolfgang Preiss).

Band 32   FRANCIS DURBRIDGE
Wie ein Blitz
Kriminalroman – ungekürzt & neu übersetzt
Vorwort, Nachwort, Übersetzung: Dr. Georg Pagitz

Der reiche Geoffrey Stewart wird in einem abgelegenen Haus ermordet. Die Täter sind sein Angestellter Mark Paxton und seine Ehefrau Diana Stewart, die mit Mark ein Verhältnis hat. Als man die Leiche beseitigen will, ist diese verschwunden. Dafür meldet sich der Ermordete mehrmals bei seiner Ehefrau per Telefon und treibt diese fast in den Wahnsinn. Ganz nebenbei geschehen weitere Morde. Inspektor Clay ist mit den Ermittlungen beauftragt und hat nicht nur das Mörderpärchen Diana und Mark unter Beobachtung, sondern verdächtigt auch das Ehepaar Thelma und Walter Bowen sowie den Tankstellenbesitzer Ned Tallboy …

Wie ein Blitz basiert auf dem 16. mehrteiligen Krimi, den Durbridge für die BBC schrieb. 1966 in England ausgestrahlt, folgten bald weitere europäische Adaptionen, darunter die 1970 gezeigte deutsche Version mit Ingmar Zeisberg, Peter Eschberg, Albert Lieven, Paul Hubschmid und Horst Bollmann. Für die BRD schrieb Durbridge sein Drehbuch etwas um und ergänzte es um zahlreiche Szenen. Darauf, auf die weiteren Verfilmungen und auf viele andere spannenden Fakten wird im umfangreichen Nachwort auf über 100 Seiten eingegangen. Besonderes Highlight sind zwei exklusive, bisher nie veröffentlichte Interviews mit Regisseur Rolf von Sydow und Darstellerin Eva Pflug.

| Band 33 | FRANCIS DURBRIDGE |

Ein Reisepass voller Gefahr
Manuskript für ein sechsteiliges Hörspiel
Vorwort, Nachwort, Übersetzung: Dr. Georg Pagitz

Der Journalist Roger Knight verschwindet in Afrika spurlos. Zuvor lässt er dem Britischen Geheimdienst noch eine Nachricht auf dem Armband seiner Uhr zukommen. Seine Schwester Linda West, eine bekannte Schauspielerin, erhält eines Tages den Anruf von Major Hadley, der sie bittet, für den Geheimdienst Ihren Bruder zu suchen. Linda wurde in London bereits Opfer eines Mordanschlags, den sie nur knapp überlebte. Zudem landete eine junge Frau, die ihr ähnlichsah, tot in der Themse. Wer will ihr Böses? Und warum? Hat es etwas mit der Nachricht zu tun, die Linda vor Wochen als letztes Lebenszeichen von Roger erhielt? Die Schauspielerin nimmt den Auftrag des Geheimdiensts an und sucht gemeinsam mit dem Journalisten Tim Valentine, einem Berufskollegen ihres Bruders, in Casablanca nach einer ersten heißen Spur.

Dieses sechsteilige Hörspiel von Francis Durbridge stammt aus dem Jahr 1945 und wurde nie auf Deutsch vertont. Es enthält alle typischen Zutaten eines typischen Krimis des britischen Autors. Zudem ähneln die Titelfiguren stark den bekannten Krimihelden Paul und Steve Temple. Der Autor schrieb die Story in den 1960ern zu einem Filmtreatment für einen geplanten Tim-Frazer-Kinofilm in Deutschland um, der nie realisiert wurde. Dazu und zu den Hintergründen des Hörspiels gibt es umfassende Infos im Begleittext. Außerdem enthält das Buch einen Artikel über die für Durbridge so spezifischen mysteriösen Gegenstände in seinen Kriminalgeschichten.

| Band 34 | FRANCIS DURBRIDGE |

Die Kette
Kriminalroman – ungekürzt & neu übersetzt
Vorwort, Nachwort, Übersetzung: Dr. Georg Pagitz

Der Vater von Scotland-Yard-Inspektor Harry Dawson stirbt auf dem Golfplatz. Scheinbar war es ein Unfall, denn Tom wurde von einem Golfball so unglücklich getroffen, dass er seinen Verletzungen erlag. Harry glaubt nicht an die Geschichte und recherchiert auf eigene Faust. Als Peter Newton, der den tödlichen Golfball abschlug, ermordet aufgefunden wird, ist klar, dass auch Tom Dawsons Tod kein Unfall war. Im weiteren Verlauf der Ermittlungen spielen ein Hundehalsband, eine gestohlene Perlenkette, ein Mann im Rollstuhl und ein geheimnisvoller Hintermann, dessen Gesicht niemand kennt, eine entscheidende Rolle ...

Francis Durbridges Roman beruht auf seinem 1966 für die BBC geschriebenen Mehrteiler, der erfolgreich in verschiedenen Ländern verfilmt wurde. In der BRD war seit 1966 eine Adaption in Gespräch, die aber aus verschiedenen Gründen nie zustande kam. Durbridge überarbeitete das Originaldrehbuch, gab ihm den neuen Titel *The Circle* und änderte sämtliche Personennamen. Daraus wurde schließlich 1977 der TV-Zweiteiler *Die Kette* mit Harald Leipnitz und Uschi Glas. Auf die Produktionsgeschichte wird im umfangreichen Nachwort auf über 130 Seiten eingegangen.

| Band 35 | FRANCIS DURBRIDGE |

Zakary
Szenarium für einen Kinothriller
Vorwort, Nachwort, Übersetzung: Dr. Georg Pagitz

Großbritannien, Sommer 1914: Der Oxford-Absolvent Oliver Sheldon wird von seinem Onkel einem Mann vom Secret Service vorgestellt. Dieser möchte, dass Sheldon nach Japan geht und unter dem Vorwand, ein Buch zu schreiben, vor Ort Informationen sammelt. Sein Deckname lautet Zakary. Oliver erhält den Auftrag, Daten über ein geheimes U-Boot zu beschaffen. Bald bricht der Erste Weltkrieg aus und im Laufe der Jahre ändert sich auch die Einstellung der Japaner gegenüber Großbritannien, aber auch jene Olivers zu seinem Vaterland. Er arbeitet zwar noch als Spion, befindet sich jedoch immer mehr in einem großen Gewissenskonflikt ...

Francis Durbridge schrieb dieses Szenarium für den renommierten italienischen Filmproduzenten Dino de Laurentiis. Was anfangs wie eine typische Durbridge-Kriminalgeschichte beginnt und über Strecken sogar die so typischen Wendungen enthält, wird allmählich zu einem Film über Spionage und Krieg, geht hin bis zu den Ereignissen in Pearl Harbour und zieht sich schließlich in der Handlung über 30 Jahre hinweg. Die wohl ungewöhnlichste Geschichte von Francis Durbridge zu einem Kinofilm, der nie realisiert wurde, aber mit Sicherheit ein internationaler Blockbuster geworden wäre.

Band **36**   FRANCIS DURBRIDGE
Paul Temple und der Curzon-Fall
Kriminalroman – ungekürzt & neu übersetzt
Vorwort, Nachwort, Übersetzung: Dr. Georg Pagitz

Paul Temple hört auf der Party seines Verlegers von Sir Graham Forbes und Inspektor Charlie Vosper vom mysteriösen Verschwinden zweier Schuljungen in Dulworth Bay in Yorkshire. Von Roger und Michael Baxter fehlt jede Spur. Vospers Ermittlungen ergaben, dass auf dem Cricketschläger von Roger neben Unterschriften einiger Spieler ein Name zu finden ist, der nicht zugeordnet werden kann: Curzon. Niemand kennt diese Person. Als in Gegenwart von Temple in London eine Frau erschossen wird, die ihm wichtige Hinweise geben wollte, nimmt der Kriminalschriftsteller die Ermittlungen auf und fährt in das Fischerdorf, in dem alle Stricke zusammenlaufen ...

Dieser Kriminalroman basiert auf dem Hörspiel *Paul Temple and the Curzon Case* von 1949, das 1951 auch mit René Deltgen in der Hauptrolle unter dem Titel *Paul Temple und der Fall Curzon* vertont wurde. Das Buch erschien 1971 im Fahrwasser der von der BBC ausgestrahlten zweiundfünfzigteiligen TV-Serie *Paul Temple* und wurde handlungsmäßig in die 1970er-Jahre verlegt, was zu einigen Änderungen führte. Neben einer Auflistung sämtlicher Hörspieladaptionen mit Hintergrundinfos enthält dieser Band auch einen Artikel über die typischen Paul-Temple-Zutaten.

Band **37**   FRANCIS DURBRIDGE
Mr. Hartington starb morgen
Manuskript für ein achtteiliges Hörspiel
Vorwort, Nachwort, Übersetzung: Dr. Georg Pagitz

Der Filmproduzent Oliver Hartington, der »Zar« von Hollywood, ist hinter den Rechten eines Romans her, den ein gewisser Peter London geschrieben hat. Doch wer ist Peter London? Eine wochenlange in den Medien hochgespielte Suchaktion verläuft im Nichts. Dann wird Hartington plötzlich bei einer Siesta in seinem Stammlokal ermordet – und auf einmal scheint es drei verschiedene Peter Londons zu geben. Es stellt sich nicht nur die Frage, wer von ihnen der echte Peter London ist, sondern auch, wer von allen Beteiligten ein Motiv hatte, den erfolgreichen Filmproduzenten zu töten. Verdächtig sind unter anderem ein junger Schriftsteller, die Gewinnerin eines Schönheitswettbewerbs, eine Sekretärin, ein Drehbuchautor, ein

Filmregisseur und eine Schauspielerin. Inspektor O'Hara von der Polizei Los Angeles ermittelt und bekommt es bald mit weiteren Leichen zu tun …

Francis Durbridge schrieb dieses achtteilige Kriminalhörspiel, dessen Manuskript erstmals auf Deutsch übersetzt wurde, 1942 unter dem Pseudonym Lewis Middleton Harvey für die BBC. Er taucht dabei in die Welt von Hollywood ein und schildert in diesem Umfeld eine rätselhafte Mordgeschichte. Durbridge wäre nicht Durbridge, wenn in diesem Whodunit alles so wäre, wie es den Anschein hat.

Band **38**   FRANCIS DURBRIDGE

Paul Temple und das Genfer Rätsel
Kriminalroman – ungekürzt & neu übersetzt

Vorwort, Nachwort, Übersetzung: Dr. Georg Pagitz

Der Londoner Verleger Charles Milbourne soll bei einem Autounfall in der Schweiz ums Leben gekommen sein. Mehrere Indizien deuten jedoch darauf hin, dass der Mann noch lebt. Davon ist vor allem seine Ehefrau Margret überzeugt, während Maurice Lonsdale, der Schwager des Toten, daran zweifelt. Paul und Steve Temple nehmen sich des Falls nach anfänglichem Zögern an …

Dieser spannende Roman, früher gekürzt unter dem Titel *Zu jung zum Sterben* erhältlich, erscheint in einer ungekürzten Neuübersetzung mit Hintergründen zum zugrundeliegenden Hörspiel *Paul Temple und der Fall Genf* aus dem Jahr 1966 und einer ausführlichen Darstellung des Paul-Temple-Universums im Nachwort.

Band **39**   FRANCIS DURBRIDGE

Die Nylonmorde
Kriminalroman – ungekürzt & neu übersetzt

Vorwort, Nachwort, Übersetzung: Dr. Georg Pagitz

Andrea Lake war eine junge, vielversprechende Schauspielerin. Doch die talentierte junge Frau wird eines Tages tot aus der Themse gezogen. Sie wurde mit einem Nylonstrumpf erwürgt. Dr. Leslie Sanders, ihre Schwester, will der Sache auf den Grund gehen und betreibt deshalb Nachforschungen auf eigene Faust. Sie begibt sich dabei auf gefährliches Terrain. Was weiß der Regisseur Peter Hamilton? Welche Rolle spielt die Schauspielerin Sylvia Graham? Und wer ist der anonyme Anrufer, der sich bei ihr meldet?

Diesen spannenden Kriminalroman verfasste Durbridge 1952/53 als zwölfteiligen Fortsetzungsroman für den *Sunday Dispatch*. Das Buch enthält auch eine Auflistung und Einteilung aller Durbridge-Romane und -Kurzgeschichten.

Band **40**   FRANCIS DURBRIDGE

Paul Temple und die Schlagzeilenmänner
Kriminalroman – ungekürzt & neu übersetzt

Vorwort, Nachwort, Übersetzung: Dr. Georg Pagitz

Der Kriminalroman Die Schlagzeilenmänner ist ein großer Publikumserfolg und wird von den Lesern nur so verschlungen. Ein besonderer Grund ist, dass niemand die unbekannte Autorin des Stoffs kennt, eine gewisse Andrea Fortune. Als wenig später einige Verbrechen geschehen, finden sich am Tatort immer Visitenkarten mit dem Aufdruck Die Schlagzeilenmänner. Die mysteriösen Raubüberfälle stehen mit einer Serie von Entführungen und Morden in Verbindung. In welchem Zusammenhang stehen die Taten mit dem Roman? Und wieso kann sich keines der Entführungsopfer an die Vorgänge vor der Tat erinnern? Welche Rolle spielt der Klavierstimmer Goldie, der gerade in Paul Temples Wohnung auftaucht, als Scotland-Yard-Inspektor Hunter vor der Wohnung des Detektivs und Schriftstellers eine Leiche in der Telefonzelle findet? Fragen über Fragen für Paul Temple ...

Dieser Kriminalroman war fast vierzig Jahre lang vergriffen und erscheint nun erstmals ungekürzt in einer Neuübersetzung. Das Buch enthält viele Hintergrundinformationen zu dem Stoff, dem ein verschollenes Hörspiel zugrunde liegt und auf dem auch ein Theaterstück beruht.

+ +
DEMNÄCHST
+ +

Band **41**   FRANCIS DURBRIDGE
Michael Starr ermittelt
Radiomanuskripte für 25 Mitratekrimis
Vorwort, Nachwort, Übersetzung: Dr. Georg Pagitz

Michael Starr ist ein gutaussehender, junger Londoner Privatdetektiv, der jeden Fall durch genaues Zuhören und geschicktes Kombinieren lösen kann – und dies zur Freude von Scotland-Yard-Inspektor Robert »Bob« McCraw, der in vielen Fällen nicht weiterkommt und auf die Hilfe seines Freundes angewiesen ist. Für Starr ist es ein Leichtes, die Morde, Erpressungen, Brandstiftungen und Diebstähle aufzuklären, denn er hört genau zu und kann schon nach kurzer Zeit sagen, wer von den Verdächtigen die Tat begangen hat ...

Michael Starr Investigates war 1944 eine beliebte wöchentliche Radioserie der BBC, in der das aufmerksame Publikum mitraten konnte, wer der Täter war. Wer wie der Titelheld Michael Starr genau aufpasste, konnte mitkombinieren, wo der Fehler lag. Dieser Band enthält 25 der 26 kurzen Krimirätsel, die Francis Durbridge für die BBC schrieb, erstmals in deutscher Sprache (ein Manuskript ist leider verschollen). Die amüsanten Geschichten bieten der aufmerksamen Leserschaft die Gelegenheit, mitzuraten. Dieser Band enthält ein informatives Vorwort und im Anhang einen Artikel über die Radioermittler von Francis Durbridge, der abseits von Paul Temple noch zahlreiche weitere interessante (und leider bis dato unbekannte) Detektivfiguren schuf.

Band **42**   FRANCIS DURBRIDGE
Die Memoiren von André d'Arnell
Radiomanuskripte für neun Mitratekrimis
Vorwort, Nachwort, Übersetzung: Dr. Georg Pagitz

André d'Arnell ist – wie er von sich selbst sagt – der erfolgreichste Privatdetektiv Europas. Er ist ein kleiner, leicht graumelierter, dunkelhaariger Franzose mit einem aparten Schnurrbart, trägt gern ausgefallene, bunte Kleidung und ist dreiundvierzig Jahre alt. Er ist ein Mann, dem kein Detail eines Kriminalfalls entgeht – und genau darin liegt seine Stärke: Weil er genau hinhört und aus Aussagen und Indizien die richtigen Schlüsse zieht, kann er jeden Täter überführen. Egal ob es sich um Mord, Diebstahl, Brandstiftung oder Erpressung handelt: Unterstützt von seiner Frau Lucille klärt André d'Arnell jeden Fall ...

Dieses Buch enthält die Originalmanuskripte zu der Ratekrimireihe *Die Memoiren von André d'Arnell* erstmals auf Deutsch. In den neun in sich abgeschlossenen Episoden wird dem Publikum die Möglichkeit gegeben, herauszufinden, wie der Täter sich verriet. Mit dem etwas von sich eingenommenen Detektiv André d'Arnell hat Durbridge eine originelle Ermittlerfigur geschaffen, die mit Intelligenz und Humor ihre Fälle löst. Diese Ausgabe enthält außerdem die Texte zu drei Radiokurzkrimis, die Durbridge in den 1930ern schrieb: *Der Knappe, Das Ass* und *Paul Jones.*

Band **43**   FRANCIS DURBRIDGE
Tim Frazer I: Der Fall Denston
Kriminalroman – ungekürzt & neu übersetzt

Vorwort, Nachwort, Übersetzung: Dr. Georg Pagitz

Tim Frazers Kompagnon Harry Denston verschwindet spurlos. Tim begibt sich nach Henton, nachdem er von Harry ein Telegramm erhalten hat, ihn dort zu treffen. Doch Harry erscheint in dem idyllischen Fischerdorf an der Ostküste nicht. Stattdessen stirbt in Frazers Hotel ein russischer Matrose namens Anstrov, der im Todeskampf ständig nach jemanden namens Anya schreit. Außerdem wird Tims Brieftasche gestohlen. Zurück in London erfährt er, dass er für eine Abteilung der Regierung Harry Denston finden soll. Frazer, dem Denston auch eine Menge Geld schuldet, nimmt den Auftrag an. Bei seinen Nachforschungen wird ihm sein Freund und Kompagnon immer fremder. Was weiß dessen Verlobte Helen Baker? Was hat es mit einer Reihe von Schiffsmodellen der North Star auf sich? Und weshalb bietet ein zwielichtiger Autohändler eine horrende, völlig überzogene Summe für Harrys Wagen?

Dieser Kriminalroman war fast vierzig Jahre lang vergriffen und erscheint nun erstmals ungekürzt in einer Neuübersetzung. Das Buch enthält auch alle Hintergrundinfos zur englischen Originalverfilmung sowie zu der deutschen Adaption mit Max Eckard aus dem Jahr 1962 und zur italienischen Fassung aus den 1970ern. Auf Basis der Korrespondenz und von Tagebucheintragungen des Autors wird die spannende Geschichte der Mehrteiler rekonstruiert. Damalige Zeitungsberichte und Kritiken bereichern das Buch ebenso, wie ein Drehbuchausschnitt einer entfallenen Szene in der deutschen Fassung und ein Interview mit einer Darstellerin von damals.

Band **44**   FRANCIS DURBRIDGE
Tim Frazer II: Die Salinger-Affäre
Kriminalroman – ungekürzt & neu übersetzt

Vorwort, Nachwort, Übersetzung: Dr. Georg Pagitz

Tim Frazer wird von Charles Ross beauftragt, nach Amsterdam zu fahren, um dort den mysteriösen Tod eines gewissen Leo Salinger zu untersuchen. Salinger war ein Mitarbeiter in Ross' Abteilung und soll beim Überqueren einer Straße von einer gewissen Barbara Day überfahren worden sein. Schnell macht Frazer deren Bekanntschaft und lernt gemeinsam mit ihr den Amerikaner Cordwell kennen. Als sie zurück in London sind und Frazer Barbara Day besuchen will, findet er den ermordeten Cordwell in ihrer Wohnung. Neben ihm steht ein Metronom. Frazer lernt schließlich auch Barbaras Freundin Vivien kennen, die allerdings irgendwie in das Verbrechen verstrickt ist. Frazer erfährt, dass der eigentliche Hintermann Ericson heißt. Einen Schlüssel zur Lösung stellen das Metronom und ein geheimnisvoller Tulpenzwiebelkatalog dar.

Dieser Kriminalroman war fast vierzig Jahre lang vergriffen und erscheint nun erstmals ungekürzt in einer Neuübersetzung. Das Buch enthält auch alle Hintergrundinfos zur englischen Originalverfilmung sowie zu der deutschen Adaption mit Max Eckard aus dem Jahr 1963 und zur französischen Fassung aus den 1970ern.

Band **45**   FRANCIS DURBRIDGE
Tim Frazer III: Das Melynfforest-Rätsel
Kriminalroman – ungekürzt & neu übersetzt

Vorwort, Nachwort, Übersetzung: Dr. Georg Pagitz

Tim Frazer bekommt einen neuen Auftrag: Er ermittelt im Mord an einer Agentin des britischen Geheimdienstes, die in Hongkong arbeitete. Eigentlich sollte er sie treffen und vom Flughafen abholen, aber wie sich herausstellt, ist die Dame, die sich ihm als Miss Thackery vorstellt, nicht die richtige Agentin. Auch das Tonband, das sie ihm übergibt und das wichtige Informationen enthalten sollte, enthält nur ein walisisches Volkslied. Die Spur führt Frazer nach Wales. In Mellynfforest steigt Frazer in einem Hotel ab, in dem er Oberst Lockwood, einem pensionierten Soldaten kennen lernt. Hat er etwas mit dem Fall zu tun? Eine weitere Spur führt in das Büro des Immobilienmaklers Roger Thornton. Weiß er mehr, als er zugibt? Und welche Rolle spielt die junge Reporterin Rita Colman? Die Ermittlungen führen schließlich auch in die Unterwelt von Cardiff.

Dieser Kriminalroman war fast vierzig Jahre lang vergriffen und erscheint nun erstmals ungekürzt in einer Neuübersetzung. Das Buch enthält auch alle Hintergrundinfos zur englischen Originalverfilmung sowie zu der deutschen Adaption *Das Messer*, die Durbridge wesentlich überarbeitet hat, indem er die Figuren umbenannte, neue Handlungselemente einführte und den Täter änderte.

+ +
WEITERE TITEL IN VORBEREITUNG
+ +

Informationen zu allen
englischen und deutschen Durbridge-Büchern
von Williams & Whiting:

www.williamsandwhiting.com

Die von den Söhnen des Autors betriebene offizielle
Internetpräsenz ist erreichbar unter

www.francisdurbridgepresents.com